ELISABETH SCHINAGL

DER BIERKÖNIG VON MÜNCHEN

Romanbiografie

Allitera Verlag

Originalausgabe Januar 2022
Allitera Verlag
Ein Verlag der Buch&media GmbH München

Lektorat: Dietlind Pedarnig
Layout, Satz und Umschlaggestaltung: Johanna Conrad
Gesetzt aus der Adobe Garamond Pro
Umschlagvorderseite: Bierbrauer Josef Schülein, porträtiert von Leo Samberger, 1907
Printed in Europe · ISBN 978-3-96233-312-6

Allitera Verlag
Merianstraße 24 · 80637 München
Fon 089 13 92 90 46 · Fax 089 13 92 90 65

Weitere Publikationen aus unserem Programm finden Sie auf www.allitera.de
Kontakt und Bestellungen unter info@allitera.de

Elisabeth Schinagl · Der Bierkönig von München

Allitera Verlag

ELISABETH SCHINAGL, geboren 1961 in München, studierte in Eichstätt und Regensburg Latein und Germanistik. Sie war wissenschaftliche Mitarbeiterin am Lehrstuhl für Mittellateinische Philologie an der Katholischen Universität Eichstätt. Nach ihrer Promotion war sie zunächst als Gymnasiallehrerin und anschließend als Referentin im Bayerischen Landtag tätig. Seit 2018 ist sie freie Autorin. In ihren Romanen und Erzählungen befasst sie sich vorwiegend mit historischen Themen. Sie lebt in Eichstätt und München.

Inhalt

Prolog

Der Tag schleppte sich endlos dahin. Im selben Augenblick aber hatte er das Gefühl, nicht genug Zeit zu haben, diese letzten, wertvollen Stunden und Minuten mit den Eltern und seiner kleinen Schwester Maria Beate richtig auskosten zu können. In der einen Sekunde wünschte er sich nichts sehnlicher, als dass die quälende Wartezeit endlich vorbei wäre, dass er endlich in den Zug einsteigen würde, der lastende Schrecken der zurückliegenden Jahre ein Ende habe, dass endlich Bewegung, eine Zukunft in sein Leben kommen würde. Im nächsten Augenblick aber wollte er nichts mehr als die Zeit anhalten, hier in der vertrauten Umgebung seiner Familie. Ein Widerspruch, den er weder auflösen noch erklären konnte. Es gelang ihm einfach nicht, irgendeinen Gedanken zu fassen und klar zu durchdenken, und so blieb es bei einem diffusen, unbefriedigenden Gefühl.

Sein Gepäck stand schon seit gestern Abend fix und fertig bereit. In diesen beiden Koffern lag nun also der Grundstock für sein zukünftiges Leben. Unzählige Male war seine Mutter in den zurückliegenden Stunden in sein Zimmer gekommen und hatte nachgesehen, ob er wirklich alles dabeihabe, was er brauchte: Socken, Leibwäsche, Hemden zum Wechseln … Er wusste, das war ihre Art, sich auf die schmerzliche Trennung vorzubereiten. Zu Mittag hatte sie extra sein Lieblingsessen gekocht. Es hatte Grießnockerlsuppe gegeben und danach gebratene Ente mit Knödeln und Blaukraut. Eigentlich war es jetzt, Ende März, schon ein wenig spät für Entenbraten. Den gab es gewöhnlich nur in den Herbst- und Wintermonaten. Aber was war schon noch gewöhnlich? Seine Mutter hatte für die Zubereitung stundenlang in der Küche gestanden. Das wusste er und deshalb zwang er sich, etwas von den Speisen hinunterzuwürgen und dabei so zu tun, als genieße er sie wie sonst, auch wenn er in diesem Moment eigentlich überhaupt nichts schmeckte außer seine innere Unruhe, seine Angst vor dem Unbekannten. Er zwang sich, ein möglichst entspanntes, freundliches Gesicht zu zeigen, so als wäre alles normal. Aber das war es nicht. Alle am Tisch wussten es, doch keiner sprach es aus. Unter normalen Umständen wäre er jetzt wohl in der Brauereischule von Dr. Doemens und Dr. Heller in Schwabing. Nicht einmal das war in diesen Zeiten mehr möglich. In normalen Zeiten, ging es ihm durch den Kopf, wäre sein Vater ohnehin niemals auf die Idee gekommen, dass sein Sohn zunächst in Schüleins Schlossbrauerei in Kaltenberg eine Ausbildung zum Brauer absolvieren solle, um anschließend Braumeister zu werden. Wären die Zeiten normal gewesen, hätte Peter am Wilhelmsgymnasium das Abitur abgelegt, um danach Jura zu studieren und danach in die Anwaltskanzlei seines Vaters und Onkels einzutreten. Die Kanzlei Siegel hatte jahrzehntelang einen exzellenten Ruf in der Stadt genossen. Früher hatten die Siegels sogar Mitglieder des Königshauses vertreten. Doch das war Vergangenheit. Im Moment sah es keineswegs danach aus, dass das sogenannte Tausendjährige Reich unter seinem fanatischen Führer so schnell wieder abgewirtschaftet hätte, wie Peters Vater, Dr. Michael Siegel, das zunächst angenommen hatte.

»Ihr werdet sehen, dieser Hitler hält sich nicht lange. Er und seine ganze Bande werden nur eine kurzfristige und skurrile Episode in der deutschen Geschichte bleiben. In ein paar Monaten werden wir darüber lachen«, hatte er damals prophezeit.

Doch es war alles ganz anders gekommen und Anlass zu lachen hatten sie weiß Gott nicht gehabt, im Gegenteil. Sein Vater hatte die Brutalität der neuen Machthaber schon bald buchstäblich am eigenen Leib erfahren müssen. Als er sich im Polizeipräsidium über die Behandlung einer seiner Klienten beschwert hatte, war er von primitiven Straßenlümmeln, die unter Polizeipräsident Himmler zu Hilfspolizisten aufgestiegen waren, brutal zusammengeschlagen worden. Auf einem Ohr war er seitdem taub. Barfuß, ohne Socken und Schuhe, hatten sie ihn anschließend durch die Stadt getrieben, um den Hals ein Schild mit der Aufschrift *Ich bin Jude, aber ich werde mich nie mehr bei der Polizei beschweren.*

Mutter hatte bei seinem Anblick geweint. Er selbst konnte seinem Vater danach tagelang nicht mehr in die Augen sehen. Den hoch angesehenen Mann derart gedemütigt und beschämt erleben zu müssen, hatte ihn selbst mit einer tiefen Scham erfüllt, die er sich nicht erklären konnte. Er fühlte sich, fühlte seine gesamte Familie bedreckt und besudelt und, was vielleicht das Schlimmste überhaupt daran war: Willkür und Ungerechtigkeit hilflos preisgegeben.

Einige wohlmeinende Freunde hatten seinem Vater bereits damals geraten, das Land zu verlassen. Aber Vater hatte nicht gewollt. »Ich bin Jurist mit einem deutschen Examen«, hatte er erklärt. »Ich sehe es erstens als meine Pflicht, hierzubleiben und meinen Mandanten weiterhin zur Seite zu stehen, und wüsste zweitens nicht, welchen Beruf ich außerhalb meines Heimatlandes ausüben sollte.«

Das war nun schon fast sieben Jahre her und noch immer deutete nichts darauf hin, dass sich die Hoffnung seines Vaters auf ein schnelles Ende des Wahnsinns erfüllen würde. Sie hielten sich still, steckten Demütigungen klaglos ein, zogen sich zurück, so weit es nur irgendwie ging. Nur ja nicht auffallen!

Peter war froh gewesen, als er endlich die Handelsschule verlassen und die Lehre bei Josef Schülein und dessen Sohn Fritz in der Schlossbrauerei beginnen durfte. Die Kanzlei Siegel beriet und vertrat die Brauerei Schülein seit Jahrzehnten. Das war bereits unter dem Patriarchen Josef so gewesen und auch Fritz nahm die Dienste der Kanzlei und insbesondere die von Peters Vater gerne in Anspruch. Auch privat waren die beiden Familien miteinander befreundet, solange Peter denken konnte. Nicht dass Peter während seines Lehrjahrs deswegen besondere Privilegien eingeräumt worden wären. Aber unter den Fittichen von Schülein senior und junior hatte er wenigstens keine Schikanen erdulden müssen. Sie waren wichtige Arbeitgeber und als solche in der Gegend nach wie vor hoch angesehen. Da traute sich nicht einmal jemand an ihn, den Lehrling, heran. Die Arbeit war abwechslungsreich, die Verpflegung gut und die Aussicht aus seinem Turmzimmer in die weite Landschaft atemberaubend. Die alte Schlossanlage gefiel ihm. Sie kam ihm vor wie eine andere Welt, weit weg von den Schrecknissen der tristen Gegenwart. In Kaltenberg hatte er das Gefühl, freier atmen zu können. Umso mehr fiel ihm bei seinen wenigen Besuchen in München auf, wie sehr die Verhältnisse ringsum bedrückender wurden. Fast nebenbei erzählten ihm seine Eltern bei seinen Besuchen von immer neuen Schikanen, Demütigungen, ja sogar Bedrohungen. Ihre resignierte Ergebenheit in das Unabwehrbare schockierte ihn wesentlich mehr, als wenn sie sich über die Verhältnisse beschwert oder gar aufgelehnt hätten. Zurück in Kaltenberg, in der Geborgenheit seines gemütlichen Zimmers, konnte er nach diesen Besuchen oft stundenlang nicht einschlafen. Dann wälzte er sich unruhig im Bett hin und her, die quälenden Bilder seiner Eltern vor Augen, die ihm zunehmend nur noch wie verängstigte Schatten ihrer selbst vorkamen, entmenschlichte Gestalten, die nur noch ein Ziel kannten: durchhalten, überstehen!

Auf Drängen seiner Mutter und nach zahllosen Gesprächen mit Freunden, hatte sich sein Vater schließlich doch entschlossen, ein Visum für die Vereinigten Staaten zu beantragen. Aber das wollten inzwischen viele und die Zahl der Ausreisewilligen überstieg mittlerweile bei Weitem das Kontingent, das die USA aufzunehmen gewillt waren. So blieb ihnen nichts anderes übrig, als zu hoffen, zu warten, auszuharren – und das eigentlich Unerträgliche weiter zu ertragen. Von einem Tag auf den anderen war im Juni vergangenen Jahres dann die Münchner Hauptsynagoge an der Herzog-Max-Straße abgerissen und die frei gewordene Fläche für einen Parkplatz genutzt worden. Die Siegels waren nie besonders gläubig gewesen, aber der Vorfall schien trotzdem jeden von ihnen ins Mark zu treffen. Die Zerstörung der Synagoge erweckte in jedem von ihnen das beklemmende Gefühl, als sollten sie, als sollte die gesamte Jüdische Gemeinde, in ihrer Identität ausgelöscht werden. Woher nur kam dieser fanatische Hass? Peter stellte sich diese Frage immer wieder. Eine Antwort darauf aber wollte ihm bei all seinem verzweifelten Nachdenken nicht einfallen.

Im September war Josef Schülein hochbetagt verstorben. Kurz zuvor noch hatte er Peter sein Lehrzeugnis ausgestellt. Sie hatten ansonsten nicht sehr viel miteinander zutun gehabt. Trotzdem berührte ihn sein Tod. Der alte Schülein war schließlich so etwas wie eine Institution gewesen. Mehr und mehr schien die Welt, wie Peter sie gekannt hatte, zu zerbrechen. Wenigstens hatte der alte Mann auf diese Weise die schrecklichen Ereignisse vom 9. November nicht mehr miterleben müssen. Es war grauenvoll gewesen. In dieser Nacht und auch in den Tagen danach hatte Peter erstmals erfahren, was Todesangst bedeutete. Und dieses Gefühl hatte ihn seitdem nicht mehr verlassen. Wer konnte denn garantieren, dass sich die Ereignisse von damals nicht wiederholten? Wie hätte er sich in Sicherheit wiegen können, wenn selbst so hoch geachtete Persönlichkeiten wie Fritz Schülein nicht vor einer Verhaftung gefeit waren? Er war als einziger der sechs Schülein-Geschwister noch in Deutschland geblieben. In kluger Voraussicht waren die anderen bereits vor zwei Jahren in die Vereinigten Staaten emigriert. Fritz dagegen hatte sich entschlossen, bei seinem hochbetagten Vater zu bleiben, der seine Heimat nicht verlassen wollte. An jenem grauenvollen Tag im November hatte ihn die Gestapo dann aus seinem idyllischen Schloss in ›Schutzhaft‹ ins berüchtigte Lager nach Dachau verbracht. Dass sie Peters Eltern nicht erwischt hatten, war nur einem glücklichen Zufall zu verdanken. Nach einer telefonischen Warnung, dass ihnen schlimme Dinge bevorstünden, hatte Dr. Michael Siegel mit Frau und Tochter die

Stadt fluchtartig verlassen. Sie waren zunächst nach Kaltenberg gefahren, weil sie sich dort sicher wähnten. Peter sollte nach Schulschluss nachkommen. Doch als er am späten Nachmittag schließlich dort eintraf, waren seine Eltern und Maria Beate bereits wieder nach München zurückgefahren. Das war ihr Glück gewesen. Denn nur wenige Minuten nach ihrer Abfahrt waren tatsächlich Gestapoleute gekommen und hatten Fritz Schülein verhaftet. Peter war mit dem letzten Zug postwendend wieder zurück nach München gefahren, voll Sorge um die Eltern und seine Schwester, über deren Verbleib er nichts wusste. Zu Hause waren sie nicht. In der ganzen Stadt hatte Chaos geherrscht. Doch in der Sorge um das Befinden seiner Familie hatte Peter das wahre Ausmaß gar nicht wirklich wahrgenommen. Das erkannte er, wie die meisten anderen, erst Tage später. Der Betsaal in der Reichenbachstraße war verwüstet, es gab viele Verletzte und sogar einen Toten, zahllose Schaufenster waren eingeschlagen, Geschäfte geplündert, darunter auch das Kaufhaus Uhlfelder im Rosental. Seine Eltern waren mit Uhlfelders gut bekannt. Er selbst schwärmte seit einiger Zeit für deren Tochter Anni, mit der er einige Male im Kino gewesen war. Wie es ihr jetzt wohl ging? Er hatte nicht viel Zeit, darüber nachzudenken. Seine Sorge galt vor allem der eigenen Familie. Kurz vor Mitternacht hatte er endlich seine Mutter und Schwester völlig verängstigt in der Wohnung seiner Großmutter gefunden. Der Vater, der noch einen gültigen Reisepass besaß, hatte sich mit der Bahn nach Luxemburg zu seiner Schwester retten können.

Niemand hatte seine Stimme gegen das offensichtliche Unrecht erhoben. Keine der Taten wurde geahndet. Den Rechtsstaat, auf den sein Vater sein ganzes Vertrauen gesetzt hatte, gab es längst nicht mehr. An seine Stelle waren Brutalität und Willkür von SA, SS und Gestapo getreten, denen alle Juden schutzlos ausgeliefert waren. Es war nicht mehr zu leugnen: Aus dem Kampf um die Wahrung der eigenen menschlichen Würde, war längst ein Kampf um die nackte physische Existenz geworden.

Zwei Wochen nach seiner Flucht war Peters Vater zurückgekommen. Keineswegs freiwillig. Aber die Gestapo hatte Druck auf seine Ehefrau ausgeübt. Worin dieser Druck bestanden hatte, darüber schwiegen seine Eltern beharrlich. Mutter wirkte wie versteinert. Sie war immer eine fröhliche Frau gewesen, die gerne lachte und plauderte. Nun ging sie tagelang mit ausdrucksloser Miene schweigend in der Wohnung herum und nichts vermochte sie aufzuheitern. Mit dem Mut der Verzweiflung setzte sein Vater in den kommenden Wochen alles daran, zumindest für Peter und Maria Beate, eine Ausreisemöglichkeit zu erlangen. Sie alle wussten, es war ein Wettlauf gegen die Zeit. Schließlich gelang es ihm mithilfe von Bekannten, 100 Pfund Sterling beim Jüdischen Flüchtlingskomitee in London zu hinterlegen. Auf diese Weise konnte zumindest für Peter ein Ausbildungsvisum für Großbritannien beschafft werden. Es war zwar mit der Auflage verbunden, nach Beendigung der Ausbildung wieder zu emigrieren, aber immerhin versprach das Visum Sicherheit für einen begrenzten Zeitraum. Für Maria Beate hofften seine Eltern irgendwann einen der begehrten Plätze in einem der Kindertransporte zu finden.

»Du musst mir versprechen, so gut wie möglich auf sie aufzupassen, falls es uns tatsächlich noch gelingen sollte, sie nach England zu bringen«, hatte ihm seine Mutter eingeschärft. »Mein Gott, sie ist erst 14! Eigentlich viel zu jung, um allein unter Fremden zu leben. Unter normalen Umständen würde ich nicht einmal im Traum daran denken, sie so weit wegzugeben. Aber jetzt ist es die einzige Möglichkeit, die wir überhaupt haben, und nicht einmal die ist sicher.«

Obwohl er nicht wusste, wie er das bei seiner ohnehin schon unsicheren Lage bewerkstelligen sollte, versprach Peter, alles in seiner Macht Stehende zu tun.

Die Nacht war eisig. Der Frühling würde wohl noch auf sich warten lassen. Obwohl es schon fast Mitternacht war, herrschte in der alten Bahnhofshalle immer noch reger Betrieb. Trotz der Nazi-Embleme, die gut sichtbar überall prangten, hatte sich das Gebäude etwas von seiner ursprünglichen Eleganz bewahrt. Bahnhöfe hatten Peter schon immer fasziniert. Das Kommen und Gehen der vielen Menschen regte seine Fantasie an und er malte sich mit Vergnügen mögliche Anlässe für die Reisen der ihm unbekannten Leute aus, überlegte, woher sie wohl kamen oder wohin sie wohl unterwegs waren. In dieser Nacht aber hatte er keinen Blick für das geschäftige Treiben um sich herum. Er war zu sehr mit seinem eigenen Schicksal beschäftigt. Seine Habe, ja, seine ganze Zukunft, bestand aus zwei Koffern, 10 Reichsmark und dem Visum in seiner Tasche. Der Zug sollte Peter nach Hoek van Holland bringen. Von dort würde er mit der Fähre nach England weiterreisen. Mutter weinte beim Abschied und auch sein Vater hatte Tränen in den Augen. Mit brüchiger Stimme sprach er die Segensformel *baruch atta adonai elohenu melech haolam …*

Dann setzte sich der Zug in Bewegung. Langsam rollte er aus der Bahnhofshalle hinaus, seinem Ziel entgegen.

1867

Warum kommst du denn schon wieder so spät, Josef?«

Josef hatte sie ihn genannt, nicht Jussef wie gewöhnlich, oder gar Jossele – wobei er bei Jossele fast ein wenig gekränkt gewesen wäre, er war ja schließlich kein kleines Kind mehr. Aber mit seinem offiziellen Vornamen Josef sprach sie ihn nur zu ganz feierlichen Anlässen an oder wenn sie, wie jetzt, verärgert war.

»Es hat schon lange zu Abend geläutet und du weißt genau, dass die Glocken der Gojim da auch für dich gelten. Eine halbe Stunde haben wir auf dich gewartet, aber jetzt haben Gustav, Mali und ich bereits zu Abend gegessen. Deine Geschwister mussten schließlich ins Bett. Sie haben morgen Schule – du übrigens auch. Du solltest ihnen ein Vorbild sein, gerade an den Tagen, an denen euer Vater nicht daheim ist. Aber stattdessen treibst du dich herum!«

»Mamme, du hast ja recht, aber bitte schimpf nicht! Es tut mir auch leid. Doch diesmal habe ich einen guten Grund für mein Zuspätkommen. Ich habe mich nicht einfach herumgetrieben, wie du meinst. Ich habe mich mit Moshe unterhalten und wir haben die Zeit völlig vergessen.«

»Der Sohn vom Lehrer Hommel? Und was hast du mit dem so Wichtiges zu bereden, dass du nicht einmal zum Abendessen heimkommst?«

»Naja, du weißt ja, dass er kürzlich seine Bar-Mizwa hatte. Und meine ist ja auch schon bald. Da wollte ich von ihm wissen, wie es ihm so ergangen ist. Ich meine, ob er aufgeregt war und wie lange er sich auf seinen Aufruf zur Tora vorbereitet hat. Wie er genau für die Haftara geübt hat, damit ihm auch ja kein Fehler beim Lesen unterläuft.«

Das stimmte freilich nur zum Teil. Tatsächlich hatte er Moshe nach seinen Erfahrungen bei der Bar-Mizwa gefragt und der hatte ihm bereitwillig Auskunft erteilt. Doch darüber waren sie schließlich ins Reden gekommen. Heute war nämlich ein Brief von Moshes ältestem Bruder Samuel eingetroffen. Der besuchte seit vier Jahren die Lateinschule in Fürth und wollte nach dem Erhalt seines Maturitätszeugnisses in Erlangen die Rechte studieren. Moshe beneidete ihn. Er wollte auch weg. Aber das schien nicht so leicht. Acht Kinder hatten die Hommels, der Jüngste, Max, war gerade erst vor ein paar Monaten geboren. Samuel war in Fürth bei Verwandten, einer Cousine seiner Mutter und deren Mann, untergekommen, sein zweitältester Bruder vor zwei Jahren bei Onkel und Tante in Regensburg, wo er aufs Gymnasium ging. Jetzt wäre Moshe an der Reihe gewesen. Aber seine Eltern sahen bis auf Weiteres keine Möglichkeit, ihn auf eine höhere Schule zu schicken. Dazu reichte das Geld einfach nicht. In seinem Brief erzählte Samuel unter anderem begeistert von einem Theaterbesuch, den er mit seinen Verwandten gemacht hatte. Die Stadt leistete sich seit nunmehr über 50 Jahren ein festes Theater, auf das ihre Bürger stolz waren.

»Und wir sitzen hier in diesem kleinen Kaff!«, hatte Moshe bitter bemerkt, »und so wie es aussieht, habe ich so schnell auch keine Gelegenheit, von hier fortzukommen.«

»Was willst du denn in einem Theater? Da muss man doch nur stundenlang still herumsitzen. Darauf kann ich gerne verzichten! Mir reicht es, wenn ab und zu ein Wanderzirkus vorbeikommt. Wenn ich irgendwas an Fürth spannend fände, dann die Eisenbahn! Das würde ich zu gerne einmal erleben, so dahin zu rasen. Aber nicht einmal dazu muss man nach Fürth oder Regensburg ziehen.«

»Aha. Du wartest wohl darauf, dass sie uns eine Bahn nach Thalmässing bauen. Aber da kannst du lange warten.«

»Sei doch kein Narr, Moshe! Darauf warte ich natürlich nicht. Aber von Pleinfeld aus kannst du schon heute fahren und in ein paar Monaten ist dann sogar die Bahn von Ingolstadt nach München fertiggestellt. Mein Tate hat mir versprochen, dass er mich dann einmal auf eine Fahrt nach München mitnimmt.«

»Und damit bist du dann zufrieden, Jussef, mit einer Fahrt mit der neuen Eisenbahn? Weiter hast du keine Wünsche? Eine Bahnfahrt reicht mir nicht! Weißt du, was ich mir wünschen würde?«

»Na, was denn?«

»Ich möchte auch studieren, am liebsten Eisenbahningenieur. Wenn es so etwas überhaupt gibt. Vielleicht würde ich dann so reich und berühmt werden wie Borsig aus Berlin oder Baruch Strausberg. Der macht mit Eisenbahnen ein Vermögen, habe ich gelesen. Und was ist mit dir? Dein Bruder ist doch schließlich auch schon einige Zeit fort. Beneidest du den gar nicht? München! Die Haupt- und Residenzstadt des Königreichs Bayern! Das ist natürlich noch viel besser als Fürth oder Regensburg. Ich glaube, München ist fast ebenso gut wie Berlin. So ein Glück möchte ich einmal haben! Also, was ist mit dir? Ihr Schüleins seid ja nicht so viele wie wir Hommels und der Laden deines Vaters wirft doch wohl etwas ab. Hast du dir da nicht auch schon überlegt, in einer Stadt weiter auf die Schule zu gehen und später vielleicht sogar zu studieren?«

Josef hatte eine Weile geschwiegen. Was sollte er sagen? Wenn er ehrlich war, zog es ihn gar nicht fort. Er war gerne hier. Hier war sein Zuhause, hier war seine Familie, hier waren seine Freunde. Ans Studieren hatte er noch überhaupt nicht gedacht. Das Lernen fiel ihm zwar nicht schwer, aber es machte ihm auch keine wirkliche Freude. Das Stillsitzen fand er langweilig. Er war lieber mit Freunden unterwegs, als über Büchern zu brüten. Am liebsten hätte er in Vaters Laden mitgearbeitet und ihn später einmal weitergeführt. Oder auch in der Fragnerei des Isaak Schülein. Der trug zwar denselben Familiennamen, aber unmittelbar verwandt waren sie nicht. Direkt an der Synagoge hatte der seinen Laden. Lebensmittel brauchten die Leute immer. Das war also ein noch sichereres Geschäft als der Tuchhandel. Das würde ihm reichen. Obwohl ... Wenn er genauer darüber nachdachte, war es vielleicht doch ein bisschen öde, jahrein, jahraus nur immer im ewig gleichen Laden zu stehen und Mehl und Zucker abzuwiegen. Da war Vaters Geschäft besser. Der kam neben seinem Laden auch noch auf den Märkten in der weiteren Umgebung herum. In ein paar Tagen würde er zum Beispiel wieder seinen Stand auf dem Markt in Ingolstadt aufschlagen. Dort war er seit Jahren gut eingeführt und hatte seinen Kundenstamm. Am nächsten Markttag dort würde er Josef das erste Mal mitnehmen. Er war jetzt alt genug. In letzter Zeit führten seine Geschäfte Tate sogar noch weiter weg und auch dorthin würde ihn Josef irgendwann begleiten. Das reichte ihm. Nein, er selbst hatte keine großen Pläne. Aber die Eltern hatten anderes im Sinn. Die dachten ähnlich wie Moshe.

»Jetzt sag doch!«, drängte der Freund, »musst du etwa auch hier versauern?«

»Was heißt denn hier versauern? Ich finde es hier eigentlich gar nicht so schlecht. Ich bin gerne hier. Hier kenne ich jeden. Das gefällt mir. Man trifft immer irgendwen und kann mit den Leuten plaudern. Aber wie ist das in einer großen Stadt, wo man so gut wie keinen kennt? Nein, wenn's nach mir ginge, könnten wir hierbleiben. Aber meine Eltern ... Gut, Moshe, ich verrate dir etwas, aber du darfst noch zu niemandem ein Wort davon sagen. Das musst du mir versprechen. Die Eltern wollen's nämlich noch nicht publik machen.«

Moshe nickte feierlich.

»Meine Eltern überlegen, ob wir nicht alle nach München übersiedeln sollten. Noch ist nichts beschlossen. Aber ich habe den Eindruck, dass sie die Sache mit immer mehr Nachdruck betreiben.«

Moshe war stumm vor Erstaunen. Josef sah, wie es in ihm arbeitete. Diese Neuigkeit hatte er ganz offensichtlich nicht erwartet!

Während sie so in ihre Zukunftspläne vertieft waren, waren sie in der Abenddämmerung zuerst an der Mikwe, dem Ritualbad, jenem geheimnisvollen Ort, den die Frauen regelmäßig besuchten und dessen Bedeutung Josef noch nicht recht klar war, vorbeigekommen und dann die sanfte Anhöhe hinauf bis zum Beys oylem, dem ›guten Ort‹, wo die Toten ruhten, hinauf gewandert. Von dort hatte man einen schönen Blick über den Ort und auf das kleine Dorf Stauf, das weiter hinten auf einem Hügel thronte. Dafür war es jetzt allerdings bereits zu dunkel gewesen. Schließlich waren sie wieder hinunter und den Bach entlang in Richtung der Mühlen gegangen. Ohne es zu bemerken, hatten sie die kleine Ortschaft hinter sich gelassen und waren ein Stück die sanft ansteigende Juraanhöhe hinaufgegangen. Zu ihrer Rechten zog sich sanft eine Wiese hinauf, auf der im Sommer oft Schafe oder Ziegen weideten. Zu ihrer Linken fiel das Gelände weiter ab. Kleine Bachläufe speisten dort einige Karpfenteiche. Die Luft war eisig kalt gewesen und unter ihren Füßen hatte der Schnee geknirscht. In drei Monaten würde es hier würzig nach Bärlauch riechen, der dann überall in den nahegelegenen lichten Buchenwäldern wuchs. Josef liebte diesen Geruch, weil er für ihn untrennbar mit dem beginnenden Frühling verbunden war. Der Gedanke daran hatte ihn aus den Zukunftsträumen unsanft in die Gegenwart zurückgeholt und ihn daran erinnert, wie weit sie sich bereits von Thalmässing entfernt hatten.

»Schau mal, wie weit wir durch die Dunkelheit gelaufen sind! Wenn wir nicht schleunigst umkehren, kriegen wir sicher alle zwei gewaltigen Ärger!«

Weder von diesem ausgedehnten Abendspaziergang, noch vom weiteren Verlauf ihrer Unterhaltung erzählte Josef nun der Mutter. Er wusste, es hätte sie nur noch zorniger gemacht, schließlich war es den Kindern streng verboten, sich nach Einbruch der Dämmerung noch draußen, geschweige denn außerhalb des Ortes, aufzuhalten. Und was den Umzug nach München betraf ... Er war sich nicht sicher, wie sie wirklich darüber dachte. Sicher, sie wollte, dass ihre Kinder etwas lernten. Mehr als es hier, in dieser kleinen fränkischen Landgemeinde, möglich war. Sie sollten es einmal besser haben als ihre Eltern. Sie wünschte sich auch, Jakob öfter zu sehen. Das lag sicher auch daran, dass Jakobs Briefe weit weniger enthusiastisch klangen als die des jungen Hommel. Mit seinem Lehrherrn kam er zwar gut aus, wie es schien. Aber Jakob nahm sich seit jeher alles Mögliche zu Herzen und trug schwer daran. Josef hatte sich schon oft gewundert, wie verschieden er und sein älterer Bruder doch waren. Jakob litt ganz offensichtlich an der Trennung von der Familie und fühlte sich in der großen Stadt längst nicht daheim. Auch wenn er es nicht offen aussprach und in seinen Briefen nicht direkt klagte, man konnte es zwischen den Zeilen lesen und Mamme spürte es deutlich. Das sprach in ihren Augen sicherlich für eine Übersiedelung nach München. Der Vater müsste dann auch die beschwerlichen weiten Reisen nicht mehr auf sich nehmen. Gute Gründe also, um von hier wegzugehen. Aber ein Teil ihres Herzens, davon war Josef überzeugt, hing dennoch an der vertrauten Umgebung, an den Menschen, mit denen sie seit vielen Jahren Tür an Tür lebte.

Mamme konnte keinem ihrer Kinder lange böse sein und ihm schon gleich gar nicht. Dazu ähnelte er in seinem unternehmungslustigen Wesen zu sehr seinem Vater. Er hatte sich mit seiner Einschätzung auch heute nicht getäuscht. Tatsächlich verließ sie nach einer Weile die Stube und er hörte sie nebenan in der Küche hantieren. Nach ein paar Minuten kam sie zurück und schob ihm mit einem nur noch halb ärgerlichen Brummen nun einen Teller Kartoffeln und eine Scheibe Brot hin.

»Da, iss! Die Ereztapuchim sind noch warm.«

Erleichtert und um ihr eine Freude zu machen, sprach er die Segenssprüche besonders inbrünstig. Doch während des Essens waren seine Gedanken wieder bei Moshe und ihrem Gespräch. Im warmen Schein der Petroleumlampe sah Josef sich in der Stube um und versuchte sich vorzustellen, wie es wäre, wenn all die vertrauten Gegenstände plötzlich nicht mehr hier stünden: das Kanapee, auf dem die Eltern abends immer saßen, der Vater meist in eine Zeitung vertieft, die Mutter in ein Buch oder mit einer Handarbeit beschäftigt. Erst zum letzten Chanukka, dem Lichterfest, hatte Tate nicht nur wie üblich für die Kinder Süßigkeiten und

Geschenke, sondern auch als Geschenk für Mamme zwei schöne Beistelltischchen und zwei neue, zierliche Lampen dafür angeschafft. Der Glasschrank mit dem Sabbat-Geschirr – wie achtete sie jeden Schabbes darauf, dass nur ja kein Stück davon kaputtging! Wertvoller war ihr einzig noch das Pessach-Geschirr. Das kam nur einmal im Jahr, eben zu Pessach, auf den Tisch. Den Rest des Jahres ruhte es sorgsam verwahrt in einer Truhe in der kleinen Kammer. Der Schrank war Mammes ganzer Stolz. »Walnussholz«, betonte sie immer wieder. Regelmäßig pflegte sie ihn mit Leinöl, sodass die Maserung schön seidig glänzte. An den Fächern hatte sie Bordüren aus feiner Spitze befestigt. Vom Schrank glitt sein Blick hinüber auf die andere Zimmerseite. Dort stand der Ofen mit seinen grünen Kacheln und den Beinen aus schwarzem Gusseisen. Der Vater hatte ihn erst vor wenigen Jahren angeschafft. Josef erinnerte sich noch gut. Das war eine große Sache gewesen, damals. Der Ofen hatte viel gekostet. Aber seitdem herrschte in der Stube an kühlen Tagen immer eine angenehme Temperatur und es qualmte und rußte auch nicht mehr so wie früher. Auch wenn er normalerweise gar nicht auf all die Gegenstände achtete, so waren sie ihm doch auf angenehme Weise vertraut, wie er plötzlich erstaunt feststellte. Hier war er zu Hause und hier gefiel es ihm. Zugegeben, es war kein Palast, in dem sie wohnten, Tate hätte zum Beispiel gerne einen Schreibtisch gehabt, an dem er seine Rechnungen schreiben und seine Korrespondenz hätte erledigen können. Aber dafür war in der Stube beim besten Willen kein Platz mehr. So musste er sich eben mit dem Esstisch begnügen, denn auch im Laden herrschte drangvolle Enge. Doch immerhin hatten sie ein eigenes, recht stattliches Haus. Das war mehr als die Hommels oder die Rosenfelds besaßen. Die einen mussten sich mit der engen Wohnung im Schulhaus begnügen, die anderen mit einem kleinen, zugigen Etwas, das die Bezeichnung ›Haus‹ fast nicht verdiente. Jedenfalls war es in Josefs Augen mehr Hütte als Haus, eher eine Bruchbude.

Hier, bei ihnen zu Hause, hatte Mali, als das einzige Mädchen in der Familie, sogar ihre eigene Kammer und seit Jakob in München war, musste Josef seine Schlafkammer auch nur noch mit dem kleinen Gustav teilen. Wie rezitierte seine Mutter oft:

»Ein liebes Weib, ein wohnlich Dach,
dazu ein Stückchen Brot;

wer diese drei sein eigen nennt,
mit dem hat's keine Not.«

Das mit dem Weib hatte noch Zeit. Aber das mit dem Dach und dem Brot, das stimmte. Warum überlegten sie dann, von hier fortzugehen, fragte er sich.

***

»Schalom, Nette.«

»Schalom, Salomon. Schön, dich wieder einmal zu sehen. Komm doch herein! Darf ich dir eine Limonade anbieten oder einen Kaffee?«

»Nur keine Umstände, verehrte Frau Nette, aber zu einer Tasse heißen Schocklemajem würde ich tatsächlich nicht nein sagen. Es ist lausig kalt draußen und ich bin schon einige Zeit unterwegs. Ja, und wen haben wir denn hier? Das ist ja Jussef! Eyngl, ich muss schon sagen, du bist deinem Tate ja wie aus dem Gesicht geschnitten!«

Der ruhige Nachmittag versprach interessant zu werden. Gerade erst war Josef aus dem Laden in die Stube gekommen, um schnell ein Butterbrot zu essen. Der Vater hatte ihm aufgetragen, während seiner Abwesenheit den Laden einmal gründlich von Staub und möglichen Spinnweben zu reinigen und die schweren Wollstoffe in die oberen Regalfächer zu räumen, um Platz für die leichtere Frühjahrs- und Sommerware zu schaffen. Jetzt, Mitte Januar, nach dem Weihnachtsfest der Gojim, war wenig los im Geschäft. Josef hatte gleich nach der Schule und dem Mittagessen damit angefangen und war gut vorangekommen. Da konnte er es sich jetzt schon leisten, der Mutter und ihrem Gast ein Weilchen Gesellschaft zu leisten. Seit vielen Jahren belieferte der Vater Salomon Löw bereits mit Stoffen. Der wiederum verkaufte Schülein ein wenig von seinen fertigen Waren. Die Leute kaufen die Stoffe lieber, wenn sie sehen, wie die damit hergestellten Waren, die Taschentücher, Werktagshemden oder Schürzen aussehen, behauptete Tate.

Salomon Löw wusste immer etwas Neues zu berichten. Viel Interessanteres als in den Zeitungen stand, wie Josef fand. Seit einigen Wochen hielt ihn der Vater an, gewissenhaft die Zeitungen zu lesen. Er hatte gleich zwei davon abonniert, nämlich die *Allgemeine Zeitung des Judentums*, die zweimal in der Woche ins Haus kam, und außerdem den *Bayerischen Generalanzeiger.* Sooft er Gelegenheit dazu hatte, brachte er auch das *Ingolstädter Wochenblatt* mit, in dem er selbst regelmäßig für seine Tuchwaren warb.

»Es ist für alle wichtig zu wissen, was in der Welt vor sich geht«, hatte er Josef erklärt. »Jeder einfache Mann ist abhängig von den Entscheidungen, die die Mächtigen treffen. Wir Juden aber ganz besonders, mein Sohn.« Und dann hatte er Josef erzählt, von den Veränderungen und Verbesserungen, die in den letzten Jahren eingetreten waren. Wie seine Majestät König Max, 1848, nur wenige Jahre vor Josefs Geburt also, geruht habe, den Juden das Wahlrecht zuzugestehen und wie unter seinem Sohn und Nachfolger, dem jetzigen König Ludwig, weitere Verbesserungen eingetreten seien. Wie nach und nach in den deutschen Ländern der Matrikelparagraf abgeschafft wurde, der Juden bis dahin gehindert hatte, ihren Wohnort frei zu wählen. Bis vor wenigen Jahren, so hatte Tate ausgeführt, war für jeden Ort eine Höchstzahl jüdischer Familien festgelegt, ja meist war die Obrigkeit sogar darum bemüht, diese möglichst noch zu senken. Diese Regelung beschränkte nicht nur die Freizügigkeit, sondern auch die Möglichkeit, eine Familie zu gründen. Denn jede Heirat musste von der Obrigkeit genehmigt werden. In vielen Städten durften Juden nur in bestimmten, abgegrenzten Stadtvierteln wohnen. Josef hatte staunend zugehört. Es wollte ihm nicht in den Kopf, dass so etwas überhaupt möglich war. Wieso durften Christen ihren Wohnsitz frei wählen, Juden aber nicht? Lange Zeit durften Juden auch nicht jeden Beruf ergreifen, hatte Tate weiter ausgeführt. Sie waren von Handwerk und Landwirtschaft ebenso ausgeschlossen gewesen wie von Schulen und Universitäten. All das hatte sich nun nach Jahrhunderten geändert. Seit nunmehr sechs Jahren war der sogenannte Matrikelparagraf, der für all diese Einschränkungen verantwortlich war, abgeschafft. Juden durften nun sogar Gastwirtschaften und Brauereien betreiben und sich endlich auch politisch betätigen. Sie durften sich zur Wahl stellen und tatsächlich waren einige sogar schon in den Landtag eingezogen.

»David Morgenstern aus Fürth – merke dir den Namen gut, mein Sohn!«, hatte Tate eindringlich gesagt. »Er war der erste jüdische Abgeordnete im Landtag. Der Stolz seiner ganzen Gemeinde. Verstehst du nun, wie wichtig es ist, die neuen Möglichkeiten zu ergreifen, Jussef?«, hatte ihn sein Vater gefragt. »Also, lies und lerne, was du lernen kannst. Geh mit offenen Augen durch die Welt und nutze die Gelegenheiten, die sich dir bieten!«

Auf Geheiß des Vaters las Josef also nun seit einigen Wochen die Zeitungen. Sie waren in seinen Augen zwar nicht ganz so langweilig wie Bücher, aber vieles von dem, was er las, war ihm unverständlich. Was hatte es beispielsweise mit diesem *Norddeutschen Bund* auf sich, von dem immer wieder die Rede war oder mit dem ominösen *Zollverein*, über den die Männer erst unlängst nach der Synagoge noch debattiert hatten? Wer war dieser Bismarck, von dem er immer wieder las? Der schien im fernen Preußen ein wichtiger Mann zu sein. Josef hatte sich schon oft vorgenommen, Tate deswegen zu fragen. Aber es dann doch immer wieder vergessen, weil es ihm nicht wichtig genug war. Das alles war so weit weg. Was ging ihn das an?

Von diesem Suezkanal, einer riesigen Baustelle im fernen Ägypten, las er dagegen gern. Das war zwar noch weiter weg, aber es faszinierte ihn, weil es etwas von einem Abenteuer an sich hatte. Mitten in der Wüste, fernab von jeder Zivilisation, arbeiteten dort Tausende von Menschen, gruben sich unter der unbarmherzigen Sonne Meile für Meile durch den Sand. In wenigen Jahren würde das gewaltige Bauwerk fertig sein. Seinen Nutzen konnte Josef zwar nicht wirklich begreifen, aber die Unternehmung als solche beeindruckte ihn. Auf was für Ideen die Menschen kamen! Es gehörte sicher viel Mut dazu, sich auf ein solches Wagnis einzulassen. Der Bau, so hatte er gelesen, verschlang Unsummen. Da war von Zahlen die Rede, die Josef sich nicht einmal vorstellen konnte.

Auch Berichte über die kommende Weltausstellung in Paris interessierten ihn. Die würde kurz nach seiner Bar-Mizwa, am ersten April, beginnen. Gäste aus aller Welt wurden dort erwartet. Fünf Jahre zuvor, so war in dem Artikel zu lesen, hatte es bereits eine Weltausstellung in London gegeben. Dafür war offensichtlich eigens ein riesiges, spektakuläres Gebäude errichtet worden. Und auch jetzt, in Paris, würde man wahre Wunder bestaunen können. Von einem Minarett, einem tunesischen Kaffeehaus, einem chinesischen Teehaus und einer niederländischen Molkerei wurde berichtet. Unter all diesen Attraktionen konnte Josef sich zwar nicht wirklich etwas vorstellen, aber es klang aufregend. Noch viel interessanter aber schien ihm die Maschinenhalle. Wenn er es richtig verstand, sollte sie in ihren Ausmaßen wohl das große Gebäude der Londoner Weltausstellung noch übertreffen.

Ja, diese Wunderdinge hätte er vielleicht wirklich gerne mit eigenen Augen gesehen.

Das alles mochte ganz interessant sein, aber es hatte nichts mit ihm und seinem Leben zu tun, wie Josef fand. Da waren ihm Salomons Berichte lieber. Denn Salomon erzählte Geschichten von Menschen, die ihm, Josef, näher waren. Da war beispielsweise der Gutsbesitzer Adam Bernreuther. Der hatte Kummer, weil seine Waldbestände rund um das Dorf Pyras, wie viele andere in der Gegend auch, stark von Nonnenfaltern beschädigt waren. So ließ sich für das geschlagene Holz kaum ein vernünftiger Preis erzielen und Bernreuther überlegte, ob er nicht ganz aus dem Holzgeschäft aussteigen und sich stattdessen auf etwas anderes verlegen solle. Solche Geschichten interessierten Josef. Das waren Mensch aus Fleisch und Blut, deren Sorgen und Nöte, deren Hoffnungen und Freuden er nachvollziehen konnte. Salomon berichtete vom Pferdemarkt in Berching, von Geburtstagen und Jubiläen, von Dorffesten, Wirtshausschlägereien und Nachbarschaftsstreitigkeiten, von Missgeschicken ebenso wie von Hochzeiten und Bar-Mizwa-Feiern, vom Glück oder Unglück, das diesem oder jenem widerfahren war. Als Dorfgeher brachte er mit seinem Pferdefuhrwerk zusammen mit Schürzen, Hemden, Geschirr-, Hand- und Taschentüchern auch Neuigkeiten von Dorf zu Dorf, von Städtchen zu Städtchen, von Stauf und Eysölden, Ettenstadt und Nennslingen, von Heideck und Alfershausen, von Freystadt, Berching und Greding, ja sogar aus Neumarkt, aus Pappenheim und Georgensgmünd. So hatte es sich fast zwangsläufig und ganz selbstverständlich ergeben, dass Salomon neben seiner eigentlichen Tätigkeit auch als Schmuser auftrat, der Ehen ebenso vermittelte wie alle möglichen anderen Geschäfte.

»Ist dein Mann gar nicht da, Nette?«

»Nein, da hast du heute Pech. Er wollte die ruhige Zeit Anfangs des Jahres nutzen und ist mit Rosenfeld nach München gefahren, um leichtere Stoffe einzukaufen und einige andere Geschäfte zu erledigen. Den Laden können Josef und ich leicht führen. Zurzeit ist ja so gut wie nichts los. Ich erwarte Joel erst in ein paar Tagen zurück. Wann er genau heimkommt, konnte er selber noch nicht sagen. Das hängt wohl von verschiedenen Dingen ab. Aber nächste Woche ist Markt in Ingolstadt, dort hat er seinen Stand. Bis dahin ist er also auf alle Fälle wieder zurück.«

»Ja, du hast einen tüchtigen Mann, Nette. Wie hieß es vor ein paar Jahren noch:

A sach Malochess, wejnig Broches. Viel Arbeit, wenig Ertrag. Aber mit Gottes Güte hat sich das geändert. Heute regt sich alles und viele machen gute Geschäfte. Überall Aufbruch und Veränderung! Gebe Gott, dass es so bleibt! Wenn ich nur ein paar Jahre jünger wäre, würde ich wohl auch mein Glück mit neuen Geschäften versuchen. Aber auf meine alten Tage bleibe ich halt doch Dorfgeher und bei meinem Schnittwarenhandel. Aber dein Mann macht's schon richtig. Wenn du deine Träume erfüllt sehen willst, darfst du nicht schlafen, sagt ein Sprichwort. Auch wenn er dazu die mühsamen Reisen bis nach München unternehmen muss. Na, er wird froh sein, wenn unsere Majestät die Eisenbahnstrecke von Ingolstadt nach München eröffnet. Kaum vorzustellen, nur noch dreieinhalb Stunden soll die Fahrt dann dauern!«

»Ja, Joel kann es kaum erwarten, bis es in ein paar Monaten soweit ist. Die Strecke nach Ingolstadt muss er dann zwar immer noch bewältigen, aber die Reise wird dann trotzdem kürzer sein als jetzt. Etwa drei Stunden bis Ingolstadt und dann nur noch dreieinhalb Stunden nach München. Keine acht Stunden insgesamt! Kein umständlicher Umweg mehr von Pleinfeld über Nördlingen nach Augsburg und erst von dort aus nach München.«

»Ja, das kann ich gut verstehen, dass er sich darauf freut. Doch manchmal findet sich auch ganz in der Nähe eine günstige Gelegenheit, Frau Nette. Ich hätte da vielleicht zwei Geschäfte, an denen er interessiert sein könnte: Der Aaron Neustetter will jetzt ebenfalls nach Amerika. Sein Bruder Nathan ist schon seit Jahren dort und hat eine gute Anstellung in der Brauerei von Samuel Liebman in Williamsburg gefunden. In seinen Briefen schwärmt er seinem Bruder seit Jahren von den grandiosen Möglichkeiten vor, die ihm die neue Heimat bietet. Dieser Liebman scheint ein tüchtiger Mann zu sein. Er stammt ursprünglich wohl aus Aufhausen, drüben im Württembergischen, aber doch gar nicht allzu weit von hier. Mit seiner Brauerei scheint er gutes Geld zu verdienen und Nathan ist wohl so etwas wie seine rechte Hand. Jetzt wagt also endlich auch Aaron mit seiner Familie den großen Schritt übers Meer in ein neues Land. In Williamsburg leben viele von unseren Leuten, da wird er sich schnell zurechtfinden. Und er hat ja vor allem seinen Bruder, der ihm mit Rat und Tat zur Seite stehen wird. Der hat ihm auch eine Stelle in Liebmans Brauerei in Aussicht gestellt. Deshalb steht nun Aarons Haus in Sulzbürg zum Verkauf. Es ist nicht teuer, Aaron drängt die Zeit, da muss er beim Preis nachgeben.

Das weiß er auch. Eine gute Gelegenheit also. Ich wüsste euch sogar schon einen Mieter.«

»Ich werde es Joel ausrichten. Aber mach dir keine allzu großen Hoffnungen. Ich denke nicht, dass wir interessiert sind.«

»Schade, es wäre eine günstige Gelegenheit. Na, aber dann interessiert dich vielleicht mein zweites Angebot: ein Haus mit Ladengeschäft in Ellingen. Du kennst es vielleicht sogar. Bernhard Oppenheimer will mit seiner Familie ebenfalls fort. Ihn zieht's nach Nürnberg. Bei meiner Ehre, ich habe selber schon überlegt, ob ich es nicht kaufen soll. Ich tät's, wenn ich nur ein paar Jahre jünger wäre. Aber so … Hannah zieht's mit ihrem Ehegemahl nach Frankfurt. Dem Herrn Schwiegersohn ist's hier bei uns zu eng. Na ja, ich kann's ihm nicht verübeln. Und noch ein paar kurze Jahre und dann ist wohl auch unsere Mirjam verheiratet und nur für mich und meine Gundel wäre das Haus doch zu groß. Aber für eine Familie wie die deine, die vielleicht sogar noch wächst … Also, was meinst du, wäre das nichts für euch? Sowohl der Laden als auch das Haus wären etwas größer als hier und alles sehr gut in Schuss. In zwei, drei Jahren hat Ellingen sogar einen Bahnanschluss. Joel könnte dann noch einmal um vieles bequemer nach München fahren und nach Ingolstadt und Eichstätt wäre es nur noch ein Katzensprung und Weißenburg liegt dann mehr oder weniger direkt vor eurer Haustür. Na, was sagst du? Das wäre doch etwas!«

»Auch das werde ich meinem Mann ausrichten, Salomon. Aber auch da mach dir keine großen Hoffnungen. Im Moment hätten wir gar keine finanziellen Mittel dazu, denn wir sind anderweitig investiert. Joel und ich haben nämlich andere Pläne. Joel will nicht mehr allzu lange auf den Tuchhandel setzen und auch nicht auf die Gegend hier. Er sieht die Zukunft im Bankgeschäft – und in München. Die Stadt wächst und wächst. Ein Ende ist überhaupt nicht abzusehen. Inzwischen hat man sogar schon einige der umliegenden Ortschaften eingemeindet, um überhaupt Platz zu haben. Stell dir vor, über 150 000 Einwohner hat München jetzt schon. So viele Menschen auf einem Haufen! Das kann man sich eigentlich gar nicht vorstellen. Und alle brauchen sie Wohnungen und Häuser. Überall werden Investitionen getätigt. Unseren Jakob hat er dort schon in eine Lehre gegeben. Und für unseren Josef schaut er sich in München gerade nach einer Lehrstelle um. Es kann nicht schaden, wenn er auch etwas anderes sieht und lernt als bei uns im Geschäft. Joel hat da in München unlängst jemanden kennengelernt, einen Herrn Moritz Guggenheimer. Der betreibt dort eine sehr gut gehende Textilhandlung. Zu dem möchte er unseren Josef vielleicht in die Lehre schicken.«

»Das ist sicher eine gute Idee. Die Welt wird städtischer. Da reicht es für einen jungen Mann nicht mehr, nur im Dorfladen des Vaters zu sitzen. Lasst ihn nur hinaus in die Welt, lasst ihn lernen …«

»Das werden wir auf alle Fälle tun. Nur in der Ausrichtung ist sich Joel für unseren Josef noch nicht ganz sicher. Soll er ihn vielleicht lieber in eine Banklehre geben, so wie unseren Jakob? ›Den Banken gehört die Zukunft‹, sagt er immer. Alle Welt braucht jetzt Geld. Gerade in München, sagt er. Die Stadt platzt ja förmlich aus allen Nähten. Jeden Tag kommen Hunderte, ja vielleicht Tausende neu hinzu. Jeder will dort sein Glück machen. Und jeder muss irgendwo wohnen. Das bedeutet: bauen, bauen, bauen. Und wer baut, braucht Geld. Joel hat deshalb auch schon eine Gesellschaft gegründet: J. Schülein & Söhne. Sie steckt noch in den Kinderschuhen und hat nur wenig Kapital. Aber ein Anfang ist gemacht. Den Tuchhandel will er mittelfristig dann wohl aufgeben. Nicht heute und nicht morgen, aber vielleicht in einem Jahr oder zwei. Je nachdem, wie sich die Dinge entwickeln. Du siehst also, dass wir im Moment wenig Interesse und vor allem keine Mittel für Immobilien hier in der Gegend haben. Aber frag doch einmal den Süß Schülein, der kann dir vielleicht mit Sulzbürg und Ellingen weiterhelfen. Und wenn wir schon von günstigen Kaufgelegenheiten reden: Wie wäre es denn mit unserem Haus für dich und deine Frau? Überleg es dir! Noch ist Zeit. Es eilt noch nicht. Aber wir werden es in den nächsten Wochen oder Monaten sehr wahrscheinlich verkaufen. Egal ob Joel im Tuchhandel bleibt oder tatsächlich größer ins Bankgeschäft einsteigt, wir werden nach München übersiedeln.«

»Na, das sind ja wahrhaftig Neuigkeiten! Dann wollt ihr also auch weg. Naja, verdenken kann ich es euch nicht. Aber das ist doch eine gewaltige Veränderung, die gut überlegt sein will. München! Du und dein Mann, ihr werdet mir beide fehlen, liebe Nette. Und was euer Haus angeht … Wie ich schon sagte: Wenn ich nur ein paar Jahre jünger wäre … Aber was ist mit Rosenfeld? Hat der denn kein Interesse?«

»Max ist ein frommer und guter, gottgefälliger Mann. Er ist Joel seit vielen Jahren ein tüchtiger Gehilfe. Man kann sich in allen Dingen auf ihn verlassen. Aber er ist leider ein wenig maulfaul, wie du weißt. Der gibt keinen guten Verkäufer. Wenn ein Geschäft florieren soll, muss man nicht nur Ware anbieten, man muss vor allem mit den Leuten reden, wenn man mit ihnen ins Geschäft kommen will. Das weißt du so gut wie ich. Dieses Reden aber ist Max nicht gegeben. Und ich glaube auch nicht, dass er sich den Laden überhaupt leisten könnte, selbst wenn wir ihm einen guten Preis machen würden. Also, denk über mein Angebot nach, Salomon. Du wärst auf alle Fälle ein geeigneter Mann.«

»Ja, ja, Chutzpe muss man haben, wenn man im Leben fortkommen will, heißt es. Reizen würde es mich schon. Also wenn ich nur ein paar Jahre jünger wäre oder wenn euer Jussef hier nur ein paar Jahre älter wäre«, fügte er schmunzelnd hinzu, »dann könnte er meine Mirjam heiraten und den Laden übernehmen und wir alle wären gemachte Leute.«

J. Schülein & Söhne, J. Schülein & Söhne … Diese Worte gingen Josef im Kopf umher, während er die Tuchrollen umräumte. ›Söhne‹ – das waren Jakob, Gustav und er. Josef hatte zwar keine Ahnung, was das für eine Gesellschaft war oder was sie machte. Er wusste auch nicht genau, was der Begriff ›Bankgeschäfte‹ bedeutete. Aber er war stolz, dass Tate sie zumindest im Namen der unbekannten neuen Unternehmung aufgenommen hatte. Ein Anfang war gemacht, hatte die Mutter gesagt. Er würde Vater genau nach allem fragen, wenn der wieder daheim war.

Was soll jetzt werden?

Joel Schülein war auffallend blass, als er von München zurückkam. Er bat Josef, die mitgebrachten Tuchballen zusammen mit Rosenfeld in den Regalen zu verstauen. Ihm sei nicht gut, die Fahrt habe ihn angestrengt, erklärte er. Josef und Rosenfeld hatten mit der aufgetragenen Arbeit ordentlich zu tun. Der Vater hatte eine ganze Menge eingekauft und die Tuchballen waren zu Josefs Verwunderung auch ziemlich schwer. Erstmals fiel ihm auf, wie viele verschiedene Stoffe es überhaupt gab. Als er Rosenfeld darauf ansprach, schmunzelte der nur. »Es gibt noch viel, viel mehr«, sagte er. »Glaub mir, in München bekommst du 100-mal mehr an Stoffen angeboten. Von dieser Überfülle schwirrt einem manchmal wirklich der Kopf. Ich konnte einmal einen kurzen Blick in Guggenheimers Laden werfen, als ich deinen Vater dort abholte. Den solltest du einmal sehen! Das ist etwas ganz anderes als der kleine Landladen hier. Er ist bestimmt dreimal, ach, was sage ich, wahrscheinlich fünfmal so groß wie der hier. Und das Sortiment, das sie dort anbieten! Davon hast du keine Vorstellung, Jussef, die kannst du gar nicht haben. Solche Stoffe hast du deines Lebtags nicht gesehen. Dein Vater führt als Sommerware hauptsächlich einfache Leinen-, und Baumwollstoffe, Kattun und auch ein wenig Batist und auch die nur in wenigen Farben. Im Winter bieten wir dann Kastorin und Diffet für Paletots an, auch Niederländer Tücher und Bielefelder Leinen. Ich verstehe das. Etwas anderes ließe sich hier nicht verkaufen, dazu fehlt der Kundschaft das nötige Geld. Aber dort gibt es ganze Regale voller Samt, Seide, Chiné, Brokat oder Damast in verschiedenen Farben und Webarten. Und dann gibt es natürlich auch noch all die Bänder und Bordüren, feinste Spitzenstoffe und Klöppelarbeiten.«

Josef wunderte sich. So gesprächig hatte er Vaters Gehilfen noch nie erlebt. Aber der sonst so stille Rosenfeld konnte sich ganz offensichtlich für Stoffe aller Art begeistern. Er schien auf diesem Gebiet wirklich ein Kenner zu sein.

Joel Schüleins Ankunft und das Eintreffen der neuen Ware schien sich in der Gegend bereits herumgesprochen zu haben. Weil der Vater aber immer noch über heftige Leibschmerzen klagte, musste zumindest an den Nachmittagen Josef im Laden mithelfen, damit sich der Vater wieder hinlegen konnte. Josef wusste zwar nicht, zu welchem Zweck man welchen Stoff benötigte, und auch die unterschiedlichen Qualitäten und Preise waren ihm nicht geläufig, aber er plauderte in seiner freundlichen, offenen Art mit der Kundschaft, während Rosenfeld im Hintergrund alle nötigen Verrichtungen erledigte. Ballen aus den Regalen zog, Stoffbahnen abmaß und Preise berechnete. Zu seiner Verwunderung lernte er in den nächsten Tagen, dass Leinen offensichtlich nicht gleich Leinen war. Als eine Bäuerin aus Ohlangen mit ihrer Tochter ins Geschäft gekommen war, um Stoff für die Aussteuer zu kaufen, hatte Rosenfeld einen Tuchballen vom Regal genommen und vor ihr ausgebreitet. Josef hatte sich den Ballen genau gemerkt und als am kommenden Tag die Frau vom Metzger Lederer ebenfalls mit Wünschen für die Aussteuer der Tochter gekommen war, wollte Josef, stolz darauf nun wenigstens eine Stoffart und deren Verwendung zu kennen, genau diesen Tuchballen hervorziehen. Doch Rosenfeld hielt ihn diskret zurück und deutetet auf einen anderen.

»Du musst wissen, dass es bei Stoffen auf verschiedene Faktoren ankommt, was ihre Qualität betrifft«, hatte er Josef erklärt, nachdem die Kundschaft den Laden wieder verlassen hatte. »Da ist zum einen das Material, also Wolle oder Baumwolle, Leinen oder gar Seide. Aber auch die Fadendicke und die Webart sind von entscheidender Bedeutung. Dann gibt es natürlich auch noch Mischgewebe, also Stoffe, die aus unterschiedlichen Materialien gewebt sind. Auf diese Weise lassen sich die unterschiedlichsten Effekte erzielen. Und natürlich macht sich das auch im Preis bemerkbar. Nicht nur in Guggenheimers Laden gibt es Stoffe, die sich nicht jeder leisten kann. Auch bei uns ist nicht jedes Material für alle gleichermaßen erschwinglich, Eyngl, mein Junge. Die arme Bäuerin kann sich kein so fein gewebtes Leinen leisten wie die Frau Lederer.«

»Ja, Rosenfeld ist ein tüchtiger Mann«, sagte Tate, als Josef ihm abends von seinen Erlebnissen erzählte. »Er kennt sich im Laden aus und wie du siehst, weiß er viel. Mehr als man von einem Gehilfen gemeinhin erwarten würde. Du kannst von ihm einiges lernen. Was seine Kenntnisse anbelangt, könnte ich ihm den Laden ohne Weiteres anvertrauen. Er kennt jeden Handgriff, ja, er würde sehr wahrscheinlich sogar beim Einkauf die richtigen Stoffe auswählen. Weißt du, er hat einen guten Blick für die Qualität der Ware. Das schätze ich sehr an ihm. Ich frage ihn deshalb sogar manchmal um Rat und er liegt eigentlich immer richtig. Er ist zuverlässig und zuvorkommend. Ich kann ihm sogar die Kasse anvertrauen. Es macht mir auch nichts aus, dass er nicht sehr gesprächig ist. Wer ihn näher kennt, also die Leute hier in Thalmässing, die wissen um seine Schweigsamkeit und es stört sie wohl auch nicht weiter. Sie nehmen ihn, wie er ist. Aber für einen Geschäftsmann ist das trotzdem schlecht, Josef. Auf den Märkten ringsum würde er mit seiner schweigsamen Art kaum Geschäfte machen. Man muss auf die Leute zugehen, mit ihnen plaudern, wenn man ihnen etwas verkaufen will. Merke dir eines, mein Sohn: Ein guter Verkäufer ist nur der, der das Vertrauen der Leute genießt und mit ihnen umgehen kann. Jemand, der weiß, was sie wollen, und ihnen nichts aufschwatzt. Denn damit kann man schnell Vertrauen verlieren und die Kunden kommen dann nicht wieder. Stammkunden gewinnst und hältst du nur, wenn sie mit dir zufrieden sind. Das musst du dir merken. Ein richtig guter Verkäufer aber ist der, der den Leuten auch Dinge schmackhaft machen kann, von denen sie noch gar nicht gewusst haben, dass sie sie haben möchten. Ich denke, dazu muss man mit ganzem Herzen bei der Sache sein. Man muss Freude am Umgang mit Menschen haben, sonst geht es nicht. Rosenfeld ist fleißig, aber er ist am liebsten für sich. Am Umgang mit Menschen ist ihm nicht sehr viel gelegen. Ganz ähnlich verhält es sich übrigens auch mit Jakob, denke ich. Auch der ist gerne für sich und sucht selten Gesellschaft. Du bist anders, Josef. Aus dir könnte ein guter Verkäufer werden.«

Zwei Tage nach diesem Gespräch, am Schabbes, fühlte Joel sich immer noch nicht auf dem Damm. Er sprach zwar den Kiddusch, aber vom Essen, das Mamme wie üblich reichlich und gut gekocht hatte und das er sonst immer mit Genuss verzehrte, wollte er heute so gut wie nichts nehmen. Mamme hatte eine kräftige Hühnerbrühe mit Lokschen gemacht. Die kochte sie immer, wenn einer ihrer Lieben nicht ganz gesund war, und tatsächlich fühlte man sich nach einem Teller ihrer köstlichen Suppe gewöhnlich gleich viel besser. Aber Tate schob seinen Teller heute schon nach ein paar wenigen Löffeln weg. Entgegen seiner sonstigen Art stocherte er sogar im Schmorbraten nur lustlos herum und schob Fleisch und Gemüse nur von einer Seite des Tellers zur anderen. Auf Mammes Drängen aß er dann wenigstens ein Stück vom Schabbes-Brot und nahm einen Schluck Wein zu sich. Nettes Kochkünste waren allgemein bekannt und besonders ihr Schabbes-Brot wurde überall gerühmt. Auch diesmal war es ihr wieder gut gelungen. Doch Joel aß es ohne Appetit, das konnte man ihm ansehen. Nette hatte wie an jedem Schabbes den Tisch schön gedeckt. Die Kerzen in der Menora spendeten sanftes Licht, auf dem guten Tischtuch stand das schöne Schabbes-Geschirr mit den aufgemalten kleinen Rosen. Doch auch wenn sich Mamme erkennbar Mühe gab sorglos zu wirken und den Tag würdig zu begehen, die rechte Stimmung wollte an diesem Abend nicht aufkommen. Selbst Mali und Gustav wirkten verunsichert. Wirklich krank hatten sie den Vater eigentlich noch nie erlebt. Kaum hatte die Familie gegessen und das Dankgebet gesprochen, zog Joel sich auch schon wieder in die Schlafkammer zurück.

»Macht euch keine Sorgen, das wird schon wieder«, hatte er gesagt und sie alle hatten wie zur Bekräftigung genickt.

Trotz aller Beteuerungen ging es Joel am nächsten Morgen noch nicht besser. Ja, er und Nette beratschlagten sogar, ob er überhaupt die Synagoge besuchen solle. Joel stand schließlich auf und wollte sich ankleiden, doch schon nach wenigen Minuten setzte er sich ermattet und schweißüberströmt wieder auf sein Bett und hielt sich den Kopf. Die Schmerzen waren unerträglich.

In der Synagoge war Vaters Abwesenheit nicht unbemerkt geblieben, wie Josef registrierte. Das war auch nicht weiter verwunderlich. Schließlich war Joel Schülein in der Gemeinde hoch angesehen und allseits beliebt. Nach dem Synagogenbesuch hatten sich die Nachbarn besorgt bei Mamme und ihm nach Joels Verbleib erkundigt. Er sei doch nicht etwa krank? Wieder und wieder musste Nette erklären, dass es Joel zwar seit ein paar Tagen nicht gut ginge und ihn Leibschmerzen, bisweilen auch Kopfschmerzen plagten, doch dass es sicher nichts Ernstes sei. Joel schlief, als sie heimkamen und Nette weckte ihn auch nicht zum Mittagessen.

»Soll er sich nur gründlich ausschlafen, das ist die beste Medizin«, sagte sie.

Auch zum Minchagebet weckte sie ihn nicht. Gewöhnlich gingen die Schüleins am Schabbes nach dem Gebet ein wenig spazieren. Doch heute verzichteten sie alle gerne darauf. Das Wetter hatte umgeschlagen. Es war zwar sonnig, aber nach einigen fast schon frühlingswarmen Tagen pfiff nun ein ungemütlich kalter Wind. Mali spielte in der einen Ecke der Stube ihr liebstes Spiel: Klaviervirtuosin. Dazu betätigte sie Tasten auf einem imaginierten Klavier und sang leise vor sich hin. Gustav war in seine Zinnsoldaten versunken und kämpfte mit ihnen gewaltige

Schlachten. Nette rückte sich einen Stuhl ans Fenster. Sie hielt zwar das Buch, das sie sich vor ein paar Tagen von der Frau des Rebbe ausgeliehen hatte, in Händen, las aber nicht, sondern starrte hinaus auf den schneebedeckten Marktplatz. Josef sah ihr an, dass sie in Gedanken war. Wahrscheinlich, so überlegte er, denkt Mamme im Moment an das Gleiche wie ich. Aber keiner von uns beiden spricht es aus. Ihn beschäftigte die Frage, was aus der Fahrt zum Ingolstädter Markt werden sollte. In ein paar Stunden war Schabbes vorbei. Gewöhnlich beluden dann Vater und Rosenfeld den Wagen, um sich nach wenigen Stunden Schlaf noch vor Sonnenaufgang auf den Weg zu machen. Keiner sprach. Angestrengt lauschte er, ob er nicht Vater oben in der Schlafkammer hörte, ob er nicht vielleicht schon die steile Stiege herunterkam, endlich in die Stube trat und erklärte, jetzt habe er sich ausgeschlafen und sei wieder ganz gesund. Aber da war nichts. Nach einer Weile stand seine Mutter auf. Sie müsse jetzt doch einmal nach dem Vater sehen, meinte sie. Josef hörte sie die Stiege hinaufgehen und ja, jetzt meinte er auch leise Vaters Stimme zu hören. Nach einer kurzen Weile kam seine Mutter wieder in die Stube.

»Dein Vater ist jetzt wach, Josef. Er möchte, dass du zu ihm hinaufkommst. Bring ihm auch ein Glas Wasser aus der Küche mit, er hat Durst.«

In der Kammer war es kalt und die Luft roch unangenehm scharf und säuerlich, so als hätte sich Vater gerade erst übergeben müssen.

»Ah, danke für das Wasser. Setz dich her, Jussef, hier zu mir ans Bett. Eine dumme Sache ist das. So gern ich es auch möchte, ich kann nicht aufstehen. Dabei hatte ich mich ebenso wie du auf unseren ersten gemeinsamen Markttag gefreut. Weißt du, ich war ungefähr in deinem Alter, als mein Tate mich das erste Mal mit nach Ingolstadt nahm. Das war eine große Sache damals für mich. Jetzt müssen wir überlegen, was wir mit unserem Stand in Ingolstadt machen. Deine Mutter hat gemeint, sie könnte statt meiner mit Rosenfeld fahren. Aber davon halte ich nichts. Im Moment fällt ihr das lange Stehen schwer und was sollte sie schon ausrichten? Sie war noch nie auf dem Markt dabei und kennt die Kundschaft dort nicht. Ich bin schon froh, dass sie neben ihrer Hausarbeit noch im Laden mithilft, wenn du in der Schule bist. Also was meinst du, sollen wir Rosenfeld alleine hinschicken? Dann wird er freilich wenig verkaufen. Oder traust du dir zu, mit ihm zu fahren?«

»Eben hast du doch gesagt, Mutter könnte dort nichts ausrichten, weil sie die

Kunden nicht kennt. Und ich bin doch auch völlig unerfahren. Ja, ich kenne, im Gegensatz zu ihr, noch nicht einmal alle Stoffarten und Preise.«

»Das weiß ich, Josef. Aber du bist jung, dir verzeiht man deine Unkenntnis. Denk daran, was ich dir vor ein paar Tagen gesagt habe. Du kannst gut mit Menschen umgehen. Das ist eine große Gabe. Du musst nur mit den Leuten plaudern, so wie du es die letzten Tage hier auch getan hast. Das kann Rosenfeld nicht. Doch den Rest übernimmt er dann schon, da bin ich sicher.«

Absagen war kaum möglich. Das wusste Josef. Der Vater hatte sein Kommen bereits annonciert. Er war in Ingolstadt gerne gesehen und hatte seine Stammkunden. Außerdem war die Verkaufsware bereits besorgt und bezahlt. Sich einen so großen Markt entgehen zu lassen, würde einen erheblichen Verlust bedeuten. Was blieb ihm da anderes übrig, als sich Vaters Bitte zu beugen?

Nach Sonnenuntergang belud er gemeinsam mit Rosenfeld den Wagen. Bis kurz vor Morgengrauen, wenn es dann losging, würde er voll bepackt im Schuppen stehen. Auf Mutters Rat hin, ging Josef an diesem Abend früher zu Bett als gewöhnlich. Schließlich musste er am nächsten Morgen früh raus. Doch so sehr er sich auch bemühte, er fand keinen Schlaf. Zu viel ging ihm im Kopf um. Unruhig wälzte er sich von einer Seite auf die andere. Von Zeit zu Zeit hörte er Vater in der Schlafkammer der Eltern aufstöhnen. Er hatte offenbar Schmerzen.

Irgendwann musste er doch eingeschlafen sein. Als ihn Mamme weckte, war es noch dunkel. Rosenfeld hatte bereits das Pferd eingespannt, als Josef kurze Zeit später aus dem Haus trat. So setzte er sich müde und schweigend zu Vaters Gehilfen auf den Wagen. Trotz seines Wintermantels, Tates dicken Schals und der zwei Wolldecken, in die er sich gehüllt hatte, fror er. Mamme hatte ihnen im Ofen einen Ziegelstein aufgeheizt und ihnen auf den Kutschbock gelegt.

»Der wird euch eine Zeit lang warm halten«, hatte sie gemeint.

Froh um jedes bisschen zusätzlicher Wärme stellte Josef seine Füße unter den Decken so nah wie möglich an den heißen Ziegel. Im Ort war noch alles still, nur der Mühlbach, der vor Schüleins Haus vorbeifloss, begleitete sie mit seinem leisen Rauschen und am Ortsausgang schlug der Hund vom Schinderbauern wütend an, als sie an dessen Anwesen vorbeifuhren. Die meisten Menschen lagen sicher noch friedlich schlafend in den Federn. An einem Werktag wäre wohl wenigstens beim Gruberbäcker bereits Betrieb gewesen. Aber heute war Sonntag, der Ruhetag der

Gojim. Wie gern hätte auch er jetzt noch warm und geborgen in seinem Bett gelegen! Aber es half nichts. Gute fünf Stunden Fahrt lagen nun vor ihnen. Josef schloss die Augen und versuchte noch ein wenig zu schlafen. Aber es gelang ihm nicht. Das lag nicht nur an der Kälte der weichenden Nacht. Ihm gingen einfach schon wieder, oder immer noch, zu viele Gedanken durch den Kopf. Im Geist zählte er wieder und wieder die wenigen Tucharten her, die er inzwischen kannte, und ebenso die Preise der einzelnen Waren. Er versuchte, sich die große Stadt vorzustellen, die stattlichen Gebäude, von denen Tate erzählt hatte, den Marktplatz, die breite Donau, die durch die Stadt floss, und die Bewohner, ihre Kunden, auf die er in wenigen Stunden treffen würde. In seinem Kopf formulierte er Sätze, die er ihnen sagen könnte.

Nach einiger Zeit hörte er in der Nähe einen Hahn krähen. Er vermutete, dass sie sich irgendwo auf der Strecke zwischen Kleinhöbing und Großhöbing befanden. In den Häusern brannte noch kein Licht und mit Ausnahme des krähenden Hahns war weiterhin alles still. Einige Zeit später hörten sie aus der Ferne Kirchenglocken schlagen. Es musste wohl halb fünf Uhr sein. Aber um diese Jahreszeit würde es noch lange nicht hell werden. In etwa einer halben Stunde würden sie das Städtchen Greding passieren, wieder eine halbe Stunde später dann den kleinen Ort Kinding und danach Kipfenberg. Doch von den Ortschaften, die danach kamen, kannte er nicht einmal die Namen. Tate hätte bestimmt zu jedem Ort und zu vielen seiner Bewohner unterhaltsame Geschichten gewusst, er hätte Josef über dies und das aufgeklärt, hätte von seinen zahlreichen Erlebnissen und Erfahrungen erzählt. Mit ihm hätte die Fahrt Spaß gemacht, da wäre Josef gerne noch vor Morgengrauen aufgestanden. Rosenfeld aber war schweigsam wie stets. Von Josefs Bedenken schien er nichts zu bemerken. Zumindest machte er sich nicht die Mühe, sie zu zerstreuen. Wenigstens lenkte er den Wagen zuverlässig. Immerhin etwas.

Allmählich bekam er Hunger. Mamme hatte ihnen wie immer bei solchen Gelegenheiten reichlich eingepackt. Es war schwierig, koschere Mahlzeiten zu bekommen, wenn man unterwegs war, das wusste Josef. Tate nahm es in dieser Hinsicht manchmal nicht ganz so genau, aber Mamme achtete streng auf die Speisevorschriften und der Gedanke, dass ein Familienmitglied etwas zu sich nehmen könnte, das treife, also nicht koscher war, war ihr unerträglich. So hatte sie auch diesmal ihre Vorkehrungen getroffen und ihnen Speisen eingepackt, die dem Gesetz entsprachen: Brot, Würste und reichlich geräuchertes Fleisch, das sie vom Metzger Hirsch Heydecker gekauft hatte.

***

Bei Dunkelheit waren sie aufgebrochen, bei Dunkelheit kehrten sie zurück. 18 Stunden waren sie unterwegs und auf den Beinen gewesen. Josef war halb erfroren. Nach der kurzen Nacht und dem ereignisreichen, anstrengenden Tag war er außerdem rechtschaffen müde. Gleichzeitig aber und vor allem war er glücklich und ja, auch stolz. Auf dem Rückweg hatte er kein Auge zumachen können. Tate hatte recht gehabt. Nach einem kurzen, anfänglichen Zögern war er aufgetaut, hatte alle seine Befürchtungen schließlich ganz vergessen und mit den Kunden freundlich gesprochen, so als wären es alte Bekannte. Rosenfeld hatte im Hintergrund die geforderten Waren bereitgehalten, ihm unauffällig die Preise zugeflüstert, wo Josef noch unsicher war, und umsichtig noch dies und das erledigt, was zu tun war. Sie hatten gut verkauft. Vater würde zufrieden sein. Josef konnte es kaum erwarten, ihm alles zu erzählen. Sicher würde es ihm schon wieder besser gehen.

Als sie den Ortseingang von Thalmässing erreichten, empfing sie wieder das wütende Bellen des Wachhunds vom Schinderbauern-Hof. Josef wäre am liebsten vom Kutschbock gesprungen und hätte die restlichen wenigen 100 Meter rennend zurückgelegt, um schneller daheim zu sein. Noch nie hatte er sich so auf zu Hause gefreut. Aber er war ja auch noch nie so lange und so weit fort gewesen. Auf den Wegen war es bereits wieder ruhig. In den meisten Häusern waren die Bewohner schon schlafen gegangen. Das erstaunte ihn nicht. Es war bereits kurz vor zehn. Die meisten Bewohner Thalmässings waren Bauern oder Handwerker und mussten morgens früh raus. Als sie sich dem Marktplatz näherten, sah er noch Licht beim Weglehner Wirt. Gäste waren wohl keine mehr drinnen, aber wahrscheinlich räumte die Wirtin noch auf. Weiter in der Ferne brannte noch ein schwaches Licht. Das war sicher beim Rebbe Erlanger. Er war bestimmt noch in seine Studien vertieft. Vielleicht war auch der Lehrer Hommel noch wach. Moshe erzählte oft davon, dass sein Vater bis tief in die Nacht hinein las. Aber das Schulhaus lag zu weit weg, als dass Josef es hätte sehen können. In der Lehrerwohnung im Schulhaus der Gojim war es dagegen bereits dunkel. Auch das erstaunte Josef nicht. Der

Lehrer Gerngroß war nach allem, was er von ihm gehört hatte, ein grober Mensch, der seine Schüler bei jeder sich nur bietenden Gelegenheit züchtigte und der sicher kein großes Interesse an Lektüre hatte. Auch wenn Josef Lehrer Hommels Begeisterung für Bücher nicht teilte, er war froh, den sanftmütigen Mann zum Lehrer zu haben und nicht einem Schinder wie Gerngroß ausgesetzt zu sein. Interesse für irgendwelche Studien konnte er sich bei diesem gemeinen, bösartigen Menschen jedenfalls nicht vorstellen. Natürlich waren auch in seinem Zuhause einige Fenster erleuchtet, das erstaunte ihn nicht. Die Eltern erwarteten wohl ungeduldig seine Rückkehr und waren neugierig, wie es ihm ergangen war.

Doch es war nicht seine Ankunft, derentwegen seine Mutter noch wach war. Im Verlauf des Tages hatte sich Vaters Zustand deutlich verschlimmert. Er hatte seit Stunden hohes Fieber, war kaum bei Bewusstsein und klagte in den Wachphasen über heftige Bauchschmerzen. Alle Bemühungen Nettes, die Wadenwickel, kühle Umschläge auf der Stirn oder das Abreiben des Kranken mit einem essiggetränkten Lappen, zeigten keine lindernde Wirkung. Im Gegenteil.

»Wenn es morgen früh immer noch nicht besser ist, bleibt uns nichts anderes übrig, als den Doktor zu holen. Geh du jetzt schlafen, Josef. Du wirst müde sein. Ich bleibe hier bei Vater sitzen, falls er etwas braucht. Schlafen kann ich ja ohnehin nicht.«

Dr. Ehrlicher wusste zunächst auch keinen Rat. Das Fieber blieb unvermindert hoch und Tate litt nach wie vor an Bauch- und Kopfschmerzen. Er schien zunehmend zu verfallen, seine Haut wirkte ganz grau. Der Arzt kam jetzt jeden Tag. Er hielt sich mit einer Diagnose zurück, maß nur die Temperatur, fühlte den Puls, der jedoch trotz hohen Fiebers erstaunlicherweise normal und nicht beschleunigt war, und besah die Zunge des Kranken. Als die nach ungefähr einer Woche gräulich belegt und Joels Allgemeinzustand noch schlechter war, äußerte er schließlich seinen Verdacht: Typhus. Hier in der Gegend sei ihm derzeit kein Ausbruch der Seuche bekannt, meinte er. Joel musste sich wohl in München angesteckt haben, wo es immer wieder zu derartigen Krankheitsfällen komme. Fast noch schlimmer wüte dort immer wieder die Cholera. »Vor gut zehn Jahren sind durch sie an die 3000 Menschen innerhalb weniger Wochen gestorben«, fügte er hinzu. Als ob das irgendein Trost für die geplagte Familie sein könnte! Das Unglück hatte sich damals ausgerechnet während der Ersten Allgemeinen Deutschen Industrieausstellung in der Stadt ereignet, als viele Gäste aus dem In- und Ausland die Hauptstadt des Königreichs Bayern besuchten. Damals war ausgiebig in den Zeitungen darüber berichtet worden. All das führte Dr. Ehrlicher jetzt umständlich aus, auch wenn es niemanden interessierte. Was ging die Schüleins eine Seuche von vor über zehn Jahren an? Sie hatte nichts mit ihnen, ihrem Leben und Joels Krankheitsfall zu tun. Es schien, als wolle Ehrlicher mit diesen Ausführungen nur seine eigene Hilflosigkeit überdecken. Denn ein Heilmittel gegen die Krankheit wusste er nicht. Jetzt helfe nur noch beten.

Doch alle Gebete, die Nette und ihre Kinder zum Himmel schickten, blieben ungehört. Nach einem gut zweiwöchigen Todeskampf verstarb Joel Schülein schließlich. Viele Gemeindemitglieder hatten ihn in seinen letzten Stunden begleitet und gemeinsam am Sterbebett gebetet. Die Chewra Kadischa, die Heilige Bruderschaft, hatte ihn schließlich in die weißen Totenkleider gehüllt, ihm seinen Gebetsschal umgelegt und man hatte ihn zum Haus des ewigen Lebens begleitet. ›Seine Seele sei eingebunden in das Bündel des Lebens‹, würde bald auf seinem Grabstein zu lesen sein. Ein frommer und schöner Wunsch. Doch Josefs Kummer würde er ebenso wenig lindern können wie die lange Gedächtnisrede, die Rebbe Erlanger gehalten hatte. In ergreifenden Worten hatte er die Freigebigkeit und Hilfsbereitschaft des Verstorbenen gepriesen, seine Warmherzigkeit und Freundlichkeit. All das würde bald auch auf seinem Grabstein zu lesen sein.

Der Tag des Begräbnisses, der erste Tag des Monats Addar, war ein grauer, nasskalter Tag. Das Wetter passte zu Josefs Gemütslage. Auch in ihm war alles wie tot. War es wirklich erst drei Wochen her, dass er mit seinem Freund Moshe unbekümmert den Weg zum Friedhof hinaufgegangen war? Dass sie dabei sorglos geplaudert und Zukunftspläne geschmiedet hatten? Es kam ihm vor, als wäre das in einem anderen Leben gewesen – einem unbeschwerten Leben, voller Freude und ohne Kummer und Sorgen. Lieblich wie immer breitete sich die Landschaft rings um ihn aus, aber in ihm war alles verändert.

Jakob war gerade noch rechtzeitig aus München eingetroffen und hatte seinen Vater zwar noch lebend, aber kaum mehr bei Bewusstsein angetroffen. Er hatte für die Beerdigung und das anschließende siebentägige Schiwa-Sitzen freibekommen. Doch danach musste er sofort wieder zurück an seine Arbeitsstelle. Josef fuhr ihn zur Bahnstation nach Pleinfeld. Schweigend saßen sie nebeneinander auf dem

Kutschbock. Keiner von beiden sprach aus, was sie doch beide bewegte: Was sollte jetzt werden? Die Trauer machte sie beide sprach-, und hilflos.

Als Josef wieder zurückkam, fand er die Stubentür einen Spalt weit offen. Einer der Besucher musste wohl vergessen haben sie zu schließen. Er sah seine Mutter auf dem Kanapee sitzen, sie wirkte geistesabwesend und schien seine Rückkehr überhaupt nicht zu bemerken. Immer wieder strich sie sich mit ihren Händen über den Bauch und murmelte dabei: »Mein armes Kind!« Welches ihrer Kinder meinte sie nur damit? Waren sie nicht alle gleichermaßen vom Unglück betroffen? Josef konnte sich keinen Reim darauf machen. Mutter war offensichtlich nicht allein. Die Frau des Rebbe und Rosa Hommel waren bei ihr. Josef sah sie zwar nicht, aber er kannte ihre Stimmen.

»Ja, Nette, der Mensch denkt und Gott lacht. So ist es immer gewesen. Finde dich drein. Es hilft ja nichts. Du darfst nicht verzweifeln. Du musst jetzt vor allem an deine Niederkunft denken. Das Wichtigste ist doch jetzt, dass dein Kind gesund auf die Welt kommt. Das wäre sicher auch Joels Rat. Was sollst du denn da in München, wo du niemanden kennst und wo dir keiner helfen kann? Bleib hier. Hier bist du zu Hause.«

Niederkunft? Es dauerte eine geraume Zeit, bis Josef begriff. Seine Mutter erwartete also noch einmal ein Kind? Aber wie war das möglich, jetzt wo Vater tot war! Ihr aller Leben war nun ohnehin schon schwierig genug, die Leere, die Tate hinterlassen hatte, unerträglich. Josef spürte seine Abwesenheit fast körperlich. Das Haus war ohne Tate wie verwaist, es wirkte kälter und leerer. Sein Lachen fehlte, seine gute Laune, seine Herzlichkeit und seine Tatkraft. Und wie es mit dem Geschäft weitergehen sollte, war überhaupt nicht absehbar. Wie sollten sie da in ein paar Wochen oder Monaten die Ankunft eines neuen Bruders oder einer Schwester bewältigen?

»Rosa hat recht, Nette«, hörte er jetzt Frau Hommel sagen. »Gerade in deinem Schlamassel ist dein Platz hier bei uns in Thalmässing. Wir helfen dir. Du gehörst zu uns. Die ganze Gemeinde steht dir zur Seite. Jakob hat nächstes Jahr ausgelernt und verdient sicher sein eigenes Geld. Um den brauchst du dich also nicht zu sorgen. Im Gegenteil. In ein, zwei Jahren kann er euch bestimmt sogar ein wenig unterstützen, wenn es sein muss. Dein Jussef ist ein tüchtiger Kerl. Auch wenn er nicht lernt französisch zu parlieren wie einst dein Vater. Was macht das schon?

Er wird hier trotzdem seinen Weg gehen. Glaub mir, in zwei, drei Jahren wird er den Laden schon fast ebenso gut führen können wie Joel. Und was die Jüngeren betrifft: Deine Mali ist ein schönes Mädchen, für die findest du, wenn es Zeit ist, sicher einen guten Ehemann. Auch wenn sie keinen Klavierunterricht bekommen hat, wie du es dir gewünscht hättest. Und du wirst sehen, bis dein Gustav in ein paar Jahren soweit ist, kannst du ihn dann etwas Ordentliches lernen lassen. Und glaub mir, wenn das Kleine aus dem Gröbsten ist, sieht die Welt schon wieder ganz anders aus. Du hast ein schönes Haus und auch einige Ersparnisse. Die können dir über die nächste Zeit hinweghelfen, selbst wenn das Geschäft nicht so gut gehen sollte. Für die erste Zeit könntest du auch Magda Rosenfeld bitten, dir mit dem Kleinen und dem Haushalt zu helfen. Die macht das bestimmt gerne. Du weißt, die Rosenfelds können jeden weiteren Gulden gut gebrauchen und du könntest dann besser nach dem Laden sehen. Oder frag Klara Neuburger, die Witwe von Josef David. Ihr beide könntet euch gegenseitig stützen in eurem Kummer. Aber jetzt, als Witwe mit unmündigen kleinen Kindern, deine sichere Existenz hier aufzugeben, um nach München zu gehen – das wäre Wahnsinn. Joel hätte das niemals gewollt. Da bin ich mir sicher.«

Schillerstraße 13

Knapp vier Wochen vor Rosch Haschana, dem jüdischen Neujahrsfest, das in diesem Jahr Ende September begangen wurde, wurde Julius geboren. Er würde seinen Vater nie kennenlernen. In Erinnerung an Joel, der sich wenige Jahre vor seinem Tod den offiziellen Vornamen Julius gegeben hatte, wurde nun auch sein jüngster Sohn so genannt. Er war ein kräftiges Kind und sah angeblich seinem Vater ähnlich. Zumindest behaupteten das die Nachbarn und Verwandten, die Mutter und Kind besuchen kamen. Josef konnte in dem Säuglingsgesicht keine Ähnlichkeit mit irgendwem erkennen. Für ihn sahen Neugeborene alle ziemlich gleich aus. Aber er empfand von Anfang an eine stärkere Zuneigung zu seinem jüngsten Bruder als zu seinen übrigen Geschwistern. Obwohl man noch nichts über Wesen und Charakter des Neugeborenen sagen konnte, fühlte er eine starke Verbundenheit mit dem hilflosen neuen Erdenbürger, den seine Mutter da in den Armen hielt. Ohne dass jemand das von ihm gefordert hätte und auch ohne selbst darüber nachzudenken, übernahm Josef mehr oder weniger unbewusst eine Art Vaterrolle für den kleinen Julius.

An Rosch Haschana brachten die Nachbarinnen Honigkuchen und süße Zimmes vorbei. Josef liebte diese Speise – besonders wenn sie mit so vielen Rosinen zubereitet war, wie die von der Frau des Rebbe. Auch die in Honig getauchten Apfelscheiben, die sie von der Familie Süß Schülein bekommen hatten, waren köstlich. Nette hatte von einigen Familien im Ort eine Einladung erhalten, das Fest gemeinsam mit ihnen zu begehen. Aber sie hatte alle Angebote dankend abgelehnt. Sie wollte alleine mit ihrer Familie feiern. Jakob war aus München gekommen und gemeinsam hatten sie gefeiert, wenn auch ruhiger als sonst. Hatten trotz ihres unausgesprochenen Gefühls von Leere und Bitternis die süßen Speisen in der Hoffnung auf ein neues, besseres und süßeres Jahr gegessen.

Ungefähr eine Woche nach Jom Kippur, dem Versöhnungsfest, begann Josef damit, die restlichen Sommerstoffe wegzuräumen und die Winterstoffe wieder aus den oberen Regalfächern hervorzuholen. Allzu viel war es nicht, fiel ihm auf. Dieser Umstand, über den er sich im Januar noch gefreut hatte, weil es wenig Arbeit beim damaligen Umräumen bedeutet hatte, bereitete ihm nun plötzlich Sorgen. Denn mit der wenigen Ware würden sie die kommenden Monate kaum bestreiten können, so viel wusste selbst er schon. Natürlich – der Vater war ja auch immer um diese Zeit nach München gefahren, um wärmere Winterstoffe zu holen. Ganz klar, wenn sie den Laden weiter betreiben wollten, mussten sie nun sehr bald neue Ware einkaufen. Daran hatte er überhaupt noch nicht gedacht! Dabei lag es doch auf der Hand. Josef hatte plötzlich das Gefühl, den Boden unter den Füßen zu verlieren. Die Wochen und Monate nach Vaters Tod war er damit beschäftigt gewesen, die riesige Lücke, die der hinterlassen hatte, so gut es ging zu füllen. Keine Stunde hatte er seitdem mehr Zeit für sich gehabt. Während der letzten Wochen seiner Schulpflicht hatte er sich sofort nach dem Unterricht in den Laden gestellt. Sobald er dann aus der Schule entlassen war, hatte er diese Aufgabe voll übernommen. Er war im Laden und auf den Märkten gestanden, hatte sich bemüht, sich alles Notwendige möglichst schnell anzueignen. Er hatte auch versucht, Mamme so gut es ging eine Stütze zu sein und Sorgen von ihr fernzuhalten. Denn wenn er auch über Schwangerschaft und Geburt nichts Genaues wusste – so viel wusste er doch, dass man Aufregung bei werdenden Müttern zum Wohl des ungeborenen Kindes nach Möglichkeit vermeiden musste. Vaters Tod bedeutete ja schon mehr als genug Kummer. Und auch wenn er nicht wusste, wie eine Geburt eigentlich vonstattenging, so wusste er, dass sie bisweilen für Mutter oder Kind tödlich enden konnte. Beispiele von Frauen, die im Kindbett gestorben waren, gab es überall, bei Juden ebenso wie bei Christen. Er hatte schon öfter von solchen Vorfällen hier im Ort gehört und auch Salomon berichtete aus anderen Ortschaften regelmäßig über derartige Vorkommnisse. Daran, dass Mamme auch noch etwas zustoßen könnte, hatte er gar nicht zu denken gewagt. Umso glücklicher war er damals gewesen, als alles gut überstanden war, und Mutter und Kind wohlauf waren. Überhaupt hatte er seit Julius' Geburt ein wenig Hoffnung gehabt, das Leben gehe weiter. Mali, die in den Wochen nach Vaters Tod nachts oft schlafwandelnd und weinend durchs Haus gelaufen war, schlief wieder ruhig und Gustav schien nach langen Monaten endlich sein Lachen wiedergefunden zu haben. Sie hatten sogar das Neujahrsfest in gedämpfter Stimmung, aber ohne Tränen, überstanden. Ja, er hatte tatsächlich geglaubt, es könne im Laufe der Zeit wieder aufwärtsgehen. Und jetzt das! Mit einem

Schlag sah sich Josef vor neue, ungeahnte Probleme gestellt. Wer sollte die dringend benötigte neue Ware besorgen? Er selbst vielleicht? Aber er wusste ja weder welche Mengen noch welche Qualitäten benötigt wurden. Viele Stoffe, nämlich die besonders begehrten, die im Januar, als er den Laden neu sortiert hatte, bereits ausverkauft waren, hatte er überhaupt noch nicht gesehen und kannte weder ihre Bezeichnung noch den Preis dafür. Er kannte weder die Namen noch die Adressen der Großhändler und in München war er auch noch nie gewesen. Er hatte sich in seinem Leben ja noch nicht einmal eine Fahrkarte für die Eisenbahn gekauft und jetzt sollte er vielleicht auf eigene Faust in die große, unbekannte Stadt und dort Entscheidungen treffen, von denen die Existenz der ganzen Familie abhing? Fragen über Fragen taten sich mit einem Mal auf. Seit Vaters Tod hatten sie außer Rosenfelds Lohn für das Geschäft so gut wie keine Ausgaben gehabt. Vater hatte die Ware, die er mitgebracht hatte, bereits bezahlt. Jetzt aber standen erstmals größere Anschaffungen und wegweisende Entscheidungen an. Nein, er konnte das nicht! Josef hatte plötzlich das Gefühl, als schnüre es ihm die Luft ab, als würde sein Herz zusammengepresst. Die ganze Anspannung der zurückliegenden Monate schien sich in diesem Moment geradezu körperlich um ihn herum aufzutürmen und ihn zu erdrücken. Am liebsten hätte er die Ladentüre aufgerissen und wäre hinausgestürmt. Irgendwohin in die Wälder, die sich schon allmählich bunt färbten, oder an den nahen Bach, der immer noch so munter dahinfloss wie eh und je, so als sei nichts geschehen, als hätte sich Josefs Welt nicht völlig verändert, als sei alles noch so, wie es vor Vaters Tod einmal gewesen war. Er wollte einfach nur weg, weg von all den sich ständig neu auftürmenden Fragen, den ungelösten Problemen, weg von all der drückenden, erdrückenden Verantwortung. Warum konnte er nicht wie die Stare und Schwalben einfach weit fort von hier, weg von allem, was ihn quälte?

Aber es half nichts. Er hatte keine Möglichkeit, seiner Gegenwart zu entkommen. Und tief in seinem Inneren wusste er auch, dass er seine Familie niemals im Stich gelassen hätte – selbst wenn sich für ihn eine gute Gelegenheit geboten hätte. Er würde weitermachen, würde tun, was in seiner Macht stand. Der unerträgliche Würgegriff der Angst, der ihm die Luft abgedrückt hatte, ließ allmählich nach. Josef atmete tief ein. Er würde eine Lösung finden. Er würde sich mit Mutter bereden. Die war zwar bei den Einkäufen in München selbst nie dabei gewesen, aber seine Eltern hatten sich im Vorfeld immer besprochen, das wusste er. Außerdem hatte Vater natürlich über seine Einnahmen und Ausgaben Buch geführt. Auch in seinen Geschäftsunterlagen konnten sich also noch Hinweise finden lassen. Und dann war da noch Rosenfeld. Der war in München immer dabei gewesen, der kannte also zumindest die Adressen und wusste, wohin man sich wenden musste. Vorwärts, weiter, immer weiter!

Wo nur Rosenfeld blieb? Er war vor Stunden losgezogen, um Brennholz für den Winter zu besorgen. Josef beschloss, nicht mehr länger auf ihn zu warten, sondern den Laden für heute zu schließen. Er musste mit seiner Mutter reden.

Bereits im August hatte Nette in Erwartung der bevorstehenden Geburt Erna, ein Christenmädchen aus dem nahegelegenen kleinen Dorf Hagenich, zur Unterstützung im Haushalt eingestellt. Ebenso wie Josef war sie gerade mit der Schule fertig geworden. Doch kannten sich die beiden nur flüchtig vom Sehen, da Erna selbstverständlich die Schule der Gojim besucht hatte, wo sie unter dem Drill von Lehrer Gerngroß und in beständiger Angst vor seinen möglichen Schlägen, den berüchtigten Tatzen, gelernt und gelitten hatte. Sie tat sich zwar anfangs schwer mit der Unterscheidung des Geschirrs in milchig und fleischig, doch nach einigen Wochen der Eingewöhnung konnte man ihr neben den übrigen Haushaltstätigkeiten auch den Abwasch und das Aufräumen der Küche überlassen. Das Kochen übernahm Nette aber nach wie vor selbst. Es war nicht anzunehmen, dass man Erna in absehbarer Zeit auch noch die Zubereitung koscherer Speisen und die strengen Vorschriften, die dabei zu beachten waren, beibringen konnte. Wenn Josef und Max Rosenfeld auf Märkten unterwegs waren, was etwa einmal im Monat der Fall war, übernahm Nette auch den Laden. Das war schon zu Joels Lebzeiten so gewesen, doch waren in den letzten Monaten noch zwei Märkte in Hilpoltstein und Roth dazugekommen. Das war zwar einerseits erfreulich, weil es zusätzliche Einnahmen brachte, doch war damit natürlich auch mehr Belastung für Nette verbunden. Neben ihren sonstigen Besorgungen, der Bestellung ihres Gemüsegartens, der Versorgung der Hühner, der Beaufsichtigung der Hausaufgaben von Amalie und Gustav und dem Stillen und der Pflege des Säuglings, saß sie nun etliche Stunden des Tages über den Einnahmen und Ausgaben des Ladens, vor allem aber über Joels Hinterlassenschaft an Papieren und Unterlagen über seine Münchner Geschäfte. Sichtete, ordnete und rechnete und schrieb lange Briefe. Josef hatte von diesen Aktivitäten seiner Mutter so gut wie keine Notiz genommen. Dazu war er viel zu sehr mit sich und all den neuen Aufgaben beschäftigt gewesen. Als er nun in die Stube trat, fand er sie am Tisch über einer Menge Papieren und Unterlagen sitzend vor. Sie lächelte ihm zu. »Gut, dass du kommst, Jussef. Setz dich her zu mir! Ich muss mit dir reden.«

***

Anfang Januar kamen sie in München an. Jeanette hatte für sich und die jüngeren Kinder eine Wohnung unweit des Hauptbahnhofs gefunden. Seit Tagen hatte es ununterbrochen geschneit. Josef hatte aus dem Zugabteil gedankenverloren den wirbelnden Flocken zugesehen. Hatte in die weiße Landschaft gestarrt. Zeit genug dazu hatte er ja während der dreistündigen Fahrt von Ingolstadt nach München. ›Vorwärts, immer vorwärts – so wie diese Eisenbahn‹, ging es ihm durch den Kopf. Vorwärts wohin?

Der kleine Julius hatte zum Glück in Mutters Armen geschlafen. Mali schaute ebenso wie ihr großer Bruder die meiste Zeit aus dem Fenster und summte dabei, wie so oft, leise vor sich hin. Seit Vaters Tod waren ihre Melodien allerdings deutlich schwermütiger geworden. Gustav konnte seine Aufregung kaum zügeln. Alles, was mit Technik oder Mechanik zu tun hatte, faszinierte ihn. Und nun gar eine Fahrt mit der Eisenbahn! Erna versuchte ihn, so gut es ging, zu beschäftigen. Sie konnte aber nicht verhindern, dass er Josef mit ständig neuen Fragen immer wieder aus seinen Gedanken riss. Seine erste Fahrt mit der Eisenbahn hatte der sich wahrhaftig anders vorgestellt. Aber es war ja überhaupt alles anders gekommen, als er es jemals gedacht hatte. Wie es nun wohl weitergehen würde? Seine Geschwister und Mutter in der großen Stadt. Was sollte er von dieser neuen Entwicklung halten? Er wusste es nicht.

Der schön gestalteten Bahnhofsfassade schenkte er daher bei der Ankunft eben so wenig Aufmerksamkeit wie der Anlage des weiten Platzes davor und dem beeindruckenden Blick auf die dahinterliegende Stadt. Trotz allem Betriebs, der hier herrschte, erschien ihm der Bahnhofsplatz als eine öde Fläche unter einer dicken Schneedecke. Schnee hatte er immer gerne gemocht. Er nahm den Dingen ihre harte Kontur und verwandelte die Landschaft auf zauberhafte Weise, sodass man meinen konnte, plötzlich in einer anderen Welt zu sein. Noch im letzten Jahr war das für ihn die Zeit heftiger Schneeballschlachten und rasanter Schlittenfahrten gewesen. Moshe und er hatten sich früher wilde Rennen geliefert. Er hatte es auch geliebt, auf Eisflächen dahinzuschlittern, je schneller und gewagter, desto besser. Aber das war jetzt vorbei. Für derlei Vergnügungen hatte er mittlerweile weder Zeit noch Lust.

Unter der weichen, weißen Decke des Schnees schien gewöhnlich alles wie gedämpft. Aber hier war er nicht weiß, wie er sein sollte, sondern fast schwarz vom Ruß der Dampfloks. An vielen Stellen war er vom Gewicht der wartenden Kutschen und den Handkarren der Gepäckträger zu einer grauschwarzen Eisschicht zusammengepresst, die das Vorankommen schwer machte und dem ganzen Platz etwas Trostloses verlieh. Auch der Himmel darüber war grau und der eisige Winterwind trug statt frischer, reiner Luft unangenehmen Qualm heran. Josef hatte das Gefühl, kaum atmen zu können. Alle Leute ringsum schienen es eilig zu haben, von hier fortzukommen. Nach Hause, in ein Hotel oder ein Gasthaus. Nur weg aus dieser winterlichen Trostlosigkeit! Josef konnte es ihnen nachfühlen.

Auch als sie den Platz mit einem der Gepäckträger und seinem Handkarren für die wenige Habe, die sie im Zug mitgenommen hatten, verlassen hatten, wurde es nicht einfacher. Überall lagen hohe, schmutziggraue Schneehaufen, die ein fast unüberwindliches Hindernis darstellten, wenn man von der einen Straßenseite auf die andere wollte. Auf den Straßen war der Schnee, genauso wie am Bahnhofsvorplatz, von den zahlreichen Fuhrwerken in eine eisige Schicht verwandelt worden. Auf den Bürgersteigen waren schmale Schneisen freigeräumt, die kaum weniger glatt waren als die Fahrbahn. Gut, dass sie wenigstens nicht sehr weit zu gehen hatten. Jedenfalls behauptete seine Mutter, sie seien gleich da. Ihn fröstelte es weniger wegen der Temperatur, wie ihm schien, als vielmehr wegen der abweisenden, ja feindlichen Atmosphäre, die er hier empfand. War das die Stadt mit ihren vornehmen Palais, den Prachtbauten, schön gestalteten Plätzen und vielen Parks, in denen die Bewohner flanierten? Die Stadt, von deren Biergärten Tate ihm so vorgeschwärmt hatte, weil man dort sein Essen mitbringen durfte und die deshalb auch bei den Juden sehr beliebt waren? Er konnte nichts von alledem entdecken. Ja, es gab hier hohe, neu errichtete Häuser mit schönen Läden und breite Straßen, wie er das bisher noch nie in seinem Leben gesehen hatte. Aber all das gefiel ihm nicht. Wie wohl die Wohnung sein würde? Zwei Zimmer hatten sie zu ihrer eigenen

Benutzung, dazu eine kleine Kammer, in der Erna untergebracht war. Das dritte Zimmer wollte Mutter untervermieten, um sich die Wohnung überhaupt leisten zu können. Mehr sei im Moment nicht möglich, hatte sie erklärt. Zumindest nicht hier, in dieser Gegend, die angeblich nicht die schlechteste war. Es war nicht leicht gewesen, in kurzer Zeit etwas Bezahlbares zu finden. Vaters Münchner Bekannter, Moritz Guggenheimer, war ihr zum Glück bei der Suche behilflich gewesen. Dank ihm mussten sie nicht, wie so viele Neuankömmlinge, mit irgendeiner armseligen Unterkunft vorliebnehmen oder gar in eines der berüchtigten Herbergshäuser in Haidhausen ziehen. Dort hausten angeblich ganze Familien in nur einer Kammer. Josef mochte sich das gar nicht vorstellen. Was zog die Menschen nur alle in die Stadt, wenn sie hier nicht einmal den nötigsten Platz zum Leben hatten? Die Schillerstraße war allerdings eine respektable Adresse. Das war Mutter wichtig gewesen. Auch wenn sie sich nur eine Wohnung im dritten Stock und zum Hinterhof gelegen leisten konnten.

»Wenn wir Geldgeschäfte machen wollen, brauchen wir das Vertrauen unserer Kunden vielleicht sogar noch mehr als im Tuchhandel. Vertrauen ist unser wichtigstes Kapital. Dafür ist eine respektable Adresse der erste Schritt. Wenn wir das nicht bewerkstelligen könnten, wären wir besser daheim in Thalmässing geblieben. Euer Vater und ich hatten eine Übersiedelung nach München ja nicht deshalb ins Auge gefasst, um uns zu verschlechtern. Wir wollten beide, dass ihr Kinder eine bessere Zukunft habt. Abgesehen von der guten Adresse ist die Wohnung zwar sicher nicht das, was sich euer Vater für uns vorgestellt hätte«, hatte sie nach einer Weile seufzend hinzugefügt. »Aber für den Anfang muss es so gehen. Im nächsten Jahr beendet Jakob seine Lehre. Dann kann er statt des Untermieters in das dritte Zimmer einziehen und etwas beisteuern. Wir werden das schon schaffen. Wir müssen. Ich werde jedenfalls alles versuchen, um uns eine bessere Existenz aufzubauen.«

Nach wenigen Gehminuten machte Mamme vor einem hohen, schweren Eingangsportal halt. Sie waren da. *Schillerstraße 13* stand in weißer Schrift auf einem blauen Emailleschild, das neben dem Portal in Augenhöhe angebracht war. Vom geräumigen Treppenhaus führte eine breite Treppe aus Eichenholz und mit einem schön gearbeiteten Geländer aus Gusseisen nach oben. Das war ohne Zweifel ein vornehmes Haus. Aber Behaglichkeit strahlte es nach Josefs Meinung nicht aus.

»Wann kommen denn unsere Möbel?«, wollte Mali wissen. Sie hatten die Fuhrleute mit den Möbeln bereits einen Tag früher losgeschickt. Seltsam war es im leeren Haus gewesen. Die letzte Nacht in Thalmässing hatten sie getrennt voneinander bei mehreren Familien verbracht. Josef war bei Hommels untergekommen, seine Mutter mit Mali und dem kleinen Julius im Haus des Rebbe und Gustav war von der Familie seines Schulkameraden Joachim Süß aufgenommen worden. Erna hatte sich auf den Weg zum Haus ihrer Eltern gemacht. Für eine Nacht war sie dort willkommen. Nettes Befürchtung, die Maiers könnten es Erna verbieten, sie nach München zu begleiten, hatten sich allerdings als völlig unbegründet erwiesen. Ihre Eltern waren froh gewesen, eine Esserin weniger im Haus zu haben und die Aussicht, ihre Tochter, solange sich keine andere Dienststelle fand, zumindest für ein paar Wochen wieder verköstigen zu müssen, war ihnen alles andere als willkommen gewesen. Sie hatten wahrhaftig keine Einwendungen gehabt, dass Erna gemeinsam mit den Schüleins in ein neues Leben aufbrach.

Ein paar Stunden hatten sie sich in der leeren Wohnung noch gedulden müssen, bis die Fuhrleute endlich ankamen. Wenigstens hatte Guggenheimer für einen ordentlichen Holzvorrat gesorgt, sodass sie in der Zwischenzeit nicht frieren mussten.

Fremd sahen die vertrauten Möbel in der neuen Umgebung aus, als sie schließlich angeliefert wurden. Der pompöse Glasschrank wirkte plötzlich viel zierlicher, der Esstisch nahm sich in der neuen Umgebung seltsam und unpassend bäuerlich aus. Wie verloren wirkte er dort in der Ecke. Überhaupt schienen alle Möbel geschrumpft zu sein. Erst jetzt registrierte Josef, wie hoch die neue Wohnung war. ›Repräsentativ‹, nannte Mutter das. Aber auf Josef wirkte es nur ungemütlich, weit weniger wohnlich als die niedrige Stube ihres früheren Zuhauses in Thalmässing. ›Wie sollen wir denn hier Sukkot feiern?‹, ging es ihm plötzlich durch den Kopf. Das Laubhüttenfest hatte er immer besonders gern gehabt. Es hatte ihm Spaß gemacht, Zweige und Laub für das Dach der Hütte zu sammeln. Das Innere hatte Mamme tradionell sorgfältig mit Getreidegarben, Früchten, bunten Tüchern und Bildern reich geschmückt. Es hatte Spaß gemacht, wenn sie alle hinter ihrem Haus in der Hütte so eng beisammensaßen und vor dem Einschlafen noch die Sterne durch das halb offene Dach betrachteten. Hier gab es keinen Platz für eine eigene Sukka. Auch mit dieser Freude war es vorbei.

Die Nacht verbrachte Josef im Zimmer, das künftig dem Untermieter vorbehalten sein sollte. Von der Straße drangen ungewöhnliche Geräusche herein. Einmal meinte er sogar das Pfeifen einer Lokomotive zu hören. Aber vielleicht bildete er sich das auch nur ein. Morgen würde er wieder zurückfahren. ›Heim‹ konnte er nicht mehr sagen. Was war jetzt daheim für ihn? München, die Stadt, in der der Rest der Familie wohnte, seine Mutter und die Geschwister? Sicher nicht. Jedenfalls noch nicht. Das Haus in Thalmässing, in das er morgen zurückkehren würde, das aber jetzt andere Besitzer hatte? ›Ich bin also heimatlos‹, ging es ihm durch den Kopf und mit diesem wenig erbaulichen Gedanken schlief er schließlich ein.

***

Während seiner Abwesenheit hatten Rosenfelds, die neuen Besitzer, ihre wenigen Habseligkeiten in ihr neues Zuhause geschafft. Das spärliche Mobiliar aus einfachem Fichtenholz sah hier drinnen ebenso fremd aus wie Mutters Nussbaumschrank in der neuen Münchner Wohnung. Dort, wo er eben noch gestanden hatte, sah man noch die Umrisse an der Wand. Auch von dem Bild, das über dem Diwan gehangen hatte, konnte man die Umrisse deutlich erkennen. Die alte Eckbank stand noch an ihrem gewohnten Platz. Für sie hatte Nette in der neuen Wohnung keine Verwendung gehabt. Stattdessen hatte sie vom Schreiner im benachbarten Greding acht Stühle anfertigen lassen. ›Mach sie mir nicht zu bäuerlich‹, hatte sie gemahnt, ›schließlich sollen sie in einer Münchner Stadtwohnung stehen. Es muss nicht gleich jeder Besuch auf den ersten Blick sehen, dass wir vom Land kommen.‹ Der Schreiner Ludwig hatte ihr daraufhin versichert, sein Bestes zu versuchen. Für die Vorhänge hatte Nette ebenfalls keine Verwendung mehr gehabt. Die Fenster der neuen Wohnung waren ja viel höher. Magda Rosenfeld strich nun immer wieder ungläubig und mit einem seligen Lächeln auf dem Gesicht zärtlich über die Stoffbahnen. ›Was für a Massl‹, murmelte sie dabei vor sich hin und strahlte über das ganze Gesicht. Sie konnte ihr Glück noch immer nicht fassen. Anstelle der zwei ebenerdigen, armseligen Kammern, die sie bis jetzt ihr Eigen genannt hatte, bewohnten sie nun ein ganzes Haus! Eines, das diese Bezeichnung wirklich verdiente. Ein Haus mit Laden, Stube, Küche und Kammer im Erdgeschoss und einem weiteren Stockwerk, wo die Schlafräume untergebracht waren! Immer wieder ging sie in die geräumige Küche und die Treppen hinauf und schaute ungläubig in die Schlafkammer ihrer Kinder und in ihre eigene. Getrennte Kammern für Eltern und Kinder, ja mehr noch, jedes Kind hatte nun ein eigenes Bett für sich allein! Max junior und sein Zwillingsbruder Mathias, Hanna und Jenny – jedes der Kinder konnte sich künftig im eigenen Bett strecken, wie es wollte. Vorbei die Zeiten, in denen sie sich zu dritt eines teilen mussten und die kleine Jenny noch bei den Eltern mitschlief. Aus Platzmangel in ihrer neuen Wohnung hatte Nette nämlich auch eines der Betten hier zurücklassen müssen. Das alles war nun Magdas Reich, in dem sie künftig als Hausherrin schalten und walten konnte.

Auch ihre Hühner, auf die sie immer so stolz gewesen war, hatte Nette nicht mitnehmen können. »Bei so vielen Hühnern können wir ja beinahe eine Geflügel- und Eiergroßhandlung eröffnen«, schmunzelte Max Rosenfeld. Sein neuer Arbeitgeber besaß also auch Humor und konnte witzig sein, stellte Josef erstaunt fest.

Nicht nur der Hühnerstall und die neuen Räumlichkeiten erschienen Magda wie ein Geschenk des Himmels. Das ehemalige Schülein-Anwesen verfügte nach hinten hinaus auch noch über einen Gemüsegarten und zwei Obstbäume. Auch wenn draußen noch eisige Temperaturen herrschten, vor ihrem geistigen Auge grünte und blühte es bereits. Sie säte und pflanzte und die Familie erfreute sich jeden Tag an frischem Salat, Obst und Gemüse.

Ja, ohne dass sie es beabsichtigt hätten, hatte doch Nettes Unglück unerwartet Rosenfelds Glück bedeutet. Als Nette Schülein ihnen das Angebot zum Kauf unterbreitet hatte, hatte Magda kaum ihren Ohren getraut. »Uns bietest du dein Anwesen an, Nette?«, hatte Magda ungläubig gefragt. »Wieso denn ausgerechnet uns? Du weißt doch, dass wir außer diesem armseligen Dach über dem Kopf keinerlei Vermögen haben.«

Ja, das sei ihr bewusst, hatte die junge Witwe geantwortet. Aber sie habe sich das gründlich überlegt. Sie wollte ihren Kindern eine bessere Zukunft bieten. Das sei Joels letzter Wunsch gewesen und daran fühlte sie sich gebunden.

»Ich weiß, dass die meisten hier anders denken und mein Vorhaben für Wahnsinn halten. Aber glaubt mir, ich weiß, was ich tue. Wenn ich den Laden an einen Fremden verkaufe, gehe ich auch ein Risiko ein. Wer garantiert mir denn, dass der ihn erfolgreich weiterführt? Wer sagt mir, dass ein fremder Käufer seine Hypotheken dauerhaft bedienen kann? Zu euch habe ich Vertrauen. Keiner kennt den Laden so gut wie du, Max, und was genauso wichtig ist: Die Leute kennen dich.«

Wie es seine Art war, hatte Max damals kaum ein Wort gesagt. Aber Magda hatte gespürt, wie sehr ihn das Angebot geehrt und vor allem angespornt hatte. Keiner von beiden hatte sich je träumen lassen, der Armut dauerhaft zu entkommen. Doch nun plötzlich lachte ihnen das Glück zu.

Dann war alles recht schnell gegangen. Nette hatte ihnen einen günstigen Preis genannt und mit dem Schmied, ihrem Nachbarn, waren die Rosenfelds schnell übereingekommen, ihm ihr altes Anwesen zu überlassen. Er hatte schon seit längerer Zeit vorgehabt seine Werkstatt zu vergrößern. Der Kauf des Nachbargrundstücks verschaffte ihm dazu nun endlich Gelegenheit. Magda konnte es immer noch nicht glauben. Noch immer schien dies alles unwirklich, wie ein Traum. Aber eines wusste sie genau: So eine Gelegenheit, das Schicksal in die eigenen Hände zu nehmen, bot sich einem, wenn überhaupt, dann höchstens einmal im Leben. Eine Einkommensquelle wie die, die Nette ihnen geboten hatte, würde sich nie wieder auftun. Aus dem armen Gehilfen Max Rosenfeld und seiner Frau Magda waren über Nacht Geschäftsleute geworden. Sie mussten es schaffen, den Laden am Laufen zu halten!

Josef hatte seine gewohnte Schlafkammer für sich allein behalten. Nichts hatte sich hier drinnen verändert und doch war alles anders geworden. Wie sehr hatte er sich bisweilen eine Kammer ganz für sich allein gewünscht, so wie Mali sie hatte. Der Wunsch war zwar in Erfüllung gegangen, aber auf welche Weise und um welchen Preis! So hätte Josef das niemals gewollt! Wie hatte Frau Hommel unlängst gesagt: ›Der Mensch denkt und Gott lacht.‹ Recht hatte sie! Wie dankbar wäre er nun für Gustavs Gesellschaft gewesen. Nebenan schliefen die neuen Besitzer, Menschen, die er zwar von Kindesbeinen an kannte, die aber eben nicht seine Familie waren. Mit ihnen würde er die nächste Zeit leben müssen.

Bei den Verkaufsverhandlungen hatte seine Mutter darauf bestanden, dass Josef weiterhin seine eigene Schlafkammer bewohnen durfte und nicht wie ein gewöhnlicher Dienstbote in der Gesindekammer hausen musste. Rosenfeld war ohne zu zögern damit einverstanden gewesen. Wahrscheinlich wäre es ihm auch ohne diese Regelung nicht eingefallen, den Sohn seines früheren Brotherrn wie einen beliebigen Angestellten in einem schäbigen, zugigen Verschlag einzuquartieren.

Die Entscheidung, Josef bei Rosenfelds in Thalmässing zu lassen, war Nette nicht leichtgefallen. Aber es musste sein – zumindest für den Anfang. Unterm Jahr einen neuen, tüchtigen Gehilfen zu bekommen, war schließlich nicht einfach und es hätte Rosenfeld wohl auch einige Zeit gekostet, ihn halbwegs so anzulernen, damit er ihm wirklich zur Hand gehen konnte. Josef aber kannte sich inzwischen im Geschäft leidlich aus und er war bei vielen Kunden bekannt und vor allem beliebt. Morgen würde er also offiziell seinen Dienst antreten. Eine schöne Karriere war das: vom Sohn des Ladenbesitzers zum Gehilfen des ehemaligen Gehilfen. Aber er würde nicht sein Leben lang Gehilfe bleiben, da war er sich sicher. Wie hatte Mamme gesagt: »Ein halbes Jahr oder Jahr, Jussef, bis Rosenfeld fest im Geschäft steht. Dann sehen wir weiter.«

Seine Familie würde er erst in ungefähr vier Wochen wiedersehen, wenn die Mesusa offiziell und verbunden mit einer kleinen Einweihungsfeierlichkeit an die Türpfosten genagelt würde. Mamme hatte ihm bei seiner Abreise versprochen, dann sein Lieblingsgericht zu kochen: Grünkernsuppe, gekochtes Rindfleisch in Petersiliensoße und ihren herrlichen, köstlichen Kartoffelsalat.

J. Schülein & Söhne

Ins Adressbuch der Stadt München ließ sich Nette als *Schülein, Jeanette, Privatiere, Schillerstraße 13* eintragen. Schließlich musste man nicht jedem auf die Nase binden, wer sich seit Joels Tod als Betreiber, oder besser gesagt, als Betreiberin hinter der Firma J. Schülein & Söhne verbarg. Die Bezeichnung stimmte ja trotzdem noch, auch wenn statt Joel nun Jeanette Schülein die Verantwortung für die Geschäfte trug. Die ersten Kredite, die Joel noch zu seinen Lebzeiten vergeben hatte, waren inzwischen mit Zinsen zurückbezahlt worden und Nette hatte die Summen sowie die erste Rate vom Verkauf des Anwesens in Thalmässing in neue Geschäfte gesteckt. Ihr verstorbener Mann hatte mit seiner Einschätzung recht gehabt: Ganz München brauchte Geld. Sie achtete darauf, nie allzu große Summen in ein einziges Unternehmen zu investieren. Lieber vergab sie mehrere kleine Kredite, zum Beispiel an Handwerker, die eine Werkstatt einrichteten oder Werkzeuge anschafften, an eine Witwe, die sich mit der Anschaffung einer Nähmaschine eine Existenz aufbauen wollte, an Familien für die Anschaffung von Mobiliar oder für kleinere An- und Umbauten. Falls dann tatsächlich einmal ein Kredit ausfallen sollte, so ihre Überlegung, wäre der Schaden geringer. Die meisten ihrer Kunden waren einfache Leute, Neuankömmlinge vom Land, wie Nette selbst eine war. Scharenweise strömten sie seit Jahren in die Stadt, ein Ende war nicht abzusehen. An Kundschaft mangelte es also nicht.

Die Wochen bis zum Pessachfest waren Josef wie im Flug vergangen. Als die Tage wieder heller wurden und die Natur zu neuem Leben erwachte, kehrte auch seine ihm angeborene Lebenslust nach und nach zurück. Nun freute er sich, die Feiertage gemeinsam mit der Familie zu verbringen – und auf Mammes gute Küche. Magdas Suppen schienen ihm im Vergleich zu denen seiner Mutter stets wässrig und die Fleischportionen fielen bei ihr auch immer sehr klein aus. Rosenfelds hatten sich noch nicht wirklich an die unerwartete Verbesserung ihrer Lebensumstände gewöhnt und Magda wirtschaftete nach wie vor äußerst sparsam.

Mali fiel ihm zur Begrüßung stürmisch um den Hals. »Weißt du schon, dass ich jetzt Gesangsunterricht nehme?«, sprudelte es aus ihr heraus. »Zweimal die Woche. Das ist fast genauso gut wie Klavierspielen, finde ich. Es macht mir jedenfalls riesigen Spaß.«

Mit ihrem offenen und fröhlichen Wesen war seine Schwester von allen Geschwistern Josef am ähnlichsten, wobei sich natürlich noch keine Aussage machen ließ, was den kleinen Julius betraf. Der schien ganz vergnügt auf Mutters Arm, doch als Josef sich ihm näherte, verzog der Kleine das Gesicht. Josefs Zuneigung zu ihm tat das keinen Abbruch, zumal Mamme meinte, solch ein Verhalten sei in diesem Alter normal. Ordentlich gewachsen war sein jüngster Bruder jedenfalls, wie Josef erstaunt feststellte.

»Na«, meinte Mamme lächelnd, »dasselbe kann man aber auch von dir sagen, Jussef. Du bist ja richtig in die Höhe geschossen, seit wir uns das letzte Mal gesehen haben.«

Das stimmte. Seine Hosen, die ihm vor wenigen Monaten noch ordentlich lang gewesen waren, reichten ihm inzwischen nicht einmal mehr bis zu den Knöcheln. Ein Glück nur, dass man es hinter dem Ladentisch nicht sah. Mehr Kummer bereiteten ihm da schon seine Schuhe. Er hatte sie erst vor wenigen Monaten für gutes Geld gekauft. Damals waren sie ihm so groß gewesen, dass er sie mit Zeitungspapier ausstopfen musste. Doch inzwischen drückten sie ihn, selbst wenn er die Zehen einzog. So ärgerlich das war, er würde nicht umhinkommen, Mamme um Geld für ein neues Paar zu bitten.

Der Tisch für den Sederabend war feierlich gedeckt. Das Pessachservice kam in der neuen Wohnung sogar viel besser zur Geltung. In der Mitte der festlichen Tafel prangte der Sederteller mit den traditionellen Speisen, die an das Exil und die Flucht aus Ägypten erinnern sollten: Meerrettich, ein wenig Lamm, Radieschen und gesottene Eier, außerdem süße Charojses aus Äpfeln, Nüssen und süßem Rotwein. Selbstverständlich gab es auch Matze, das ungesäuerte Brot, das an keinem Sederabend fehlen durfte.

»Jetzt greift tüchtig zu und lasst es euch schmecken! München hat zwar ausgesprochen viele Metzgereien, aber für uns Juden ist es trotzdem nicht einfach, koscheres Fleisch zu bekommen. Man hört hier immer wieder kritische Stimmen gegen das Schächten. Aber ihr könnt unbesorgt sein, ich beziehe das Fleisch von

Salomon Marr. Da kann ich sicher sein, dass alles den Vorschriften entspricht«, beteuerte Nette, als Erna das Fleisch auftrug. Trotz seines Appetites und der dargebotenen Köstlichkeiten kam Josef vor lauter Fragen und Erzählen kaum zum essen. Von wem er Mamme und seinen Geschwistern nicht alles Grüße ausrichten musste! Von Rosenfelds selbstverständlich und natürlich auch von Hommels, den Erlangers, Pappenheimers, Neuburgers, und, und, und … Nette hatte mit ihrer Einschätzung recht gehabt, das Geschäft lief unter Rosenfelds Führung gut. Im Februar, am Tag, an dem die Gojim Lichtmess feierten, hatte auch in den kleineren Orten die Zeit der Märkte wieder begonnen. Josef war mit Rosenfeld nach Eichstätt gefahren. Im März waren sie auf dem großen Frühjahrsmarkt in Ingolstadt gestanden und Ende dieses Monats würden sie erstmals auch auf dem Johanni-Markt in Kipfenberg verkaufen.

Die Synagoge in der Westenriederstraße war von der Wohnung aus in einem 20-minütigen Fußmarsch zu erreichen. Jetzt, wo kein Schnee mehr lag, konnte man bequem zu zweit auf den Trottoirs nebeneinander gehen. Im hellen Schein der Frühjahrssonne schien die Stadt weit freundlicher als bei seinen beiden letzten Besuchen. Erstmals ahnte Josef etwas von ihrer vielgepriesenen Schönheit. Beim gestrigen Gang zum Abendgottesdienst hatte er trotz des Lichts der Gaslaternen noch nicht viel davon erkennen können. Doch nun, im hellen Vormittagslicht, bekam er erstmals einen Eindruck. Viel Zeit, um die schön gestalteten Fassaden der Häuser zu bewundern und sich alles in Ruhe anzusehen, blieb ihm allerdings nicht.

»Ich wundere mich, wie Mutter das alles meistert. Ich bin sicher, nicht alle Frauen hätten den Mut gehabt, dieses Wagnis überhaupt auf sich zu nehmen«, begann Jakob ein Gespräch, das er schon lange mit seinem Bruder hatte führen wollen.

»Da stimme ich dir zu. Ich kann mich noch lebhaft an ein Gespräch erinnern, bei dem ich unfreiwillig Zeuge wurde. Damals haben Frau Hommel und die Frau des Rebbe unserer Mamme eindringlich von ihrem Vorhaben abgeraten. »Wahnsinn« haben sie es genannt. Ich glaube, selbst die Rosenfelds haben innerlich über Mutters Vorhaben den Kopf geschüttelt.«

»Das glaube ich gerne. Die wissen aus eigener Erfahrung, wie sich ärmliche Verhältnisse anfühlen, und nicht jede Unternehmung glückt schließlich. Massel und Broche, hoffen wir, dass es weiter gut läuft und wir nicht kappores gehen! Das darf auf keinen Fall passieren, Jussef! Die letzten Tage war ich nach Feierabend oft bei ihr und habe ihr bei der Buchführung geholfen. Bei den ganzen Vorbereitungen für Pessach hätte sie das nicht auch noch geschafft. Da ist mir erst so richtig aufgefallen, was unsere Mutter alles bewältigen muss. Es sind ja nicht nur die Geschäfte, da ist auch noch die Haushaltsführung und die Sorge um die Kleinen. Und dann noch die enge Wohnung! Gerade einmal zwei Zimmer zur eigenen Nutzung! Trotzdem scheint sie immer gute Laune zu haben. Mutter jammert nie, sie lässt den Mut nicht sinken. Das bewundere ich an ihr ebenso wie ihre Tatkraft.«

»Ja, ich weiß. Ich habe es ja zu Hause in Thalmässing nach Vaters Tod auch miterlebt. Aber jetzt mach dir nicht so viele Sorgen, Jakob, sondern genieße den schönen Tag! Wenn wir alle zusammenhalten, werden wir es schon schaffen.«

»Das sagst du so leichthin. Aber ganz so einfach ist es doch nicht.«

»Aber warum denn? Mamme hat doch bereits Kredite vergeben, das Geschäft läuft also.«

»Ja, Kredite hat sie vergeben. Das ist derzeit aber auch nicht schwer. Geld brauchen viele und es zu fest vereinbarten Bedingungen zu nehmen, um es für die eigenen Zwecke zu nutzen, das ist mittlerweile nichts Ungewöhnliches mehr. Wer weiß, vielleicht nimmt es mancher sogar lieber von einer Frau, weil er hofft, sich dann später leichter vor der Rückzahlung drücken zu können. Glaub mir, Jussef, ich habe in meiner Lehrzeit schon manchen säumigen Schuldner erlebt und manche Kredite sind überhaupt nicht mehr zurückgezahlt worden oder nur zu einem ganz kleinen Teil. Das kann alles passieren. Was Mamme vor allem braucht, sind Sparer, die ihr Geld anvertrauen. Das dauert natürlich, das ist mir schon klar. Dazu muss sie erst bekannt werden und das Vertrauen der Leute gewinnen. Und ich fürchte, für eine Frau ist das noch viel schwerer, gerade wenn es sich um Geldangelegenheiten handelt. Wohl die wenigsten trauen einer Frau überhaupt Fähigkeiten in Geldgeschäften zu. Aber ewig kann sie auf diesem niedrigen Niveau nicht weitermachen. Auf die Dauer gesehen ist unser Kapital viel zu gering. Von den wenigen Kreditvergaben, die sie damit tätigen kann, kann die Familie langfristig nicht existieren. Da wäre sie lieber bei unserem Laden geblieben. In Thalmässing war sie eine angesehene Frau, hier ist sie ein Niemand. Ich weiß, das kann sich ändern. Aber das sollte schnell passieren. Spätestens bis Ende des Jahres braucht Mutter mehr Geldmittel.«

Josef schwieg. So hatte er das noch gar nicht gesehen. Das Bankgeschäft schien doch weit komplizierter zu sein als der Tuchhandel. Aber in einem Punkt waren sich beide Betätigungen offenbar ähnlich: Man musste das Vertrauen der Leute gewinnen.

***

Wo war nur die Zeit hingekommen? Frühjahr, Sommer und Herbst waren nur so an Josef vorbeigerauscht. Tage im Laden und auf den verschiedenen Märkten in der näheren oder weiteren Umgebung wechselten einander ab. Während die Markttage für Rosenfeld immer ein Gräuel waren, freute sich Josef vom einen auf den nächsten und konnte es oft kaum erwarten, die ruhige Beschaulichkeit des Ladens gegen den Trubel des Marktes zu tauschen. Auf den Märkten fühlte er sich zuhause. Es machte ihm Freude, ständig mit neuen Leuten ins Gespräch zu kommen, Neues zu sehen und zu erfahren und seinerseits Neuigkeiten zu erzählen.

Auf diese Weise war das Trauerjahr verstrichen und ehe er sich versah, war wieder ein Neujahrsfest vor der Tür gestanden, das die Familie diesmal gemeinsam in München gefeiert hatte. Mamme hatte wie immer bei solchen Gelegenheiten köstlich aufgekocht. Mali konnte gar nicht aufhören, von ihrer Gesangslehrerin Fräulein Schmidbauer zu schwärmen. Um ihr eine Freude zu machen, bat man sie schließlich, eine Kostprobe ihres Könnens zu geben und ein paar Lieder zu singen. Sichtlich stolz ließ Mali sich nicht zweimal bitten. Sie hatte wirklich eine schöne Stimme. Besonders eindrucksvoll trug sie *Am Brunnen vor dem Tore* eines gewissen Franz Schubert vor. Josef hatte den Namen des Komponisten noch nie gehört. Aber das Lied gefiel ihm gut, die Stimmung, die es ausdrückte, schien seine eigenen Empfindungen wiederzugeben. Noch stärker gerührt von Malis Darbietung schien zu Josefs Erstaunen aber Jakob zu sein. Dabei hatte der noch tags zuvor darüber geschimpft, dass seine Schwester teuren Gesangsunterricht nehme, wo man das Geld doch wahrhaftig anderweitig gut gebrauchen könne. Nach Malis Vortrag schien er mit den Ausgaben versöhnt zu sein.

Es war eine harmonische Zeit, ein warmer Spätsommer zeigte sich noch einmal von seiner besten Seite und die Tage wurden noch gekrönt durch die ersten, tapsigen Schritte des kleinen Julius. Nur ein Ereignis hatte die festliche Stimmung beeinträchtigt:

Als sie die Synagoge verlassen hatten, war die Luft von einem widerlichen Geruch verpestet. »Was ist denn das für ein Gestank, wo kommt der denn plötzlich her?« Ekelerfüllt hielt Josef sich die Nase zu.

»Kennst du das noch nicht? Das kommt hier in der ganzen Stadt öfter vor, wenn es warm ist. Aber hier, am Katzenbach, ist es dann meist besonders schlimm, weil sich ganz in der Nähe der Viktualienmarkt mit seinen vielen Metzgereien befindet«, hatte Jakob ihn aufgeklärt.

Fäkalien, Unrat und Schlachtabfälle wurden einfach in den Stadtbächen entsorgt. Aber nicht nur rund um den Markt war die Luft vom Unrat verpestet. Ihre Mutter klage oft über den unerträglichen Gestank in der Au und Haidhausen, führte Jakob weiter aus. In den Armenvierteln gebe es oft nicht einmal einen Abort. Ein gewisser Pettenkofer, der Rektor der hiesigen Universität, setze sich seit Jahren für eine Verbesserung der hygienischen Verhältnisse ein. Davon lese man immer wieder in der Zeitung.

»Dieser Pettenkofer behauptet, das schlechte Wasser und der von Abfällen aller Art durchsetzte Boden seien schuld an den Ausbrüchen von Cholera und den vielen Fällen von Typhus, die es hier immer wieder gibt. Er ist überzeugt, dass ein Kanalisationssystem Abhilfe schaffen könnte. Den ›Scheißhausapostel‹ nennt man ihn deshalb mancherorts verächtlich. Aber wer weiß, vielleicht hat er mit seiner Forderung recht.«

Inzwischen neigte sich das Kalenderjahr seinem Ende entgegen. In der Schillerstraße war Herr Kammermeyer als Untermieter wie geplant aus- und Jakob zusammen mit Gustav statt seiner in das dritte Zimmer eingezogen. Er hatte inzwischen ausgelernt. In wenigen Wochen würde es ein Jahr sein, dass Mamme und seine Geschwister nach München gezogen waren. In längstens einem Jahr solle er nachkommen, hatte es damals geheißen. Wie würde es jetzt also weitergehen? Die Frage kreiste in Josefs Kopf. Noch hatte weder Rosenfeld irgendetwas über die weitere Zukunft gesagt, noch Mamme etwas in ihren Briefen erwähnt. Sie schrieb auch nichts darüber, wie es ihr geschäftlich ging. Was hatte das zu bedeuten? Das Gespräch, das er an Pessach mit Jakob geführt hatte, war Josef das ganze Jahr über nicht wirklich aus dem Kopf gegangen. Was, wenn sie es nicht schafften? Wenn

Mamme die benötigten Mittel nicht eintreiben konnte? Darüber wagte er gar nicht erst wirklich nachzudenken!

***

»Ich glaube, wir müssen bald nach München, um Stoffe zu besorgen«, meinte Rosenfeld Anfang Januar. »Wir haben in den vergangenen Monaten so gut verkauft, dass wir kaum noch Ware übrighaben.«

So machten sie sich also auf den Weg. Josef wollte die Gelegenheit nutzen, um seine Familie wenigstens kurz einmal wiederzusehen, und Rosenfeld hatte nichts dagegen, dass er dort übernachtete, ganz im Gegenteil. Das sparte die Kosten für das Wirtshaus.

»Jakob ist noch unterwegs, er kommt heute später nach Hause«, teilte ihm Mamme gleich bei der Begrüßung mit.

»Aber das macht nichts. So haben wir beide einmal Gelegenheit, ganz in Ruhe miteinander zu reden. Das habe ich nebbich schon lange vor, Jussef. Du bist zwar ein Kochem, ein schlauer Kerl, aber offen gesagt bereitest du mir von allen meinen Kindern am meisten Kopfzerbrechen.«

»Ich? Ja, aber warum denn?«

»Liegt das nicht auf der Hand, mein Lieber? Jakob hat seine Lehre beendet und eine gute Anstellung. Mali und Gustav haben sich hier eingelebt, sie gehen brav in die Schule und machen Fortschritte. Na, und unser kleiner Julius wächst und gedeiht und macht mir jeden Tag Freude. Ich habe alle meine Lieben jeden Tag um mich und sehe, wie es ihnen geht und was sie machen – mit Ausnahme von dir, Jussef. Es plagt mich, dass du als einziger immer noch in Thalmässing bist und ich mache mir Sorgen um deine Zukunft. Was soll aus dir werden? Ein armer Dorfgeher vielleicht? Eine Lehre bei Rosenfeld in unserem ehemaligen Laden ist wahrhaftig nicht das, was ich mir für dich gewünscht hätte. Die Zukunft liegt in der Stadt, nicht auf dem Land. Das war Vaters feste Überzeugung und ich teile sie. Aber für dich und deinen Weg hierher ist mir noch keine Lösung eingefallen. Glaub mir, vom ersten Tag unserer Ankunft an habe ich mich nach einer geräumigeren Wohnung umgesehen, damit du zu uns kommen kannst. Aber eine bezahlbare in guter Lage zu finden, war einfach unmöglich.«

»Bei allem Respekt, Mamme, ich finde, du übertreibst. Mag schon sein, dass jetzt alle Welt in die Stadt will, wie du sagst. Und ja, München bietet sicher viele Möglichkeiten. Aber ganz hinter dem Mond sind wir auf dem Land auch nicht. Das musst du zugeben. Ich bin ja in Thalmässing auch nicht aus der Welt. Im Gegenteil. In diesem Jahr wird die Eisenbahnstrecke München–Nürnberg endlich fertiggestellt. Überall, wo ich hinkomme, reden die Leute fast von nichts anderem mehr. Die Fahrt zu euch wird dann für mich noch schneller und unkomplizierter als sie es jetzt ist.«

»Du willst also tatsächlich bei Rosenfelds bleiben? Überleg es dir! Jetzt, wo Herr Kammermeyer ausgezogen ist, könntest du dir mit Jakob das Zimmer teilen. Ich würde Gustav einfach wieder zu uns ins Schlafzimmer nehmen. Er ist ja noch klein, eine Weile wird das schon noch gehen. Irgendwann findet sich bestimmt eine größere Wohnung. Und eine Lehrstelle lässt sich für dich sicher auch noch finden. Noch bist du ja nicht zu alt. Ich habe inzwischen auch die finanziellen Mittel, um Lehrgeld für deine Ausbildung zu zahlen. Vielleicht möchtest du eine Banklehre machen, so wie Jakob? Also, was meinst du, wäre das nicht viel besser?«

»Sei mir nicht böse, aber wenn ich ehrlich bin, halte ich nicht so viel von diesen Vorschlägen. Wir können doch nicht zu sechst – oder genauer gesagt zu siebt, denn schließlich ist Erna auch noch da – in dieser Wohnung hausen. Nein, Mamme, das wäre ja fast wie im Armenquartier. Und was die Sache mit der Lehrstelle angeht: Ich bin bei Rosenfeld zufrieden. Eine Banklehre liegt mir ganz bestimmt nicht. Den ganzen Tag in einem Büro zu sitzen, stelle ich mir schrecklich vor. Das ist vielleicht etwas für Jakob, aber ganz sicher nicht für mich. Und eine Ausbildung in einem anderen Warengeschäft? Wozu denn? Soll ich nach all den Erfahrungen, die ich inzwischen gesammelt habe, vielleicht hier irgendwo wieder als einfacher Lehrling anfangen, der den Laden kehrt und Tuchballen einräumt? Nein, Mamme, das will ich nicht! Rosenfeld lässt mir mehr Freiheiten als das sonst üblich ist. Das gefällt mir und ich lerne auf diese Art mehr, als du jetzt denkst. Und außerdem«, fügte er lächelnd hinzu, »kann ich auf diese Art auch etwas für die Familie tun.«

»Ich weiß nicht. In Thalmässing ist doch keine Zukunft für dich! Das hätte dein Vater niemals gewollt und ich auch nicht.«

»Jetzt mach dir doch keine solchen Sorgen. Zum Dorfgeher werde ich bestimmt nicht. Ich verspreche dir, das wird nicht passieren. Aber ich finde, dass ich gerade auf den Märkten mehr lerne als sonst irgendwo. Rosenfeld ist jedenfalls sehr zufrieden mit mir. Ich verkaufe gut. Mittlerweile machen wir auf den Märkten und Dulten fast noch mehr Geschäft als mit dem Laden. Sag doch selbst: War er jemals mit einer Rate bei dir im Rückstand? Sicher nicht. Wenn ich ehrlich bin, Mamme, dann treibt mich weniger die Angst um meine eigene Zukunft um. Aber wie steht es um euch? Ich möchte dich etwas fragen, wenn ich darf. Wie geht es mit dem Bankgeschäft? Jakob hat nämlich vor einiger Zeit erzählt, du bräuchtest absehbar mehr Kapital, um bestehen zu können? Stimmt das?«

Nette lächelte. »Ja, so ist dein Bruder. Er nimmt alles so schwer und immer macht er sich Sorgen. Ganz unrecht hatte er mit seiner Einschätzung allerdings nicht. Das muss ich zugeben. Unser Kapital war in der ersten Zeit tatsächlich äußerst gering. Große Sprünge konnten wir damit nicht machen. Aber keine Angst, machulle hätten wir schon nicht gemacht. Wir haben ja weiterhin die Kreditraten aus dem Verkauf unseres Ladens. Trotzdem bin ich froh, dass sich jetzt ein paar Fortschritte ergeben haben. Mein Bruder, euer Onkel Jakob, hat mir letztes Jahr 500 Gulden als Spareinlage anvertraut. Damit habe ich überhaupt nicht gerechnet. Jetzt kann ich es dir ja verraten, Jussef: Ich habe ihn damals wegen unserer Übersiedlung nach München um Rat gefragt und er hat mir eindringlich abgeraten. Ich solle in Thalmässing bleiben und den Laden weiterführen, hat er damals geschrieben, und er war beileibe nicht der Einzige, der diese Meinung vertreten hat. Aber mittlerweile imponiert ihm offensichtlich doch, dass ich mich hier etabliert habe. Und schließlich und endlich: Mischpoke bleibt Mischpoke. Da hilft man sich, wenn's drauf ankommt. Die Geldspritze vor einigen Monaten hat uns jedenfalls sehr gutgetan. Morgen will mich Rosenfeld aufsuchen. Wir werden dann auch über dich und deine Zukunft sprechen. Er will mir aber außerdem eine Sondertilgung von 250 Gulden bringen. Wie du sagst, seine Geschäfte laufen erfreulich gut. Das hat er mir auch geschrieben. Aber das Schönste kommt jetzt: Letzte Woche hat mir Guggenheimers Frau 1000 Gulden aus ihrem Privatvermögen als Spareinlage anvertraut. Was für eine Ehre! Eine bessere Referenz konnte ich mir gar nicht wünschen! Guggenheimers sind hier allgemein hoch angesehen, wie du weißt. Nicht nur bei uns in der jüdischen Gemeinde. Es heißt sogar, dass Moritz Guggenheimer als Gemeindebevollmächtigter kandidieren will.«

Schweren Herzens hatte seine Mutter schließlich eingewilligt, dass er weiterhin bei Rosenfeld bleiben sollte. Sie wollte ihm regelmäßig schreiben, damit er über die großen Entwicklungen auf dem Laufenden bliebe, und Josef hatte ihr feierlich versprechen müssen, die Zeitungslektüre nicht zu vernachlässigen. ›Du weißt, Jussef, wer Geschäfte betreiben will, muss wissen, was auf der Welt vor sich geht‹, hatte sie ihm beim Abschied noch einmal eingeschärft. Die Ermahnung war überflüssig, denn schon seit Vaters Tod betrachtete Josef die Zeitungslektüre als eine nahezu heilige Pflicht, der nachzukommen er nicht versäumte.

Mamme hielt Wort. In ihren Briefen teilte sie Josef regelmäßig Neuigkeiten aus der Familie und aus der Stadt mit. Guggenheimer war tatsächlich zum Gemeindebevollmächtigten gewählt worden. Mutter war ungeheuer stolz darauf, einen so bedeutenden Mann persönlich zu kennen. In einem ihrer Briefe berichtete sie Josef auch von einer gewissen Adele Spitzeder. Die Frau beschäftigte sie. Vor ein paar Monaten hatte sie in der Dachauer Straße eine Bank gegründet. *»Stell dir vor«*, schrieb Mutter, *»die Spitzeder zahlt ihren Kunden zehn Prozent Zinsen! Im Monat! Wer 100 Gulden einlegt, bekommt nach drei Monaten bereits 130 zurückbezahlt. Ich weiß beim besten Willen nicht, wie sie das macht. Außerdem sagt man, dass ihre Kunden die Zinsen bar ausbezahlt bekämen. Du kannst dir sicher vorstellen, dass sich ihr Unternehmen einer wachsenden Beliebtheit erfreut. Ich kann da beim besten Willen nicht mithalten und ich kenne auch keinen anderen, der das könnte.«*

***

Krieg! Bereits seit Wochen waren die Zeitungen voll gewesen von den Auseinandersetzungen zwischen dem Preußenkönig Wilhelm, dem preußischen Ministerpräsidenten Bismarck und Kaiser Napoleon. Die Kriegserklärung Frankreichs am 19. Juli an Preußen kam nach der drückenden Atmosphäre der vergangenen Wochen fast einem Befreiungsschlag gleich. Die Begründung konnte man ein paar Tage später im Amts- und Wochenblatt ausführlich lesen und sie sollte auch die letzten, möglicherweise noch vorhandenen Zweifel an der Notwendigkeit des Krieges und Bayerns Rolle darin beseitigen:

»Was Deutschland seit Jahrzehnten fürchten musste, womit uns das unruhige nach der Rheingrenze lüsternde Volk der Franzosen seit Jahren bedrohte, wir haben ihn jetzt: den Krieg mit Frankreich. Die spanische Frage war durch den Verzicht des Prinzen von Hohenzollern auf die spanische Thronkandidatur für jedermann beseitigt, nur für Frankreich nicht …«

Wo sollte Bayern in diesem Kampf stehen? Dieser Frage widmete sich der Artikel ausführlich und die Antwort war eindeutig. Allen Vorbehalten gegen das Königreich Preußen zum Trotz, nun, in der Stunde der Gefahr war Patriotismus gefragt. Seine Majestät König Ludwig von Bayern ließ also verlautbaren, dass seine Truppen mit Begeisterung an der Seite ihrer ruhmgekrönten Bundesgenossen den Kampf für das deutsche Recht und die deutsche Ehre aufnehmen würden, und befahl die Mobilmachung von 55 000 Soldaten gegen Frankreich, den deutschen Erbfeind.

Mamme schrieb, in München sei die Begeisterung bei der Bevölkerung unermesslich. Damit er sich eine Vorstellung davon machen könne, fügte sie einen Zeitungsausschnitt mit dem Jubelgedicht eines gewissen Morin bei:

»Tambour, schlag an!
Lasst hoch die Fahnen ragen;
ein Sturmwind braust heran aus alten Tagen.
Hilf, Blut und Eisen und was helfen kann!
Erst nach dem Siege lasst uns beten!«

Man mochte hier auf dem Land zwar keinen Dichter wie diesen Morin haben und auch kein Theater, in dem 2000 Besucher ihrem König und dem preußischen Kronprinzen für die Mobilmachung Beifall klatschten. Die Begeisterung für den Krieg war aber auch in Thalmässing spürbar. Wo immer Josef hinkam, war der Krieg gegen Frankreich Tagesgespräch. Der Krieg werde sicher nicht allzu lange dauern. Anno '64 gegen die Dänen hatte es ja auch nur neun Monate bis zum Sieg gebraucht, hieß es. Überall gab es Frauen, deren Verlobter oder gar Ehemann, Schwestern, deren Brüder, Mütter, deren Söhne ins Feld zogen. Allein in Thalmässing waren es an die 20. Darunter auch Andreas Ellinger, der Viehhändler. Eigentlich hatte er im September ein Mädchen aus Hainsfarth heiraten wollen. Aber jetzt müsse sich Hanna eben noch ein paar weitere Monate gedulden, entschied er. Denn gerade jetzt sei es auch für die Juden an der Zeit, durch die Kriegsteilnahme den eigenen Patriotismus zu beweisen, erklärte er nach dem Synagogenbesuch. Einige der älteren Männer stimmten ihm kopfnickend bei.

»Wirklich, ich beneide dich«, sprudelte Josef hervor. »Ich würde es genauso machen wie du, wenn ich könnte, und Heldentaten vollbringen. Leider bin ich noch zu jung. Aber wenn du zurückkommst, musst du mir unbedingt alles erzählen, was du erlebt hast.«

Nicht nur in Thalmässing dachten viele wie Andreas Ellinger. In der *Allgemeinen Zeitung des Judentums* war zu lesen, dass insgesamt etwa 14 000 Soldaten jüdischen Glaubens auf preußisch-deutscher Seite im Feld standen. Aber auch auf französischer Seite kämpften jüdische Bürger. Die Zeitung sprach deshalb von einem »*Bruderkrieg*«. Aber war das bei den Gojim nicht letztendlich genauso? Kämpften nicht sowohl auf deutscher wie auf französischer Seite christliche Glaubensgenossen?

Die Begeisterung für den Krieg hielt zwar an, doch mischten sich in die Siegesnachrichten bald auch betrübliche Ereignisse. Denn trotz allen Erfolgs waren auch auf deutscher Seite binnen kurzem Tote und Verwundete zu beklagen. Bereits im September schien mit der Schlacht von Sedan alles entschieden. Die französischen Truppen wurden vernichtend geschlagen und Kaiser Napoleon dankte ab. Doch der Krieg wurde zu Josefs Erstaunen trotzdem fortgesetzt. Georg Albesöder und Andreas Ellinger galten seit der Entscheidungsschlacht bei Sedan als vermisst. Sie sollten nicht die einzigen Opfer bleiben, die es in Thalmässing zu beklagen gab: Im November fielen bei der Schlacht um Orleans Georg Emmerling und Leonhard Forstner, Georg Wolfsberger wurde bei Corbeil vermisst und auch Georg Gerstner war irgendwo in Frankreich gefallen. Die Anteilnahme im Ort war bei jeder Todesnachricht groß. Trotzdem ging für die allermeisten der Alltag ungeachtet der Kriegshandlungen im fernen Frankreich nahezu unverändert weiter.

Mamme berichtete in ihren Briefen neben den Familienneuigkeiten auch von allen möglichen Ereignissen. Mit der Ehe der Guggenheimers schien es nicht zum Besten zu stehen. Sie habe sogar schon reden hören, dass Moritz sich von seiner Frau Therese scheiden lassen wolle. *»Das täte mir sehr leid«*, schrieb sie, *»nicht nur,* *weil ich Therese so viel verdanke und ich ihr immer nur das Beste wünsche, sondern auch, weil ich damit sehr wahrscheinlich eine gute Freundin, ja bislang fast meine einzige hier, verlieren würde.«*

Anfang Dezember war in den Zeitungen die Nachricht zu lesen, seine Majestät, König Ludwig, habe der Eingliederung des Königreichs Bayern in einen deutschen Nationalstaat unter preußischer Führung unter Beibehaltung einiger Reservat- und Sonderrechte zugestimmt. Josef widmete der Meldung nicht sehr viel Aufmerksamkeit. So eifrig er die Zeitung auch jeden Tag las, es fiel ihm oft schwer, die Bedeutung der Meldungen zu erkennen. Anfangs hatte er noch versucht, mit Rosenfeld über das eine oder andere Thema zu sprechen und so vielleicht auch die eine oder andere Erklärung zu erhalten. Aber der schweigsame Rosenfeld schien wenig Interesse an allem zu haben, was sein Geschäft nicht unmittelbar betraf. So hatte Josef die fruchtlosen Versuche nach einiger Zeit wieder eingestellt. Ab und zu gelang es ihm, sich wenigstens kurz mit seinem ehemaligen Lehrer auszutauschen. Hommel interessierte sich zwar für Politik, doch hatte er neben seinen vielen Verpflichtungen und seinen religiösen Studien leider nur wenig Zeit, Josef über die oftmals verwickelten Zusammenhänge aufzuklären. So blieb der bei der Interpretation der Geschehnisse oftmals auf sich allein gestellt. Nicht einmal mehr mit seinem Freund Moshe konnte Josef sich austauschen. Der hatte inzwischen längst eine Stelle als Sekretär in einer Kanzlei in Nürnberg angetreten und kam nur noch an den hohen Feiertagen nach Hause. Aber da war Josef bei seiner Familie in München. Am 18. Januar wurde das neue Kaiserreich ausgerufen. Viel zu spüren war davon zunächst freilich nicht.

***

Endlich Sieg! Endlich Friede! Darauf hatte man zwar schon seit Februar hoffen dürfen, denn bereits da waren die Friedenspräliminarien zwischen dem Deutschen Reich und Frankreich in Versailles verhandelt worden. Doch hatte es dann noch drei lange Monate bis zum offiziellen Friedensschluss gedauert. Aber schließlich standen die Bedingungen fest: Das besiegte Frankreich musste auf die Gebiete Elsass und Lothringen verzichten und hohe Reparationszahlungen leisten. Von 5 000 000 000 Francs stand in der Zeitung zu lesen. Diese Summe sagte Josef im Grunde nichts. Sie war einfach nur unvorstellbar hoch. Der Empfang, der nach

Thalmässing heimgekehrten Soldaten, war da schon greifbarer: Die freiwillige Feuerwehr veranstaltete zu Ehren dieser tapferen Männer ein Tanzkränzchen und hielt sie an diesem Ehrentag mit Braten und Bier frei. Stundenlang mussten die siegreichen Helden bei Bier und Musik ihren Nachbarn, Freunden und Verwandten von ihren Erlebnissen im fernen Frankreich berichten.

Allmählich erkannte Josef zu seinem Erstaunen auch, dass vielen der Beitritt Bayerns zum Deutschen Reich trotz der gewährten Sonderrechte ein Dorn im Auge war. An den Stammtischen überall im Land gab es als Spott getarnte Kritik. Der Messerer zog bei jeder sich bietenden Gelegenheit eine mittlerweile schon sehr abgegriffene Postkarte mit einem bayerischen Seppl als Protestler aus seiner Rocktasche. Darauf war ein bayerischer Infanterist zu sehen, der vom preußischen Drachen bedroht wurde. Bedeutungsschwanger zitierte Messerer jedes Mal die dort abgedruckten holprigen Verse:

»Salvator, Hax'n, Weisswürscht, Bier,
Das alles noch verlieren wir …
Drum verzichten wir auf das ›Preussenglück‹
und zieh'n uns auf das Recht zurück,
weil 10 Mal lieber allein
als preussisch aufgefressen sein!
Stets ›weiß-blau‹ sei und bleib die Fahn für Heer und Post und Eisenbahn!
Vivat Bayernland,
dem geben wir Herz und Hand!«

Wenige Wochen später konnte man in der Zeitung von einem Antrag des neuen Reichstags lesen, der die Gemüter noch weiter erregte. Jetzt, da die süddeutschen Staaten dem Reich beigetreten waren, war der bisherige Tagungsort für die vielen Abgeordneten offenkundig zu klein geworden. Die Errichtung eines den Aufgaben des deutschen Reichstags entsprechenden und der Vertretung des deutschen Volkes würdigen Parlamentshauses sei ein dringendes Bedürfnis, hieß es in der Presse. Beim Weglehner-Wirt, wo sich Josef abends mit anderen auf ein oder zwei Bier traf, wurden all diese Neuerungen ausgiebig besprochen.

»Jetzt werden wir also bald auch noch für Paläste in Berlin zahlen dürfen, als ob wir mit den Schlössern unseres verehrten Herrn Königs nicht schon genug zu leisten hätten«, brummte der alte Wagner, der für seine Griesgrämigkeit bekannt war. Bei aller Freude über den grandiosen Sieg gaben ihm insgeheim doch einige am Tisch recht. Nicht nur das neue Bauvorhaben wurde kritisch gesehen. Noch wichtiger als dieses war die Ankündigung, dass demnächst neue, für das ganze Reich einheitliche Maße und Gewichte eingeführt würden. Zum Ende des Jahres sollte es dann sogar noch eine neue Währung geben. Anstelle von Gulden und Kreuzern würde man dann im ganzen Reich mit Mark und Pfennig bezahlen. Wochenlang waren diese Neuerungen überall, wo Josef hinkam, Gesprächsthema. Kein Wunder, denn schließlich mussten viele Geschäftsleute für teures Geld neue Maße und Gewichte anschaffen. Auch Rosenfeld war davon betroffen. Noch ärgerlicher aber war für die meisten, dass es nun anstelle der angestammten Maß Bier einen Liter gab. Das war weniger, kostete aber genauso viel wie früher. »Ja, so ist das«, hörte man immer wieder, »die hohen Herren beschließen und wir einfachen Leute dürfen's aushalten. Daran wird sich wohl nie etwas ändern.«

Was wohl Tate zu all diesen Veränderungen gesagt hätte? Josef dachte oft an ihn, an seinen Optimismus, seinen Glauben an eine neue, bessere Zeit, die heraufziehen würde. Jetzt war sie unverkennbar gekommen, diese neue Zeit. Die Ereignisse schienen sich geradezu zu überschlagen.

Am 16. Juli zogen die siegreichen bayerischen Truppen feierlich in München ein. Mit dem Kronprinzen an der Spitze führte der Siegesmarsch unter dem Jubel der Menge durch die Ludwigstraße und das feierlich geschmückte Siegestor zum Odeonsplatz. Dieses Schauspiel ließen sich auch Mutter und der Rest der Familie nicht entgehen, wie Mamme nach Thalmässing berichtete: *»Noch nie habe ich so viele festlich gekleidete und frohlockende Menschen auf einmal gesehen. Es war ein unglaubliches Gedränge und vom Jubelgeschrei hallten mir noch abends die Ohren. Alle waren so voller Stolz über unsere siegreichen Soldaten«,* schrieb sie. Erstmals bedauerte Josef wirklich, nicht ebenfalls in München zu sein. Diesem Ereignis hätte er schon auch gern beigewohnt.

Auch sonst berichtete Mutter in ihren Briefen weiterhin fleißig über alle möglichen Neuigkeiten: Draußen in Haidhausen gab es jetzt einen neu errichteten Bahnhof, über den man nach Mühldorf am Inn und in wenigen Monaten dann auch nach Rosenheim und letztendlich sogar bis Wien reisen konnte, teilte sie Josef mit. Vor allem aber brachte die Bahnstrecke immer noch mehr Neuankömmlinge nach München. Die Stadt zählte jetzt fast 170 000 Einwohner und ein Ende des Zuzugs war auch weiterhin nicht abzusehen. Ganz im Gegenteil. Mit Ausrichtung auf den neuen Bahnhof im Osten der Stadt sollte dort ein neues Viertel entstehen. ›Franzosenviertel‹ wurde es im Volksmund genannt, weil die Straßen nach den Orten der siegreichen Schlachten benannt wurden. Einen Orleans- und einen Bordeauxplatz sollte es dort geben und vor allem viele neue Häuser und damit neue Bewohner, von denen sicher ein nicht unerheblicher Teil Kredite brauchen würde. Überall regte sich etwas, wurde umgebaut, erneuert und vor allem erweitert. Christian Roeckl, von dem Mamme seit einiger Zeit ihre Handschuhe bezog, beispielsweise war dabei, sich vom Handwerksmeister zum Großunternehmer zu mausern. Er ließ gerade eine riesige neue Fabrik am Großen Stadtbach errichten. Im nächsten Jahr wollte er dann sein kleines Handwerksgeschäft in der Kaufingerstraße aufgeben und im großen Stil und nach allerneuesten Methoden produzieren. Aber natürlich gab es auch aus München nicht nur Jubelnachrichten. Bereits kurz nach Eröffnung der neuen Bahnlinie berichtete Mutter in einem ihrer Briefe von einem tragischen Unfall. Die Frau des Gemeindebevollmächtigten Wilhelm Kanzler war ums Leben gekommen, als sie in der Kutsche über den Giesinger Berg Richtung Innenstadt fuhr. Ein heraneilender Zug hatte das Pferd so sehr erschreckt, dass es scheute, die Kutsche umwarf und die Passagiere darunter begraben wurden.

Zum Neujahrsfest reiste Josef endlich wieder zu seiner Familie. Nette hatte die Zusammenkunft schon seit Wochen ungeduldig herbeigesehnt und wartete nun mit einer besonderen Überraschung auf: Sie hatte Salomon Marr seinen Laden in der Fingergasse abgekauft und weitervermietet. Die günstige Gelegenheit hatte sich ergeben, weil Salomon gemeinsam mit dem Metzgermeister Streicher, einem Christen, einen neuen Laden im Rosental eröffnet hatte.

»Salomon verkauft aber selbstverständlich weiter nur koscheres Fleisch«, betonte Nette. Der Stolz über den Erwerb der Immobilie war ihr vom Gesicht abzulesen. »Damit bin ich zwar nicht so erfolgreich wie diese Adele Spitzeder, von der man jetzt fast jede Woche in der Zeitung liest, doch es ist immerhin etwas. Aber stellt euch vor, die Spitzeder soll jetzt schon über 25 Angestellte haben! Ein riesiges Unternehmen! Ich weiß immer noch nicht, wie sie das bewerkstelligt. Ihre ›Dachauer Bank‹ wächst und wächst. Angeblich soll die Frau sich jetzt sogar in der Schönfeldstraße, also in allerbester Lage, für einen horrenden Preis ein Haus gekauft haben. Am Starnberger See draußen soll sie außerdem eine Villa haben und auch sonst noch dies und das. Kein Wunder, wenn ihr die Leute ihr Geld so hinterhertragen, wie sie es tun. Ich verstehe es einfach nicht. So weit wie diese Spitzeder werde ich es nie bringen und ich weiß auch nicht, wie man das mit ehrlichen Mitteln schaffen soll. Aber wir sind immerhin wieder Immobilienbesitzer, meine Lieben. Und wenn diese Spitzeder unsere Bank mit ihrem Erfolg an die Wand drückt, dann eröffnen wir halt wieder einen kleinen Laden.«

Masel tov!

Der Sieg über Frankreich hatte gewaltige Mengen Geld ins Land gespült. Das gesamte junge Deutsche Reich befand sich mit einem Schlag in einem ungeheuren wirtschaftlichen Aufbruch. Überall schossen neugegründete Firmen wie Pilze aus dem Boden. Nahezu täglich brachten die Zeitungen neue Erfolgsmeldungen. Auch die Firma J. Schülein & Söhne profitierte von der allgemeinen Entwicklung. Die Geschäfte liefen glänzend, wie Mutter in ihren Briefen berichtete. Nicht nur das. Die Familie hatte inzwischen in der Neuhauser Straße auch eine geräumigere und weit repräsentativere Wohnung bezogen. Josef hatte sie noch nicht gesehen, aber Mutter schwärmte in ihren Briefen von der schönen Aussicht, von der Helligkeit der Räume und den geschmackvollen Stuckdecken. Wie durch ein Wunder hatte auch ihre langjährige Sorge, die Konkurrenz durch die ›Dachauer Bank‹ der Adele Spitzeder, ein plötzliches und gänzlich unerwartetes Ende gefunden. In nahezu jedem ihrer Briefe hatte seine Mutter ihm Neues von dieser gefürchteten Konkurrentin berichtet. Auf dem Höhepunkt ihres Triumphs hatte die Spitzeder sogar noch das berühmte Orlando-Haus am Platzl gekauft und darin eine Volksküche mit 4000 Plätzen eingerichtet. Josef sagten zwar weder der Name des Hauses noch die Adresse etwas, aber so wie Mamme es darstellte, schien beides zumindest den Münchnern ein Begriff zu sein. Eine Zeit lang hatte seine Mutter sogar gehofft, dass sich die Spitzeder nach diesem Erwerb ganz aus dem Bankgeschäft zurückziehen und auf die Gastronomie beschränken würde. Diese Hoffnung hatte sich zwar bald als falsch erwiesen, aber das Blatt hatte sich schließlich doch gewendet. Die Zeitungen, deren erklärter Liebling Adele bis vor kurzem noch gewesen war, hatten plötzlich begonnen, ihr Geschäftsgebaren und ihre chaotische Buchführung anzuprangern. Jeanette Schülein las die Berichte mit unverhohlenem, grimmigem Vergnügen. Darin stand zu lesen, dass die Spitzeder das ihr anvertraute Geld säckeweise in der Wohnung staple. Weder einer ihrer vielen Angestellten noch sie selbst hatten angeblich einen genauen Überblick über die tatsächlichen Summen. Für Nette, die immer größten Wert auf eine genaue Buchführung gelegt hatte, ein geradezu unglaublicher Zustand. Einige Zeitungen hatten schließlich gar von einer *»Schwindelbank«* geschrieben. Das war nicht ohne Wirkung geblieben. Durch die negativen Artikel nervös geworden, hatten sich etliche ihrer Gläubiger organisiert und wollten sich ihre Einlagen gleichzeitig auszahlen lassen. Spitzeder, die bislang mit dem Geld nur so um sich geworfen hatte, zeigte sich diesem Ansturm nicht gewachsen und nicht solvent. So hatte man sie schließlich am 12. November 1872 unter dem Vorwurf des Betrugs verhaftet. Was für Nette und ihre Familie eine ungeheure Erleichterung bedeutet hatte, war für viele Anleger der ehemaligen ›Dachauer Bank‹ allerdings eine Katastrophe. Viele hatten Spitzeder ihr gesamtes Vermögen anvertraut und waren nun ruiniert. Angeblich hatte sie in knapp zwei Jahren ihrer Tätigkeit 32 000 Bürger um insgesamt 38 000 000 Gulden geprellt. In ihrer Verzweiflung nahmen sich einige davon das Leben.

Durch Mutters Briefe und einige beigelegte Zeitungsartikel hatte Josef die Entwicklung mit ungläubigem Kopfschütteln mitverfolgt. Wie war so etwas möglich? In seiner ganzen Dramatik zeigte ihm der Vorfall höchst eindrucksvoll, welche Bedeutung Banken haben konnten. Überhaupt war ihm im Verlauf des vergangenen Jahres die Bedeutung des Geldes sowohl für den Einzelnen als auch für das gesamte Staatswesen immer deutlicher geworden. Mit Geld wurden Eisenbahnstrecken und Bahnhöfe gebaut, Fabriken und Manufakturen errichtet, mit seiner Hilfe entstanden neue Wohnquartiere wie das sogenannte Franzosenviertel in Haidhausen und auch seine Majestät der König, hieß es, benötigte zum Bau seiner Schlösser eine Menge davon. Geld bewegte die Welt. Es konnte große Unternehmungen ermöglichen, aber auch Existenzen vernichten.

Jakob hatte seine Anstellung gekündigt und war inzwischen in der Firma Schülein tätig. Trotzdem war die anfallende Arbeit für Mutter und ihn kaum mehr allein zu bewältigen. Sie brauchten dringend Unterstützung. Die Entscheidung fiel Josef nicht mehr allzu schwer. Er war jetzt 19 Jahre alt und wusste, die Zeit war gekommen, etwas Neues zu beginnen. Die Arbeit auf den Märkten in der Umgebung war längst zur Routine geworden und er fühlte so viel Tatendrang in sich, Neues auszuprobieren und für sich zu entdecken. Zwar konnte er sich immer noch nicht vorstellen, jeden Tag an einem Schreibtisch in einem Bureau verbringen zu müssen, dennoch schien ihm das Bankgeschäft insgesamt vielfältiger und herausfordernder zu sein als ein Angestelltenleben in Rosenfelds Laden und auf den kleinen, umliegenden Märkten. Ihn erschreckte der Gedanke, auf Jahre, ja Jahrzehnte hinaus die ewig gleiche, einförmige Tätigkeit zu verrichten. Er wollte mehr. Er wollte eigenständige Entscheidungen treffen. Er wollte gestalten. Als Angestellter in Rosenfelds Laden würde er das niemals können. Und auch als Besitzer eines eigenen kleinen Geschäfts hatte er wohl kaum mehr Möglichkeiten. Während Mamme in ihren Briefen ständig Neuigkeiten aus München zu berichten wusste, hatte sich seit dem Bau der Eisenbahnstrecke in der Gegend um Thalmässing kaum etwas verändert. Hier schien die Zeit nahezu still zu stehen, während in Städten wie München oder Berlin Aufbruchsstimmung herrschte. Josef liebte die Natur, er liebte es, in den Wäldern herumzustreifen. Er wusste, das würde er in der Stadt vermissen. Trotzdem stand sein Entschluss fest. Er würde endlich nach München gehen und in die Firma J. Schülein & Söhne eintreten.

Vielleicht lag es an der neuen, ihm noch nicht vertrauten Wohnung. Als Mutter ihm die Tür öffnete, fiel ihm erstmals auf, wie sehr sie sich in den vergangenen Jahren verändert hatte. War die Frau, die da in einem elegant geschnittenen Kleid, kunstvoller Frisur und gepflegten Händen vor ihm stand, tatsächlich die gleiche Frau, deren Leben sich noch wenige Jahre zuvor unermüdlich um den Haushalt, um Mann und Kinder gedreht hatte, die die Hühner versorgt und den Gemüsegarten bestellt hatte, die Obst geerntet und eingekocht, Marmelade gerührt und gekocht, gebraten und gebacken hatte, die Frau, die, wenn es sein musste, auch am Waschtrog stand oder Holz hackte und die abends noch bei Kerzenlicht Socken stopfte oder Näh- und Flickarbeiten erledigt hatte?

»Mamme, du bist ja eine richtige Städterin geworden!«, staunte er. »Ja, mehr als das – eine richtige Dame!«

Mutter lächelte. »Na, dann warte erst einmal, bis du deine Schwester siehst! Mali ist wirklich eine junge Dame geworden. Ein bisschen musst du dich aber noch gedulden. Im Moment sitzt sie noch im Salon beim Klavierunterricht, wie du hören kannst.« Tatsächlich kam von weiter hinten aus der Wohnung etwas stockend, aber durchaus erkennbar, eine Melodie.

»Also ist Malis sehnlicher Wunsch nach einem Klavier doch noch in Erfüllung gegangen! Wer weiß, vielleicht wird sie am Ende sogar noch eine Virtuosin auf diesem Instrument«, sagte er schmunzelnd.

»Na, so weit wird es nicht kommen. Aber immerhin lernt sie Klavier spielen, wie es sich für eine Tochter aus gutem Hause gehört. Die harten Jahre scheinen vorerst hinter uns zu liegen. Hoffen wir, dass es so bleibt! Aber was stehen wir denn da im Flur herum! Jetzt komm erst einmal richtig herein und sieh dir die neue Wohnung an. Wir haben jetzt nicht nur einen Salon, sondern auch ein eigenes Esszimmer. Jakob meinte, das sei notwendig, um endlich auch einmal Gäste gebührend empfangen zu können. Ich muss ihm da recht geben, auch wenn ich selbst die frühere Anordnung gemütlicher fand. Aber die Zeiten haben sich geändert und da darf man selbst nicht stehen bleiben. Man muss sich weiter entwickeln, wenn man vorankommen will. Und an den Wohlstand gewöhnt man sich schließlich leichter und vor allem lieber als an Armut.«

Ja, die Zeiten hatten sich erkennbar geändert. Mamme hatte von den alten Möbeln kaum mehr etwas in ihr neues Domizil mitgenommen. Alles war elegant und nach der neuesten Mode eingerichtet und dekoriert. Mali hatte wieder ein Zimmer für sich, Gustav und Julius teilten sich ein helles, freundliches und überdies geräumiges Zimmer und seit Jakob vor ein paar Wochen auf seinen ausdrücklichen Wunsch hin ausgezogen war, konnte Nette diesen Raum sogar noch als kleines Bureau für sich nutzen.

»Das ist praktisch, weil ich dann auch abends noch anfallende Arbeit erledigen kann und trotzdem zu Hause bei Mali, Gustav und Julius bin. Schau, ich habe sogar einen Schreibtisch angeschafft. Weißt du noch, wie sehr sich euer Tate einen solchen immer gewünscht hat? Aber in Thalmässing war dafür kein Platz und ehrlich gesagt auch wenig Verwendung. So groß war unser Geschäft damals ja nicht. Was er wohl sagen würde, wenn er mich jetzt so sehen könnte?«

»Er wäre stolz auf dich – und nicht nur wegen dem Schreibtisch, sondern wegen allem, was du in den letzten Jahren geleistet hast, Mamme.«

Trotz aller Vorteile hätte Nette den Raum bereitwillig an Josef abgetreten, doch der hatte entschieden abgelehnt. Er fand, er sei alt genug, sich anderweitig irgendwo einzumieten. Nach anfänglichem Zögern hatte Nette, klug wie sie war, diesem Wunsch nachgegeben. Sie war ja schon froh gewesen, dass er überhaupt endlich nach München gekommen war. Im Bureau würde sie ihn ohnehin jeden Tag zu Gesicht bekommen. Da konnte man ihm abends wohl durchaus ein paar Stunden Freiheit gönnen. So mietete sich Josef in der Müllerstraße 8 im zweiten

Stock bei einer Witwe ein. Er bezog ein einfaches Zimmer zur Untermiete, das nicht mehr Komfort bot als seine Kammer im Haus der Rosenfelds. Aber Josef war mit der Ausstattung zufrieden. Die Adresse war zwar längst nicht so vornehm wie die seiner Mutter und seiner Geschwister, doch Josef fühlte sich in der belebten Gegend zwischen Viktualienmarkt und Jakobsplatz durchaus wohl. Und etwas anderes hätte er sich ohnehin nicht leisten können.

Die neue Arbeit gefiel ihm. Seine Befürchtungen, er müsse den ganzen Tag über Zahlenkolonnen gebeugt an einem Schreibtisch in einem muffigen Bureau sitzen, hatten sich nicht bewahrheitet.

»Jakob ist sehr gut in allem, was mögliche Investitionen und die Buchhaltung anbetrifft. Er hat ein gutes Gespür für langfristige Planungen und ich bin froh, dass ich ihn bei mir habe. Er beobachtet alle Entwicklungen sehr genau und zieht die richtigen Schlüsse daraus. Ich bespreche inzwischen alle größeren Kreditvergaben und Investitionen mit ihm. Mittlerweile kennt er auch schon eine Menge einflussreicher Leute in der Stadt. Das ist alles äußerst hilfreich. Seit er in der Firma ist, konnten wir unsere Einkünfte noch einmal deutlich erhöhen. Und das ist gut so. Die Zeiten sind zwar wahrhaftig nicht schlecht, aber die Konkurrenz schläft nicht. Banken betreiben inzwischen ja einige, wie du weißt. Guggenheimer hat seinen Tuchladen aufgegeben und ist ins Bankengeschäft eingestiegen. Dann gibt es noch Leute wie die Feuchtwangers oder Aufhäuser und dann nicht zu vergessen die Bayerische Vereinsbank, hinter der Carl von Eichthal und andere, sehr einflussreiche Leute stehen. Die alle sind deutlich finanzkräftiger als wir und wir stehen im Wettbewerb mit ihnen. Und es kommt noch etwas hinzu, was du bedenken musst. Man könnte zwar hier in München meinen, mit der Wirtschaft gehe es immer nur bergauf und alles wächst und wächst. Aber ganz so stimmt das nicht. Die Zeitungen berichten jedenfalls etwas anderes. Denk nur an den Zusammenbruch der Wiener Kreditanstalt unlängst! Du hast doch bestimmt davon gelesen. Ganze Familien hat die ruiniert. Und in Berlin sieht es wohl ähnlich aus. Auch dort sind schon viele wieder bankrott gegangen. Nicht jede Firmengründung ist erfolgreich und wer in Aktien eines Unternehmens investiert hat, das dann bankrott geht, hat das Nachsehen. So etwas kann auch in München jederzeit passieren. Unsere Bank bedient nach wie vor in erster Linie die einfachen Leute, die wie wir selbst vom Land nach München gekommen sind. Leute, die kleine Summen benötigen und solche, die ebensolche kleine Summen sicher und ein wenig gewinnbringend anlegen wollen. Gerade jetzt ergeben sich da für uns mit dem Bau des Franzosenviertels viele neue Möglichkeiten, sprich neue Kunden. Aber Jakob findet in seiner zurückhaltenden Art gerade zu denen keinen Zugang. Er ist zu ruhig, zu sehr in sich gekehrt. Er denkt irgendwie anders, komplizierter als die meisten von ihnen. Das ist zwar für die langfristige Planung unserer Geschäfte gut, aber er versteht es nicht, wirklich mit den Leuten zu reden und ihr Vertrauen zu gewinnen. Dazu braucht man einfach ein anderes Naturell. Ich alleine schaffe die Akquise neuer Kunden auch nicht mehr. Deshalb brauchen wir dich, Josef. Du kannst mit den Leuten umgehen, du sprichst ihre Sprache, bei dir haben sie das Gefühl, sie werden verstanden. Das ist wichtig.«

Nette hatte mit ihrer Einschätzung recht, wie sich schon nach kurzer Zeit zeigen sollte. Es dauerte nicht allzu lange, bis Josef sich eingearbeitet hatte. Je mehr Einblick er ins Bankgeschäft bekam, desto mehr bewunderte er seinen älteren Bruder. Mutters Charakterisierung traf exakt zu. Jakob war fleißig und handelte vorausschauend und überlegt. Keine seiner Entscheidungen fällte er einfach so aus dem Bauch heraus, wie Josef das oft tat. Mit ungeheurer Akribie studierte er jeden Tag die Zeitungen und zog seine Schlüsse daraus. Er kam als erster und ging als letzter, ja mehr noch: Oft ging er nach Feierabend noch mit Nette nach Hause, um dort weitere geschäftliche Angelegenheiten mit ihr zu besprechen, während Josef seine freien Stunden nutze, um durch die Stadt zu streifen. Die hatte es ihm mittlerweile angetan. Stundenlang konnte er ohne ein bestimmtes Ziel in den Straßen und Gassen, über die Plätze und durch die Grünanlagen und Parks wandern. Mit jedem Schritt hatte er das Gefühl, ein weiteres Stück der Stadt für sich zu erobern. Die Isar faszinierte ihn. Je nach Jahreszeit wechselte der Fluss sein Gesicht. Im Frühjahr hatte das Wasser oft eine Farbe wie oxidiertes Kupfer, manchmal dagegen war es schlammig braun, dann wieder glasklar, sodass man bis auf den Grund sehen konnte. Immer gab es für ihn Neues zu entdecken und zu bestaunen und oftmals kehrte er nach seinen Wanderungen in einem der zahlreichen Biergärten der Stadt ein. Ihm fehlten der Ehrgeiz und die Zielstrebigkeit, die Jakob ganz offenkundig antrieben. Die beiden Brüder unterschieden sich in ihrem Temperament und in ihren Interessen. Jakob schien außer Arbeit nichts zu kennen und zu wollen. Umso erstaunter war Josef, als ihm sein ältester Bruder plötzlich einen Vorschlag unterbreitete: »Malis Geburtstag steht bevor. Was meinst du, sollen wir ihr und Mutter ein Konzertabonnement für das ›Odeon‹ schenken? Ich habe mir gedacht, wir könnten drei Jahreskarten erwerben, sodass du und ich sie abwechselnd ins Konzert begleiten. Mali würde sich sicher freuen, sie liebt ja die Musik und jetzt, wo wir Hermann Levi als Dirigenten hier haben, sicher umso mehr. Und Mutter würde es auch guttun ab und zu einmal aus dem Haus zu kommen und etwas anderes zu erleben als immer nur Arbeit, Arbeit, Arbeit. Sie hat kaum Gelegenheit einmal privat unter Leute zu kommen. Während die anderen Frauen nachmittags ihre Visiten machen und sich gegenseitig zum Kaffee besuchen, sitzt sie im Bureau. Und wo soll sie abends als Frau schon alleine hingehen?«

»Ja, das habe ich auch schon bemerkt. Es ist hier nicht so wie früher in Thalmässing, wo die Nachbarinnen einfach einmal kurz auf ein Schwätzchen hereingeschaut haben. Hier in der Stadt geht es förmlicher zu. Konzertkarten für die beiden halte ich für eine gute Idee, auch wenn ich nicht weiß, wer Levi ist. Ich beteilige mich gerne an den Kosten, doch ehrlich gesagt, wäre es mir lieber, du würdest als ständige Begleitung fungieren. Ich kann mit dieser Art von Musik wenig anfangen. Ich verstehe überhaupt nichts davon.«

»Also wirklich, Josef! Entschuldige, aber manchmal finde ich deine Unbildung geradezu erschreckend. ›Ich weiß nicht, wer Levi ist.‹ Ja liest du denn keine Zeitung? Levi ist der Dirigent unserer Zeit schlechthin und seiner Berufung nach München gingen einige Querelen voraus. Ausgerechnet ein Jude hier als Dirigent! Richard Wagner muss innerlich getobt haben. Er war strikt dagegen. Aber schließlich und endlich war er machtlos gegen den Wunsch unserer Majestät. Nun ist Levi also zum Glück hier und festigt Münchens Ruf als Stadt der Musik, aber mein Herr Bruder weiß von all dem nichts! Man könnte meinen, du sitzt immer noch auf irgendeinem Dorf. Und genau deshalb finde ich auch, dass du und ich uns bei den Besuchen abwechseln sollten. Abgesehen von der Freude, die wir Mali und Mutter bereiten, wird es auch höchste Zeit, dass du dich ein wenig in der Münchner Gesellschaft blicken lässt, mein Lieber. Und bei der Gelegenheit – sei mir nicht böse, aber ich muss es dir einmal sagen – ich finde, es ist höchste Zeit, dass du dir einmal einen modischeren Anzug machen lässt. Ich kann dir da auch jemanden empfehlen.«

Josef erwiderte nichts auf Jakobs Auslassungen. Einen kurzen Moment hatte er überlegt, ob er ihm nicht entgegenschleudern sollte ›Pass auf, dass du an deinem Ehrgeiz nicht einmal erstickst!‹ Aber dann hatte er sich doch eines Besseren besonnen. Zumindest was Mutter und Mali betraf, gab er seinem Bruder ja recht. Die hatten wirklich etwas Abwechslung verdient. Und ein neuer Anzug konnte auch nicht schaden, das stimmte ebenfalls. Wozu man aber ins Konzert gehen musste, um geschäftlich erfolgreicher zu werden, erschloss sich ihm nicht und die Anerkennung von Menschen, die er ohnehin nicht kannte, war ihm herzlich egal. Trotzdem würde er sich in zusätzliche Unkosten für einen Abendanzug stürzen, um Mutter und Schwester mit einem Konzertbesuch eine Freude zu machen.

»Ich glaube, unsere Mali ist verliebt«, sagte Mamme eines Tages, als sie zu dritt im Bureau saßen und ausnahmsweise einmal wenig zu tun war.

»Wie kommst du darauf? Weißt du, wer es ist? Erzähl!«

Wie sich bald herausstellte, hatte sich Mali tatsächlich bei einem Besuch im »Odeon« verliebt und die Zuneigung beruhte auf Gegenseitigkeit. Während eines Konzerts war der junge Joseph Aischberg einmal zufällig neben Nette gesessen und die beiden waren ins Gespräch gekommen, das dann in der Pause im Beisein von Jakob und Mali eine Fortsetzung gefunden hatte. Wenige Tage später hatte der junge Mann Jakob nach dem Synagogenbesuch abgepasst – ganz offensichtlich, um über ihn wieder in Kontakt mit seiner Schwester zu kommen. Malis Verehrer stammte aus Nürnberg, »wou die Hasen Hoosn und die Hosen Huusn haaßn«, wie er scherzhaft bemerkte.

Seine Familie betrieb dort eine Hopfenhandlung und er war nur für wenige Tage in München gewesen. Aber seit ihrer Begegnung im »Odeon« hatten sich die beiden regelmäßig geschrieben und waren sich dabei offenbar nähergekommen. Demnächst würde Aischberg erneut nach München kommen und bat um die Erlaubnis, Mali sehen zu dürfen. Nette war über diese Neuigkeit kaum weniger aufgeregt als ihre Tochter. »Ich werde ihn also zum Schabbes-Essen am Freitagabend einladen. So gehört es sich.«

Die ganze Woche grübelte sie, was sie auftischen sollte. Sie überlegte sich unzählige Menüfolgen und verwarf sie wieder. Joseph Aischberg war zwei Jahre älter als sein Namensvetter und diesem auf Anhieb sympathisch. Er hatte ein offenes, unkompliziertes Wesen und verstand es, die Menschen für sich zu gewinnen.

»Studiert habe ich nicht, ja nicht einmal die Schule länger als nötig besucht.

Meine Ausbildung habe ich in erster Linie im praktischen Leben erhalten. Mein Vater wollte das so. Er hat mich früh ins Geschäft gesteckt und mir war das auch ganz recht. Ich bin kein Mensch, der es allzu lange in einem Bureau bei einer Schreibtätigkeit aushalten würde, glaube ich. Unsere Hopfenhandlung ist zwar längst nicht so groß wie die eines Bernhard Bing, aber man kann gut davon leben. Mein Vater hat ein geräumiges Haus in der Breiten Gasse. Kein Palast. Aber es bietet Platz genug für zwei Familien. Also, ihr müsst euch das so vorstellen: Wir leben im Vorderhaus und nach hinten hinaus befinden sich unsere Lagerräume und die Hopfendarren.«

Nette nickte bei diesen Ausführungen zufrieden, während Mali stumm und sichtlich nervös daneben saß.

»Dort wird der Hopfen getrocknet, um ihn haltbar zu machen.« Er berichtete weiter, dass die Nürnberger Hopfenhändler einen Vorteil hatten, weil sie ihren Hopfen bereits schwefeln durften, als im übrigen Bayern noch ein Schwefelverbot galt. So gelang es ihnen, ihre Ware haltbarer zu machen und auch in weit entfernte Regionen zu verschicken.

»Wir beliefern vor allem viele kleine Brauereien und unsere Geschäfte gehen bis Kärnten, in die Steiermark und nach Südtirol. Wie ihr euch vorstellen könnt, bin ich dann oft lange unterwegs. Der Bau der Eisenbahn hat natürlich vieles einfacher gemacht. Aber zu den kleinen Dörfern muss ich immer noch mit dem Pferdefuhrwerk fahren.«

Joseph erzählte allerlei lustige Erlebnisse von seinen verschiedenen Überquerungen der Alpenpässe und schwärmte von der schönen Gebirgslandschaft.

»Erst unlängst war ich wieder in Brixen. Das ist eine sehr schöne, kleine Stadt im Eisacktal. Ringsum eine herrliche Landschaft. Schade, dass man immer so wenig Zeit hat. Ich würde mich dort gerne einmal länger aufhalten und die Gegend erkunden. In Meran, also nicht allzu weit von Brixen, gibt es seit einigen Jahren sogar ein koscheres Restaurant und Bermann, der Besitzer, überlegt, auch eine Pension anzuschließen. So habe ich es zumindest gehört. Wie dem auch sei. In Brixen war ich jedenfalls bei einem unserer Kunden, dem Besitzer eines alteingesessenen Wirtshauses, das von den Tirolern sehr geschätzt wird. In den Wirtshäusern und Gaststuben in Kärnten oder Tirol geht es meist sehr lustig zu, da wird viel gesungen und musiziert. In den Gaststuben steht oftmals ein Klavier und ich setze mich dann gerne hin und spiele. Das sorgt für Stimmung. Inzwischen bin ich dort für meine Musik bekannt und ein gern gesehener Gast.«

Josef fühlte sich bei diesen Worten ein bisschen an seine eigene Vergangenheit erinnert, auch wenn er damals längst nicht so weit herumgekommen war wie Malis Bräutigam. Er war mit der Wahl seiner Schwester sehr zufrieden und freute sich mit ihr, als Joseph offiziell um ihre Hand anhielt. Der künftige Schwager würde gut in die Familie passen. Die Hochzeit sollte im August des kommenden Jahres stattfinden. Während der Verlobungszeit kam Joseph, so oft es ging, nach München. Einmal brachte er ein dickes Buch mit Kärntner Liedern mit und Mali und er sangen sie zur Unterhaltung der ganzen Familie, wenn Joseph bei den Schüleins zu Gast war. Nach einiger Zeit beherrschte auch der Rest der Familie einige Stücke, die sie dann alle gemeinsam sangen. Obwohl er die Musik liebte, beteiligte sich Gustav nur sehr verhalten, weil er gerade im Stimmbruch war. Einzig Jakob zog sich bei diesen Gelegenheiten oft zurück. Diese Art von Geselligkeit lag ihm nicht. Josef aber war diese Musik lieber als die meisten Konzerte oder Opern. Einige Stücke von Mozart waren ja nicht schlecht und auch einige Schubert-Lieder gefielen ihm. Dieser Wagner allerdings, von dem so viele schwärmten, konnte ihm gestohlen bleiben!

»Es ist schön, wenn sich zwei Menschen so in einer Sache verbunden fühlen wie die beiden in der Musik. Sie werden sicher glücklich miteinander«, stellte Nette oft fest und die Freude über das Glück ihrer Tochter war ihrer Stimme anzuhören. Die Liebe zur Musik war nicht das einzige Interesse, das die Verlobten verband. Beide begeisterten sich auch für Malerei. Das war etwas, was auch Josef gefiel, und so besuchten sie regelmäßig zu dritt Ausstellungen im Königlichen Glaspalast. Oft beschlossen sie diese Ausflüge noch mit einem Besuch des »Café Tambosi« im Hofgarten oder einem Besuch im Wirtshaus beim Chinesischen Turm im Englischen Garten, wo man gemütlich unter hohen Bäumen sitzen konnte.

»Ich muss schon sagen, ein gutes Bier brauen sie hier in München«, bemerkte Joseph anerkennend und erklärte seiner Verlobten und seinem künftigen Schwager gleich auch die Bedeutung des Hopfens für das Bierbrauen.

»Es ist nicht einfach, die Qualität des Hopfens im Rohzustand zu beurteilen. Dazu braucht es ganz spezielle Kenntnisse. Die haben die Brauer in der Regel nicht und sie verlassen sich deshalb auf uns Hopfenhändler.«

Die beiden hörten ihm gerne zu. Denn Joseph war nicht nur humorvoll und ein guter Musiker, sondern auch ein guter Erzähler. Sein Herz gehörte seiner Heimatstadt Nürnberg und er konnte lange von den Schönheiten der alten Reichsstadt schwärmen oder von seinen Erlebnissen während des jährlich dort stattfindenden Hopfenmarkts.

»Die Monate von September bis in den Dezember hinein müsstet ihr erleben. Da ist etwas los, das kann ich euch sagen! Wir haben in Nürnberg weit über 100 Hopfenhändler und die Ware kommt aus allen Anbaugebieten Deutschlands – schließlich haben wir in unserer Stadt den größten Markt für Hopfen auf dem ganzen Kontinent. Und schöne Ausflugsmöglichkeiten haben wir in Nürnberg natürlich auch«, erläuterte er seiner Verlobten lebhaft und sah sie dabei wieder einmal verliebt an. Man konnte spüren, wie sehr er sich darauf freute, Mali endlich ganz bei sich zu haben.

»Am Dutzendteich gibt es eine schöne Wirtschaft. Da kann man, ganz ähnlich wie hier, angenehm unter Bäumen sitzen. Sogar Gondeln und Kähne gibt es dort. So eine Kahnpartie macht Spaß, glaub mir. Und im Winter kann man dort Schlitten fahren und Schlittschuh laufen. Das wird dir gefallen.«

In der Zeit bis zur Hochzeit waren Mali und Nette damit beschäftigt, die Aussteuer zu beschaffen: Bett- und Tischwäsche, Schabbes- und Pessach-Geschirr ebenso wie das für den Alltag, Besteck, Gläser, Vasen, Töpfe, Pfannen, Schüsseln und was man sonst noch alles für einen ordentlichen Haushalt brauchte. Mutters kleines Bureau wurde von Woche zu Woche mehr zur Abstellkammer. Mali aber schien von Tag zu Tag aufgeregter zu werden. Erna sollte die junge Frau nach Nürnberg begleiten und ihr dort im Haushalt zur Hand gehen. Nette war der Meinung, die Eingewöhnung in die neue Umgebung fiele ihrer Tochter leichter, wenn sie wenigstens in der Gestalt des Dienstmädchens eine vertraute Person um sich hätte. Erna fiel der Abschied von München nicht schwer. Als Protestantin hatte sie sich in der überwiegend katholischen Stadt nie richtig heimisch gefühlt.

Gut eine Woche vor der Hochzeit fanden zum ersten Mal seit den großen Ereignissen der Jahre 1870/71 in Bayern Wahlen für den Landtag statt. Die *Allgemeine Zeitung des Judentums* verkündete stolz den Einzug dreier Israeliten in die bayerische Abgeordnetenkammer. Neben Dr. Frankenburger aus Nürnberg war auch Jurist Dr. Henle aus dem katholischen München wieder gewählt worden. Neu hinzugekommen war ein Dr. Gunzenhäuser aus Fürth. Wie seine beiden Kollegen gehörte auch er der bayerischen Fortschrittspartei an. Vor allem Jakob freute sich über diesen Wahlerfolg. Stolz zitierte er aus der Zeitung, dass die jüdische Bevölkerung gemessen an ihrer Gesamtzahl damit im Parlament sogar überrepräsentiert sei.

»Nicht zu vergessen Guggenheimer, der jetzt schon seit einigen Jahren Vorsitzender der Gemeindebevollmächtigten ist. Das alles zeigt doch, wie sehr wir Bürger jüdischen Glaubens inzwischen allgemein anerkannt sind. Die Zeiten von Ausgrenzung oder gar Ghetto sind endgültig vorbei. Da wird es doch auch Zeit, dass wir von uns aus einen weiteren Schritt nach vorne tun.«

Nette hatte bei all den Hochzeitsvorbereitungen kaum Ohren für die erfreuliche Neuigkeit und Jakobs Überlegungen. Josef aber wusste, worauf sein Bruder anspielte, und teilte seine Meinung. Seit Monaten wurde in der Gemeinde zwischen den sogenannten Orthodoxen und den Liberalen, auf Reformen orientierten Gemeindemitgliedern, erbittert über die künftige Form des Gottesdienstes debattiert. Mittlerweile war man so weit, sogar den Bau einer zweiten Synagoge zu erwägen, da das alte Gotteshaus an der Westenriederstraße die vielen neuen Gemeindemitglieder ohnehin kaum mehr aufnehmen konnte.

Die Hochzeit wurde in Nördlingen gefeiert. Die jüdische Gemeinde dort war zwar nicht allzu groß und die Synagoge nicht sehr prächtig, aber Aischbergs waren weitläufig mit dem dortigen Rebbe verwandt und die Restauration von Heinrich Rosenbaum war auf die Bewirtung von Hochzeitsgesellschaften mit koscherer Küche spezialisiert. So hatte man sich auf den kleinen Ort im Schwäbischen geeinigt. Nette hatte Tränen der Rührung in den Augen, als ihre Tochter unter der Chuppa, dem Hochzeitsbaldachin, stand: Die junge Braut aber strahlte vor Freude. Während alle Gäste das Brautpaar mit »Masel tov! Masel tov!« beglückwünschten, wurde Josef plötzlich bewusst, dass seine kleine Schwester bereits in einem Jahr Mutter sein konnte.

Das Konzertabonnement für drei Personen behielt man auch nach Malis Umzug nach Nürnberg bei. Nette vermisste ihre Tochter und war umso dankbarer für die Abwechslung, die die Konzertabende boten. Anstelle seiner Schwester kam nun Gustav in den Genuss regelmäßiger Musikabende. Malis Klavier war zwar in München geblieben, weil ihr Mann ohnehin eines besaß, doch blieb es nun die meiste Zeit stumm. Gustav liebte zwar die Musik, doch konnte er sich nicht aufraffen, das Instrument ernsthaft zu erlernen und klimperte höchstens von Zeit zu Zeit ein paar einfache Melodien darauf. Auch Julius machte sich nichts aus dem Klavierspiel. Durch Malis Verehelichung hatte sich für ihre beiden Brüder allerdings eine erfreuliche Veränderung ergeben. Endlich besaß jeder ein eigenes Zimmer! Gustav besuchte inzwischen die Handelsschule und in absehbarer Zeit würde wohl auch er in die Firma J. Schülein & Söhne einsteigen.

Bereits kurz nach Malis Hochzeit gab es erfreuliche Neuigkeiten. Ihre Tochter kündigte Nette die Geburt ihres ersten Enkelkindes für den Sommer des kommenden Jahres an. »Bald werde ich also Bobe sein«, verkündete sie ihren Söhnen stolz und der Segenswunsch zum Neujahrsfest »schono tauwo u'messuko'« – »ein gutes und süßes Jahr« – hatte diesmal eine ganz besondere Bedeutung für sie.

Das Pessachfest Anfang April wurde in diesem Jahr ganz besonders feierlich begangen. Ähnlich wie kurz zuvor in Wien feierte man nun auch in München das 50-jährige Bestehen der Synagoge. Kantor Löwenstamm hatte zu dieser Gelegenheit eigens eine Kantate komponiert, die von der tags zuvor eingeweihten Orgel begleitet wurde. Rebbe Perles erinnerte in seiner Rede an die wechselvolle Geschichte der Gemeinde, dankte dem bayerischen Herrscherhaus für seine milde Gesetzgebung und betonte die Notwendigkeit für Reformen in einer neuen Zeit. Eine neue Zeit war es in der Tat. Chorgesang und Orgelbegleitung hatte es bis dahin in einem jüdischen Tempel, soweit Nette wusste, nie gegeben und sie war sich insgeheim auch nicht sicher, was sie davon halten sollte. Die Zeiten änderten sich wahrhaftig. Aber nicht nur das. In den kommenden Monaten schien es Nette, als würde die Zeit nur so dahin rasen. Kaum hatte sie Joseph, ihren ersten Enkel als winziges, hilfloses Bündel Mensch in den Armen gehalten, da schickte ihr Mali schon eine Fotografie, auf dem der Kleine bäuchlings auf seine Ärmchen gestützt auf einem Eisbärenfell lag und sein Köpfchen neugierig in Richtung Kamera hielt. Wieder einige Zeit später teilte ihr die stolze junge Mutter mit, dass ihr Erstgeborener inzwischen die ersten Zähnchen habe und zu krabbeln beginne.

Das war nicht die einzige erfreuliche Nachricht, die Nette erhielt. Max Rosenfeld wollte die letzte Rate des Hauskredits abbezahlen und teilte ihr sein Kommen brieflich mit. Anlässlich dieses großen Ereignisses wollte er sich und Magda ein paar Tage in München gönnen.

»Magda! Wie freue ich mich, dich einmal wiederzusehen! Wie lange ist das jetzt her? An die zehn Jahre! Julius war noch ein Säugling und jetzt besucht er bald das Gymnasium, stell dir das vor!«

»Ja, Nette, die Zeit vergeht.«

»Was gibt es Neues in Thalmässing? Du musst mir alles erzählen! Seit mein Jussef nicht mehr bei euch ist, erfahre ich ja kaum noch etwas. Schuld bin ich wohl selbst. Aber ich komme vor all der Arbeit kaum zum Schreiben. Da darf ich mich natürlich nicht wundern, wenn ich auch keine Briefe erhalte.«

»Nun, vieles hast du auch nicht versäumt. Ein paar Hochzeiten, einige Geburten und Beschneidungen und natürlich leider auch ein paar Todesfälle. Wie das Leben eben so ist. Bei uns ändert sich ja kaum etwas. Letztes Jahr ist der Stadl vom Heckl in Eysölden niedergebrannt, da musste unsere Thalmässinger Feuerwehr beim Löschen helfen, um Schlimmeres zu verhindern. Der alte Salomon Löw aus Sulzbürg hat sich unlängst auch endgültig zur Ruhe gesetzt. Ich glaube, die Entscheidung ist ihm nicht leichtgefallen. Aber die Dorfgeherei war zum Schluss doch zu anstrengend für ihn. Viel eingebracht hat sie auch nicht mehr. Wir haben oft von euch gesprochen, wenn er zu uns in den Laden kam. Er hat deinen Mann sehr geschätzt und er hat dich für deinen Mut damals beneidet. Das hat er immer wieder betont. Aber jetzt erzähl doch einmal von dir! Wirklich Nette, wenn ich dir auf der Straße begegnet wäre, ich hätte dich kaum wiedererkannt. Eine richtig vornehme Dame bist du geworden. Da können wir in unserem beschaulichen Kaff freilich nicht mithalten.«

Magda schaute sich voller Bewunderung im Esszimmer um. Ihr Blick schweifte von der hohen Anrichte aus Eichenholz über die schweren bodenlangen Vorhänge auf die kunstvoll geschnitzten Stuhllehnen, das Tischtuch aus feinem Damast mit dem eingewebten Muster und das dünnwandige, edle Porzellan mit seinem feinen Dekor, in dem Nette den Kaffee servierte.

»Vornehme Dame sagst du. Na ja, wie man's nimmt. Es kommt immer auf den Vergleich an. Aber es stimmt schon, vieles hat sich verändert und zum Guten entwickelt. Dir kann ich es ja sagen, den Kindern gegenüber habe ich nie ein Wort darüber verlauten lassen: Aber die Anfangszeiten waren hart. Gar manche Nacht konnte ich vor Sorgen kaum einschlafen und habe mich gefragt, ob meine Entscheidung damals richtig war oder ob ich nicht besser auf den Rat meiner Freundinnen hätte hören sollen. Wenn ich ehrlich bin, gab es sogar manche Tage, an denen war ich so erschöpft, dass ich kaum mehr einen Fuß vor den anderen setzen konnte. Körperlich schwere Arbeit hat mir noch nie etwas ausgemacht, aber die Verantwortung, die auf meinen Schultern lastete, hat mich manchmal fast zu Boden gedrückt.«

»Ja, Nette, das glaube ich dir gerne. Trotzdem war deine Entscheidung richtig. Wenn ich mich hier umsehe, kann ich nur sagen, es war gut, dass du damals nicht auf unseren Rat gehört hast.«

»Auch das kann man so oder so sehen, liebe Magda. Wenn ich ehrlich bin, vermisse ich manchmal die Arbeit im Gemüsegarten und meine Hühner, die Obstbäume und den Rosenstrauch. Oder den Geruch der frischen Bettwäsche, wenn ich sie auf der Rasenbleiche hinterm Haus in der Sonne getrocknet habe. Mali hat dann immer ihre Nase hineingesteckt und sich am frischen Duft erfreut. Ich sehe sie noch vor mir als kleines Mädchen und jetzt ist sie schon eine verheiratete Frau und Mutter. Stell dir das vor! Auch die Plaudereien mit den Nachbarinnen vermisse ich. Wie oft ist abends, wenn die Arbeit erledigt war, einfach eine noch kurz auf ein Schwätzchen vorbeigekommen. Das ist hier alles ganz anders. In München habe ich nicht allzu viele Bekannte. Wie denn auch? Bis vor kurzem hat mich Nanette Heine manchmal besucht. Die ist auch Witwe. Eine sehr nette, ältere Dame, die immer was zu erzählen weiß. In ihrer Jugend soll sie bildhübsch gewesen sein. Die schönste Jüdin der Stadt nannte man sie. Stell dir vor, der König Max hat sie sogar für seine berühmte Schönheitsgalerie malen lassen. Nanette hat mit ihrem Mann lange in Wien gelebt, ist aber nach seinem Tod wieder in ihre alte Heimat zurückgekehrt. Die Arme hat keine Kinder und seit einigen Wochen ist sie auch schwer krank. So ist es mit unseren unterhaltsamen Treffen auch vorbei. Aber ich werde mir die nächsten Tage einmal Zeit nehmen und sie an ihrem Krankenbett besuchen. So ganz allein auf der Welt, das stelle ich mir schrecklich vor. Insofern darf ich überhaupt nicht klagen. Jakob und Josef führen mich abwechselnd ins Konzert und ab und zu lade ich auch Gäste zum Abendessen ein. Ich bin zwar oft alleine, aber nicht wirklich einsam. Also darf ich nicht jammern. Wir sind schließlich alle gesund und es geht uns gut. Ich konnte Mali eine gute Nedann mitgeben und sie hat einen guten Mann bekommen, der sie wirklich liebt. Gustav konnte die Handelsschule besuchen und unser Julius geht bald aufs Gymnasium. Das habe ich dir ja schon erzählt.«

»Wirklich Nette, du kannst stolz auf dich sein. Was du alles geleistet hast! Das hätte beileibe nicht jede geschafft.«

»Meinst du? Ja, vielleicht hast du recht. Aber es hat mich wie gesagt schon sehr viel Kraft und Anstrengung gekostet. Die Firma hat sich aus kleinen Anfängen gut entwickelt. Aber ich bin jetzt 52 und wenn es nach mir ginge, dürfte es allmählich ruhiger werden.«

»Nichts leichter als das, Nette! Du hast ja tüchtige Söhne. Lass die doch einfach die Leitung übernehmen und zieh du dich ein bisschen zurück.«

»Ja, darüber habe ich auch schon nachgedacht. Es ist richtig, Jakob und Josef sind wirklich ausgesprochen tüchtig – jeder auf seine Art. Von Gustav kann ich noch nichts sagen. Er ist fleißig und absolut zuverlässig, aber noch zeigt er, was das Geschäft angeht, keine eigene Initiative. Aber er ist ja auch noch jung. Jakob ist sehr ehrgeizig und will wirtschaftlich und gesellschaftlich vorankommen und Jussef liebt die Herausforderung. Du kennst ihn ja. Routine mag er nicht. Wenn er sich erst einmal eingearbeitet hat, wird ihm schnell langweilig und er sucht sich neue Herausforderungen. Im Moment böte sich uns sogar eine sehr lukrative Möglichkeit und auch wenn sie es nicht sagen, so spüre ich doch, dass meine beiden Älteren sie sehr gerne ergreifen würden.«

»Und warum zögerst du dann?«

»Ehrlich gesagt scheue ich das Risiko. Hohe Gewinnmöglichkeit bedeutet auf der anderen Seite nämlich auch immer die Gefahr eines hohen Verlustes. Wenn man viel Kapital in eine einzige Unternehmung steckt, verliert man auch viel, wenn die schief geht. Das weißt du ebenso gut wie ich. Ich habe mich deshalb immer auf Kleinkredite beschränkt. Wenn da vereinzelt ein Gläubiger seine Schulden nicht mehr bedienen kann, ist das zwar ärgerlich, aber man kann es verschmerzen, ohne gleich in die Pleite zu stürzen. Es war hart genug, das Geschäft im Laufe der Jahre zu dieser Größe aufzubauen. Nach einer Pleite hätte ich sicher nicht mehr die Kraft noch einmal von vorne anzufangen. Das weiß ich. Jakob und Josef würden manches anders machen als ich, wenn sie freie Hand hätten. Sie würden größere und riskantere Geschäfte eingehen. Das kann gut gehen, kann aber auch schiefgehen. Und ich habe noch Julius, für den ich die Verantwortung habe und für den ich ebenfalls einen finanziellen Grundstock legen möchte. Deshalb überlege ich im Moment, ob ich meinen drei Älteren nicht etwas Startkapital im Vorgriff auf ihr

Erbe geben sollte, damit sie ihre eigene Firma gründen können. Sie sind jung, sie haben noch mehr Energie als ich und vor allem Ideen und Mut. Ich könnte einen Buchhalter einstellen und das Geschäft ein bisschen kleiner als bisher weiter betreiben. Sie würden natürlich Teilhaber bleiben. Das ist ja ohnehin vertraglich so geregelt. Aber sie könnten sich ausprobieren und für mich und Julius würde die Firma immer noch mehr als genug abwerfen.«

Nette machte sich ihre Entscheidung nicht leicht. Wie seinerzeit in Thalmässing saß sie auch jetzt oft bis spätabends und durchforstete Unterlagen, überlegte und rechnete. Sie hatte sich ihren Geburtstag Ende Oktober zum Ziel gesetzt. Bis dahin musste sie eine Entscheidung getroffen haben. Tatsächlich setzte sie ihr Vorhaben wie geplant um und eröffnete ihre Überlegungen ihren Söhnen an der Geburtstagstafel.

»Ich weiß, ihr wollt geschäftlich neue Wege gehen. Weg von den Kleinkrediten für Privatleute hin zu größeren Unternehmungen. Das ist wahrscheinlich auch sinnvoll. Die Zeiten ändern sich und wer Erfolg haben will, darf nicht stehen bleiben. Das verstehe ich gut.«

Die Verwirklichung der neuen Pläne sollte Anfang des kommenden Jahres erfolgen. So viel Zeit bat Nette sich aus, um einen geeigneten Buchhalter zu finden, den Jakob auch noch in die Geschäftsabläufe einarbeiten sollte.

»Allzu viel Kapital kann ich euch im Moment freilich nicht geben. Es ist ja gerade erst gute zwei Jahre her, dass Mali eine Nedann von 50 000 Mark zu ihrer Verheiratung erhalten hat. Im Vorgriff auf euer Erbe kann ich jedem von euch Dreien je 34 000 Mark auszahlen. Gut 100 000 in Summe ist für eine Bank wahrhaftig nicht viel, aber mehr ist nicht möglich, wenn ich Schülein & Söhne nicht in der Existenz gefährden möchte. Ihr werdet also ähnlich klein anfangen wie ich vor gut zehn Jahren und ihr werdet sparsam wirtschaften müssen, auch was euren persönlichen Lebensstil anbelangt. Die erste Zeit wird sicher kein Honiglecken werden. Aber so habt ihr die Möglichkeit, etwas auszuprobieren. Ich werde unsere Firma so gut ich es vermag weiterführen. Gustav soll am besten weiterhin hier bei mir wohnen. Das spart zumindest ihm die Miete. Wenn ihr auch nur wenig Finanzmittel habt, so habt ihr doch inzwischen eure Erfahrungen und eure persönlichen Kontakte. Das ist wahrscheinlich euer wichtigstes Kapital.«

***

»Also, meine Lieben, wohin gehen wir? So eine Firmengründung muss schließlich gefeiert werden! Ich bin nach all diesen lästigen Formalitäten hungrig und durstig. Also, wohin? Wir könnten zum »Augustiner« in der Neuhauserstraße gehen oder ins »Hofbräuhaus« am Platzl oder ins Tal zum »Weißen Bräuhaus« oder auch zum »Hackerbräu« in der Sendlinger Gasse. Schade, dass die Biergärten noch nicht aufhaben, sonst würde ich ja das Wirtshaus beim Chinesischen Turm im Englischen Garten vorschlagen oder den »Augustinerkeller« in der Arnulfstraße.«

Jakob blickte skeptisch.

»Ich weiß schon, was du sagen willst, Bruder«, setzte Josef seine Rede fort. »Du willst auf meinen Vorschlag einwenden, dass wir sparen müssen, dass wir unsere Pfennige zusammenhalten, dass wir unnötige Ausgaben unbedingt vermeiden müssen. Da hast du ja auch ganz recht. Aber nicht heute. Heute wird erst einmal gefeiert! Und keine Sorge, das Geld dafür habe ich mir bereits vor einigen Wochen zusammengespart. Heute lade ich euch zur Feier des Tages ein.«

»Eine schöne Geste von dir und ja, wir sollten den Tag wirklich würdig begehen. Ich staune, wie viele Wirtshäuser du hier kennst. Du bist anscheinend bereits mächtig herumgekommen.«

»Was soll ich sagen … Wer hart arbeitet, hat sich schließlich auch ein bisschen Vergnügen und ein Feierabendbier verdient. Und wenn es hier schon so viele Brauereien gibt, dann muss ich sie doch auch alle ausprobieren. Meinst du nicht?«, erwiderte Josef schmunzelnd.

Sie entschieden sich schließlich für das »Hofbräuhaus«. Aber nicht in die Schwemme, wo die einfachen Leute verkehrten, darauf hatte Jakob bestanden. »Wenn schon, denn schon«, hatte er gemeint. »Schließlich sind wir jetzt Bankiers.« So waren sie also in eines der Nebenzimmer gegangen, wo die feineren Leute saßen. Dort bestellte sich jeder eine Maß Bier, eine Breze und eine Portion Käse.

»Der 26. Februar 1878 wird hoffentlich als guter Tag in die Familienchronik eingehen. Also, lasst uns anstoßen! Auf unsere Firma für Bank- und Wechselgeschäfte! Massel und Broches! Möge sie erfolgreich sein und Gewinn bringen! Masel tov!«

Ida

Wo bleibt denn Jakob heute so lange?«, fragte Josef, als sich die Familie wie üblich zum Schabbes-Essen in Mutters Wohnung traf.

»Das hat Gustav mich auch schon gefragt. Jakob wird heute nicht kommen. Das hat er mir vor zwei Tagen mitgeteilt. Er ist anderweitig eingeladen.«

»Anderweitig? Was soll denn das heißen?«

»Das solltest du doch eigentlich besser wissen als ich«, gab Nette zur Antwort, »schließlich seht ihr euch jeden Tag im Bureau.«

Das stimmte zwar, aber zum einen sprach Jakob so gut wie nie über sein Privatleben und zum anderen hätten sie dazu auch kaum Zeit gehabt, selbst wenn sein Bruder mitteilsamer gewesen wäre. Dafür gab es zu viel anderes, was wichtiger war und geklärt werden musste. Seit ihrer Firmengründung vor gut einem Jahr gab es kaum mehr etwas anderes als Arbeit für alle drei Brüder. Gleich zu Beginn hatten sie eine ziemliche Menge ihres bescheidenen Anfangskapitals kurzfristig noch in die Finanzierung des Münchner Schlacht- und Viehhofs gesteckt. Ein großes Projekt, das Bürgermeister Alois von Erhardt mit Unterstützung des Baurats Zenetti auf Anraten von Pettenkofer umsetzte. Pettenkofer behauptete, die unhygienischen Schlachtereien aus der Stadt herauszubekommen, sei eine wirksame Maßnahme im Kampf gegen Typhus und Cholera. »*Wer gesund bleiben will, muss nicht bloß seinen Leib, sondern auch seine Umgebung reinhalten*«, schrieb Pettenkofer bei jeder sich bietenden Gelegenheit. Allmählich gelang es ihm auch, diese Ansicht allgemein zu verbreiten. Er machte unter anderem die vielen Abfälle der beiden öffentlichen Schlachthäuser und vor allem die der zahlreichen Metzger und Gastwirte, die oft bei sich zu Hause in den Hinterhöfen schlachteten, für den schlechten Zustand des Münchner Trinkwassers verantwortlich. Wie jeder andere Unrat wurde auch dieser Abfall in den Stadtbächen entsorgt. Dazu kam noch der Auf- und Abtrieb der Tiere durch die Stadt hin zum Viehmarkt an der Herrnstraße. Der sorgte für zusätzlichen Dreck auf den Straßen. An Markttagen waren sie oft so voll vom Kot der Tiere, dass man als Fußgänger kaum noch wusste, wo man seinen Fuß hinsetzen sollte. Trotz dieser Beeinträchtigungen waren längst nicht alle Münchner Bürger mit dem 5 000 000 Mark teuren, riesigen Bauprojekt einverstanden. »Viel zu groß!«, schimpften viele. Aber es half nichts. Zenetti war bei seinen Planungen davon ausgegangen, dass die Stadt auch weiterhin wachsen werde und in wenigen Jahren bereits deutlich mehr als die derzeitigen 215 000 Einwohner hätte. Bürgermeister von Erhardt hatte das ehrgeizige Vorhaben umgesetzt. Im letzten Jahr war die Eröffnung gewesen und mittlerweile hörte man überwiegend Lob, weil dadurch tatsächlich Dreck und Gestank in Teilen der Stadt mittlerweile ein wenig abgenommen hatten. Immerhin konnten durch diese Maßnahme mehr als 800 Schlachtstätten, die bisher über die ganze Stadt verteilt waren, geschlossen werden.

Der jungen Firma für Bank- und Wechselgeschäfte der Schülein-Brüder hatte das Unternehmen in relativ kurzer Zeit einen nicht unerheblichen Zuwachs an Mitteln gebracht. Mit der Fertigstellung des neuen Schlachthofs hätte eigentlich auch das finanzielle Engagement der Brüder Schülein dort ein Ende haben sollen. Doch dann war Josef auf eine unkonventionelle Idee gekommen: »Was haltet ihr davon, wenn wir gleich hier am Schlachthof unsere Bank einrichten?«

»Am Schlachthof? Das ist wohl kaum die richtige Adresse für eine Bank«, wehrte Jakob den Vorschlag ab. Sein Bruder ließ sich von diesem Einfall allerdings nicht so leicht abbringen. In Josefs Augen sprach einiges für diesen Ort. Schließlich wurden hier große Geschäfte getätigt und die Viehhändler, so seine Überzeugung, würden froh sein, die hohen Geldbeträge ohne große Umstände an Ort und Stelle einbezahlen zu können. Über diesen Punkt waren Josef und Jakob fast in Streit geraten. Jakob bestand auf eine prestigeträchtige Adresse, die der Seriosität ihrer Geschäfte entsprach. Erst nach erbitterten Diskussionen hatten sich die beiden Brüder einigen können. Sie waren schließlich übereingekommen, sowohl ein Bureau in der eleganten Maximilianstraße als auch eine kleine Filiale am Schlachthof einzurichten. Die ungewöhnliche Kombination erwies sich als Glücksfall. Trotzdem konnten sich die drei jungen Unternehmer nur mit viel Engagement und einer bescheidenen Lebensführung über Wasser halten. Mutter hatte mit ihrer Einschätzung absolut richtig gelegen – die Konkurrenz war hart. Nicht nur das. Eine eigene Firma zu führen, bedeutete auch viel Arbeit, wie Josef in den letzten 18 Monaten festgestellt hatte. Letzten Sommer war er nicht einmal in seinen geliebten Biergarten gekommen, wurde ihm plötzlich bewusst, und in diesem Jahr sah es nicht besser aus. Aber das Oktoberfest draußen auf der Theresienwiese, das würde er sich in diesem Jahr auf keinen Fall entgehen lassen! Trotzdem: Die Einschränkungen machten ihm wenig aus. Er genoss es, sein eigener Herr zu sein. Kein Tag war wie der andere und wenn auch nicht alles gelang, so reizte es ihn dennoch, immer neue Herausforderungen zu bewältigen. Sie ergänzten sich gut, Jakob und er. Von Gustav konnte man wenig sagen. Er war zuverlässig und erledigte alle Arbeiten gewissenhaft. Aber die Entscheidungen, welche Investitionen getätigt werden sollten, überließ er bislang noch seinen Brüdern. Er selbst hielt sich dabei lieber im Hintergrund. Aber sie waren sich einig in dem ehrgeizigen Ziel, finanzkräftigere Investoren zu gewinnen und größere Projekte zu finanzieren. Angesichts ihrer immer noch beschränkten eigenen Mittel war das nach wie vor ein schwieriges Unterfangen. Man musste viel Vertrauensarbeit leisten. Aber einige beachtliche Erfolge konnten sie mittlerweile durchaus verbuchen.

Mutter unterbrach seinen Gedankengang: »Mir hat Jakob nur ausgerichtet, dass er bei Krämers zum Essen eingeladen ist.«

»Bei Krämers? Du meinst bei der Familie von Bernhard Krämer?«

»Genau die.«

Josef konnte seine Verblüffung nicht verbergen. Bernhard Krämer! Josef wusste nicht sehr viel über ihn, aber jeder, den er kannte, sprach voller Achtung von den Leistungen dieses Mannes. Innerhalb weniger Jahre hatte er mit Immobilien ein Vermögen gemacht.

»Und, wie war es bei Krämers?«, wollte Josef am Montag wissen. Doch Jakob hielt sich wie üblich mit Auskünften zurück.

»Bernhard Krämer überlegt, eine gewisse Summe bei uns anzulegen«, war seine einzige Antwort. Josef erwiderte nichts. Aber er wusste, dass ein Schabbes-Essen sicher nicht der geeignete Rahmen für Geschäftsverhandlungen war. Dazu hätte Bernhard Krämer ihn auch in sein Bureau bitten können. Wenn ein Vater von zwei Töchtern im heiratsfähigen Alter einen jungen Mann zu sich nach Hause einlud, lag eine andere Vermutung viel näher. Die erhärtete sich, als er einige Wochen später Mamme bei einem kurzen Besuch in heller Aufregung vorfand.

»Stell dir vor, Jakob hat mich gebeten, Krämers zum Essen einzuladen.«

Wie vor einigen Jahren, beim ersten Besuch ihres künftigen Schwiegersohns, und kurze Zeit später dem offiziellen Besuch von dessen Eltern, überlegte Nette auch diesmal fieberhaft, was sie auftischen lassen sollte. Ohne die Beratschlagung mit ihrer Tochter und angesichts der hohen gesellschaftlichen Stellung des angekündigten Besuchs fiel ihr die Entscheidung dieses Mal noch sehr viel schwerer. Ihre Söhne waren ihr dabei beileibe keine Hilfe. Jakob war ebenso unentschlossen wie sie selbst, Gustav und Julius war die ganze Angelegenheit herzlich egal, ja, sie ärgerten sich im Stillen, dass man sie an einem der seltenen freien Tage wohl zu mehreren Stunden langweiliger Tischgespräche verpflichten würde, und Josef in seiner wie immer unbekümmerten Art meinte lediglich: »Jetzt mach dir doch keine solchen Sorgen. Das klappt schon alles.«

Mit dieser Einschätzung lag er allerdings nicht ganz richtig. Das servierte Essen war zwar vorzüglich, dennoch mochte keine richtige Stimmung aufkommen. Bernhard Krämer tat sein Bestes, um ein Gespräch in Gang zu bringen.

»Jakob erzählte mir, dass ihr ursprünglich aus Thalmässing kommt. Nun, da haben wir eine ganz ähnliche Vergangenheit. Ich bin vor nunmehr 20 Jahren nach München gekommen. Ursprünglich stamme ich aus Ichenhausen. Das sagt euch sicher etwas, schließlich waren wir bis vor Kurzem nach Fürth die zweitgrößte jüdische Gemeinde in Bayern. Mein Vater war dort Parnass, Gemeindevorsteher, ein Teil meiner Verwandtschaft lebt immer noch dort.«

Seine Gattin hatte während dieser Ausführungen einen etwas angewiderten Gesichtsausdruck, als ob diese Vergangenheit etwas Anstößiges wäre. Bevor ihr Mann weitererzählen konnte, fiel sie ihm ins Wort: »Ja, ja, so war das eben. Es gibt ja nur ganz wenige alteingesessene jüdische Familien hier in München. Meine, also die Familie Marx, aus der ich stamme, waren eine der wenigen glücklichen, die hier geduldet, ja sogar hoch angesehen waren, liebe Frau Schülein.«

Nach dieser Einleitung erging sich Regina Krämer in ausführlichen Schilderungen über die ruhmreiche Vergangenheit ihrer Familie. Die Marxens, so durften die Anwesenden erfahren, waren eine der ältesten jüdischen Familien in München. Nicht nur das, sie waren auch Hoffaktoren gewesen, die das bayerische Königshaus mit Luxuswaren belieferten.

Während all dieser Ausführungen saß Johanna Krämer unbeweglich und kerzengerade auf ihrem Stuhl, die Hände abwechselnd sittsam auf dem Tisch oder starr in ihrem Schoß. Ihr taubenblaues, schlicht gearbeitetes Kleid passte gut zu ihrem dunklen Haar. Sie hatte ein schmales, hübsches Gesicht, doch trotz ihrer gleichmäßigen Züge wirkte es eigenartig ausdruckslos. Von Zeit zu Zeit blickte sie kurz schüchtern auf Jakob, ihren Bräutigam, der neben ihr saß. Nette richtete ein paar Mal das Wort an sie, doch ein Gespräch kam nicht zustande. Johanna antwortete stets höflich, aber knapp auf die an sie gerichteten Fragen. Zu weiteren Erläuterungen kam sie nicht, die übernahm ihre Mutter für sie. Die Zeit schleppte sich zäh dahin. Josef litt. Voller Sehnsucht dachte er an die lustigen Nachmittage mit Joseph Aischberg, als sie alle miteinander Kärntner Wirtshauslieder gesungen hatten. So etwas war mit der Familie Krämer freilich nicht denkbar.

Endlich, nach schier endlosen, bleiernen Stunden war der Form Genüge getan und die Krämers verabschiedeten sich. Jakob begleitete, wie es sich gehörte, seine Braut und die künftigen Schwiegereltern. Josef wollte ebenfalls gehen, aber Nette hielt ihn unter einem Vorwand zurück. Kaum dass die Tür ins Schloss gefallen war, machte sie ihrem Herzen Luft. Selten noch hatte Josef seine Mutter so empört gesehen.

»Also ich muss schon sagen! Diese Frau Krämer macht ein ganz schönes Gewese um ihren Jichus! Als ob sie die Kaiserin von China wäre! Die Familie Marx hier, die Familie Marx da! Und wie sie geschaut hat, als ihr Mann mich nach unserem früheren Laden und nach meinem Geschäft hier gefragt hat – als ob man ihr Dreck zu fressen gegeben hätte! Was hätte sie denn an meiner Stelle gemacht? Ich hab's mir wahrhaftig nicht ausgesucht Witwe zu werden! Mir graut schon vor dem Gegenbesuch bei ihnen in der Sonnenstraße in vier Wochen. Ich bin sicher, in ihren eigenen vier Wänden wird sie noch viel mehr auftrumpfen.«

Nettes Befürchtungen schienen sich bewahrheitet zu haben. Josef hatte sie zu seiner Erleichterung zwar nicht zu den Krämers begleiten müssen, doch nur wenige Tage nach ihrem Besuch dort ließ sie ihrem Sohn durch einen Boten ausrichten, er möge sie bitte heute Abend besuchen. Kaum hatte er die Wohnung betreten, kam sie auch gleich auf das zu sprechen, was ihr so auf dem Herzen lastete.

»Du weißt, dass ich von den sogenannten Liebesheiraten, wie sie jetzt immer mehr in Mode kommen, wenig halte. Ich finde nach wie vor, dass es gut und vernünftig ist, wenn Eltern die künftigen Ehepartner für ihre Kinder aussuchen oder ihnen zumindest bei ihrer Entscheidung beratend zur Seite stehen. Die Ehe von deinem Tate und mir wurde durch unsere Eltern arrangiert und wir waren immer sehr glücklich miteinander. Aber im Fall von Jakob und Johanna bin ich mir nicht sicher, ob Bernhard Krämer seiner Tochter das Richtige rät. Er sieht in Jakob offenbar einen tüchtigen jungen Mann, einen, der so ähnlich ist, wie er selbst vor Jahren war, der den Ehrgeiz hat, es weit zu bringen und das gefällt ihm. Mit dieser Einschätzung liegt er wahrscheinlich auch nicht verkehrt. Jakob ist tatsächlich ehrgeizig und auch tüchtig. Und trotzdem habe ich bei dieser Verbindung kein gutes Gefühl. Es ist nicht so, dass gegen Johanna etwas einzuwenden wäre. Sie ist ein wohlerzogenes, hübsches junges Mädchen und sie wird eine beachtliche Nedann mitbringen. Das kann euren Geschäften nur nützen. Durch die Ehe mit ihr wird Jakob auch sozial aufsteigen. Ich sollte mich darüber freuen. Aber trotz all dieser Vorteile ist mir nicht wohl bei dieser Verbindung. Ich denke oft an die Brautzeit unserer Mali mit ihrem Joseph zurück. Weißt du noch: Bei jeder sich nur bietenden Gelegenheit hat er ihre Hand gedrückt oder ist ihr zärtlich übers Haar gefahren und sie ist auf ihrem Stuhl näher an ihn herangerückt als schicklich war. Ständig haben sie sich verliebte Blicke zugeworfen und – ich weiß es – sogar heimlich geküsst. Ich habe Mali etliche Male getadelt, sie solle sich gefälligst zusammenreißen. Trotzdem hat mir ihr Verhalten weniger Sorge bereitet als das unserer Brautleute hier. Von Getändel keine Spur! Sie sitzen so brav und teilnahmslos nebeneinander wie Kinder auf der Schulbank. Ehrlich, Josef, ich weiß nicht, ob die beiden füreinander geschaffen sind. Da ist kein Lachen, keine Unbekümmertheit. Ich habe einfach das Gefühl, sie ist nicht die richtige Frau für unseren Jakob. Kannst du nicht einmal mit ihm reden?«

»Was soll ich denn reden? Du kennst ihn doch. Er lässt keinen wirklich an sich heran. In diesem Punkt schon gleich gar nicht. Ich wüsste auch nicht, was ich ihm sagen soll. Ich kenne mich in Herzensangelegenheiten nicht aus. Johanna wäre für meinen Geschmack zu langweilig und ihre Mutter würde mir mit ihrem Getue auf die Nerven gehen, soviel weiß ich. Aber ich bin nicht Jakob. Der mag vielleicht eine Frau, die so ruhig und verschlossen wie er selber ist. Und was die Schwiger angeht, mit der ist er ja nicht verheiratet. Gegen einen Aufstieg in bessere Kreise hat er jedenfalls garantiert nichts, so viel weiß sogar ich.«

Der heimliche Vorbehalt gegen die bevorstehende Ehe war der einzige Punkt, in dem Jeanette Schülein und Regine Krämer, geborene Marx, sich jemals einig waren – wenn auch aus ganz unterschiedlichen Gründen. Bernhard Krämer, der Entscheidungen in Familienangelegenheiten meist seiner Frau überließ, weil er mit den Fragen, die sein Geschäft betrafen, ohnehin vollkommen ausgelastet war, wischte in diesem Punkt all ihre Bedenken beiseite und hielt an seiner Überzeugung fest, Jakob Schülein sei die richtige Wahl für Johanna. Die Hochzeit wurde für den Mai des kommenden Jahres festgesetzt. In den folgenden Monaten hatte Josef den Eindruck, sein Bruder entwickle noch mehr geschäftlichen Ehrgeiz als er ihn ohnehin schon gehabt hatte. Wie bereits in den beiden vergangenen Sommern gab es kaum eine Gelegenheit, dem Bureau zu entfliehen. Aber einen Besuch auf dem Oktoberfest ließ er sich trotzdem nicht nehmen. Raus auf die Theresienwiese und für ein paar Stunden den fröhlichen Trubel und das kräftige Bier in der Bude vom Schottenhamel genießen! Gustav war mit diesem Vorschlag sofort einverstanden und schloss sich gerne an. Da konnte Jakob ein langes Gesicht machen, wie er wollte.

Bernhard Krämer ließ sich die Hochzeit seiner ältesten Tochter einiges kosten. Es war ein herrlicher Maitag, als Jakob und Johanna unter die *Chuppa* traten. Joseph Aischberg hatte die Ehre, Trauzeuge zu sein. Der kleine Joseph war inzwischen vier Jahre alt und genoss den ungewohnten Trubel sichtlich. Josef hatte seinen Bruder noch nie so ausgelassen und gelöst erlebt wie an diesem Tag. Nur die junge Braut schien noch etwas unsicher.

»Sie muss erst in ihre neue Rolle als Ehefrau hineinwachsen«, hatte Jakob gemeint. »Ein Glück für sie, dass wir bei ihren Eltern im Haus wohnen. Ich glaube, es ist beruhigend für sie, ihre Mutter in der Nähe zu wissen.«

Bernhard Krämer hatte dem jungen Paar die erste Etage seines repräsentativen Anwesens in der Sonnenstraße als Wohnung überlassen. Alles war bestens vorbereitet.

Die stattliche Mitgift von 67000 Mark, die die Braut einbrachte, bescherte der Firma für Bank- und Wechselgeschäfte, wie zu erwarten, nicht nur in kürzester Zeit einen beträchtlichen Aufschwung. Jakob hatte durch die Ehe mit Johanna nun auch Zugang zu den vornehmen Familien der Stadt. Er hätte auch Josef gerne zu diesem Zutritt verholfen, wenn der nur gewollt hätte. Aber sooft er das Thema darauf brachte, wand sich Josef wie ein Aal. Einige Male luden ihn ehrbare Hausväter mit Töchtern im heiratsfähigen Alter von sich aus zum Essen in ihre Familien ein. Doch Josef fühlte sich dabei nie wohl in seiner Haut. Schon die Wahl der passenden Garderobe für derartige Abende war ihm ein Gräuel. Der Hals eingezwängt in einen hohen, steifen Kragen, angetan mit Hemd, Weste und Rock und dazu noch in unbequemen, wenig anschmiegsamen Hosen kam man leicht ins Schwitzen. Aber man musste die Form wahren und durfte sich keines Kleidungsstücks entledigen. So leicht er auch mit Menschen früher auf den Märkten oder jetzt in ihrer Filiale am Schlachthof, an den Wirtshaustischen der Stadt oder anderswo ins Gespräch kam, bei diesen förmlichen Konversationen zu Tisch fiel ihm nie das Passende ein. Sich mit Männern zu unterhalten, war leicht. Da konnte man über Geschäfte oder über Politik reden. Da kannte er sich aus. Aber derartige Themen waren in Gegenwart von jungen Damen nicht angebracht und wer ihn bei den Tischgesellschaften erlebte, musste ihn für einen unfreundlichen Langweiler oder – schlimmer noch – für einen Dorftölpel halten. Während die übrigen Gäste von Konzertbesuchen und Ausstellungen plauderten, Gesellschaftstratsch oder irgendwelche Nichtigkeiten austauschten, zermarterte Josef sich das Gehirn, was er Geistreiches beitragen könnte. Da ihm aber beim besten Willen nichts Passendes einfiel, begann er sich spätestens nach einer Viertelstunde zu langweilen und wollte nur so schnell wie möglich wieder verschwinden. Keines der jungen Mädchen, die er bei diesen Gelegenheiten zu Gesicht bekam, sagte ihm wirklich zu. Ähnlich wie seine junge Schwägerin wirkten sie auf ihn alle eigentümlich temperamentlos, ja geradezu blutleer und schienen ihn mit ihrer Wohlerzogenheit und Zurückhaltung nur noch mehr in Verlegenheit zu bringen. Seine Mutter hatte einmal über Johanna gesagt: »Ich glaube, sie hat in ihrem Leben noch nicht einmal einen Topf Suppe gekocht.« Dieser Satz ging Josef nicht aus dem Kopf. Anders als die Frauen und Mädchen auf dem Land, die gewohnt waren, zuzupacken und, wenn es sein musste, auch harte Arbeiten verrichten konnten, schienen ihm in der Stadt die Töchter aus gutem Hause wie unter einer Glasglocke zu leben, dazu erzogen, sich ihre Zeit mit Klavierspielen und feinen Handarbeiten zu vertreiben. Für so ein zartes, ja verzärteltes Geschöpf kam er sich zu ungehobelt und hemdsärmelig vor. Er würde nie den richtigen Ton treffen. Nach drei oder vier fruchtlosen Besuchen bei verschiedenen Familien überlegte er deshalb schließlich, ob er nicht besser einen Schmuser damit beauftragen sollte, sich draußen auf dem Land nach einer geeigneten Braut für ihn umzusehen. Temperament sollte sie haben. Mit beiden Beinen auf dem Boden stehen sollte sie. Vor allem aber sollte sie Humor haben und herzhaft lachen können. Er wollte eine, die in ihrem Leben schon einmal einen Topf Suppe gekocht hatte. Alles Weitere würde sich dann schon ergeben.

»Verstehe, verstehe«, murmelte Andres Hirsch dienstbeflissen. »Ein junges, einfaches Mädchen, aus anständiger Familie selbstverständlich. Nun, das dürfte nicht allzu schwer sein, Herr Schülein. Viele junge Frauen zieht es in die Stadt. Und Sie sind ein ansehnlicher junger Mann im besten Heiratsalter und mit einem soliden Geschäft. Welches Mädchen würde da nein sagen? Ich verspreche Ihnen, in spätestens einem halben Jahr, ach, was sage ich, in drei Monaten, haben wir die Passende für Sie gefunden. In drei Wochen bin ich wieder in der Stadt. Da werde ich Ihnen schon erste Vorschläge präsentieren können.«

Hirsch hatte nicht zu viel versprochen. Seine Geschäfte führten ihn vor allem ins Schwäbische und er war bei vielen Hausvätern und -müttern, vor allem aber bei den heiratswilligen jungen Männern und Frauen in Buttenwiesen, Ichenhausen, Kriegshaber, Krumbach, Nördlingen, Mönchsdeggingen, Hainsfarth, Öttingen, Aufhausen und Oberdorf überall gleich willkommen und hoch angesehen. Man nahm seine Dienste gern in Anspruch.

»Was, so viele?«, staunte Josef, als ihm Andres Hirsch einige Wochen später eine Liste möglicher Heiratskandidatinnen vorlegte. Gut ein Dutzend Namen standen dort säuberlich mit Geburtsjahr und Wohnort aufgelistet.

»Ja, Sie wissen ja, wie das ist, Herr Schülein. Alles strebt jetzt in die Stadt. Wenn das so weiter geht, haben wir in 20 oder 30 Jahren so gut wie keine Juden mehr in den Dörfern und kleinen Ortschaften. Aber Ihnen brauche ich das nicht zu erzählen, Sie wissen es ja selbst. Einige der jungen Damen haben mir sogar Porträtfotografien von sich mitgegeben. Ich weiß nicht, was Sie von diesem Vorgehen halten. Es ist noch etwas unüblich. Obwohl sich in letzter Zeit mehr Mädchen zu diesem Schritt entschließen. Sie versprechen sich davon bessere Chancen. Wie dem auch sei, vielleicht wollen Sie sie ja sehen.«

Das wollte Josef in der Tat. Gerade das ein wenig unübliche, unkonventionelle an dieser Vorgehensweise gefiel ihm. Diese jungen Frauen bewiesen mehr Eigeninitiative und Mut, als man es jungen Mädchen gemeinhin zutraute. Das imponierte ihm. Eines der Porträts zeigte ein junges Mädchen mit rundlichem Gesicht, ungewöhnlich hellen, gewellten Haaren, ausdrucksstarken Augen und einem freundlichen, gleichzeitig etwas schüchternen Lächeln, so als sei ihr bei dieser ganzen Prozedur nicht recht wohl.

Ida.

Sie war nicht Josefs erste Wahl und es dauerte ein paar Wochen, bis er Zeit fand, mit Hirsch nach Oberdorf zu ihren Eltern zu reisen. Es war ein warmer Spätsommertag, als sie sich auf den Weg machten. Friedlich, fast verträumt lag die Landschaft da. Die Namen der Ortschaften hier im ländlichen Schwaben sagten ihm wenig, aber ihr Charakter schien ihm vertraut. Und auch das Anwesen, das sie schließlich aufsuchten, kam ihm vertraut vor, auch wenn dessen Architektur sich ein wenig von der der Häuser in Franken unterschied. Es war nicht allzu groß, aber solide und von einem schönen, großen Garten umgeben. Hier fühlte er sich auf Anhieb wohler als in den feinen Münchner Salons. Josef fühlte sich ein wenig in seine eigene Vergangenheit zurückversetzt, als man ihn und Hirsch in die gute Stube führte. Mit ihrem einfachen und ein bisschen altmodischen Mobiliar kam sie ihm ebenfalls wie schon ewig bekannt vor. Gleichzeitig wurde ihm zu seinem Erstaunen auch erstmals bewusst, wie sehr er sich bereits von dieser ländlich geprägten Welt entfernt hatte. Er hatte allerdings keine Gelegenheit, dieser für ihn überraschenden Erkenntnis weiter nachzuhängen. Denn nun trat in Begleitung ihrer Mutter die Person in den Raum, derentwegen er die ganze Unternehmung überhaupt auf sich genommen hatte. Josef spürte, wie sein Herz aufgeregt zu klopfen begann. So eine Einführung als möglicher Bräutigam war eine ernste und entscheidende Angelegenheit, bei der man nichts falsch machen durfte und die doch so viele Fallstricke bereithielt, wie er zu seinem Leidwesen bereits erfahren hatte. Bernhard Baer, der Hausvater, war ein Mann vom alten Schlag, das sah man auf den ersten Blick. Mit seinem altmodischen, etwas abgetragenen Anzug konnte man ihn sich schwer in einer Stadt vorstellen. Ein wenig erinnerte er Josef an Salomon Löw. Wie es sich gehörte, stellte ihm Baer die gesamte Familie vor: seine Frau, Ida und die vier weiteren Kinder – Fanny, Naftali, Salomon und David. Die vier standen aufgereiht wie die Orgelpfeifen da. Josef schätze den Altersunterschied zwischen den Geschwistern auf jeweils ungefähr zwei Jahre. Lediglich der Abstand zwischen Ida und Fanny schien deutlich größer zu sein. Sie gab ihm zur Begrüßung die Hand und schaute ihm dabei direkt in die Augen. Ihr Händedruck war kurz und fest, nicht so kraftlos wie er es von den jungen Damen in München gewohnt war. Das gefiel ihm. Ida und ihre Mutter übernahmen die Bewirtung und servierten Kaffee und Kuchen, während Bernhard Baer das Gespräch übernahm und taktvoll einige Auskünfte über Josef, seine Familie und sein Geschäft einholte und seinerseits einiges über sich und seine Verhältnisse erzählte. Er war Händler und wie in diesem Metier üblich, viel und lange unterwegs.

Ida saß stumm und scheinbar ein wenig schüchtern daneben, als Josef die gewünschten Auskünfte über sich erteilte. Es wäre nicht schicklich gewesen, sich ins Gespräch einzuschalten, das wusste sie. Dafür hörte sie aber umso aufmerksamer zu. Der junge Mann gefiel ihr. Er hatte schönes, dunkles, sehr volles Haar und einen buschigen, ebenfalls dunklen Schnurrbart. Der stand ihm gut. Er verlieh seinem Gesicht etwas unkonventionelles, das einem im Gedächtnis blieb. Vor allem aber gefielen ihr seine dunklen, lebhaften Augen und sein schelmisches Lächeln. Das schien keiner zu sein, der den ganzen Tag nur langweilig und trocken über seinen Geschäftsbüchern brütete, der wirkte unternehmungslustig, voller Lebensfreude und Tatendrang. Andererseits erweckte er aber auch nicht den Eindruck als wäre er einer, der das Geld leichtfertig durchbrachte, ein Bruder Leichtfuß, sondern eben wie ein solider Geschäftsmann. Bankier. Da musste er nicht tagelang unterwegs sein, sondern kam jeden Abend nach Geschäftsschluss nach Hause. Was für gepflegte Hände er hatte! Man sah ihnen an, dass sie keine schwere Arbeit verrichten mussten. Und einen eleganten Anzug trug er. Das war ein feiner Stoff. So einen bekam man in Bopfingen wahrscheinlich gar nicht. Jedenfalls nicht in den Läden, wo sie einkauften. Sie schämte sich in seiner Gegenwart fast für ihr einfaches, dunkles Baumwollkleid. Da war er aus der Stadt sicher elegantere Erscheinungen gewohnt. Hoffentlich hielt er sie nicht für einen dummen Landtrampel! Ob sie ihm gefiel? Ida hoffte es inständig. Neben ihrem Aussehen quälte sie noch ein anderes Problem. Ihre Nedann würde bescheiden sein. Ihr Vater mochte ein guter und frommer Mensch sein, aber ein sehr erfolgreicher Geschäftsmann war er nicht. Ein tüchtiger und attraktiver Mann wie Josef Schülein konnte mit Leichtigkeit eine weit bessere Partie als sie finden. Dessen war sie sich durchaus bewusst.

Ihre Sorgen waren unberechtigt. Josef achtete weder auf ihr Kleid noch interessierte ihn die Höhe ihrer Mitgift. Die Firma warf inzwischen genug ab, um ein einigermaßen bequemes Leben zu führen. Da musste seine künftige Frau kein Vermögen einbringen. Obwohl Ida nichts sagte, machte sie doch einen aufgeweckten Eindruck auf ihn und er fand sie in Wirklichkeit schöner als auf der Fotografie. Da hatte sie ein wenig steif gewirkt. Jetzt, wo sie ihm am Tisch leibhaftig gegenübersaß, sah er, dass sie rasche Bewegungen und ein lebhaftes Mienenspiel hatte. Offensichtlich besaß sie Temperament und war kein langweiliges, dummes Schaf. Backen konnte sie offenbar auch. Der Kuchen, den sie ihm serviert hatte, schmeckte jedenfalls gut.

Nachdem ihre Eltern offensichtlich zu der Überzeugung gelangt waren, er sei ein anständiger junger Mann und ein ernstzunehmender Bewerber, ließ man die beiden jungen Leute für einige Zeit allein in der Stube sitzen, damit sie einander ein wenig kennenlernen konnten.

»Du bist also die Älteste von euch Fünfen«, begann Josef das Gespräch.

»Wie man's nimmt. Man könnte sagen, ich bin die Älteste und gleichzeitig auch die Jüngste.«

Josef schaute sie fragend an.

»Es ist ganz einfach zu erklären. Die Frau, die du gerade kennengelernt hast, ist nicht meine leibliche Mutter. Sie ist meine Stiefmutter. Aber sie hat mich aufgezogen. Meine Mutter starb, als ich gerade erst zwei war. Ich habe eigentlich gar keine Erinnerung an sie und kenne sie nur von der Fotografie. Ich war ihr jüngstes Kind. Aus dieser ersten Ehe gibt es noch meine beiden älteren Schwestern, die vier Söhne sind alle bereits als kleine Kinder und noch vor meiner Geburt gestorben. Die habe ich also überhaupt nicht gekannt. Mein Vater hat wieder geheiratet und nachdem meine beiden ältesten Schwestern recht kurz danach ebenfalls geheiratet haben, bin ich jetzt also von der Jüngsten sozusagen zur Ältesten geworden. Verstehst du?« Sie sagte das alles ganz nüchtern, ohne Rührung oder gar Selbstmitleid.

»Und deine Schwestern wohnen auch hier in Oberdorf?«, fragte Josef, der nicht recht wusste, wie er das Gespräch fortsetzen sollte.

»Nein. Das heißt, meine älteste Schwester, Amalie, lebt inzwischen wieder in Aufhausen. Das ist das nächste Dorf, nur einen Spaziergang von hier entfernt. Nach dem Tod meiner Mutter, also während des Trauerjahrs, bevor Vater sich wieder verheiraten konnte, hat sie sich um mich gekümmert. Tate war ja unter der Woche immer unterwegs. Aber nach seiner Wiederverheiratung ist sie ausgezogen, sobald sie konnte. Mit 17 hat sie schon geheiratet. Einen Vetter unserer verstorbenen Mutter, der nach Thomasville in Amerika ausgewandert ist. Meine zweite Schwester, Babette, hat es ihr nachgetan und Isaaks Bruder geheiratet. Die beiden sind dann ebenfalls nach Thomasville gegangen. Das liegt irgendwo im Süden der Vereinigten Staaten, in einem Land, das Georgia heißt. Die Kubitscheks, das war der Geburtsname meiner Mutter, betreiben dort ein Textilgeschäft. Das heißt, inzwischen nur noch Jakob, der Mann von Babette, denn meine älteste Schwester ist mit ihrer Familie vor fünf Jahren nach Aufhausen zurückgekehrt. Ihr Mann ist inzwischen verstorben, die Arme.«

»Und für dich ist wohl kein Kubitschek mehr übrig?« Kaum hatte er das gesagt, verfluchte Josef sich wegen seines losen Mundwerks und hätte sich am liebsten auf die Zunge gebissen. Diese Frage war taktlos und ungehörig. So manches Mädchen wäre jetzt beleidigt gewesen. Doch zu seiner Erleichterung reagierte Ida gelassen.

»In der Tat, nein, es ist keiner mehr übrig. Zum Glück. Sonst hätte Vater mich wahrscheinlich wirklich gedrängt, den zu heiraten, und es hätte mich womöglich auch nach Amerika verschlagen.«

»Wäre das so schlimm gewesen?«

»Tja, das kann ich natürlich nicht wissen. Aber einen Mann zu heiraten, den man noch nie zuvor gesehen hat, so wie das bei Amalie der Fall war, stelle ich mir schrecklich vor. Ich möchte schon vor der Eheschließung wissen, mit wem ich mein ganzes künftiges Leben verbringen werde. Außerdem ist die lange Reise nach allem, was sie erzählt hat, wahrhaftig kein Vergnügen. Wochenlang war sie unterwegs. Erst die lange Schiffspassage nach New York, zusammengepfercht mit zahllosen anderen auf engstem Raum und kaum Luft zum Atmen. Und anschließend musste sie ja noch wer weiß wie lange reisen, um endlich in dieses Georgia nach Thomasville zu gelangen. Sie sagt, das Land sei riesig. Wir könnten uns das gar nicht vorstellen.«

»Und warum sind sie zurückgekommen? Ich habe ehrlich gesagt noch nie von jemandem gehört, der wieder hierher zurückgekommen ist. Es heißt doch immer, dort drüben könne jeder sein eigener Herr sein und sein Glück machen.«

»Das mag schon stimmen. Soviel ich weiß, hat Isaak mit seinem Laden auch gutes Geld gemacht. Aber er hatte wohl immer Sehnsucht nach zu Hause. Richtig heimisch ist er in dem fremden Land wohl nie geworden. So erzählt es zumindest Amalie. Mit ihm habe ich darüber nie gesprochen, dazu gab es keine Gelegenheit. Er starb ja nur wenige Monate nach seiner Rückkehr. Er war 15 Jahre älter als meine Schwester. Damals, als er ausgewandert ist, gab es offenbar hier noch kaum Möglichkeiten für uns Juden. Aus den Dörfern ringsum sind über viele Jahre immer wieder ganze Familien nach Amerika gegangen. Das kennst du aus der Gegend, aus der du kommst, sicher auch. Bei uns in Oberdorf erzählt man sich übrigens noch heute von einer Gruppe von hier, die elegant gekleidet und gut ausgestattet voller Zuversicht ausgewandert ist. Das muss damals sogar in der Zeitung gestanden haben, weil es so ungewöhnlich war. Üblicherweise waren die Auswanderer scheinbar meist arm und verzweifelt. Die Gruppe von hier aber hatte schon Verwandte drüben. Vielleicht ging es ihnen deshalb schon im Vorfeld besser, weil ihnen die reiche Verwandtschaft Geld für die Schiffspassage geschickt hatte. Heutzutage ist es auch hier für uns Juden anders. Wer es zu etwas bringen will, muss dazu nicht mehr ins ferne Amerika. Die meisten gehen jetzt nach Stuttgart oder München, nach Augsburg oder zumindest nach Bopfingen. Isaak hat wohl gedacht, er könnte mit dem Geld, das er drüben verdient hat, jetzt auch in der alten Heimat sein Glück machen.«

Ida hatte eine angenehme Stimme und sie war eine gute Erzählerin. Josef hörte ihr gerne zu. Doch im Moment wollte er die kostbare Zeit, die er mit ihr verbringen durfte, weniger mit Auskünften über ihre Familie verplempern, sondern lieber dafür nutzen, sie selbst näher kennenzulernen. »Was du erzählst, ist interessant. Trotzdem möchte ich lieber etwas über dich erfahren. Erzähl doch bitte von dir!«

»Von mir? Ja, was gibt es da zu sagen? Eigentlich nichts. Meine Familiengeschichte kennst du jetzt. Ich bin ein einfaches Mädchen vom Land. Ich helfe meiner Mutter im Haushalt. Ich koche und backe gern und das war's eigentlich auch schon. Wenn sich eine Gelegenheit bietet, tanze ich gern. Aber die Gelegenheiten sind leider selten.«

Tanzen, ging es Josef durch den Kopf und er sah sie im Geist vor sich, wie er sie an der Taille hielt und im Takt der Musik herumwirbelte. Ja, das würde ihm auch Spaß machen und mit der temperamentvollen Ida konnte er sich das gut vorstellen.

»Herumgekommen bin ich noch nicht und hier bei uns passiert nicht viel«, setzte Ida ihre Rede fort. »Das ist in der Stadt sicher anders. Ich stelle es mir aufregend vor, in einer großen Stadt zu wohnen. All die vielen Menschen! Da passiert jeden

Tag etwas und sicher kann man ständig etwas Neues entdecken. Allein schon der Bahnhof! Er muss riesig sein! Den würde ich sehr gerne einmal sehen. Die vielen Menschen, die dort ankommen oder abfahren. Ich stelle mir das aufregend vor. Und dann natürlich erst die Geschäfte, Parks und Cafés. Da kommt man aus dem Schauen gar nicht heraus. So stelle ich es mir jedenfalls vor. Erzähl also lieber von dir und von München! Wie lebt es sich wirklich in einer so großen Stadt? Der Vater sieht es nicht gern, weil er meint, das ist nichts für Frauen, aber manchmal, wenn ich Zeit habe und er gerade nicht da ist, lese ich in der Zeitung, was so alles vor sich geht in der Welt da draußen.«

Sie wollte alles Mögliche wissen. Immer wieder hatte sie Fragen. Josef erzählte gerade vom Bau des Franzosenviertels in Haidhausen, wo die Firma Schülein an der Finanzierung verschiedener Projekte beteiligt war, und wie sich dort, wo gerade noch Wiesen und Ackerland gewesen waren, in rasender Geschwindigkeit immer mehr vierstöckige Häuserblocks an breiten Straßen und um schön gestaltete Plätze aneinanderreihten.

»Die Stadt legt dort sehr viel Wert auf die Gestaltung. Die Bauherren haben sehr genaue Vorgaben, was zum Beispiel die Höhe der Gebäude angeht. Von außen gesehen macht das Viertel einen sehr gepflegten Eindruck. Doch täusche dich nicht«, sagte er. »Hinter den schönen Fassaden wohnt oft die Armut. Die wenigsten Familien können sich so eine Wohnung für sich alleine leisten. Oft hausen in einem Raum mehrere Menschen, ja ganz Familien.«

Sie waren ganz in ihre Unterhaltung vertieft, als Hirsch hereinkam und zum Aufbruch mahnte. Sie müssten sich sputen, wenn sie noch den letzten Zug erreichen wollten. Josef versprach zu schreiben.

Es war ein langer Tag gewesen, bis er endlich wieder in München eintraf. Trotzdem fühlte er sich eigentümlich beschwingt. Mit Ida hatte er so sprechen können, wie ihm zumute war. Sie hatte sich nicht nur an allem interessiert gezeigt, sie besaß ganz offensichtlich auch eine rasche Auffassungsgabe und, was Josef überaus schätzte, eine eigene Meinung.

Bereits nach einem kurzen Briefwechsel stand sein Entschluss endgültig fest und er hielt offiziell um Idas Hand an. Er wollte so schnell wie möglich heiraten. Seine Mutter riet ihm zu einer längeren Verlobungszeit, eben so, wie es üblich sei, damit die Brautleute sich vor dem bindenden Ja-Wort besser kennenlernen konnten. Aber

Josef wollte nicht. Wozu noch länger warten? Er war sich seiner Sache ohnehin sicher: Ida war die Richtige. Er wollte endlich die Freuden der Ehe genießen. Bereits Mitte Januar bestellte er das Aufgebot. Ida bestärkte ihn bei diesem Beschluss. In Oberdorf hielt sie ohnehin nichts. Sie brannte darauf, ihr eigenes Leben an der Seite von Josef zu beginnen.

Als Kalla und Chatan, Braut und Bräutigam, standen Ida und er endlich unter der Chuppa. Schön sah sie in ihrem weißen Kleid aus. Siebenmal, wie es der Brauch vorschrieb, umkreiste Ida ihren Josef. Dann tranken die beiden Brautleute den gesegneten Wein als Zeichen dafür, dass sie von nun an Freude und Leid teilen würden.

»Durch diesen Ring seiest Du mir angelobt entsprechend dem Gesetz von Moses und Israel.« Seine Stimme zitterte ein wenig, als er diese Worte sprach und Ida den Ring ansteckte. Rabbi Perles verlas die Ketubba, den Heiratsvertrag. Josef versprach damit feierlich seine Frau zu ernähren, sie zu kleiden und auch ihre ehelichen Bedürfnisse zu stillen. Wie gerne er dieser Verpflichtung nachkam! Ida würde sich nicht beschweren können, was die Erfüllung dieser Bedürfnisse anging. Lange genug hatten sie sich beide danach verzehrt. Endlich durften sie ohne Heimlichkeiten und schlechtes Gewissen ihre gegenseitigen Zärtlichkeiten genießen … die Freuden der Ehe, wie es so schön hieß. Nun würden sie in ein paar Stunden also wirklich Mann und Frau sein. In Erwartung der so heiß ersehnten gemeinsamen Nacht hörte er kaum auf die sieben Segenssprüche, die Rabbi Perles nun feierlich sprach. Wieder trank das Hochzeitspaar einen Schluck aus dem Hochzeitsbecher. Obwohl er nur daran nippte, spürte Josef, wie ihm der Wein zu Kopf stieg. Zum Ende der Zeremonie zertrat er ein Weinglas als Erinnerung an Trauer und Zerstörung, an die Leiden, die das Volk Israel in der Vergangenheit erlitten hatte. Kaum knirschten die Scherben unter seinen Sohlen, schallten ihnen von allen Seiten die Rufe »Masel tov! Masel tov!« entgegen.

Jakob war Trauzeuge gewesen. Doch er war ohne Begleitung gekommen. Seine Frau lasse sich entschuldigen, hatte er Josef sichtlich verlegen schon vor Beginn der Hochzeitszeremonie erklärt. Ihre Mutter habe gemeint, dass es Johanna in ihrem Zustand nicht mehr möglich sei, dem Fest beizuwohnen. Schließlich erwarte sie in wenigen Monaten ihr erstes Kind. Josef hatte zwar noch keine Erfahrung mit werdenden Müttern und deren Befindlichkeiten und er konnte auf die Gegenwart seiner Schwägerin auch getrost verzichten, dennoch fragte er sich im stillen, ob diese Erklärung nicht nur eine Ausrede war, damit Johanna Schülein, geborene Krämer, nicht an einer Zeremonie teilnehmen müsse, deren Hauptpersonen sie im Grunde als unter ihrem Stand und ihrer Würde betrachtete. Mehr als einen kurzen Gedanken war ihm dieser Umstand allerdings nicht wert, dazu war er viel zu aufgeregt gewesen. Es gab für ihn heute wahrhaftig anderes und Wichtigeres als die Gegenwart seiner Schwägerin.

Mali und ihr Mann hatten trotz Malis ebenfalls fortgeschrittener Schwangerschaft den weiten Weg aus Nürnberg auf sich genommen, um mit ihm und seiner Braut zu feiern. Kaum waren Ida und er unter der Chuppa hervorgetreten, umarmte ihn sein Schwager herzlich: »Ich wünsche euch, dass ihr beiden so glücklich werdet wie deine Schwester und ich!«

Söhne

Endlich! Fast ein halbes Jahr war nach der Hochzeit vergangen, bevor das junge Paar schließlich in eine eigene Wohnung ziehen konnte. Es war eine Verkettung unglücklicher Umstände gewesen. Eigentlich hätte die Wohnung bereits im März fertig sein sollen. Pachelbl, der Vermieter, hatte sie von Grund auf renovieren lassen.

»Die Wohnung in der Beletage ist natürlich etwas ganz Besonderes«, hatte er Josef mit unverkennbarem Besitzerstolz erklärt. »Aber das wissen Sie natürlich, Herr Schülein. Es ist ein gutes Haus und ich nehme nur ehrenwerte Leute hinein. Sehen Sie, der Herr Spieß im Parterre ist Fruchthändler und hat einen Stand auf dem Viktualienmarkt. Hinten hinaus wohnen die Grünbauers. Er ist ein Premierleutnant, natürlich außer Dienst. Über Ihnen, im ersten Stock, wohnen die Familien Wagmüller, ein Privatier, und der Kaufmann Graf mit seiner Familie. Nur anständige, ehrenswerte Leute, im ganzen Haus.«

Für die wenigen Wochen bis zum ursprünglich geplanten Einzugstermin hatte das frischvermählte Paar ohne Probleme bei Nette in der Neuhauserstraße unterkommen können. Ihre Wohnung bot genug Platz. Gustav war inzwischen ausgezogen und sie und Julius freuten sich sogar über ein bisschen mehr Leben in ihren vier Wänden. Dann hatte man Josef auf April vertröstet, die Bauarbeiten zögen sich noch hin. Auch das stellte kein Problem dar – im Gegenteil. Weil Nette den 14-jährigen Julius gut versorgt wusste, nutzte sie die Gelegenheit, um Mali in Nürnberg zu besuchen und ihr in der Zeit nach der Entbindung beizustehen. Mali war besorgt. Zwei Töchter waren jeweils wenige Tage nach ihrer Geburt verstorben. Das war beide Male ein schrecklicher Schlag für sie gewesen. Nun quälte sie die Sorge, dieses Schicksal könne ihr ein drittes Mal bevorstehen. Sie lebte zwar im Haus ihrer Schwiegereltern und war gut betreut, aber ihre Mutter in dieser Zeit bei sich zu wissen, beruhigte sie doch mehr als die Gegenwart der Schwiegermutter.

Tatsächlich verlief die Geburt ohne Komplikationen und Mali brachte einen gesunden Buben zur Welt, der in den folgenden Wochen und Monaten prächtig gedieh. Zu Ehren seines Großvaters mütterlicherseits erhielt er den Namen Julius. Nur vier Wochen nach seiner Geburt wurde Nette erneut Großmutter. Jakob und Johanna bekamen im Mai ebenfalls einen Sohn. Er erhielt den Namen Julius Wolfgang.

Was die Renovierung betraf, so war aus April schließlich Mai geworden. Die Wohnung war tatsächlich fertig. Doch jetzt taten sich plötzlich neue Probleme auf: In der ganzen Straße mussten die maroden Kanalrohre dringend erneuert werden. Nette hatte Josef bedrängt, mit dem Umzug noch zu warten. Den Gestank könne er Ida in ihrem Zustand unmöglich zumuten. Nette fürchtete um die Gesundheit ihres ungeborenen Enkels. So mussten sie sich also weiter gedulden. An vielen Stellen der Stadt zeigte sich, dass die ursprüngliche Zementzusammensetzung der Rohre den Belastungen durch die Abwässer nicht gewachsen war und sich allmählich zersetzte. Der Geruch aus den aufgerissenen Kanälen war grauenvoll und die Sommerhitze machte ihn schier unerträglich. Man hatte das Gefühl, man atme verpestete Luft ein. Den Bauern der Umgebung war das Wasser auf ihre Mühlen. Wie schon beim Bau der ersten Leitungen schimpften sie auch jetzt wieder auf die in ihren Augen unsinnige Einrichtung. Sie waren stets gegen die geplante Kanalisation gewesen, weil sie seit jeher die Fäkalien aus der Stadt geholt und als Dünger auf ihren Feldern ausgebracht hatten. 30 Gulden hatten sie früher außerdem für jede geleerte Abortgrube erhalten, eine lukrative zusätzliche Einnahmequelle. Aber der ihnen verhasste Pettenkofer hatte seine Pläne gegen ihre Interessen durchgesetzt.

Im Oktober war es dann so weit: Josef konnte sich und Ida endlich unter der neuen Adresse eintragen lassen: Am Einlass 4. Eine kleine, ruhige Straße mit viergeschossigen Häusern, die ihren Namen dem ehemaligen Einlasstor in der alten Stadtmauer verdankte. Sie lag fast ums Eck zu Josefs früherer Wohnung in der Müllerstraße. Hier, zwischen Jakobsplatz und Viktualienmarkt, hatte Josef sich eingelebt und er war froh gewesen, die Gegend auch nach seiner Verheiratung nicht verlassen zu müssen. Die Lage war sicher nicht so vornehm wie die Sonnenstraße, wo sein Bruder mit seiner Familie im Haus des Schwiegervaters wohnte, aber doch eine respektable Adresse. Mochte Jakobs Wohnung größer und repräsentativer sein, Josef beneidete seinen Bruder nicht im Geringsten. Im Gegenteil. Hier in seiner Wohnung war er sein eigener Herr. In ihren vier Wänden mussten sie weder auf Eltern, noch Schwiegereltern Rücksicht nehmen. Ida war von ihrer neuen, geräumigen Unterkunft begeistert und nutzte die Monate bis zur Niederkunft damit, ihr neues Zuhause wohnlich herzurichten. Eifrig bestickte sie Kissenbezüge, arrangierte Topfpflanzen, besprach sich mit ihrer Schwiegermutter, welche Bilder sie anschaffen sollte, nähte Bettbezüge für die Wiege und schaltete und waltete in allen Zimmern. Josef fühlte sich in seinem neuen Zuhause wie ein König. Zu Recht: Immerhin bewohnten die jungen Eheleute die repräsentativste Wohnung im gesamten Haus. Als einzige lag sie im Hochparterre. Durch die hohen, zu zwei Straßenfronten hin gelegenen Fenster war sie lichtdurchflutet, doch angesichts ihrer erhöhten Lage vor neugierigen Blicken der Passanten geschützt. Pachelbl hatte sie mit schönen Parkettböden und sehr guten Öfen ausgestattet und die sechs geräumigen Zimmer und zwei Kammern boten Platz für eine große Familie. Endlich waren Ida und er ganz für sich! Allzu viel Zeit zu zweit war ihnen ohnehin nicht vergönnt. Zum Tanzen waren sie nicht viel gekommen und auch von den Herrlichkeiten der Stadt hatte Josef seiner Ida noch nicht allzu viel zeigen können. Sie war gleich nach der Hochzeit schwanger geworden und bereits in ein paar Wochen würde das Kind geboren werden. Natürlich hatte sich Josef über die Nachricht gefreut: Doch wenn es nach ihm gegangen wäre, hätte er auch nichts gegen ein oder zwei kinderlose Jahre gehabt. ›Mit dem Tanzen wird es wohl so schnell nichts mehr werden. Aber ins Café oder ins Theater können wir sicher in absehbarer Zeit. Das Tanzen läuft uns nicht davon. Das holen wir nach‹, hatte Ida ihn vertröstet.

Nette und eine erfahrene Hebamme waren bei ihr, als es so weit war. Die Geburt schien endlos zu dauern. Seine Mutter meinte, das sei gerade beim ersten Mal nicht ungewöhnlich. Während seine Frau sich im Schlafzimmer abmühte, versuchte Josef die Stunden irgendwie sinnvoll zu nutzen, doch es gelang ihm nicht. Die meiste Zeit lief er unruhig und ziellos von einem Zimmer ins andere, während ihm das Herz bis zum Hals schlug. Hier konnte er nichts tun, außer zu warten. Seine Hilflosigkeit quälte ihn. Das war er nicht gewohnt. Endlich war es soweit und Nette kam freudestrahlend mit einem Stoffbündel aus dem Schlafzimmer und legte es Josef vorsichtig und zärtlich in den Arm: ein kleines, hilfloses, zerknautschtes Etwas mit einem roten Gesicht und einem schwarzen Haarschopf. Die Augen hatte der Neugeborene geschlossen und seine kleinen Hände waren zu Fäustchen geballt. Sein Sohn.

»Die Christen feiern heute Weihnachten, die Geburt ihres Erlösers, mein Kleiner. Das ist für sie ein besonderer Tag, an dem sie sich beschenken. Das größte Geschenk aber habe heute ich bekommen, denn heute bist du geboren und machst auch für mich diesen 24. Dezember zu etwas ganz Besonderem«, flüsterte der junge Vater gerührt.

Zu Ehren seines Großvaters erhielt das Kind ebenso wie seine beiden Vettern den Namen Julius.

»Viermal Julius in einer Sippe. Wir werden sie nummerieren müssen, um sie auseinanderzuhalten und zu wissen, von wem die Rede ist«, meinte Gustav, der frisch gebackene Onkel, schmunzelnd, aber auch ein wenig kritisch, als er von dieser Entscheidung erfuhr.

Die Brismile, die Beschneidung, fand dem Brauch entsprechend, am achten Tag nach der Geburt statt, genau an Idas 21. Geburtstag, der damit für sie eine ganz besondere Bedeutung erhielt. Schon vor der Geburt ihres Sohnes hatte Ida extra für diesen Anlass ein besonders schönes Kleidchen genäht und mit feinen Stickereien verziert. Das Neugeborene sah darin niedlich aus. Ida wollte ihn gar nicht hergeben. Aber es half nichts. Seufzend übergab sie das friedlich schlummernde Kind an Josef. Frauen waren zur Brismile nicht zugelassen. Sie musste die Zeremonie vom Esszimmer aus verfolgen und von dort lauschen, ob es ihrem Kleinen gut ging. Die Männer erwarteten ihn schon. Jakob war der Sandak, der Pate, und hielt den Säugling während der Zeremonie auf dem Schoß. Für einige Zeit hörte man nur die Gebete des Mohel und die Antworten der Männer. Dann begann der kleine Julius lauthals zu schreien. Die Beschneidung war vollbracht, der Bund mit Gott vollzogen und das Kind in die Gemeinschaft aufgenommen. Ida seufzte erleichtert auf.

Nette hatte es sich nicht nehmen lassen, eigenhändig für die Festgesellschaft zu kochen. Sie freute sich über jede Gelegenheit, ihre Familie um sich zu haben. Auch nach der Geburt der Kinder behielt man die regelmäßigen Besuche bei Nette zum Essen bei. Gustav kam ebenso wie Josef, der jetzt in Begleitung seiner kleinen Familie war, jeden Schabbes, Jakob, Johanna und der kleine Julius nur jeden zweiten. Nette bedauerte, dass nicht auch die Aischbergs dazustoßen konnten. Aber Nürnberg war einfach zu weit. Wenigstens schickte Mali regelmäßig Fotografien, sodass sie die Entwicklung ihrer beiden Enkel aus der Ferne mitverfolgen konnte: Joseph im Matrosenanzug in Begleitung von Vater und Mutter im Garten, die stolze junge Mutter mit ihrem Wickelkind oder Joseph, der seinen kleinen Bruder im Arm hielt. Und während das Verhältnis zwischen Nette und Johanna immer ein wenig distanziert geblieben war, war ihr Ida wie eine zweite Tochter ans Herz gewachsen. Josef verwunderte das nicht, denn Ida war in ihrer herzlichen und bodenständigen Art ihrer Schwiegermutter nicht unähnlich. Viel erstaunlicher fand er, dass auch Johanna und Ida offensichtlich gut miteinander auskamen. Ida hatte ihrer Schwägerin das Fernbleiben von ihrer Hochzeit verziehen und das Erleben von Schwangerschaft und Geburt sowie all die 1000 Fragen rund um das Wohlbefinden ihrer Erstgeborenen hatten auch zwischen diesen beiden Frauen, so verschieden sie auch in ihrem Charakter und ihrer ganzen Weltsicht waren, ein Band entstehen lassen.

Mit Rücksicht auf die Kleinen, die abends ins Bett mussten, hatte man die Familientreffen nun vom gemeinsamen Abendessen auf das Mittagessen nach dem Gottesdienst verschoben. Das hatte auch den Vorteil, dass sich danach noch ein gemeinsamer Spaziergang anschließen ließ. An schönen Tagen schlenderte man gemeinsam zum Glaspalast oder durch den Hofgarten, wo man es sich bei Kaffee und Kuchen beim »Tambosi« gut gehen ließ. Gustav, der zum Leidwesen seiner Mutter immer noch Junggeselle war und auch keinerlei Ambitionen auf eine baldige Heirat erkennen ließ, war auf diesen Exkursionen selten dabei. Er entschuldigte sich meist kurz nach dem gemeinsamen Mittagessen. Seine Brüder sah er ohnehin bereits am nächsten Tag wieder in der Firma, die Gespräche der Frauen drehten sich um Haushalt und Kinder, also Themen, die ihn nicht interessierten, und mit seinen kleinen Neffen konnte er nichts anfangen. Für Julius waren die gemeinsam verbrachten Tage dagegen eine erfreuliche Abwechslung zum stillen Alltag in der mütterlichen Wohnung. Er genoss seine neue Rolle als Onkel zunehmend und scherzte und spielte auch manchmal mit den Kindern. Wenn sie ohne Jakob und Johanna nur in kleiner Runde waren, ließ sich Ida von Nette immer wieder Geschichten aus der Vergangenheit erzählen. Im Gegensatz zu ihrer Schwägerin, die mit der Entwicklung der Familie Schülein und deren Bankhaus nichts anzufangen wusste, bewunderte Ida ihre Schwiegermutter aufrichtig für ihre Leistungen.

»Was meint ihr, welche Summe sollen wir in den Bau der neuen Synagoge investieren?«, schnitt Nette bei einem der Familientreffen ein nicht unwichtiges Thema an. Diese Frage hatten Josef, Jakob und Gustav auch schon diskutiert, waren aber noch unschlüssig. Auf persönliche Intervention seiner Majestät König Ludwig war der Gemeinde nach langer, vergeblicher Suche vor Kurzem ein Grundstück in bester Lage in der Herzog-Max-Straße angeboten worden. Natürlich hatte man es erworben. Nun galt es, den Bau der neuen Synagoge zu finanzieren. Eine große Herausforderung für die Gemeinde. Ignaz Ortenau, ihr Vorsteher, und ein Gremium von Gemeindemitgliedern waren schließlich auf die Idee gekommen, Anteilsscheine zur Zeichnung auszugeben und so die erforderlichen Mittel einzutreiben.

»Eine schwierige Frage. Wenn das Vorhaben vorankommen soll, muss das Geld zügig aufgetrieben werden. Da ist also jedes Gemeindemitglied gefordert und selbstverständlich müssen die Finanzkräftigeren wie wir mit gutem Beispiel vorangehen«, führte Jakob aus. »Unter 500 Mark geht es auf keinen Fall. Ich denke eher an 1000 je Familienvorstand. Gustav hat ja noch keine Familie. Er muss selbst entscheiden.«

Nette war mit diesem Vorschlag ihres ältesten Sohnes sichtlich einverstanden. So eigenständig sie die Firma J. Schülein & Söhne auch seit Jahren führte, bei der Repräsentation der Familie nach außen war sie konservativ und überließ diese Aufgabe ihrem Erstgeborenen.

Mutterglück

Hier, schau, dieses Anzeigenblatt liegt heute der Zeitung bei: Die Spatenbrauerei veranstaltet am 19. August im »Arzberger Keller« ein Konzert. Anlass dafür ist die Einführung der elektrischen Beleuchtung mit Glühbirnen. Das würde dir bestimmt gefallen. Es ist auch für einen guten Zweck. Hier steht's: »*Konzert der Militärkapelle des königlichen ersten Infanterieregiments zum Besten des Asyl-Vereins.*« Was meinst du, sollen wir hingehen? Mich interessiert ja ehrlich gesagt die neue Beleuchtung fast mehr als die Musik. Ich muss schon sagen, beim Spaten gehen sie mit der Zeit. Bin gespannt, wann die anderen nachziehen.«

Ida fütterte gerade den kleinen Julius. Er war ein lebhaftes Kind und seit er krabbeln konnte, war nichts mehr vor ihm sicher. Alles, was er erwischen konnte, steckte er in den Mund. Meistens schlief der Kleine schon, wenn Josef abends aus dem Bureau heimkam. Ida erzählte oft die drolligsten Geschichten von ihm. Er hielt sie tagsüber wohl ganz schön auf Trab. Aber sie beklagte sich nicht. Kurz nach der Geburt hatte Josef sie gefragt, ob sie ein Kindermädchen nehmen sollten, so wie es Jakob und Johanna bei der Pflege ihres kleinen Julius Wolfgang hielten. Aber Ida, die durch den frühen Tod ihrer Mutter selbst wenig mütterliche Zuwendung erfahren hatte, wollte davon nichts wissen. Sie hatte entschieden abgelehnt. Das Geld könne man sich sparen, hatte sie gemeint. »Was soll ich denn sonst den ganzen Tag machen?«, hatte sie ihn gefragt. »Ich kann schließlich nicht nur herumsitzen, die Dienstboten kommandieren, lesen und handarbeiten. Die seltenen Momente, bei denen ich wirklich keine Zeit für den Kleinen habe, kann Kathi auf ihn aufpassen. Die ist zuverlässig. Der kann man ihn schon mal anvertrauen.« Josef war über ihre Entscheidung nicht unglücklich gewesen. Die Geschäfte liefen zwar nicht schlecht und zur Not hätte man ein weiteres Mädchen verköstigen und bezahlen können, aber die Wohnung war teuer genug.

»Na ja, interessieren würde es mich schon, aber …«, entgegnete Ida auf den Vorschlag ihres Mannes.

»Wenn du dir Sorgen wegen des Kleinen machst – du kannst sicher sein, der ist bei Kathi gut aufgehoben.«

»Ja, ja, das weiß ich. Das ist es nicht. Aber in meinem Zustand? Was würden denn da die Leute sagen?«

»Ach, Papperlapapp. Erstens sieht man noch kaum etwas. Wer nicht weiß, dass du in anderen Umständen bist, könnte einfach denken, du hast ein bisschen zugenommen. Im ›Arzberger Keller‹ geht's auch legerer zu als im ›Odeon‹. Und außerdem, meine Liebe: Wir sind hier in der Stadt. Da herrscht mehr Freiheit. Da nimmt man's nicht so genau wie auf dem Dorf. Und wenn du dich trotz allem genierst, dann leg einfach einen leichten Schal um! Dann merkt sowieso keiner was. Ich finde, wenn man immer nur macht, was die Leute von einem erwarten, kommt man nie zu was. Gönn dir doch das Vergnügen! Wenn das Kleine erst da ist, kommst du ohnehin kaum mehr aus dem Haus.«

Die neue Technologie faszinierte Josef. Er nutzte jede Gelegenheit, sie zu bestaunen. So verwunderte es Ida auch nicht, dass er im September die internationale Elektrizitätsausstellung im Glaspalast besuchte. So viel Zeit musste bei aller Arbeit und familiären Verpflichtungen schon noch sein. Unglaublich, was es da zu sehen gab!

»Wirklich, wir leben in großartigen Zeiten!«, hatte er Ida nach diesem Besuch vorgeschwärmt. Zwei Monate vor dem Geburtstermin wollte die sich einen Ausstellungsbesuch nicht mehr zumuten. So war Josef eben alleine aufgebrochen.

»Dieser Oskar von Miller scheint mir ein äußerst kluger und tüchtiger Mann zu sein. Ich bin sicher, wir werden noch einiges von ihm zu hören bekommen. Überhaupt: diese ganze Elektrizität! Das reinste Wunder, sage ich dir! Du hast ja im ›Arzberger Keller‹ bereits selbst einen Eindruck gewonnen. Aber da ist noch viel mehr möglich, glaub mir. Man könnte abends die ganze Stadt illuminieren. Im Moment ist das vielleicht noch Zukunftsmusik, aber ich glaube, es wird kommen. Der Fortschritt schreitet überhaupt mit immer größeren Schritten voran. Was erst unsere Kinder noch an Segnungen der Technik erleben werden! Das ist heute noch gar nicht auszudenken.«

Ida kannte die Technikbegeisterung ihres Mannes bereits und quittierte seine Schwärmereien mit einem stillen Lächeln. Sie war ja auch ganz seiner Meinung: Der Fortschritt ließ sich nicht aufhalten und sie würden sicher noch die eine oder andere Erfindung miterleben dürfen. Der Aufbruch war überall mit Händen zu greifen. Die Illumination von Straßen, Plätzen und Gebäuden war da noch längst nicht alles. Seit Kurzem machte beispielsweise eine neue Erfindung von sich reden, die Ida noch viel mehr beeindruckte: das Telefon. Mit diesem rätselhaften Apparat konnte man sich angeblich über weite Entfernungen unterhalten. In Amerika sollten schon mehrere zigtausend dieser Geräte installiert sein, hatte sie in der Zeitung gelesen. Ja, mittlerweile schien es sogar in Berlin und München einige wenige zu geben. Sie konnte sich nicht wirklich vorstellen, wie dieses ›Fernsprechen‹ funktionieren sollte. Aber ganz offensichtlich tat es das.

Am 24. November, auf den Tag genau elf Monate nach ihrem Bruder, wurde die kleine Franziska geboren. Julius, der gerade anfing, die ersten Worte zu brabbeln, nannte sie aus unerfindlichen Gründen Mimi und seine Eltern übernahmen diese Anrede. Auch in der Sonnenstraße hatte es im Juli wieder Nachwuchs gegeben. Julius Wolfgang hatte ebenfalls eine kleine Schwester bekommen, Hedwig. Ein glücklicher Umstand, denn so würden die Kinder schön zusammen spielen können, wenn sie erst ein wenig größer waren. Die kleine Mimi war noch kein halbes Jahr alt, da kündigte sich bereits weiterer Nachwuchs an. Ida war wieder schwanger.

»Na, bei uns beiden kann man wahrhaftig von Kindersegen sprechen, meine Liebe«, brummte Josef, als Ida ihm die freudige Mitteilung machte.

»Aber wenigstens einen Besuch der Kunstausstellung im Glaspalast lassen wir uns nicht nehmen. Wenn Nummer drei erst da ist, haben wir wieder monatelang keine Gelegenheit außer Haus zu kommen. Vor allem du nicht. Mutter war letzte Woche schon mit Julius dort. Sie sagt, es sind einige sehr schöne Bilder dabei. Wenn es dir recht ist, würde ich sie fragen, ob sie Mimi und unseren Julius für ein paar Stunden übernimmt. Das macht sie bestimmt gern und wir hätten einmal einen Nachmittag nur für uns, zum Flanieren und Genießen.«

Der kleine Hermann wurde am 24. Januar geboren. Josef nannte ihn »sein verfrühtes Geburtstagsgeschenk zum Dreißigsten«. Seine Geburt war kurz und unproblematisch gewesen. Das schien auch auf sein Wesen nachhaltig Auswirkungen zu haben. Er war ein gut gelaunter kleiner Kerl, den selbst die ungelenken Liebkosungen seiner älteren Geschwister nicht aus der Ruhe bringen konnten und der nur schrie, wenn er Hunger hatte.

Josef wollte seinen 30. Geburtstag auf besondere Weise mit einem großen Familienausflug nach Feldafing am Starnberger See begehen. Sein Ziel war das vornehme Gasthaus und Hotel »Strauch«, in dem sogar Kaiserin Elisabeth von Österreich abstieg, wenn sie zur Sommerfrische in Bayern weilte. Sicher kein billiges Vergnügen. Aber er konnte und wollte es sich und seinen Lieben gönnen. Er war sich sicher, von diesem Ausflugsziel wäre sogar seine Schwägerin Johanna beeindruckt. Feldafing war von München aus bequem mit dem Zug zu erreichen. Seine Majestät, König Ludwig, hielt sich gern in seinem Schloss Berg, auf der anderen Seite des Sees, auf. Manchmal treffe er sich mit seiner kaiserlichen Cousine auf der kleinen Roseninsel, hatte Josef schon gehört. Von der Hotelterrasse sollte man einen wunderbaren Blick auf den nahe gelegenen See haben. Weil sein Ehrentag aber nur zehn Tage vom Pessachfest entfernt lag und es so früh im Jahr auch noch recht kühl war, beschloss er, sein Vorhaben um wenige Wochen, auf Ende April zu verschieben. Bis dahin wäre auch der kleine Hermann noch ein wenig robuster. Mit Rücksicht auf Nette, die im Gegensatz zum Rest der Familie die religiösen Speisegesetze streng einhielt, hatte Josef nach einigem Überlegen auch nur einen Nachmittagsausflug zu Kaffee und Kuchen geplant. Zumindest einen Kaffee konnte auch seine Mutter ohne Bedenken zu sich nehmen. Wenigstens einen halben Tag einmal aus der Stadt herauszukommen war immerhin besser als nichts.

Das Hotel »Strauch« war ein schönes, sehr imposantes Gebäude im alpenländischen Stil mit Fensterläden und Holzbalkonen, auf denen ein üppiger Blumenschmuck prangte. Sie hatten Glück mit dem Wetter. Es war sonnig und angenehm warm, sodass man tatsächlich auf der Terrasse sitzen konnte. Die Schwärmereien, die Josef über die Lage und die Aussicht gehört hatte, waren nicht übertrieben. Von sanften Hügeln eingerahmt lag der See friedlich da und seine Wasserfläche glitzerte im Sonnenlicht. Selbst Johanna wirkte in dieser heiteren Umgebung gelöster und lebhafter als üblich. Man hatte Kathi und Ottilie, die Kindermädchen von Julius Wolfgang und Hedwig, mitgenommen. Die beiden kümmerten sich um die Kleinen, sodass auch die jungen Mütter den Tag in Ruhe genießen konnten. Gutgelaunt kehrte die Gesellschaft einen Zug später als ursprünglich geplant nach München zurück.

Der Ausflug hatte erfreuliche Nachwirkungen, denn für einige Zeit kamen auch Jakob und Johanna wieder regelmäßiger zu den Schabbes-Essen bei Nette. Kurz nach der Geburt der kleinen Hedwig hatte sich Johanna zu Nettes Enttäuschung immer mehr zurückgezogen. Jakob hatte seine Frau oft bei ihr entschuldigen müssen. Einmal waren die Kinder nicht gesund, ein anderes Mal litt Johanna selbst an Migräne oder sonstigen Unpässlichkeiten. Diese Phase schien nun vorüber und den ganzen Sommer über traf die Familie wieder regelmäßig zusammen. Für Ida waren diese Tage stets eine willkommene Abwechslung. Mit drei kleinen Kindern kam sie so gut wie gar nicht mehr aus dem Haus und meist war sie abends so müde, dass sie sich nicht einmal mehr vernünftig mit ihrem Mann unterhalten konnte. Von dem, was draußen in der Welt geschah, bekam sie zu ihrem Leidwesen so gut wie gar nichts mehr mit. Umso aufmerksamer verfolgte sie die Gespräche bei Tisch, wenn Gustav wieder einmal auf die Politik, sein Lieblingsthema, zu sprechen kam. Gerade erzählte er von der Grundsteinlegung zum Bau des Reichstags, diesem lange gehegten Projekt im fernen Berlin. Gustav setzte große Erwartungen in das Parlament. Aber offenbar stand das jahrelange Vorhaben, ihm eine angemessene Unterkunft für die Sitzungen zu errichten, unter keinem guten Stern. Während der gesamten Zeremonie hatte es wie aus Kübeln geregnet, sodass trotz Anwesenheit der kaiserlichen Familie keine wirklich feierliche Atmosphäre entstehen konnte. Alle Gäste warteten nur darauf endlich wieder ins Trockene zu dürfen. Aber nicht nur das. Zu allem Überfluss war Kaiser Wilhelm beim symbolischen Hammerschlag auch noch das Werkzeug zersprungen. Wenn das nur kein schlechtes Omen war! Ida hätte der aufkommenden Diskussion noch sehr gerne weiter gelauscht, auch wenn sie selbst nichts dazu beitragen konnte. Aber Nettes Meinung zu diesem Thema hätte sie interessiert. Im Gegensatz zu den meisten anderen Frauen, die Ida kannte, las ihre Schwiegermutter die Zeitung regelmäßig und äußerst gründlich.

»Wenn man eine Firma führt, muss man wissen, was auf der Welt los ist«, hatte sie Ida einmal erklärt. »Insbesondere bei einer Bank. Schließlich wird das gesamte Wirtschaftsleben von den Entscheidungen der Regenten direkt oder indirekt beeinflusst.«

Nun würde sie allerdings von den Ausführungen ihrer Schwiegermutter nichts mitbekommen. Aus dem Nebenzimmer kam unüberhörbares Kindergeschrei. Offenbar war Ottilie, Johannas Kindermädchen, mit fünf Kindern doch überfordert.

***

»Sag einmal, Ida, wie geht es denn meinen anderen beiden Enkeln? Was machen Julius Wolfgang und seine kleine Schwester Hedwig? Siehst du sie noch regelmäßig? Wenn es so weitergeht, werden mich die beiden überhaupt nicht mehr kennen. Ja, ich sie vielleicht auch nicht, wenn mir Jakob nicht wenigstens dann und wann eine Fotografie mitbringen würde.«

Nettes Klagen waren nicht unberechtigt. Johanna – und somit auch die beiden Kinder – begleiteten Jakob nach wenigen Monaten wiederum nur noch selten zu den Familientreffen. Lediglich den Kontakt zu ihrer Schwägerin Ida hielt Johanna um der Kinder willen weiterhin aufrecht. Im Gegensatz zu seiner jüngeren Schwester Hedwig war Julius Wolfgang ein sehr stilles, ja schüchternes Kind, das nur schwer mit anderen in Kontakt kam. Die einzige Ausnahme bildete sein jüngerer Vetter Julius, den er seit frühester Zeit kannte. Er war ihm ein umso willkommenerer Spielkamerad. Nach der Geburt des kleinen Hermann hatte Ida allerdings kaum mehr Zeit für Nachmittage in der Sonnenstraße, bei denen sie nur untätig mit Johanna dasaß und Kaffee trank, während das Kindermädchen sich um den Nachwuchs kümmerte. So war es in letzter Zeit öfter vorgekommen, dass Johanna ein Dienstmädchen vorbeigeschickt hatte, das Julius und Mimi zum Spielenachmittag in der Sonnenstraße abholen sollte. Ida war darüber nicht ganz unglücklich. Denn so sehr sie die Familienessen bei Nette und die sich anschließenden Spaziergänge als willkommene Abwechslung genoss, die Einladungen bei ihrer Schwägerin empfand sie meist ein wenig anstrengend. Johanna schien ständig bedrückt. Irgendetwas, und sei es in Idas Augen noch so banal, bereitete ihr immer Sorgen. Jeder zweite ihrer Sätze begann mit den Worten: »Meine Mutter meint …« Ganz offensichtlich hatte Regina Krämer, geborene Marx, im Gegensatz zu ihrer Tochter, zu praktisch allem eine Meinung, die sie kundtat und die ihre Tochter widerspruchslos übernahm. Wie es wohl Jakob dabei ging? Ida konnte sich manchmal des Eindrucks nicht erwehren, er sei in den Augen seiner Schwiegermutter ein nur widerwillig geduldeter Störfaktor. Ihre Enkel allerdings, insbesondere den kleinen Julius Wolfgang, vergötterte Regina Krämer geradezu, das musste man ihr lassen. Zu etwas war Jakob dann also doch gut gewesen. Aber Schluss mit der Grübelei über die angeheiratete Verwandtschaft! Ihre seltenen Nachmittage mit nur einem Kind waren eine willkommene Gelegenheit, um einmal Atem zu schöpfen. In letzter Zeit war sie ständig müde. Ob das mit ihrer erneuten Schwangerschaft zusammenhing? Der kleine Hermann war gerade einmal zehn Monate alt und schon bald würde er ein kleines Geschwisterchen bekommen. Wieder viele Wochen mit wenig Nachtruhe. Frau Ehrmann, eine nette ältere Dame, die Witwe eines pensionierten Postbeamten, die eine Wohnung im dritten Stock bewohnte, war so freundlich gewesen, Ida ein Exemplar der *Gartenlaube* vorbeizubringen, die sie abonniert hatte. Ida würde ihr am Wochenende dafür ein Stück Kuchen hinaufbringen lassen. Da würde sich Frau Ehrmann freuen. Sie hatte Kathi mit dem kleinen Hermann auf einen Spaziergang an die frische Luft geschickt. Aber bei dem unwirtlichen Novemberwetter würden sie wohl nicht lange draußen bleiben. Da galt es, die Ruhe zu genießen und die wertvolle Zeit für die Lektüre zu nutzen.

›Das Leben von uns Frauen ist doch seltsam‹, ging es ihr dabei durch den Kopf. ›Früher hat mich der Vater von der Zeitungslektüre abgehalten, weil er sie für Frauen nicht passend fand. Jetzt habe ich einen Mann, der mir die Lektüre nicht verbietet, ja mir im Gegenteil sogar ab und zu vorliest und nun habe ich wegen meiner Kinderschar so gut wie keine Gelegenheit und wenn doch, dann bin ich oft einfach zu müde, um noch einen klaren Gedanken zu fassen.‹

In der Zeitschrift wurde ein neues Buch über den Kongo angepriesen. Wer in letzter Zeit aufmerksam der Entwicklung der kolonial-politischen Ereignisse gefolgt war und sich über die schwebenden Zeitfragen genauer unterrichten wollte, hieß es in einem ausführlichen Artikel, der musste schmerzlich eine Lücke empfinden. Es fehlte ein Buch, welches die jetzige Lage der Dinge an dem vielbesprochenen Kongo schilderte … Kongo … Schon der Name klang nach Exotik und Abenteuer. Hatte Gustav nicht unlängst etwas erzählt von einer Konferenz unter Leitung des Reichskanzlers Bismarck? Ganz sicher war sie sich nicht. Aber sie meinte, es sei dabei von diesem afrikanischen Land die Rede gewesen. Deutschland brauche wie England und Frankreich ebenfalls Kolonien, hieß es jetzt allgemein. Wie weit dieser Kongo wohl von Deutsch-Südwestafrika entfernt war? Ein englischer Reisender namens Johnston hatte nun also dieses lang ersehnte Werk verfasst und darin Natur und Bewohner des fernen Landes in unterhaltsamer Form dargestellt. Der Brockhaus Verlag hatte das Buch mit zahlreichen Illustrationen in deutscher Sprache herausgebracht. Es zu lesen wäre sicher interessant, aber die Lektüre eines ganzen Buchs war für sie in der kommenden Zeit völlig ausgeschlossen. Mit etwas Glück würde sie vielleicht Gelegenheit haben, ein paar der Artikel zu lesen, die da für das kommende Jahr in den nächsten Ausgaben der *Gartenlaube* angekündigt waren: *Blutarmut und Bleichsucht* von einem Dr. Dornblüth beispielsweise. Sie war ja stets um die Gesundheit ihrer Lieben besorgt. Da wäre es sicher nützlich, etwas über dieses wichtige Thema zu erfahren. Von Pettenkofer wurde ein Beitrag *über den hygienischen Wert der Pflanzen im Zimmer* angekündigt und ein Dr. L. Fürst würde über *Spielschulen und Kinderbewahranstalten vom Standpunkt der Gesundheitspflege* schreiben. Das hätte sie gerne gelesen, auch wenn es sie nicht persönlich betraf. Kinderbewahranstalten waren Einrichtungen für arme Frauen, die ihre Kinder nicht selbst beaufsichtigen konnten, weil sie arbeiten mussten. Aber sie hätte dennoch gerne gewusst, was Dr. Fürst von diesen Einrichtungen hielt.

Die Fettleibigkeit und ihre Folgen interessierten sie dagegen weniger. Von diesem Problem war in ihrer Familie keiner betroffen. Aber über Prag und Marienbad hätte sie gerne etwas gelesen, oder über die Wüsteneindrücke des Afrikaforschers Georg Schweinfurth.

Wirklich ein Jammer, dass sie so wenig Zeit hatte. Das ganze Jahr war ihr nur so verflogen und so, wie es aussah, würde es im neuen Jahr ähnlich weitergehen. Sie würde zwischen Windeln wechseln, füttern, den Haushalt besorgen und sich um die liebe Kinderschar kümmern kaum einen klaren Gedanken fassen können. In sechs Wochen, genau am ersten Januar, würde sie ihren 24. Geburtstag feiern, und ungefähr drei Wochen später der kleine Hermann seinen ersten. Vielleicht konnte er bis dahin sogar schon seine ersten Schritte. Anstalten dazu machte er bereits. Im Februar würde sie dann ihr viertes Kind bekommen, fast zeitgleich mit Amalie in Nürnberg, die ebenfalls wieder eines erwartete. Ja, die Familie wuchs und in die guten Wünsche zum Neujahrsfest Rosch Haschana waren auch in diesem Jahr wieder die guten Wünsche für eine glückliche Geburt und die Gesundheit von Mutter und Kind einbezogen.

Josef hatte sie gefragt, ob sie zur Vorfeier ihres Geburtstags am Neujahrstag ein Silvesterkonzert besuchen wollte. Aber Ida hatte abgelehnt. Sie fühlte sich einfach zu müde und war froh, wenn sie abends endlich ein wenig Ruhe hatte. Sie hatte es ihrem Mann nie gesagt, aber die ersten Wochen damals in der neuen Wohnung, vor der Geburt ihres ersten Kindes, hatte sie tagsüber oft unter der erdrückenden Stille gelitten. Das hatte sich inzwischen vollkommen geändert. Mit drei kleinen Kindern gab es kaum je einen ruhigen Moment. Da brauchte sie wahrhaftig keinen zusätzlichen Trubel mehr. Sie würden den letzten Tag des Kalenderjahres also im kleinen Familienkreis ausklingen lassen. Nette und Julius würden kommen. Das war genug.

***

Stille. Die Kinder schliefen längst und auch Ida war schon vor über einer Stunde ins Bett gegangen. Josef saß in seinem Arbeitszimmer am Schreibtisch, vor sich einen Stapel an Unterlagen. Das Fenster hatte er weit geöffnet, um wenigstens auf diese Weise ein wenig die warme Nacht genießen zu können. So vieles ging ihm durch den Kopf und musste angegangen und gelöst werden. Die letzten Tage waren turbulent gewesen. Julius, Mimi und Hermann hatten sich eine Darmgrippe eingefangen. Glücklicherweise schien der kleine Fritz davon nicht betroffen. Aber Ida war in großer Sorge, dass es den Säugling auch noch erwischen könnte. Sie und Kathi waren einige Tage nahezu rund um die Uhr damit beschäftigt gewesen warme Umschläge zu bereiten, Tee zu kochen, bei Hermann die Windeln zu wechseln, die Größeren aufs Töpfchen zu setzen, Erbrochenes wegzuwischen, die weinenden Kinder zu trösten und sich daneben so gut es eben ging noch um den Haushalt und den Säugling zu kümmern. Josef hatte zunächst wenig davon mitbekommen, er war ja die meiste Zeit im Bureau. Doch eine Nacht war so unruhig gewesen, dass sogar er, der sonst immer wie ein Stein schlief, wach geworden war. Plötzlich hatte ihn Panik ergriffen. Tates langsames und schmerzhaftes Sterben stand ihm mit einem Mal wieder unvermittelt vor Augen und er hatte darauf bestanden Dr. Fraenkel zu holen. Der hatte ihn zwar beruhigt und ihm versichert, die Kinder litten tatsächlich nur unter einer harmlosen Bauchgrippe, die in wenigen Tagen überstanden sei. Seit dem Bau der Kanalisation sei München cholera- und typhusfrei, Josef solle sich deswegen keine Sorgen machen. Der Doktor wollte schon wieder gehen, Josef hatte ihn zur Tür begleitet, da schien ihm doch noch etwas in den Sinn zu kommen und er hatte Josef um ein kurzes Gespräch unter vier Augen gebeten.

»Den Kindern geht es bald wieder besser, seien Sie unbesorgt, Herr Schülein. Wie ich schon sagte: Sie sollten viel trinken und geriebene Äpfel essen. Die helfen gegen Durchfall. Bettruhe wäre hilfreich. Mehr ist nicht von Nöten. Der Kleine schläft, wie ich gesehen habe, noch im elterlichen Schlafzimmer. Das ist gut. Er sollte so wenig wie möglich Kontakt mit seinen Geschwistern haben, um sich nicht auch noch anzustecken.

Aber wenn ich ehrlich zu Ihnen sein darf, Herr Schülein, mache ich mir weniger wegen Ihrer Kinder Sorgen als vielmehr wegen Ihrer Frau. Sie wirkt sehr blass. Vier Kinder in vier Jahren, das scheint ihre Gesundheit etwas angegriffen zu haben. Vielleicht sollten Sie ein wenig Rücksicht darauf nehmen, wenn Sie verstehen, was ich meine …«

Josef hatte sehr wohl verstanden. Dr. Fraenkel hatte ja recht. Ida wirkte in letzter Zeit wirklich blass. Ihre Wangen waren längst nicht mehr so voll wie früher und seit einiger Zeit hatte sie dunkle Ringe unter den Augen. Sie klagte nicht, aber sie war abends oft so müde, dass sie über ihrer Handarbeit auf dem Sofa einschlief. Die Schwangerschaften hatten sie Kraft gekostet. Fraenkels warnende Worte kamen allerdings zu spät. Ida erwartete bereits das nächste Kind. Wie oft hatte Josef in seiner Jugendzeit nicht Geschichten von Müttern gehört, die im Kindbett gestorben waren. Der alte Salomon hatte so gut wie immer von einem solchen Fall aus den Dörfern ringsum berichtet, von Frauen, die die fünfte, sechste, siebte, ja vielleicht zehnte Geburt innerhalb weniger Jahre einfach nicht mehr überlebt hatten. Meist zuckte man in derartigen Fällen mit den Schultern und sprach vom Willen Gottes oder vom Schicksal. Auch er selbst hatte bis vor kurzem derartige Vorkommnisse als mehr oder weniger alltäglich angesehen. Das kam vor und man konnte scheinbar nichts dagegen tun. Doch nun fragte er sich, ob man die Sache so einfach abhaken konnte. Lag nicht auch bei ihm und bei allen anderen Ehemännern zumindest ein Stück weit Verantwortung für die Gesundheit und das Wohlergehen ihrer Frauen und ihrer unmündigen Kinder? Was, wenn er Ida plötzlich verlieren würde, wenn sie diese weitere Geburt einfach nicht überstehen würde? Er wagte sich das gar nicht vorzustellen! Er wollte sein Leben nicht ohne sie führen müssen und er wollte seinen Kindern das traurige Schicksal von Halbwaisen ersparen. So durfte es zukünftig nicht weitergehen! So schwer es ihm auch fiel, er musste Rücksicht auf ihre Gesundheit nehmen. Keine weitere Schwangerschaft mehr nach dieser!

Ein schrecklicher Vorfall hatte ihm, hatte der ganzen Familie, erst vor wenigen Monaten gezeigt, wie zerbrechlich das Glück tatsächlich war und wie es von einer

Sekunde auf die andere zerrinnen konnte. Der kleine Joseph, Malis ältester Sohn, war auf dem Weg zur Schule in der Dämmerung von einer Droschke überfahren worden und gestorben. Das Leben geht weiter, lautete der hilflose Versuch Außenstehender, Trost zu spenden. So banal es klang, es stimmte natürlich. Das Leben ging tatsächlich weiter, sowohl bei Joseph und Mali, den trauernden Eltern, als auch bei Nette, die der plötzliche, viel zu frühe Tod ihres erstgeborenen Enkelkinds schwer getroffen hatte. Mali hatte am 13. April ein gesundes Mädchen zur Welt gebracht: Lilli. Auch bei Ida und ihm war es weitergegangen. Bereits zwei Monate vor der Geburt der kleinen Lilli in Nürnberg hatte Fritz, das vierte Kind von Ida und Josef, das Licht der Welt erblickt. Trotzdem hatte sich in Josef nach dem Tod seines Neffen dauerhaft etwas verändert. Er fühlte sich seitdem verwundbarer. Das Unglück hatte ihm schmerzhaft wieder vor Augen geführt, was er, wie die meisten Menschen, so gerne verdrängte: Trotz aller Tüchtigkeit, trotz aller Erfolge, das Schicksal konnte sich jederzeit wenden. So vieles hatte man nicht in der Hand!

Mit jedem Kind waren Idas Aufgaben gewachsen. Auch hier konnte es nicht so weitergehen wie bisher. In diesem Fall war die Lösung einfach: Sie würden ein weiteres Mädchen einstellen.

Andere Fragestellungen mussten dagegen gründlicher überlegt werden. Zum Beispiel der Kauf der Gastwirtschaft »Zur Schwaige« in Haidhausen. Auch wenn er selbst schon länger nicht mehr dort gewesen war, kannte er die Gegend doch gut. Haidhausen wuchs weiterhin und die Äußere Wiener Straße lag günstig. Eine sichere Geldanlage. An Balthasar Fügers Stelle hätte er, Josef, die Gastwirtschaft nur ungern verkauft. Aber Balthasar Füger brauchte Geld. Er wollte seine Brauerei vergrößern und hatte sich deshalb mittlerweile sogar schon mit einem Kompagnon namens Geyer zusammengetan. »Kleine Brauereien haben es zunehmend schwerer, Herr Schülein«, hatte er Josef erklärt. »Wer im Brauereigewerbe erfolgreich bleiben will, muss wachsen.« Gambrinusbräu wollten sie das neue Unternehmen nennen, hatte Füger ihm erzählt. Ob es da klug war, eine gut eingeführte Gastwirtschaft zu verkaufen? Gut, das mussten die beiden wissen. Das war nicht Josefs Sache. Er überlegte sich den Kauf des Objekts aus einem ganz bestimmten Grund. Die Gastwirtschaft konnte man jederzeit verpachten. Da fanden sich in Haidhausen immer Interessenten. Eine sichere Anlage, die regelmäßige Einkünfte abwarf. Genau das, was er wollte. Die Firma florierte zwar und alle drei Brüder konnten gut davon leben, aber er wollte regelmäßige Einnahmen, die unabhängig von den Bankgeschäften waren. Nicht für sich. Er war sich sicher, sich und seine Familie immer gut versorgen zu können.

Doch nun hatten er und seine Brüder eine neue Verpflichtung übernommen, denn Nette hatte ihnen Ende April, nachdem sie aus Nürnberg zurückgekehrt war, ein Vorhaben mitgeteilt, dass sie offenbar schon länger mit sich herumgetragen hatte. Malis schwerer Schicksalsschlag hatte sie nun überzeugt, dass die Zeit reif war.

»Ich bin jetzt 60«, hatte sie ihnen erläutert. »Ich möchte mich aus dem Geschäft zurückziehen und zur Ruhe setzen. Mali braucht mich und auch Ida wird froh sein, wenn ich ihr bei ihrer Kinderschar ab und zu zur Hand gehe.«

Ganz wie es ihre Art war, hatte sie ihr Vorhaben ohne viel Aufhebens in die Tat umgesetzt. Sie war aus ihrer Wohnung in der Neuhauser Straße ausgezogen und hatte sich in unmittelbarer Nähe von Josefs Familie niedergelassen, Am Einlass 5, schräg gegenüber. »So bin ich immer da, wenn Ida oder eines der Kinder mich braucht«, hatte sie gemeint.

Aber nicht nur das. Nette hatte auch ihren Rückzug aus dem Geschäft zügig vorangetrieben. Im Notariat von Dr. Hausmann hatten sie einen Leibrentenvertrag geschlossen. Jakob, Gustav und Josef verpflichteten sich darin, ihrer Mutter eine jährliche Rente von 3000 Mark zu zahlen. Im Gegenzug hatte Nette ihnen noch einmal etwa 25 000 Mark aus ihrem Vermögen in Form von Bargeld und einer kleinen Hypothek überlassen. Die Abschrift des Vertrags hatte vor wenigen Tagen die Post geliefert. Gleichzeitig war zu seinem großen Erstaunen aber noch ein weiteres Dokument angekommen, das Josef mit gemischten Gefühlen sorgfältig Wort für Wort durchlas: Mammes letztwillige Verfügung. Nette hatte sie am selben Tag erstellen lassen wie den Leibrentenvertrag:

»Heute, den 18. Mai 1885, erschien vor mir, königlicher Notar Dr. Jakob Hausmann zu München, in meinem Amtszimmer Frau Jeanette Schülein, Privatierswitwe in München …«

Akribisch wurden darin noch einmal alle Summen aufgelistet, die Josef und seine Geschwister bereits bekommen hatten. Nette legte außerdem fest, dass Julius eine ebenso hohe Summe erhalten sollte wie seine Brüder. Die 34000 Mark sollten bis zu seinem 25. Geburtstag bei der Bank bleiben und dort mit fünf Prozent jährlich verzinst werden. Ihr eigenes Kapitalvermögen wollte Nette der Firma J. Schülein & Söhne zinsfrei überlassen. Außerdem sollte das gesamte Kapitalvermögen der Bank mit sofortiger Wirkung auf Jakob, Josef und Gustav übergehen.

Jetzt waren sie in der Tat gemachte Leute! Die testamentarische Verfügung ihrer Mutter spülte ähnlich wie seinerzeit Jakobs Heirat einen beträchtlichen Geldzuwachs in ihre Firma. Es hätte nahegelegen, die beiden Banken unter dem Namen der Brüder Schülein, der wirtschaftlich stärkeren Firma für Bank- und Wechselgeschäfte, zu fusionieren. Doch hatte Mamme ihnen durch ihr Testament indirekt ihren Wunsch mitgeteilt. Sie hoffte offenbar inständig, dass Schülein & Söhne, Tates Vermächtnis und ihr Lebenswerk, weiter bestehen bliebe. Er würde das sofort morgen mit Jakob und Gustav besprechen. Schülein & Söhne sollte auch in der zweiten Generation weitergeführt werden. Aus den ehemals kleinen Anfängen war dank Mammes Tüchtigkeit eine zwar kleine, aber durchaus respektable Bank geworden und ihre Söhne würden das Unternehmen zu noch mehr Erfolg führen! Dieser Gedanke erfüllte ihn mit Stolz.

Die Erbschaft war mit Sicherheit auch Wasser auf Jakobs Mühlen, denn er lag seinen Brüdern seit Monaten mit dem Wunsch in den Ohren, am Promenadeplatz eine Niederlassung zu eröffnen. Aus einem für Josef nicht nachvollziehbaren Grund zog es ihn in die Nähe der Bankhäuser der Feuchtwangers und Aufhäusers. Sollte er seinen Willen haben! Verglichen mit denen waren die Schüleins zwar immer noch eine kleine Firma. Aber sie brauchten sich wahrhaftig nicht zu verstecken! Diese Woche würde er außerdem noch nach Haidhausen hinausfahren und sich das Wirtshaus »Zur Schwaige« genau ansehen, ob es baulich auch gut im Schuss war. Falls ja, wollte er sich mit Balthasar Füger zügig auf den Kaufpreis einigen und die Sache festmachen. Ein Blick auf seine Taschenuhr sagte ihm, dass es schon nach Mitternacht war. Höchste Zeit schlafen zu gehen! Zufrieden löschte er das Licht.

Erschütterungen

Wehmütig freudige Gefühle bekämpfen sich in unser aller Herzen. Wir stehen gehobenen Sinnes vor der Erfüllung eines seit Jahrzehnten gehegten Wunsches, vor der Erreichung eines lange verfolgten Zieles, vor der Einweihung einer den Bedürfnissen unserer Gemeinde entsprechenden großen, herrlichen Synagoge, und wir können uns bei dem Abschiede von dieser alten Synagoge, dem bisherigen Mittelpunkt unseres Gemeindelebens, eines Gefühls der Rührung, der Ergriffenheit und, lasset mich noch hinzufügen, eines Gefühls der tiefsten Dankbarkeit nicht erwehren.«

Rabbi Joseph Perles traf es mit seinen Worten genau. Die alte Synagoge in der Westenriederstraße war bis auf den letzten Platz gefüllt. Alle wussten, mit dieser letzten Predigt hier ging eine Ära zu Ende. Morgen würde mit der feierlichen Eröffnung der neuen Synagoge an der Herzog-Max-Straße, also an einer weit zentraleren Stelle der Stadt, eine neue beginnen. Schade, dass seine Majestät, König Ludwig, die Eröffnung nicht mehr miterleben konnte. Er war im vergangenen Jahr unter rätselhaften Umständen zusammen mit dem Arzt Dr. Gudden in der Nähe seines Schlosses Berg im Starnberger See ertrunken. Die Gemeinde hatte ihm viel zu verdanken. In nur drei Jahren war die neue Synagoge auf dem Grundstück entstanden, das der König höchstpersönlich zur Verfügung gestellt hatte. Ein repräsentativer Bau, der 1000 Männern und 800 Frauen Platz bot. Als ein »*architektonisches Schmuckkästchen an prominenter Stelle*« hatte es die Presse bezeichnet und das war nicht übertrieben.

Nach dem Gottesdienst war die gesamte Familie bei Nette zum Essen eingeladen. Zur Feier des Tages ließ sie als Hauptspeise gepökelte Zunge mit Kartoffeln servieren, Josefs Lieblingsessen.

»Vielleicht wird sogar Prinzregent Luitpold am morgigen Festgottesdienst teilnehmen. Ich habe zumindest so etwas gehört«, sagte Jakob, während er zwei Flaschen Burgunder öffnete und allen Erwachsenen eingoss. Der tiefrote Wein funkelte in den fein geschliffenen böhmischen Kristallgläsern im Kerzenlicht. Die Tafel war festlich gedeckt, wie sonst nur an hohen Feiertagen.

»Auf alle Fälle werden die Minister von Feilitzsch und von Lutz anwesend sein. Die Bürgermeister von Erhardt und von Widenmayer haben ihr Erscheinen ebenfalls zugesagt und noch weitere hohe Beamte. Überhaupt erwartet man eine Menge Gäste aus dem In- und Ausland sowohl beim Eröffnungsgottesdienst als dann anschließend auch beim Empfang im Hotel ›Jochsberger‹.«

Josef verkniff sich bei dieser begeisterten Aufzählung ein Lächeln. Er kannte die Ehrerbietung seines Bruders gegenüber Honoratioren und dessen Bewunderung höher gestellter Persönlichkeiten. Auch wenn Josef sie in dieser Form nicht teilte und sich wenig aus dem Umgang mit den vermeintlich besseren Kreisen machte, so wusste er doch, welch großen Nutzen die Firma Schülein & Söhne Jakobs Eifer in diesem Punkt verdankte. Im Geiste sah er sich und seine Brüder vor sich, wie sie in der gewohnten Aufgabenteilung Hände schüttelten und kurze Gespräche führten: Jakob würde sich um die anwesenden Würdenträger bemühen, er, Josef, würde sich um Gewerbetreibende und Ladenbesitzer kümmern und Gustav um all die anderen, die man ebenfalls nicht übergehen durfte.

»Ich bin ja gespannt, ob auch Freiherr von Werthern anwesend sein wird, um nach Berlin zu berichten«, fuhr Jakob fort.

»Warum soll er denn nicht da sein?«, entgegnete Josef. »Schließlich ist er seit 20 Jahren Bismarcks Ohr in Bayern. Nichts entgeht ihm, heißt es. Da wäre es doch mehr als verwunderlich, wenn er ausgerechnet dieses wichtige Ereignis verpassen würde. Soweit ich weiß, schätzt er gutes Essen. Dann wird er sich den feierlichen Empfang und das Dinner nach dem Gottesdienst doch sicher nicht entgehen lassen.«

»Naja. Ich bin trotzdem gespannt. Ich habe mich unlängst erst mit Carl Maison unterhalten, den du übrigens kennen könntest, Ida. Er stammt, wenn ich recht informiert bin, wie du aus Oberdorf.«

»Der Name Maison ist mir bekannt, ja. Da gab es einmal einen Lehrer bei uns, der so hieß. Aber das war vor meiner Schulzeit. Meine älteste Schwester könnte ihn in ihrem ersten Jahr vielleicht noch gehabt haben. Aber ganz sicher bin ich mir nicht. Dieser Carl Maison müsste dann ein Sohn des ehemaligen Lehrers sein, nehme ich an. Kennen tue ich ihn aber nicht.«

»Ja, natürlich, du hast recht. Das wäre wohl auch nur ein Zufall gewesen. Er dürfte 20 Jahre älter sein als du. Wahrscheinlich war er bereits in München, als du geboren wurdest. Wir haben die Maisons demnächst auf einer Abendgesellschaft bei uns zu Gast, und falls du ihn gekannt hättest, hätte ich ihn von dir gegrüßt. Aber wie dem auch sei ... Ich habe mich jedenfalls unlängst mit Carl Maison unterhalten. Er ist gerade erst in den Landtag gewählt worden und hat natürlich selbst noch so gut wie keine Erfahrung, aber seine älteren Kollegen meinten, der Ton und die Umgangsformen den Abgeordneten gegenüber haben sich unter dem Prinzregenten sehr verbessert. Luitpold scheint auch eine weit bessere Ausgabendisziplin zu haben als der verblichene König Ludwig. Das kann dem Staatshaushalt nur förderlich sein.«

»Und was willst du jetzt damit sagen, Jakob?« Josef kannte die bisweilen sehr weitschweifigen Erläuterungen seines Bruders. Da war es nicht immer einfach, den Gesprächsfaden zu behalten.

»Was ich sagen wollte? Ja, was war das noch ... Ach ja, wir haben ja von Graf von Werthern, Bismarcks Ohr in Bayern, gesprochen. Nun jedenfalls Maison, respektive seine erfahreneren Kollegen, könnten sich durchaus vorstellen, dass auch der Ton gegenüber Berlin jetzt unter dem Prinzregenten freundlicher wird.«

»Nun, die Zeit wird es zeigen«, warf Nette mit einem Blick auf Johanna ein. Sie kannte die Befindlichkeiten ihrer Schwiegertochter zur Genüge und wollte jede Verärgerung vermeiden. Jakob verstand sofort. Keine Gespräche über Politik bei Tisch! Jedenfalls nicht in Gegenwart seiner Frau, die sich im Gegensatz zu Nette und auch zu seiner Schwägerin Ida, tatsächlich überhaupt nicht dafür interessierte. Auch Ida hatte den Wink mit dem Zaunpfahl begriffen und wechselte geschickt das Thema.

»Wie war denn eure Sommerfrische am Chiemsee? Du hast noch gar nichts davon erzählt, Johanna.«

»Ach, was soll ich sagen, es war herrlich! Wir haben in Prien logiert. Das Haus war zugegeben etwas einfach, aber den Kindern hat es gefallen. Der Ort ist reizend und die Landschaft herrlich. Von Prien kommt man mit der neuen kleinen Bahn in kürzester Zeit an den See. Das ist gar kein Vergleich mit dem Starnberger See oder dem Tegernsee. Der Chiemsee ist viel, viel größer. Eine unendliche Wasserfläche! Kein Wunder, dass die Gegend auch immer wieder Maler anzieht. Die Landschaft ist wie für Gemälde geschaffen. Jakob hat sogar ein Bild für unseren Salon erworben. Von einem recht renommierten Künstler, Lier oder so ähnlich. Ich muss sagen, es macht sich gut über dem Sofa. Immer wenn ich es ansehe, denke ich an diese schöne Zeit zurück. Mutter hat sich ja immer über unsere nahezu kahlen Wände mokiert, sie meinte schon seit Langem, dass dort ein weiteres Bild hingehört. Sie hatte recht. Wir sind natürlich auch mit dem Raddampfer ›Luitpold‹ nach Herrenchiemsee gefahren. Sehr imposant, das Schloss, das muss ich schon sagen. Ihr solltet es unbedingt auch einmal besuchen. König Ludwig würde sich wahrscheinlich im Grab herumdrehen, wenn er wüsste, dass sein Nachfolger es nun der Öffentlichkeit zugänglich gemacht hat. Aber so ist es jetzt nun einmal. Im weiten Schlosspark kann man übrigens wunderbar flanieren. Wirklich, ihr solltet auch einmal hinfahren. Meine Eltern haben uns übrigens auch kurz besucht. Sie haben einen Abstecher auf ihrem Weg nach Bad Gastein gemacht. Was die Eleganz betrifft, ist Prien natürlich nicht mit Bad Gastein zu vergleichen. Meine Mutter meint, ich sollte unbedingt einmal mit ihnen dorthin reisen, eine Kur machen und mich erholen. Das täte mir gut.«

Ida fragte sich im Stillen, wovon ihre Schwägerin sich so dringend erholen müsse, aber sie äußerte diese Frage nicht.

Während sich die Erwachsenen unterhielten, saßen Julius Wolfgang und sein wenige Monate jüngerer Cousin in einer Zimmerecke. Der junge Julius, wie er familienintern genannt wurde, um die beiden in Gesprächen auseinanderhalten zu können, lauschte ehrfürchtig den Worten des Älteren. Julius Wolfgang war gerade in die Schule gekommen und konnte bereits ein wenig lesen und schreiben. Gerade tat er so, als läse er eine Geschichte vor, die er sich offensichtlich ausgedacht hatte, und der Jüngere lauschte andächtig.

»Ein fantasiebegabtes Kind«, sagte Nette, während sie die beiden beobachtete. »Sag, Johanna, wie macht ihr es jetzt mit dem Religionsunterricht? Er erhält doch welchen?«

»Aber ja, natürlich. Wir haben jetzt nach einiger Suche einen zuverlässigen jungen Mann gefunden, einen Jurastudenten, der sich sein Studium finanzieren muss. Der erteilt ihm einmal die Woche nachmittags Stunden. Was meinst du, Ida, wenn du willst, könnte euer Julius ja dazukommen. Er geht zwar noch nicht in die

Schule, ist aber doch schon recht reif für sein Alter, meine ich. Ich glaube, das wäre für beide schöner, als alleine im Unterricht zu sitzen.«

Wenige Tage nach Chanukka, dem achttägigen Lichterfest, wollte Julius von seiner Mutter wissen, was es mit dem Weihnachtsfest und dem Christkind auf sich hätte, von dem seine Spielkameraden die ganze Zeit redeten. Das Kind machte große Augen, als ihn sein Tate darüber aufklärte, warum sie keinen Christbaum hatten und weshalb das Christkind nicht auch zu ihnen kam. Ida und Josef beschlossen, gleichsam als Ersatz für den fehlenden Christbaum die beiden Älteren ins Marionettentheater von Papa Schmid auszuführen, dessen Spielstätte ebenso wie er selbst eine Legende in der Stadt war.

»Ich habe mich erkundigt, meine Liebe. *Prinz Rosenrot und Prinzessin Lilienweiß* stehen während der Feiertage auf dem Programm. Das wird unseren Großen sicher gefallen und dann haben sie bei ihren Kameraden auch etwas zu erzählen. Vielleicht gehen ja auch Jakob und Johanna mit ihren Kindern mit und wir kehren nachher noch alle miteinander in einem Café ein. Und wo wir schon bei der Planung von Vergnüglichkeiten sind: Wie wollen wir den Silvesterabend gestalten? Was meinst du, sollen wir ausgehen? In ein Konzert, ins Theater oder lieber ein Tanzvergnügen? Ein Familienabend wird es ohnehin nicht. Mutter ist in diesem Jahr bei Aischbergs in Nürnberg, Jakob und Johanna verbringen den Jahreswechsel gemeinsam mit den alten Krämers in Salzburg im Hotel »Österreichischer Hof«. Angeblich eines der besten Hotels am Ort, direkt an der Salzach gelegen und mit herrlichem Blick auf die Stadt. Du kennst die beiden ja, es muss immer vom Besten sein. Das feinste Hotel. Drunter tun sie's nicht. Von den lieben Schwiegereltern gar nicht zu reden. Aber man soll ja nicht lästern. Was meinst du, wäre das auch einmal etwas für uns? Für dieses Jahr sind wir natürlich viel zu spät dran, da ist bereits alles ausgebucht. Aber vielleicht im nächsten?«

»Also wirklich, Josef! Wir mit unserer Kinderschar im Hotel. Nein, besten Dank! Unser Hermann würde den ganzen Betrieb auf den Kopf stellen. Du kennst ihn doch. Er meint es nie böse, aber er kommt ständig auf die verrücktesten Ideen.«

Josef musste gegen seinen Willen schmunzeln. Es stimmte. Der kleine Hermann war ein ganz besonderes Kind. In aller Unschuld und ohne etwas Böses im Schilde zu führen, kam er fast jeden Tag auf neue Einfälle, die oftmals im Chaos endeten. Trotzdem konnte man ihm meistens nicht wirklich böse sein und wenn Josef ihn auch bisweilen schimpfte, so musste er dabei doch oft ein Lächeln unterdrücken, weil ihn der Einfallsreichtum seines Sohnes immer wieder amüsierte. Er fühlte sich oft an seine eigene Kindheit erinnert und wusste genau, vom wem sein Sohn das Temperament geerbt hatte.

»Na gut, du hast wahrscheinlich recht. Ich mache mir ja ohnehin nichts aus diesen feinen Häusern. Ich dachte nur, dir könnte so etwas einmal gefallen. Aber was Jakob und Johanna und unsere Silvesterpläne betrifft: Wir haben Glück, wenn sie noch für einen Besuch des Marionettentheaters Zeit für uns finden und Gustav und Julius haben ihre eigenen Pläne. Ich glaube übrigens, dass Gustav verliebt ist.«

»Na, das wäre nichts Neues. Wer ist es denn diesmal?«

»Ich weiß es nicht. Er nennt keinen Namen – noch nicht. Aber ich habe das Gefühl, dass es diesmal ernst sein könnte.«

»Warten wir's ab. Aber um auf Silvester zurückzukommen: Wenn es nach mir ginge, würde ich den letzten Tag des Jahres lieber für die Pflege guter Nachbarschaft nutzen und die Spieß, Wagmüllers und Grafs zu einem geselligen Abendessen einladen. Spieß steckt den Kindern öfter einmal einen Apfel, eine Birne oder sonst irgendetwas zu, was er von seinem Fruchtstand am Viktualienmarkt heimbringt. Ich weiß nicht warum, aber die Kinder freuen sich über diese kleinen Geschenke immer viel mehr als über das Obst, das sie bei uns zu Hause bekommen. Die alte Frau Ehrmann würde sich sicher auch freuen, wenn sie den Abend nicht ganz alleine verbringen müsste. Und wir beide«, fuhr Ida verschmitzt fort, »könnten dann gemütlich in meinen Geburtstag hineinfeiern, wenn die Gäste fort sind. Und was das Tanzen anbetrifft, da hätte ich schon auch große Lust drauf. Aber lieber im Fasching, bei einem der Maskenbälle. Seit ich dich kenne, schwärmst du schon davon und ich stelle mir das auch wirklich lustig vor. Im ›Odeon‹ findet sicher wieder einer statt und im ›Arzberger Keller‹ oder im ›Augustiner‹ bestimmt auch.«

Nichts lieber als das! Ida traf mit diesem Vorschlag einen lang gehegten Wunsch ihres Mannes. Das bunte Münchner Faschingstreiben hatte er schon immer geliebt und vor seiner Ehe auch in vollen Zügen genossen.

»Gut, das machen wir. Im nächsten Jahr hält uns nichts und niemand davon ab! Aber weil wir schon gerade bei Terminplanungen sind: Sag, möchtest du mir nicht die Freude machen und mich demnächst nach Haidhausen hinausbegleiten? Die

Pacht vom Gasthaus wird fällig und da muss ich den Hirtreiters ohnehin meine Aufwartung machen. Es sind tüchtige Wirtsleute und Frau Hirtreiter kocht ausgezeichnet, heißt es allgemein. Ihre Suppen sind fast legendär. Die beiden würden sich bestimmt freuen, einmal deine Bekanntschaft zu machen. Ich denke, es ist wichtig, eine gute Geschäftsbeziehung zu pflegen und du würdest endlich einmal unser Wirtshaus sehen. Ehrlich gesagt, verstehe ich immer noch nicht, warum der Füger es unbedingt verkaufen wollte. Wo gibt es denn so etwas: eine Brauerei ohne eigenes Wirtshaus. Aber das muss er wissen. Ich bin jedenfalls mit meiner Kaufentscheidung nach wie vor sehr zufrieden. Mit guten und zuverlässigen Pächtern wie den Hirtreiters ist es eine sichere Einnahmequelle. Wenn du nichts dagegen hast, würde ich gern mit der Pferdebahn hinfahren. Ich weiß, das dauert etwas länger als mit der Droschke und es ist auch nicht ganz so bequem, aber es wirkt weniger großkopfert, finde ich.«

Die ausgelassenen Faschingsnächte waren nicht ohne Folgen geblieben. Ida erwartete wieder ein Kind. Sie sah diesem Ereignis weit gelassener entgegen als beim letzten Mal. Alles war inzwischen so viel einfacher geworden. Julius und Mimi waren bereits aus dem Gröbsten hinaus und brauchten sie kaum mehr, Hermann war abgesehen von seinen vielen drolligen Einfällen ein pflegeleichtes und zufriedenes Kind. Man musste eben nur immer ein Auge auf ihn haben. Er und Fritz spielten die meiste Zeit sehr friedlich miteinander. Mit den zwei Dienstmädchen, die sie nun schon seit längerem beschäftigten, ließ sich der Haushalt gut bewältigen. Diesmal würde sie genug Zeit für ihr Neugeborenes haben. Die Jahre, in denen sie an manchen Tagen gar nicht mehr gewusst hatte, wie sie alles bewältigen sollte und in denen sie jeden Abend todmüde ins Bett gefallen war, waren vorbei. Es ging ihnen so gut, wie sich Ida das nie zu träumen gewagt hätte. Geldsorgen hatte sie zwar vom ersten Tag ihrer Ehe an nicht gekannt, aber damals war die Anmietung der großen, repräsentativen Wohnung in der Beletage durchaus noch eine finanzielle Herausforderung gewesen. Doch die Firma Schülein schien nur eine Entwicklung zu kennen: aufwärts. Jahr für Jahr waren ihre Einnahmen gewachsen. Inzwischen dachte Josef sogar schon über den Kauf oder den Bau eines eigenen Hauses in ein paar Jahren nach.

An Pessach teilte Ida die freudige Nachricht in der Großfamilie mit. Sie war nicht die Einzige, die an diesem Tag schöne Neuigkeiten zu vermelden hatte. Auch

Gustav wartete mit einer Überraschung auf. Er wollte Anfang des nächsten Jahres heiraten. Nette war sichtlich erleichtert. Sie hatte schon befürchtet, ihr Zweitjüngster würde es sich für ewig im Junggesellenstand bequem machen.

Am 26. November, zwei Tage nach dem sechsten Geburtstag ihrer Schwester Mimi, wurde die kleine Elsa geboren. Die war vom ersten Moment an ganz vernarrt in ihre kleine Schwester. Sie betrachtete sie offensichtlich als verspätetes Geburtstagsgeschenk, als eine Art lebendige Puppe, die reagierte, wenn man sie hochhob, wiegte, streichelte, badete oder fütterte. Ida hatte zu kämpfen, ihren Überschwang für das Neugeborene in verträgliche Bahnen zu lenken. Die Kleine hatte das helle Haar ihrer Mutter geerbt, und als einziges der Kinder auch deren Augenpartie. Julius, Mimi und Fritz gingen im Aussehen eher nach Josef, einzig Hermann hatte zwar die Augenpartie seines Vaters, aber den helleren Teint und das helle Haar seiner Mutter.

***

»Mali hat aus der Sommerfrische im Salzkammergut geschrieben. Eine Fotografie hat sie auch beigelegt. Da, schau: Mali, mit Julius und Lilli in Bad Ischl. Sieht die kleine Lilli nicht reizend aus in ihrem Dirndl? Einfach goldig, finde ich. Mali ist ganz begeistert davon, dass sich während ihrer Anwesenheit auch Johann Strauss in Ischl aufgehalten hat. Er hat sogar ein Konzert gegeben. Das haben sie natürlich besucht. Na, du kennst ja ihre Begeisterung für Musik. Insgesamt aber, meint sie, war die Atmosphäre heuer in Ischl gedrückter und weit weniger heiter als letztes Jahr. Kein Wunder, nach dem schrecklichen Vorfall.«

»Welchen meinst du?«

»Also bitte, Josef! Du wirst dich doch noch an den tragischen Tod des österreichischen Thronfolgers im Januar erinnern! Es ist ja ein bisschen wie bei unserem König Ludwig. Ich meine natürlich nicht die Todesursache, sondern die Umstände. Beide Male ist nicht klar, ob es ein Unfall oder gar Selbstmord war und beide Male hat auch noch ein, beziehungsweise eine unglückliche Dritte ihr Leben verlieren müssen. Du selbst hast mir doch damals sogar den Zeitungsartikel vorgelesen. Weißt du das nicht mehr?«

»Doch, doch, freilich. Du hast ja recht. Ich habe das jetzt nur nicht in Zusammenhang mit Malis Sommerfrische gebracht. Aber man kann sich natürlich vorstellen, dass das Kaiserpaar nach diesem furchtbaren Schicksalsschlag nicht einfach zur Tagesordnung übergeht. Die arme Sisi, erst den Lieblingscousin verloren und jetzt ihren Sohn. Das ist natürlich noch unvergleichlich viel schrecklicher.«

»Ja, so ist das Leben. Das Unglück macht eben auch vor den höchsten Persönlichkeiten nicht Halt. Und worin, wenn ich fragen darf, warst du so vertieft, dass du mir offensichtlich nur mit halbem Ohr zugehört hast?«

Seine Ida kannte ihn verdammt gut, das musste Josef zugeben. Sie war eine exzellente Beobachterin, ihrer Aufmerksamkeit entging kaum etwas. Er war in der Tat in seine Zeitungslektüre vertieft gewesen und hatte dem Bericht seiner Frau nur nebenbei zugehört.

»Ach, eigentlich nichts Wichtiges. Die Weltausstellung dieses Jahr in Paris. Die Franzosen haben als monumentales Eingangsportal und Aussichtsturm, von einem gewissen Eiffel, einen Turm bauen lassen. ›*Ein Wunder der Ingenieurskunst*‹, heißt es hier. Er ist nicht aus Stein gemauert, sondern aus Eisen gefertigt. 312 Meter hoch, stell dir das vor! Das höchste Gebäude der Welt!«

»Interessant, in der Tat. Aber um noch einmal auf Malis Brief zurückzukommen: Sie wohnen etwas außerhalb, dort ist es preiswerter. Ein schönes Ferienhaus mit großem Garten und Blick auf die Berge ringsum. Jeden Tag unternehmen sie ausgedehnte Wanderungen. In diesem Jahr ist unsere Elsa noch zu klein. Die lange Reise würde für uns mehr Umstände machen als Erholung und Vergnügen bringen. Da sind wir am Tegernsee besser aufgehoben. Das ist näher. Aber was meinst du, sollen wir uns den Aischbergs nächstes Jahr anschließen? Elsa ist dann gut eineinhalb. Da kann man ihr eine längere Reise bestimmt zumuten. Ich würde gerne einmal etwas Neues kennenlernen. Salzburg läge auf dem Weg. Das würde ich auch gerne einmal besuchen. Du sicher auch. Johanna schwärmt oft von der Stadt und der beeindruckenden Festung. Dann könnten wir beide auch endlich einmal mitreden. Außerdem: Deine Schwester und ihre Familie sehen wir ohnehin viel zu selten. Also warum nicht einfach die Gelegenheit nutzen und zwei Fliegen mit einer Klappe schlagen? Eine gemeinsame Sommerfrische in ihrem geliebten Salzkammergut wäre da doch eine ideale Möglichkeit.«

Josef war mit diesem Vorschlag seiner Frau absolut einverstanden. Im Sommer des nächsten Jahres wurde er in die Tat umgesetzt. Sie mieteten sich in Sankt Gilgen am Wolfgangsee ein. Dort hatte es zwei sehr geräumige Häuser in unmittelbarer Nachbarschaft zu mieten gegeben, die über die Gärten verbunden waren. Der ideale Ort für die Kinder, um gemeinsam zu spielen. Den ganzen Tag waren sie im Freien, tollten über die Obstwiesen oder planschten am kleinen Bach, der hinter den Häusern floss. Nette war ebenfalls mitgekommen. Sie saß stundenlang auf der Veranda über einer Handarbeit oder in ein Buch vertieft und genoss die Ruhe, die Aussicht und die gute Luft, die so ganz anders war als in München.

Josef und sein Schwager nutzten die freie Zeit zu ausgedehnten Wanderungen in der Umgebung. Der Plombergstein mit seinem fantastischen Panorama hatte es ihnen ebenso angetan wie etwa die Route zum Falkenstein, die erst am Seeufer entlang und dann steil hinaufführte.

»Was sagst du zur Entlassung Bismarcks, Joseph? Hat der Kaiser die richtige Entscheidung getroffen?«

»Schwer zu sagen, lieber Schwager. Man wird wohl abwarten müssen, denke ich. Es ist ja noch kein halbes Jahr her. Die Folgen lassen sich wahrscheinlich erst später absehen. Wir in Bayern bekommen die Politik des Reichs ja ohnehin immer nur in abgeschwächter Form zu spüren. Das Haus Wittelsbach steht uns nach wie vor um vieles näher als die Hohenzollern.«

»Das stimmt schon. Trotzdem werden auch wir die Auswirkungen wohl spüren. Solange ich denken kann, hat Bismarck die deutsche Politik geprägt, fast 28 Jahre lang. Dann setzt ihn der junge, noch reichlich unerfahrene Wilhelm einfach an die Luft! Andererseits – Bismarck ist alt und wie es heißt, auch krank. Vielleicht tut ein frischer Wind einmal ganz gut. In der sozialen Frage war der Alte ja unerbittlich, aber wenn du mich fragst, kann es mit den Arbeitern so nicht weitergehen. Die Not der Leute schreit ja manchmal zum Himmel. Mir reichen die Münchner Elendsquartiere schon, aber in Berlin soll es noch viel schlimmer sein. Manche Mietskaserne ist schlichtweg ein Skandal und einige Unternehmer lassen ihre Leute schuften bis zum Umfallen. Die quetschen sie aus wie Zitronen. Das gefällt mir nicht. Ich habe gelesen, dass Wilhelm Verbesserungen anstrebt. Das wäre schön und dringend notwendig. Überhaupt, in zehn Jahren beginnt ein neues Jahrhundert. Die Welt ist an vielen Stellen im Umbruch. Da braucht es wohl auch in der Politik neue Köpfe und neue Ideen. Aber lassen wir die hohe Politik … Wie läuft der Hopfenhandel?«

»Danke, ich kann durchaus nicht klagen. Die Geschäfte laufen gut, sehr gut sogar. Wenn ich nur nicht so viel unterwegs sein müsste! Früher hat mir das nichts ausgemacht. Aber inzwischen wäre ich froh, ich könnte so wie du jeden Abend heim zu Frau und Kindern. Ich würde mir auch mehr Zeit zum Musizieren wünschen. Die Eisenbahn hat ja viel Erleichterung gebracht – wenn ich da an meinen Vater denke, wie der noch mit den Gespannen unterwegs war … Verglichen mit unseren Vätern haben wir es heute zweifellos viel bequemer. Trotzdem finde ich es anstrengend. Manchmal wünsche ich mir, ich hätte ein, zwei feste Großabnehmer anstatt der vielen kleinen Brauereien. Wer weiß, vielleicht kommt das sogar eines Tages so. Seit Linde seine Kältemaschine entwickelt hat, haben es die kleinen Brauereien immer schwerer, neben der Konkurrenz der Großen zu bestehen.«

»Hm. Interessant. Füger hat das auch schon zu mir gesagt. Du kennst den Mann nicht. Ein Brauer, dem ich vor ein paar Jahren eine Gastwirtschaft abgekauft habe. Er brauchte das Geld, um sich zu vergrößern.«

»Kann ich mir gut vorstellen. Die Spatenbrauerei in München war übrigens eine der ersten, die Lindes Erfindung nutze. Inzwischen haben Brauereien in ganz Europa nachgezogen. Kein Wunder: Das Bier ist besser haltbar und man braucht keine Eisblöcke mehr zur Kühlung. Das macht die Lagerung um vieles einfacher. Aber natürlich können sich nur die großen Brauereien so eine teure Anschaffung leisten. Insofern hat dein Füger recht, wenn er versucht, sich zu vergrößern. Auf Dauer glaube ich, dass die kleinen Brauereien kaum überleben werden.«

»Eigentlich schade. Aber ich denke, so ist es in vielen Bereichen. Im Bankenwesen ist es jedenfalls ähnlich. Wenn ich denke, wie Mutter vor Jahrzehnten begonnen hat … So etwas würde heute wahrscheinlich gar nicht mehr funktionieren. Da hat sich in den letzten Jahren viel verändert. Mit dem Brauwesen habe ich mich natürlich noch nie beschäftigt. Aber wenn ich so darüber nachdenke, dann glaube ich, dass zumindest bei uns in München auch die großen Keller eine starke Konkurrenz für die Kleinen sind. Wenn ich da an den ›Löwenbräu‹ am Stiglmaierplatz denke, oder den ›Arzberger Keller‹. Die fassen ja alle ein paar 1000 Leute! Die können sich nicht nur ab und zu Unterhaltungsprogramme leisten, sondern auch elektrisches Licht. Das ist natürlich alles viel attraktiver als im trüben Schein von Petroleumlampen und bei verbrauchter Luft in einer kleinen Wirtschaft zu hocken.«

Während ihre Männer stundenlange Wanderungen genossen, bevorzugten Ida und Mali kleinere Spaziergänge in der näheren Umgebung.

»Schade, dass Gustav nicht auch mit seiner Familie kommen konnte. Ich hätte meinen Bruder gern einmal wiedergesehen. Natürlich auch unsere Schwägerin Amalie und vor allem den kleinen Max. Den kenne ich bislang nur von Fotografien. Platz genug hätten wir. Aber ich verstehe natürlich, dass sich Amalie acht Wochen nach der Entbindung nicht auf eine solche Reise begeben will. Mamme freut sich ungemein über Gustavs Sohn. Ich weiß nicht warum, aber irgendwie hat sie die Befürchtung geplagt, Gustav könne dauerhaft ohne Familie bleiben. Wie oft hat sie mir das erzählt, wenn sie uns in Nürnberg besucht hat.«

»Besucht Gustav doch auf dem Rückweg. Ihr müsst ja ohnehin in München Station machen«, riet Ida ihrer Schwägerin, während sie in der milden Abendsonne zum See hinunter wanderten, um dort den Sonnenuntergang zu bewundern. »Ich glaube, Jakob und mein Mann sind ganz froh, dass Gustav in München geblieben ist. Wenigstens einer muss ja in der Bank immer nach dem Rechten sehen.«

»Apropos. Wo verbringen denn Jakob und Johanna ihre Sommerfrische? Von den beiden hört man ja selten etwas. Johanna schreibt so gut wie nie und Jakob ist zu beschäftigt, um sich um so etwas zu kümmern.«

»Ich sehe sie regelmäßig. Unsere beiden Ältesten haben gemeinsam Religionsunterricht in ihrem Haus. Diese Stunde nutzen wir öfter, um gemeinsam Kaffee zu trinken. Zurzeit sind sie in Baden-Baden und wollen von dort aus für ein paar Tage nach Triberg, um die Wasserfälle zu besuchen. Zum Titisee wollen sie auch, und einen Abstecher nach Straßburg haben sie, glaube ich, ebenfalls geplant.«

»Die beiden kommen ganz schön herum.«

»Ja, das stimmt. Wie hat Julius Wolfgang unlängst einmal gesagt: ›Ich glaube, Mama sammelt Seen. Jedes Jahr besuchen wir einen anderen.‹ Aber wenn ich sehe, wie schön es hier ist, kann ich sie gut verstehen. Ob Jakob die Reisen allerdings uneingeschränkt genießt, bezweifle ich. Die Schwiegereltern sind immer mit von der Partie. Auch wenn Johanna und er inzwischen nicht mehr in der Sonnenstraße wohnen, ganz los wird er die Mutter seiner Frau nicht. Soviel ich weiß, besucht Regina Krämer ihre Tochter mindestens jeden zweiten Tag.«

»Oh je, mein armer Bruder! Im Geschäft ist er so tüchtig, aber gegen diesen Drachen von Schwiegermutter kommt er einfach nicht an«, spottete Mali.

»Silvester werden sie wohl wieder in Salzburg verbringen, nehme ich an.«

»Dann sind sie an deinem Geburtstag gar nicht da?«

»Nein, aber das macht nichts. Ich habe ohnehin nicht vor, ihn groß zu feiern. Bei Männern mag das anders sein, aber für uns Frauen ist es wenig erbaulich, die 29 zu überschreiten. Aber lass uns jetzt nicht davon reden. Genießen wir lieber die herrliche Aussicht. In ein paar Tagen ist ohnehin schon wieder alles vorbei, die Großen müssen in die Schule und der Alltag hat uns wieder.«

***

»Sag einmal, wo warst du denn, mein Lieber? Warum kommst du denn so spät? Ist etwas passiert?«

»Oh, tut mir leid, Ida. Ich habe die Zeit völlig übersehen. Julius ist bei uns im Bureau vorbeigekommen und hat uns sein neues Veloziped vorgeführt.«

»Und da hättest du nicht wenigstens anrufen und Bescheid sagen können? Wozu haben wir denn den neuen Apparat?«

»Ja, ja, du hast natürlich recht. Tut mir leid. Ich habe einfach nicht daran gedacht. Aber jetzt hör zu, ich muss es dir erzählen. Ein tolles Ding, was er sich da angeschafft hat. Das Neueste vom Neuesten! Ein englisches Fabrikat, Rover heißt die Firma. Julius nennt es übrigens nicht Veloziped, sondern Fahrrad. Die beiden Räder sind jetzt gleich hoch, also nicht mehr wie beim bisherigen Hochrad, wie man es manchmal auf den Straßen sieht. Er hat uns auch damit fahren lassen. Ich kann dir sagen, das macht richtig Spaß!«

Sein jüngster Bruder überraschte Josef immer wieder. Beruflich schien Julius wenig Ehrgeiz zu besitzen. Das Gymnasium hatte er zur Enttäuschung seiner Mutter abgebrochen und hatte stattdessen wie seine Brüder eine kaufmännische Lehre gemacht. Sein wirkliches Interesse, ja seine Leidenschaft, schien bei Kunst und Sport zu liegen. So oft er konnte, besuchte er Ausstellungen verschiedenster Maler, die Oper oder Konzerte im »Odeon« und wenn das Wetter es zuließ, ging er zum Wandern in die Berge. Seine jüngste Passion war nun seit wenigen Monaten das Radfahren. Obwohl er inzwischen finanziell unabhängig war, wohnte er immer noch bei Nette und hatte offensichtlich auch keine Ambitionen auszuziehen. Er ging zwar meist seine eigenen Wege, war aber andererseits trotzdem ein ausgesprochener Familienmensch, der nie einen Geburtstag vergaß und auch dafür sorgte, dass Nette regelmäßig in Gesellschaft außerhalb ihrer Familie kam. Abgesehen von den Familienfeiern unternahmen die vier Brüder kaum etwas miteinander. Kein Wunder, schließlich waren Jakob, Gustav und Josef selbst neben ihren Geschäften vor allem mit ihren Familien beschäftigt. Doch heute bot sich eine seltene Gelegenheit, um einmal gemeinsam etwas zu unternehmen. Gustav war derzeit Strohwitwer, weil seine Amalie mit dem kleinen Max eine Cousine in Regensburg besuchte, und Ida war seit Tagen gemeinsam mit ihrer Schwiegermutter mit dem Einkochen von Zwetschgen, Äpfeln und Birnen beschäftigt. Die beiden hatten es sich in den Kopf gesetzt, das selbst zu machen und nicht den Dienstmädchen zu überlassen. So hatten die Männer beschlossen, gemeinsam aufs Oktoberfest zu gehen. Josef freute sich schon den ganzen Tag darauf. Das Wetter war perfekt. Es war einer der letzten Spätsommertage. Um diese Jahreszeit liebte Josef die Stadt besonders. Das Licht war dann so wunderbar klar, oft konnte man in der Ferne sogar die Berge sehen. Unmittelbar bevor sie aufbrechen wollten, kündigte Jakob an, dass er doch nicht mitkommen werde. Er habe noch im Bureau zu tun. Alles Zureden half nichts. Er war von seinem Vorhaben nicht abzubringen.

»Sagt einmal, was ist denn mit Jakob los? Ich habe das Gefühl, er wird immer seltsamer.«

Josef hatte über das Verhalten seines älteren Bruders kaum jemals nachgedacht. Jetzt wurde ihm mit einem Mal klar, dass Julius mit dieser Äußerung recht hatte. Jakob hatte sich in der Tat in letzter Zeit verändert. Er war noch schweigsamer geworden, als er es ohnehin schon immer gewesen war und arbeitete wie ein Besessener. Morgens war er der Erste im Bureau, abends der Letzte, der es verließ. Josef hegte manchmal den Verdacht, dass Jakob vom Ehrgeiz getrieben war, ein ebenso großes Bankhaus aufzubauen, wie es die Brüder Feuchtwanger am Promenadeplatz betrieben. Jedenfalls hatte er in Gesprächen die beiden Häuser schon des Öfteren miteinander verglichen. Jetzt aber hatte Josef keine Lust, weiter über das Problem nachzudenken. Sollten die Feuchtwangers so groß sein, wie sie wollten, die Schüleins hatten das Ihre und das war ihm genug. Jetzt wollte er das fröhliche Treiben und ein kühles Bier genießen. Er könnte ja versuchen, demnächst einmal mit Jakob zu sprechen. Wie er seinen Bruder kannte, war das wahrscheinlich vergebliche Liebesmüh, aber er hätte es dann zumindest probiert.

»Wie geht es Ida? Wann ist es denn soweit?«

»Danke der Nachfrage. Es geht ihr gut. Bis zur Niederkunft dauert es noch gut zwei Monate. Das Baby kommt Anfang bis Mitte Dezember. Besuch uns doch einmal, Julius. Ida würde sich freuen und ebenso deine Nichten und Neffen. Unser Julius wäre bestimmt begeistert, wenn ihm sein Onkel das neue Fahrrad vorführen würde.«

»Sehr gerne, eine gute Idee. Ich hatte ohnehin vor, etwas mit dir zu besprechen. Ich trage mich nämlich mit dem Gedanken, nächstes Jahr mit meinem Erbteil eine Kunsthandlung aufzumachen. München ist dafür ja ein gutes Pflaster. Aber das besprechen wir dann. Jetzt erst einmal: Prost!«

Der kleine Kurt wurde am 16. Dezember geboren. Wie es der Brauch war, erfolgte die Beschneidung acht Tage später. Josef und Ida hatten mit Rücksicht auf das Neugeborene in diesem Jahr auf eine Silvesterfeier verzichtet und wollten den Abend ohne Gäste zu Hause verbringen. Sie hatten sogar den beiden Mädchen bis zum nächsten Morgen frei gegeben. Sollten sich Kathi und Erna ruhig einmal amüsieren, sie beide kamen den Abend ohne Bedienung aus. Julius, Mimi und Hermann hatten zur Feier des Tages länger aufbleiben dürfen. Ida schickte sie erst zwei Stunden vor Mitternacht ins Bett. Der Rest des ausklingenden Jahres sollte nur ihr und Josef gehören. Bis zum Jahreswechsel wollte sie durchhalten, um mit ihrem Mann auf das neue Jahr und ihren Geburtstag anzustoßen, dann wollte auch sie ins Bett. Für frischgebackene Mütter war Nachtruhe selten und kostbar. Das wusste sie aus leidvoller Erfahrung.

Es war gegen elf, als es plötzlich stürmisch an der Tür läutete. Draußen stand eine Frau in sichtlicher Aufregung, mit weit aufgerissenen Augen, wirrem Haar und den Mantel nur achtlos übergestülpt. Es dauerte ein paar Augenblicke, bis Josef sie erkannte. Es war Grete, eines von Jakobs und Johannas Dienstmädchen. Was tat die denn hier? Bevor er noch den Mund aufmachen konnte, sprudelte es schon aus ihr heraus: »Herr Schülein, Sie müssen mitkommen, bitte, es ist es etwas Furchtbares passiert. Ihr Bruder ...« Doch mehr war vor lauter Schluchzen nicht zu verstehen.

»Jetzt komm erst einmal herein und beruhige dich, Grete, und dann sag, was los ist.« All sein Zureden half nichts, Grete ließ sich nicht beruhigen.

»Ihr Bruder, tot, in der Wohnung«, stammelte sie. Josef begriff nicht, begriff absolut nicht.

»Was redest du denn da? Mein Bruder ist mit seiner Familie in Salzburg.«

Doch Grete schüttelte nur energisch den Kopf und weinte noch lauter. Allmählich bekam er es mit der Angst zu tun. Es half alles nichts. Er musste sie wohl oder übel zum Sendlinger Torplatz begleiten und selbst nachsehen, was los war. Sie zerrte ihn fast mit sich durch die Straßen. Es war eine kalte, klare, mondhelle Nacht. Immer wieder trafen sie auf Passanten, die diesen Silvesterabend wohl im Theater oder einem Restaurant verbracht hatten und nun auf dem Weg nach Hause waren. In der Müllerstraße stand ihm eine kleine Gruppe fröhlich lachend im Weg. In seiner Eile rempelte er sie an und hätte sie beinahe umgerannt. Er nahm sich nicht einmal die Zeit, sich zu entschuldigen. Ohne auf ihre wütenden Worte zu achten, stürmte er weiter. Die Strecke zum Sendlinger Torplatz dauerte nur ein paar Minuten, doch Josef kamen sie ewig vor. Sorge und Ungewissheit quälten ihn. Was war mit Jakob? Grete lief nur wortlos schluchzend vor ihm her. Aus ihr war nichts herauszubringen.

Endlich waren sie da. Nur in einem Fenster in der Beletage brannte Licht, ansonsten war alles dunkel und still. Totenstill. Die übrigen Bewohner des Hauses amüsierten sich an diesem Abend wohl auswärts. Sobald sie die Wohnung betreten hatten, bugsierte ihn Grete in Jakobs Arbeitszimmer, weigerte sich aber selbst einzutreten und blieb weinend vor der Zimmertür stehen. Dann sah er es und konnte doch seinen Augen nicht trauen. Sein Bruder saß tot an seinem Schreibtisch. Sein Kopf war durch eine grässliche Schusswunde entstellt. Wie war das möglich? Josef begriff nicht. Das konnte nur ein Albtraum sein. Wie erstarrt stand er im Zimmer, blickte auf den leblosen Körper und versuchte, irgendeinen klaren Gedanken zu fassen.

Ein Arzt! Sie brauchten einen Arzt! Der konnte zwar nichts mehr tun, als den Totenschein auszustellen, doch schien ihm die Gegenwart einer weiteren Person wie ein Rettungsanker in diesem Wahnsinn. Er musste auch Johanna benachrichtigen, fiel ihm ein. Und zu Hause bei Ida anrufen. Die machte sich bestimmt Sorgen. Wie sehnte er sich danach, ihre Stimme zu hören!

Alles auf eine Karte

Während sie auf Dr. Fraenkel warteten, versuchte Josef endlich zu begreifen, was geschehen war. Immer wieder von Schluchzern unterbrochen, erzählte ihm Grete, wie sie den gnädigen Herrn gegen zehn Uhr gefragt habe, ob er noch etwas benötige. Nachdem er das verneint habe, sei sie in ihre Kammer gegangen, um sich hinzulegen. Doch kaum eine Viertelstunde später, habe sie einen lauten Knall (sie sagte »Knall«, nicht »Schuss«) gehört, sei voller Schrecken ins Arbeitszimmer gelaufen, um zu fragen, was los sei und da habe sie den gnädigen Herrn dann gefunden …

»Eines begreife ich nicht, Grete. Warum war mein Bruder denn überhaupt hier? Er wollte doch wie jedes Jahr mit seiner Familie in Salzburg sein.«

»Ach, Herr Schülein, da war er doch schon seit zwei Jahren nicht mehr! Die gnädige Frau ist alleine mit den Kindern und ihren Eltern gefahren.«

Josef war wie vom Donner gerührt. Jakob hatte nie ein Wort darüber verloren. Hatte er eigentlich überhaupt etwas von seinem Bruder und dessen Leben gewusst?

»Noch etwas verstehe ich nicht ganz. Warum hast du denn nicht einfach angerufen, sondern bist durch Nacht und Kälte zu uns gelaufen?«

»Ach Herr Schülein, ich kenne mich mit diesem neumodernen Apparat überhaupt nicht aus. Ich weiß gar nicht, wie man ihn bedient. Und überhaupt: Was hätte ich denn sagen sollen?«

Die folgenden Monate waren schrecklich. Josef hatte das Gefühl, in einem leckgeschlagenen Boot hilflos mitten auf einem riesigen Ozean zu treiben. Nirgendwo war Land in Sicht und sein Bemühen bestand einzig darin, nicht endgültig unterzugehen. Mutter tat ihm leid. Der Kummer hatte sie buchstäblich über Nacht um Jahre altern lassen. Die ersten Tage hatte er sogar befürchtet, sie könnte den Verlust nicht überleben. Die Bilder von Jakobs Beerdigung gingen ihm wochenlang nicht aus dem Kopf. Der bleigraue Himmel mit den niedrig hängenden Wolken, aus denen jedoch keine einzige Schneeflocke fiel. Es war unangenehm feucht-kalt gewesen, eben die Art von Kälte, die einem so durch Mark und Bein geht, dass man den ganzen Tag nicht mehr richtig warm wird. Alles wirkte so unwirklich, so falsch. Johanna, ihre beiden Kinder fest an den Händen, Julius Wolfgang, den frisch gebackenen Gymnasiasten, und Hedwig, stand mit starrer Miene wie vernichtet, aber tränenlos am Grab. Hinter ihr ihre Eltern. Bernhard Krämer mit versteinerter Miene, wie seine Tochter, starrte in eine unergründliche Ferne, als suche oder erwarte er sich von dort irgendeine Antwort. Regina Krämer aber blickte immer wieder voller Abscheu, ja Hass, als ob sie den Schüleins die Schuld an Jakobs Tod geben wollte, in die Richtung, wo Nette, blind vor Tränen auf Julius gestützt, Gustav, Mali und er mit ihren Familien standen. Der stets ungeliebte Schwiegersohn hatte das größte Vergehen überhaupt begangen: Er hatte mit seinem Freitod einen Skandal verursacht. In diesem Moment ahnte Josef, dass das Band zwischen den Familien Krämer und Schülein mit Jakobs Tod für immer durchtrennt war.

WARUM? Die Frage lastete auf ihm. Was war passiert, was hatte Jakob in eine solch tiefe Verzweiflung gestürzt, dass er keinen anderen Ausweg mehr sah, als sich das Leben zu nehmen? Was hatte ihn dazu bringen können, seinen Kindern und allen, die ihm nahestanden, diesen Schmerz zuzufügen? In ihrem Kummer gab Nette Regina Krämer und – in abgeschwächter Form – auch Johanna die Schuld. Sie mochte in dieser Zuweisung eine Art Ventil für ihre unerträgliche Trauer finden, zutreffend waren die Schuldzuweisungen nach Josefs Überzeugung nicht. So wenig er Regina Krämer in ihrer herrischen Art mochte, sie war nicht schuld an Jakobs Tat. Johanna genauso wenig. Mit ihrer Ehe mochte es nicht zum Besten gestanden haben, ja sehr wahrscheinlich hatten beide daran gelitten. Aber dergleichen unglückliche Beziehungen gab es mehr und doch verstanden es die Ehepartner, sich in irgendeiner Weise zu arrangieren und ein einigermaßen erträgliches Leben zu führen. So sehr er grübelte, Josef fand einfach keine überzeugende Antwort nach dem ›Warum‹. Das nagte an ihm. In diese Frage verwoben war nämlich eine zweite, noch weit quälendere: Hätte er Jakobs Verzweiflung sehen können, hätte er die schreckliche Tat gar verhindern können, wenn er nur etwas gesagt oder getan hätte? Zu spät. Jakob hatte sie mit all den unbeantworteten Fragen zurückgelassen. Tates Tod war schrecklich gewesen. Aber es war Gottes unergründlicher Wille oder ein Schlag des Schicksals oder was auch immer gewesen. Jedenfalls traf keinen von ihnen eine Schuld und das hatte den Tod seines Vaters bei aller Trauer erträglicher erscheinen lassen.

Josefs Eindruck bei der Trauerfeier hatte ihn nicht getäuscht. Bereits wenige Tage nach dem Begräbnis erreichte ihn ein kurzer Brief von Johanna, in dem sie ohne eine weitere Angabe von Gründen in dürren Worten mitteilte, dass sie einen weiteren gemeinsamen Religionsunterricht ihres Sohnes mit seinem Cousin Julius für nicht angemessen halte.

Kaum war der Trauermonat vorbei, erhielt Josef einen Brief von Bernhard Krämer. Er schrieb, dass er in der anstehenden Erbsache die Interessen seiner Tochter Johanna vertreten werde. Als Anwalt für Julius Wolfgang und Hedwig habe er Sigmund Neustätter beauftragt. Josef wusste nicht, ob er darüber erleichtert oder entsetzt sein sollte. Einerseits galt Rechtsanwalt Neustätter als hochangesehener und besonnener Mann, andererseits stand er auch im Ruf, ein unerbittlicher Verhandler zu sein. Einfach würde es jedenfalls nicht werden, so viel stand fest. Zu seiner Trauer um Jakob kamen jeden Tag neue Probleme. Ohne dass sie es jemals abgesprochen hätten, hatte doch jeder von ihnen bestimmte Aufgaben übernommen, die ihrem unterschiedlichen Naturell entsprachen. Sie hatten zwar alle großen Investitionen gemeinsam besprochen, trotzdem war Jakob in seiner stillen Art immer der heimliche und unangefochtene Stratege der Firma gewesen. Sein Wissen, seine Art zu denken, seine stille Zielstrebigkeit und sein unermüdlicher Eifer, alles fehlte mit einem Mal. Wie sollte es nun weitergehen? Zwei Wochen nach Krämers Brief erschien eines Tages Sigmund Neustätter persönlich in ihrem Bureau am Promenadeplatz. Er wolle sich als Vormund von Julius und Hedwig persönlich bei den Herren Schülein vorstellen, erklärte er. Bisher habe man sich ja nur flüchtig aus der Gemeinde gekannt.

In ihrer Trauer und den Turbulenzen der letzten Wochen hatten Josef und Gustav noch gar keine Zeit gefunden, sich näher damit auseinanderzusetzen, wie die anstehende Erbteilung eigentlich vonstattengehen sollte. Neustätter aber hatte diesbezüglich sehr konkrete Vorstellungen. Als ersten Schritt forderte er zur Klärung der Vermögensverhältnisse eine detaillierte Aufstellung über sämtliche Aktiva und Passiva, über Sparguthaben, Beteiligungen, möglichen Immobilien- oder sonstigen Besitz, Hypotheken und Kreditverträge der Firma Schülein. Alles musste auf Heller und Pfennig aufgelistet werden. Freundlich, aber bestimmt setzte er ihnen zur Erledigung eine Frist von drei Wochen.

Je länger die Aufstellung wurde, desto klarer wurde auch, welch riesiges Problem ihnen bevorstand. Die Summe, die Johanna und ihren Kindern laut Büchern als Erbteil zustand, belief sich auf 508 456,56 Mark! Erstmals wurde Josef wirklich bewusst, welch ungeheuren Aufschwung die Firma in den letzten Jahren genommen hatte. Aus ihren bescheidenen Anfängen im Schlachthofgelände und ihrem ebenso bescheidenen Anfangskapital von 100 000 Mark hatten sie in etwas mehr als zehn Jahren ein Millionenvermögen gemacht! Und jetzt? Wie würde es jetzt weitergehen? Über liquide Mittel verfügte die Bank kaum. So gut wie alles steckte in Krediten oder Hypotheken. Schließlich musste das Geld arbeiten, wenn es für die Sparer Gewinne abwerfen sollte.

Seit sein Vater ihn vor Jahrzehnten zur Zeitungslektüre ermuntert hatte, war Josef ein eifriger Leser der Presse gewesen. In den Monaten nach Jakobs Tod interessierten ihn allerdings weder Politik noch Weltgeschehen. Er war zu sehr mit seinem eigenen Kummer und den sich anbahnenden Problemen beschäftigt. Einzig ein Ereignis verfolgte er mit ungläubigem Entsetzen. Der Vorfall hatte sich in der kleinen Stadt Xanten zugetragen und erregte Aufsehen im ganzen Reich. In einer Scheune hatte man die Leiche des fünfeinhalbjährigen Johann Hegmann gefunden, Sohn des Schreinermeisters Hegmann in Xanten. Ein Unbekannter hatte dem Kind die Kehle durchgeschnitten. Einer der Gutachter, ein Metzger, sprach von einem ›Schächterschnitt‹ und so geriet schließlich der jüdische Metzger und Viehhändler Adolf Buschhoff unter Mordverdacht. Er war Vorbeter der jüdischen Gemeinde in Xanten und sein Schlachthaus befand sich in der Nähe des Leichenfundorts. Es hieß, er habe das Kind zu religiösen Zwecken ermordet, um aus seinem Blut Matzen herzustellen. Buschhoff wurde inhaftiert, nach einigen Monaten aber aus Mangel an Beweisen wieder freigelassen. Doch der Fall kam nicht zur Ruhe. Im preußischen Abgeordnetenhaus debattierte man erbittert. Der preußische Justizminister Hermann von Schelling veranlasste schließlich eine erneute Inhaftierung Buschhoffs. Während des Prozesses wurden über 160 Zeugen gehört. Er endete mit einem Freispruch. Adolf Buschhoff hatte ein lückenloses Alibi für den Mordtag nachweisen können. Josef hatte keine Sekunde an die Schuld des Mannes geglaubt. Was ihn aber fast noch mehr als die Tat an sich entsetzte, war die geradezu ungeheuerliche Beschuldigung. Ein Ritualmord! Wie konnten Menschen am Ende dieses Jahrhunderts, das so viel Fortschritt und wissenschaftliche Erkenntnisse gebracht hatte, auch nur eine Sekunde lang einen so hanebüchenen Unsinn glauben? Wie konnten moderne Menschen einem solch grauenhaften Aberglauben aus dem finstersten Mittelalter verfallen? Josef begriff es einfach nicht. Zum Glück war die Angelegenheit für den armen Buschhoff einigermaßen glimpflich ausgegangen. Auf die Justiz war eben doch Verlass in diesem Land.

Nach quälend langen Wochen der Ungewissheit, wie es weitergehen sollte, meldete sich Sigmund Neustätter endlich mit einem konkreten Vorschlag, wie die Erbteile seiner Mündel von der Firma Schülein schnellstmöglich zu begleichen seien. Die Forderung belief sich auf exakt 303 224 Mark und 72 Pfennige. Dieser Betrag war bis Juni an Neustätter zu übertragen. Der Bank stand schon mit dieser Summe ein gewaltiger Aderlass bevor. Doch das war ja noch längst nicht alles. Dazu kam noch der Erbteil für Johanna sowie die von ihr eingebrachte Mitgift. Allein die Zinsen, die ihr die Firma Schülein für ihr Vermögen schuldig war, beliefen sich für die ersten sechs Monate des Jahres auf über 9000 Mark. Wenn Bernhard Krämer im Namen seiner Tochter auf einer ebenso kurzen Rückzahlungsfrist bestand, konnten sie den Laden wohl endgültig zusperren.

Wochenlang kämpften Gustav und er verzweifelt, verhandelten mit Neustätter, baten ihn auch um vermittelnde Gespräche mit Bernhard Krämer beziehungsweise Johanna, argumentierten, rechneten, flehten. Nächtelang saßen sie zu zweit im Bureau, zermarterten sich die Köpfe nach Lösungen, entwarfen und verwarfen wieder, entwarfen erneut. Ida und die Kinder sah Josef unter der Woche kaum noch. Lediglich der Sabbat schenkte ihm ein wenig Ruhe.

Wenn er auf seinem Heimweg vom Bureau am Promenadeplatz über den nächtlichen Viktualienmarkt ging, beneidete er nun oft seinen Nachbarn Thaddäus Spieß, den Fruchthändler. Der musste sich nicht mit astronomischen Geldforderungen herumschlagen, nicht um seine Existenz fürchten. Freilich, der wohnte auch nicht in der Beletage. Aber er schlief jetzt bestimmt sorglos und sicher in seiner Wohnung, zufrieden mit sich und der Welt. Morgen früh würde er wieder an seine gewohnte Arbeit gehen, seinen Stand öffnen, seinen überschaubaren Geschäften nachgehen, die Kunden bedienen, mit dem einen oder anderen ein kurzes Schwätzchen halten und abends, nach getaner Arbeit wieder zufrieden zu Frau und Kindern heimkehren und sein bescheidenes, aber unbeschwertes Leben führen. Es hatte Josef nie etwas ausgemacht, hart zu arbeiten. Im Gegenteil: Er hatte Freude daran gehabt, gemeinsam mit seinen Brüdern etwas aufzubauen. Er war stolz darauf gewesen und er hatte es auch genossen, mit seiner Familie in wachsendem Wohlstand zu leben. Doch nun fragte er sich, ob der Preis, den er dafür zu zahlen hatte, nicht doch zu hoch war.

Gut ein halbes Jahr zogen sich die Verhandlungen mit Neustätter und Krämer hin. Dann endlich war die Schlacht geschlagen. Zur Verminderung entstandener Differenzen, wie es im notariell beurkundeten Erbvertrag hieß, hatte sich Bernhard Krämer in Vertretung seiner Tochter Johanna schließlich bereit erklärt, mögliche Verluste, die durch Geschäfte, die Jakob noch zu Lebzeiten abgeschlossen hatte, von der Erbmasse abziehen zu lassen. So hatten sie die geschuldete Summe immerhin um ein paar 1000 Mark reduzieren können. Krämer verzichtete außerdem auf einen notariell festgelegten Termin für die Auszahlung. »*Frau Johanna Schülein, respektive deren Vertreter behält sich vor, obige von der Firma J. Schülein & Söhne zu begleichende Summe von zweihundertvierzehntausendachthundertachtundzwanzig Mark, fünfundneunzig Pfennige selbst bei dieser Firma zu erheben …*« wurde im Erbvertrag vermerkt. Krämer gönnte ihnen damit die dringend benötigte Atempause. Ein Licht am Horizont. Es würde freilich noch Jahre dauern, bis die Firma wieder zu ihrer alten Größe zurückfand. Aber sie konnten es schaffen. Josef fühlte eine Last von sich abfallen.

»Wenn es dir nichts ausmacht, möchte ich für zwei Tage verreisen, Ida. Ich möchte das Grab meines Vaters besuchen.«

Ida war klug genug, um zu wissen, wie dringend ihr Mann diese Zeit für sich brauchte. Die Vorfälle der letzten Monate hatten ihn verändert. Seine frühere Unbeschwertheit war verflogen. Jakobs Tod und der Bruch innerhalb der Familie hatten ihre Spuren hinterlassen. Und auch wenn er es ihr gegenüber nie klar ausgesprochen hatte, so hatte sie an seiner fieberhaften Aktivität, seiner Anspannung und seinem ruhelosen Ringen unschwer erkennen können, dass die Lage in der Firma Schülein & Söhne ernst war. Das Schlimmste schien nun überstanden. Wenn er von Thalmässing zurückkam, würde er mit ihr reden, dessen war sie sich sicher.

»Unseren Traum vom eigenen Haus werden wir erst einmal begraben müssen. Aber wir sind noch einmal mit einem blauen Auge davongekommen. Johannas Erbteil von über 200 000 Mark muss noch beglichen werden. Das hängt wie ein

Damoklesschwert über uns. Ich werde alles tun, um dieser Forderung so schnell wie möglich nachzukommen. Leicht wird's nicht werden. Aber wir werden es schaffen, Ida. Mach dir keine Sorgen! Jetzt kommt es vor allem darauf an, das Vertrauen unserer Kunden zu behalten. Du weißt ja, wie schnell Gerüchte entstehen. Die Leute dürfen auf keinen Fall das Gefühl bekommen, unsere Bank stünde kurz vor dem Zusammenbruch. Wir werden uns ab jetzt wieder mehr in der Öffentlichkeit sehen lassen, um zu signalisieren, dass alles seinen gewohnten Gang geht. Ein, zwei Einladungen zum Abendessen noch in diesem Jahr können auch nicht schaden. Ich gebe zu, ich bin erschöpft und vor allem tut es mir leid, dass ich in den vergangenen Monaten so wenig Zeit für euch hatte.«

»Seien wir froh, dass alles einigermaßen glimpflich abgelaufen ist. Und wenn es auch heuer nichts mit unserer Sommerfrische wurde, nun, es gibt auch hier in München genug Möglichkeiten, sich zu amüsieren und ein wenig zu entspannen. Für den Herbst ist im Gärtnerplatztheater eine große Völkerschau angekündigt. Das wäre doch was, oder? *Die Amazonen von Dahomey,* das klingt doch spannend, findest du nicht? Und wo wir gerade vom Gärtnerplatztheater sprechen: Wir könnten auch wieder einmal in eine Operette gehen. Julius könnten wir mitnehmen. Er ist ab Herbst immerhin Gymnasiast.«

***

Josef saß da und überlegte. ›Wie willst du deinen Geburtstag dieses Jahr feiern?‹, hatte Ida ihn gefragt. Zu seinem 30. waren sie draußen am Starnberger See im Hotel »Strauch« gewesen. Zehn Jahre war das jetzt her. Die Kinder waren noch klein gewesen, die Jüngeren noch gar nicht geboren, das Wetter war herrlich gewesen und sie alle so voller Zuversicht. Vorbei. Was den wirtschaftlichen Erfolg der zurückliegenden zwei Jahre anbetraf, hätte er durchaus Anlass zum Feiern gehabt. Johannas Erbteil war ausbezahlt und die Firma stand dennoch, wenn auch mit einer immer noch geringeren Kapitalausstattung, wieder auf soliden Beinen. Die Durststrecke war überwunden, es ging wieder bergauf. Trotzdem war er nicht in der Stimmung zu einer großen Feier. Jakob war seit über zwei Jahren tot, aber bei Festen wie Pessach oder dem Neujahrsfest spürte Josef seine Abwesenheit noch immer schmerzlich. Eine große Geburtstagsfeier zu seinem 40. warf zudem eine

Frage auf, der er und die ganze Familie bisher aus dem Weg gegangen waren: Sollte man Johanna und ihre Kinder einladen oder nicht? Wenn es auch keinen offenen Streit gab, so war der Kontakt zu ihr und ihren Kindern nach Jakobs Tod doch endgültig abgebrochen. Ida hatte zwar ein paar Mal versucht, wieder Kontakt aufzunehmen, und hatte Johanna zum Kaffee eingeladen, aber die hatte jedes Mal freundlich abgelehnt. Insbesondere Nette litt sehr unter dem latent schwelenden Zerwürfnis. Zum Tod ihres ältesten Sohnes kam die schmerzliche Entfremdung von ihren Enkelkindern. Josef befürchtete, dass eine große Geburtstagsfeier diese Wunden erneut aufreißen würde. Der Verzicht auf eine Feier würde in der eigentlichen Frage allerdings nur einen Aufschub bedeuten, das wusste er nur zu gut. Spätestens im Mai, wenn Julius Wolfgang seine Bar-Mizwa feierte, würde auch die Frage nach dem Verhältnis Schülein – Schülein wieder auftauchen. Doch dann läge die Entscheidung bei Johanna. So wichtig es Josef bei anderen Gelegenheiten war, das Heft des Handelns selbst in der Hand zu haben, in diesem Fall überließ er es gerne seiner Schwägerin. Sie musste entscheiden, ob am Ehrentag ihres Sohnes dessen Onkel und Tanten väterlicherseits zugelassen waren oder nicht. Der Bruch würde sich wahrscheinlich nie mehr ganz heilen lassen. Aber vielleicht war es wenigstens möglich, einander einigermaßen zivilisiert zu begegnen. Die Zeit heilt Wunden, hieß es.

»Heute war bei uns in der Schule ganz schön was los«, berichtete Julius mit vor Aufregung geröteten Wangen eines Tages beim Mittagessen. »Stellt euch vor, unser Direktor hat den Einstein von der Schule verwiesen!«

»Einstein? Meinst du den Sohn des Fabrikbesitzers aus der Adlzreiterstraße? Vormaliger Fabrikbesitzer müsste ich wohl richtigerweise sagen. Die Firma hat ja leider Konkurs gemacht. Dabei waren sie mal so gut im Geschäft, die Brüder Einstein. Wenn ich mich recht entsinne, haben sie sogar die Bogenlampen auf der Theresienwiese fürs Oktoberfest installiert. Der Vorname des Sohnes fällt mir jetzt nicht ein. In der Synagoge habe ich ihn ab und zu mit seinem Vater gesehen.«

»Albert.«

»Ah, ja. Aber ich dachte, die Einsteins wären vor Kurzem fortgezogen. In die Schweiz, wenn ich nicht irre.«

»Nicht in die Schweiz, nach Mailand. Das habe ich dir doch damals erzählt, Josef. Manchmal hörst du einfach nicht richtig zu, mein Lieber. Der Junge ist jedoch in München geblieben, weil er hier die Schule beenden sollte. Das habe ich dir auch gesagt. Aber lass Julius weitererzählen, was passiert ist.«

»Was genau geschehen ist, kann ich euch auch nicht sagen. Da gibt es unterschiedliche Versionen. Es heißt, die Lehrer hätten sich über sein freches Verhalten beschwert und behauptet, dass seine Respektlosigkeit auf seine Mitschüler abfärbe. Als ihn der Direktor deswegen zu sich zitierte, muss er dem auch Widerworte gegeben haben, anstatt sich für sein Verhalten zu entschuldigen. Jedenfalls muss Albert jetzt die Schule ohne Abschluss verlassen. Mehr weiß ich nicht. Er ist ja vier Klassen über mir oder war es zumindest.«

»Allerhand! Von der Schule geworfen zu werden – dazu gehört wohl schon einiges. Dieser junge Albert scheint ja einen ganz eigenen Kopf zu haben. Mit dem werden seine Eltern bestimmt noch was erleben!«

Zu Josefs freudiger Überraschung kamen Julius Wolfgang und Hedwig doch zur Bar-Mizwa ihres Cousins. Die Mutter lasse sich entschuldigen, erklärte Julius Wolfgang seinem Onkel sichtlich verlegen. Sie habe Kopfschmerzen. Natürlich war das eine Ausrede. Das wusste Josef. Aber immerhin hatte sie den Kindern erlaubt zu kommen. Das war die Hauptsache. Wenn schon nicht in seiner Generation, so konnten die Gräben zwischen den Familien vielleicht wenigstens bei den Kindern überwunden werden. Er hatte im Mai einen ersten Schritt zur Versöhnung getan. Johanna hatte sie zwar damals nicht zur Feier ihres Sohnes eingeladen, aber Josef hatte seinem Neffen im Namen der gesamten Familie eine Karte geschrieben und ein schön gebundenes und reich illustriertes Exemplar von Felix Dahns *Kampf um Rom* geschenkt.

Zwischen den beiden Cousins, die sich seit frühesten Kindertagen kannten, war das Einverständnis bereits nach einem kurzen Moment der Unsicherheit schnell wieder hergestellt. Die beiden hatten sich eine Menge zu erzählen. Julius besuchte das Luitpold-, sein Vetter das Neue Gymnasium. Da gab es jede Menge zu vergleichen und zu besprechen, was Schule, Lehrer und Mitschüler betraf. Hermann, seit einigen Wochen ebenfalls Gymnasiast, hörte aufmerksam zu, was die beiden Großen alles zu erzählen wussten.

Im Unterschied zu ihren Brüdern blieben Hedwig und Mimi etwas auf Distanz zueinander. Die beiden waren von ihrem Naturell her offensichtlich zu verschieden. Bei Nette schien sich Hedwig allerdings ganz wohlzufühlen. Sichtlich interessiert hörte sie den Geschichten ihrer Großmutter zu, taute allmählich immer mehr auf, lachte und erzählte. Als sich die beiden abends verabschiedeten, versprachen sie zu Nettes 70. Geburtstag im Januar zu kommen.

Sie hielten Wort. Nette, die ihren Ehrentag ursprünglich gar nicht hatte feiern wollen, war nun doch froh, dem Drängen ihrer Söhne nachgegeben zu haben. Bei allen Ehrbezeigungen und Lobreden auf sie, über die sie sich sichtlich gefreut hatte, war für sie doch das größte Geschenk, dass neben ihren anderen Enkeln auch Jakobs Kinder dabei waren.

»Schau nur, wie Mamme strahlt. Man sieht ihr ihr Alter gar nicht an. Wie Guggenheimer in seiner kurzen Rede gesagt hat: Sie kann stolz auf sich und ihre Lebensleistung sein. Und du hast es in deiner Ansprache auch gut getroffen, Josef. Als du sagtest, wir, ihre Kinder stünden heute alle nicht da, wo wir stehen, wenn sie nicht gewesen wäre, hatte sie Freudentränen in den Augen. Ich hab's genau gesehen.«

Julius hatte es sich mit seinem Bruder in einem Eck des Hotels »Jochsberger« bei einem Glas Wein gemütlich gemacht. Die ersten Gäste waren bereits aufgebrochen, aber der engste Familienkreis hatte es nicht eilig, auseinanderzugehen.

»In der Tat ein sehr schönes Fest. Mamme hat sich über die vielen Gäste gefreut. Schön, dass Guggenheimer sie beehrt hat. Er lässt sich ja seit seinem Rückzug aus der Politik recht wenig in der Öffentlichkeit sehen. So zumindest mein Eindruck. Na ja, vielleicht auch kein Wunder. Der Jüngste ist er ja auch nicht mehr. Aber lassen wir das. Wenn wir schon einmal Gelegenheit haben, so gemütlich zu plaudern, möchte ich mit dir über etwas anderes sprechen, verehrter Bruder.«

»Also, wenn du so förmlich wirst, muss es ja etwas Wichtiges sein. Nur raus mit der Sprache, worum geht es, Julius?«

»Direkt heraus gesagt um die Auszahlung meines Erbes. Das dürften mit Zins und Zinseszins inzwischen gut 50 000 Mark sein. Du weißt, ich liebäugle seit Jahren damit, mich im Kunsthandel selbstständig zu machen. Durch die leidige Erbangelegenheit musste ich das Vorhaben wohl oder übel aufschieben. Du hast mich damals um Geduld gebeten, weil eure Bank diesen zusätzlichen Geldverlust nicht überstanden hätte. Aber jetzt scheint ja das Schlimmste überwunden.

Ich habe mich vor einiger Zeit mit Theobald Heinemann von der Galerie Heinemann unterhalten. Der hat mich auf einen ganz interessanten jungen Künstler aufmerksam gemacht: Joseph Oppenheimer, übrigens ein Großneffe von Sigmund Neustätter. Kommt ursprünglich aus Würzburg, lebt aber jetzt großteils hier in München. Es gibt überhaupt ein paar ganz interessante jüngere Maler, die noch recht wenig bekannt sind. Auf die möchte ich mich spezialisieren. Aber ohne Anfangskapital geht's natürlich nicht. Keine Angst, ich brauche das Geld nicht gleich heute oder morgen. Ich muss auch erst meine Fühler noch weiter ausstrecken. Bis jetzt stecken meine Pläne noch in den Kinderschuhen. Ich wollte dich nur schon einmal informieren, damit du Bescheid weißt und auf die Auszahlung eines größeren Betrags vorbereitet bist. Mitte bis Ende dieses Jahres dürfte es so weit sein.«

***

Hermann trat ungeduldig von einem Bein auf das andere. Onkel Julius würde sie sicher schon sehnlichst erwarten. Er hatte versprochen, ihnen gute Plätze freizuhalten, damit sie auch etwas sehen konnten. Aber wenn sie weiterhin so trödelten, würde ihm das wohl kaum gelingen. Hoffentlich fanden sie ihn überhaupt unter den vielen Leuten. Sie hätten schon längst losgehen müssen! Aber sein jüngster Bruder war wieder einmal nicht von seinen Bauklötzen weggekommen. Der kleine Kurt konnte manchmal ganz schön anstrengend sein. Wenn es nach Hermann gegangen wäre, hätte man den kleinen Quälgeist heute gar nicht mitnehmen müssen. Mit seinen knapp vier Jahren verstand er ohnehin noch nichts von der Bedeutung dieses Ereignisses. Aber Vater hatte darauf bestanden. ›Alle oder keiner‹, hatte er bestimmt. Also eben alle. Die erste Fahrt der neuen elektrischen Tram wollte sich Hermann auf keinen Fall entgehen lassen. Die Zeitungen hatten das Ereignis schon lange angekündigt und jetzt wollte er dieses technische Wunderwerk auch endlich mit eigenen Augen sehen. Die Wagen wurden nicht mehr von Pferden gezogen, sondern elektrisch angetrieben. Nur schade, dass heute ausschließlich ausgewählte Ehrengäste mitfahren durften. Zu denen zählten sie leider nicht. Vater hatte ihn getröstet und gemeint, mit der ›Elektrischen‹ zu fahren wäre sicher auch nicht viel anders als mit der Eisenbahn. Da mochte er vielleicht recht haben, aber Hermann hätte sich davon doch lieber selbst überzeugt. Aber zumindest sehen wollte er das technische Wunderwerk. Also los!

Abends im Bett ließ er die Ereignisse des Tages noch einmal Revue passieren. Hermann liebte die Abwechslung. Wenn es nach ihm ging, konnte gar nicht viel genug los sein. Da war er wie Papa. Onkel Julius hatte Wort gehalten und sie hatten gute Plätze ganz vorne gehabt. Schön hatten sie ausgesehen, die mit Tannengirlanden und Kränzen geschmückten Wagen. Sie waren zusätzlich noch mit blauweißen Fähnchen in der Landesfarbe und schwarz-gelben, den Stadtfarben Münchens, geschmückt gewesen. Die Passagiere hatten stolz herausgeblickt und aus den Fenstern gewunken. Papa hatte ihm versprochen, ihn demnächst auf eine Fahrt mit der neuen Tram mitzunehmen. Morgen würde er in der Zeitung von dem festlichen Ereignis lesen können. Das erste Mal, dass dort von etwas berichtet wurde, an dem er selbst teilgenommen hatte.

Noch ein paar Wochen Schule, dann waren endlich Ferien und er hatte sein erstes Jahr auf dem Gymnasium hinter sich. Vater hatte versprochen, dass sie dieses Jahr wieder in die Sommerfrische fuhren. Nach Kärnten. Das klang aufregend. Die Aischbergs würden auch mit von der Partie sein. Dann würde er mit den beiden Juliussen, seinem Bruder und seinem Cousin, den ganzen Tag durch die freie Natur schweifen. Sie würden stundenlang wandern und schwimmen. Während Hermann sich all diese Vergnügungen im Geist ausmalte, schlief er friedlich ein.

***

Die Sommerfrische in Kärnten hatte ihm gutgetan. Bei langen Wanderungen an der frischen Luft war die ganze Anspannung der zurückliegenden Jahre von ihm abgefallen. Am liebsten hätte Josef noch ein paar Wochen drangehängt. Aber das ging natürlich nicht. Die Kinder mussten in die Schule und auch auf ihn wartete zu Hause eine Menge Arbeit. Der Alltag war inzwischen längst wieder eingekehrt. München strahlte im Glanz eines herrlichen Spätsommertags. Josef überlegte gerade, ob er Gustav vorschlagen sollte, heute ein wenig früher Schluss zu machen und sich noch ein Stündchen auf dem Oktoberfest zu gönnen, als der Bureaudiener hereinkam. Ein Herr Füger wolle die beiden Herren sprechen. Es sei dringend.

»Was, der schon wieder?« Gustav und Josef sahen sich skeptisch an. Sie wussten, diese Unterredung bedeutete nichts Gutes. Erst im Mai war Füger hier gewesen und hatte um die Bewilligung eines höheren Kredits gebeten. Ein letztes Mal, so hatte er versichert. Nur diesen einen brauchten er und seine Kompagnons noch, um den inzwischen in Unionsbrauerei umbenannten ehemaligen Gambrinusbräu aus vorübergehenden Schwierigkeiten wieder in die Gewinnzone zu führen. Es sei wirklich das allerletzte Mal, dass er sie wegen eines Kredits aufsuche, hatte Füger damals hoch und heilig versprochen. Der Betrieb laufe, er habe einige Wirte als zusätzliche Abnehmer in Aussicht. Aber um genügend Braugerste und Hopfen zu kaufen, benötige er eben noch einmal eine kurzfristige finanzielle Überbrückung. Nach langem Zögern hatten die Schüleins die zusätzliche Summe schließlich bewilligt. Das war gerade einmal ein halbes Jahr her und jetzt stand er also wieder vor der Tür!

»Einen weiteren Kredit können wir ihm unmöglich bewilligen. Die ausstehende Summe ist jetzt schon unverantwortlich hoch.«

Sie machten sich auf unerfreuliche Verhandlungen gefasst. Ihre Sorge erwies sich jedoch als unbegründet. Füger wollte keinen zusätzlichen Kredit. Er teilte ihnen vielmehr ohne Umschweife mit, dass er weder die fälligen Zinsen noch die ausstehenden Summen begleichen könne. Mit einem Wort: Die Unionsbrauerei war bankrott.

Neuland

Und hier hätten wir also das Sudhaus mit der Sudpfanne, Herr Schülein. Gewissermaßen das Herzstück unserer Brauerei. Wenn ich Ihnen die einzelnen Vorgänge noch einmal wiederholen darf: In der Mälzerei wird aus Gerste Malz gewonnen. Das ist ein langwieriger Vorgang, der sich über mehrere Wochen hinzieht. In der Darre wird das Malz anschließend sorgfältig getrocknet. Unsere Arbeiter müssen es dazu alle paar Stunden wenden, damit es gleichmäßig trocknet und nicht fault – natürlich auch nachts und am Sonntag.«

»Nachts? Gibt es denn dazu extra Nachtarbeiter?«

»Nein, nein, Herr Schülein. Der reguläre Arbeitstag beginnt um halb vier Uhr morgens und endet um halb zehn Uhr abends. Aber so um Mitternacht herum müssen die Arbeiter wie gesagt noch einmal auf die Darre zum Wenden. Sie schlafen deshalb in Schlafkammern hier auf dem Gelände. Immerhin haben sie bei uns ein eigenes Bett. Das ist für viele immer noch viel besser, als sich als Schlafgänger gegen Geld ein Bett mit fremden Menschen zu teilen. Aber zurück zu unserem Thema. Der eigentliche Brauprozess beginnt dann mit dem Maischen. Dabei wird das geschrotete Malz mit Wasser vermischt und anschließend im Läuterbottich geläutert. Dabei werden die Malzrückstände, der sogenannte Treber, entfernt. Anschließend wird die Maische mit Wasser verdünnt und mit Hopfen gesotten. Das ergibt die sogenannte Stammwürze. Dieser Vorgang erfordert einiges an Erfahrung, wie Sie sich vielleicht denken können. Denn bereits beim Maischen wird der Geschmack des späteren Bieres stark beeinflusst. Das alles passiert in der Sudpfanne, vor der wir gerade stehen. Hier wird der Hopfen zugegeben und mitgekocht. Je nach Sorte und beigefügter Menge ergeben sich dann Qualität und Geschmack. Mehr Hopfen ergibt eine längere Lagerfähigkeit, macht das Bier aber auch herber und bitterer. Nach dem Erhitzen ist es dann wichtig, die Würze schnell abzukühlen. Und schließlich muss das Bier bei niedriger Temperatur zur Reife kommen. Es gäbe zu den einzelnen Schritten natürlich noch viel mehr zu sagen. Aber Sie haben mich ja gebeten, Ihnen zunächst einmal alles ganz einfach zu erklären und Sie nur oberflächlich mit den Einrichtungen und den einzelnen Arbeitsschritten vertraut zu machen, Herr Schülein. Wenn es Ihnen recht ist, zeige ich Ihnen jetzt noch die Lagerkeller. Hier wird, wie der Name ja schon sagt, unser Bier gelagert. Es muss unbedingt kühl bleiben, damit es nicht sauer wird. Die ganz Großen, wie etwa Spaten, haben in den letzten Jahren dazu in Kältemaschinen investiert. Aber für eine Brauerei wie die unsere wäre die Anschaffung unbezahlbar. Wir füllen für die Lagerung deshalb immer noch wie eh und je die Eiskammern mit Eis auf.«

»Oh! Das ist ja eine ziemliche Menge! Wo bekommen Sie denn das viele Eis her?«

»Das wird im Nymphenburger Kanal oder in Eisweihern außerhalb der Stadt gebrochen. Die großen Brauereien beziehen es teilweise sogar mit der Bahn aus der Zugspitzregion oder aus Tirol. Hier in Haidhausen am Isarhochufer gibt es viele solcher Bierkeller wie den unseren. Ja, und dann gehört zur Brauerei, wie Sie zweifelsohne wissen, noch ein Ökonomiegut draußen in Deining. Von dort beziehen wir das Heiz- und Brennmaterial und auch Lebensmittel für unsere Arbeiter. Das zu besichtigen, wird sicher in den nächsten Tagen noch Zeit sein, wenn Sie es wünschen, Herr Schülein. Wenn es Ihnen recht ist, würde ich vorschlagen, nun hinüber zur Verwaltung in Ihr Bureau zu gehen. Ich habe dort bereits die wichtigsten Unterlagen vorbereiten lassen.«

Seit über einer Stunde folgte Josef nun schon Ludwig Eder, dem Braumeister des Unionsbräu, über das Firmengelände. Es war nicht leicht, die vielen neuen Informationen zu behalten oder gar einen Überblick zu gewinnen. Aber er musste sich schließlich so schnell wie möglich ein Bild machen.

Nach Fügers Besuch am Promenadeplatz waren Gustav und er für einige Tage vor Schreck wie gelähmt gewesen. Dann allerdings hatten sich die Ereignisse fast überschlagen. Zu Jakobs Lebzeiten wäre der Ausfall eines großen Kredits ärgerlich, für die Firma Schülein aber nicht lebensbedrohlich gewesen. Doch nun, nach dem dramatischen Schrumpfungsprozess der zurückliegenden Jahre stellte der unerwartete Verlust einen immensen Rückschlag dar. Nach Jahren harter Arbeit zur Konsolidierung hatten sie sich unvermittelt erneut in einer ähnlich bedrohlichen Lage wie drei Jahre zuvor gesehen. Noch war der zurückliegende Aderlass nicht ganz überwunden, die finanziellen Mittel immer noch beschränkt. Die Pleite des Unionsbräu konnte sie in dieser Situation auch selbst in den Abgrund reißen. Eine

Familie konnte von den Erträgen der abermals minimierten Bank vielleicht noch auskömmlich leben, für zwei aber würde es kaum mehr reichen. Josef hatte es geschaudert bei dem Gedanken, einem unbekannten Käufer des Unionsbräu auf Gedeih und Verderb ausgeliefert zu sein, monate- oder womöglich jahrelang zu hoffen und zu bangen, ob sie das verliehene Kapital jemals wiedersehen würden. Die Lage auf dem Biermarkt hatte sich in den vergangenen Jahren offenbar dramatisch verändert. Wer garantierte ihnen denn, dass ein neuer Eigentümer die Absatzschwierigkeiten tatsächlich überwinden würde?

Josefs Maxime war immer gewesen: Hilf dir selbst, dann hilft dir Gott. Auch wenn er keine 20 mehr war und längst nicht mehr so unbedarft an Herausforderungen heranging wie in jüngeren Jahren; die Übernahme einer Brauerei war kein geringes Unterfangen. Das war ihm klar. Er wusste, dass Unternehmungen auch schiefgehen können. Aber andererseits: Was blieb ihm anderes übrig, als das Risiko mit dem Mut der Verzweiflung eben doch einzugehen? So war er nach langen Überlegungen schließlich auf die Idee gekommen, in dieser schwierigen Situation den Stier bei den Hörnern zu packen, die Brauerei selbst zu übernehmen und zu versuchen, das marode Unternehmen wenigstens soweit auf die Füße zu stellen, dass es das von der Schüleinschen Bank eingesetzte Kapital in absehbarer Zeit wieder zurückbrachte. Danach konnte man es vielleicht sogar gewinnbringend weiterverkaufen. Seine eigenen finanziellen Mittel waren für das gewagte Vorhaben allerdings viel zu gering. So war Josef kurz entschlossen nach Nürnberg gefahren, um seinen Schwager Joseph Aischberg dazu zu bewegen, sich an dem Vorhaben zu beteiligen. Der brauchte nur wenig Bedenkzeit. Die Aussicht, mit seinem Hopfenhandel im hart umkämpften Münchner Brauereigewerbe einen Fuß in die Tür zu bekommen, war verlockend. Es würde ihm manche mühsame Geschäftsreise ersparen.

Für den Kauf reichten allerdings auch die von ihm in Aussicht gestellten Mittel noch nicht aus. Sie brauchten mindestens noch einen weiteren Geldgeber, um ihr Vorhaben realisieren zu können. Einen kurzen Moment überlegte Josef, ob er Johanna bitten sollte, sich mit ihrem Erbteil am neuen Unternehmen zu beteiligen, verwarf diesen Gedanken aber gleich wieder. Höchstwahrscheinlich würde ihr Vater ihr Vermögen für sie verwalten und mit Bernhard Krämer mochte Josef wahrhaftig keinerlei finanzielle Verbindung eingehen. Seit Jakobs Tod gingen sie sich so gut wie möglich aus dem Weg. Sie grüßten sich in der Öffentlichkeit und wechselten, wenn es sein musste, auch ein paar unverfängliche Worte miteinander. Aber selbst das war nur dem Umstand geschuldet, dass weder die Familien Schülein noch die Familie Krämer irgendwelchem Gerede weitere Nahrung geben wollten. Also nein, Johanna kam als Geldgeberin nicht in Frage. Wenn die Sache schiefging, wäre nicht nur das eingesetzte Kapital verloren, sondern, noch viel schlimmer, der mühsam errungene Familienfrieden, der seiner Mutter immerhin den Kontakt zu ihren Enkeln Julius Wolfgang und Hedwig ermöglichte.

Julius! Nach tagelangem Überlegen hatte Josef endlich die zündende Idee. Warum war er da nicht gleich darauf gekommen? Die Lösung lag doch buchstäblich auf der Hand! Er würde seinen jüngsten Bruder bitten, sich zu beteiligen. Ganz so einfach würde allerdings auch das nicht werden. Josef ahnte, dass er dazu seine ganzen Überredungskünste würde aufbieten müssen. Schließlich hatte Julius eigentlich ganz andere Pläne.

Tatsächlich war der Vorschlag für Julius völlig unerwartet gekommen und er war zunächst auch alles andere als begeistert gewesen. Ganz im Gegenteil! Zum zweiten Mal wurde er mehr oder weniger gezwungen, seinen Traum von einer eigenen Kunsthandlung hintanzustellen. Wieder ließen es die finanziellen Möglichkeiten der Bank nicht zu, dass er sich endlich sein Erbe ausbezahlten ließ. Wieder einmal zwang man ihn, im Interesse der Familie Rücksicht zu nehmen. Zwei Tage lang hatte er das Gefühl, vor Wut fast zu platzen. Am liebsten hätte er gebrüllt und Josef eine Menge unflätiger Beschimpfungen an den Kopf geworfen. Auf die Wut folgte Resignation. Wie sagte Mutter immer: »Mischpoke bleibt Mischpoke. Eine Familie musste zusammenhalten. Und ja, er war ein Familienmensch. Auch wenn er nach wie vor noch keinerlei Ambitionen hatte, sich selbst zu binden und eine eigene Familie zu gründen, seine Nichten und Neffen und deren Wohlergehen waren ihm wichtig, allen voran Hermann, in seiner freundlichen, unkomplizierten Art sein heimlicher Liebling. Auch wenn es kein Gesetz gab, das ihn zwang, seine eigenen Wünsche aufzuschieben, er fühlte sich Josef und Gustav gegenüber in der Pflicht. Allerdings war seine Bereitschaft, die Auszahlung seines Erbteils zu verschieben, in diesem Fall nicht genug. Josef bat ihn um viel mehr. Er sollte sein Kapital in ein Unternehmen stecken, von dem er keinerlei Ahnung hatte, ja für das er sich noch nicht einmal interessierte! Mehr noch: Das Vorhaben barg unabsehbare Risiken.

Wer garantierte ihm denn, dass sie mit der Unionsbrauerei nicht ebenso pleitegingen, wie Füger vor ihnen? Niemand. Was, wenn Josef in seiner zupackenden Art die Dinge diesmal völlig falsch einschätzte? Keiner von ihnen hatte tatsächlich Erfahrung im Brauereigewerbe.

Die Entscheidung fiel Julius nicht leicht. Er schlief schlecht, wälzte sich im Bett hin und her, grübelte. Nach einer Woche aber begann sich in seinem Kopf allmählich ein Gedanke zu formen. Undeutlich erst, nicht wirklich fassbar, doch mit der Zeit immer klarer: Josefs Vorschlag war nicht nur eine Zumutung, er war auch eine Gelegenheit! Er hatte es noch nie jemandem gegenüber zugegeben, aber solange er denken konnte, nagte eine Sache an ihm. Im Gegensatz zu seinen Brüdern besaß er als einziger kein eigenes Geschäft. Vater war vor seiner Geburt gestorben und hatte Julius deshalb nicht als Teilhaber der Firma Schülein & Söhne eintragen lassen. Bei der Bankgründung von Jakob, Josef und Gustav war er noch ein Kind gewesen, viel zu jung, um als Teilhaber in Frage zu kommen. Mit dem Kauf der Brauerei bot sich insofern eine völlig unerwartete Gelegenheit, seinen Traum endlich in die Tat umzusetzen. Wenn auch vollkommen anders, als er es ursprünglich vorgehabt hatte.

Aischberg hatte den größten Teil der Kaufsumme beigesteuert. Zu dritt hatten sie so im Dezember des vergangenen Jahres das bankrotte Unternehmen ersteigert.

»Hier haben wir also die Aufstellung über alle unsere Angestellten und Arbeiter und hier einen Überblick über die Produktion der letzten Jahre. Wie ich schon sagte, Herr Schülein, ist diese leider immer weiter zurückgegangen. Hier, sehen Sie: Die ehemalige Gambrinusbrauerei hat seinerzeit noch gut 21 000 Hektoliter jährlich produziert. Nach der Verlagerung hierher auf das Gelände des ehemaligen Dürnbräu und unter dem neuen Namen Unionsbräu waren es anfangs sogar 50 000 Hektoliter. Innerhalb von sechs Jahren hatten wir dann aber einen deutlichen Rückgang auf etwas mehr als die Hälfte zu beklagen, kaum mehr also als seinerzeit die Gambrinusbrauerei in der Äußeren Wienerstraße. Seit Beginn der 90er-Jahre ist die Produktion sogar noch einmal gesunken. Mittlerweile sind wir deutlich unter 20 000 Hektolitern jährlich. Erzeugen könnten und müssten wir gut doppelt so viel, wenn wir die Anlagen hier auslasten wollen.«

Ludwig Eder hatte es sich zur Gewohnheit gemacht, am Samstag auf seinem Heimweg von der Arbeit noch einmal die Ereignisse der Woche zu rekapitulieren. Damit hatte er heute eine ganze Menge zu tun. Als ihn Füger vor einigen Monaten über die Zahlungsunfähigkeit der Brauerei in Kenntnis gesetzt hatte, war Eder davon ausgegangen, dass eine der größeren Münchner Brauereien den Unionsbräu aufkaufen würde. Das war mittlerweile nichts Ungewöhnliches mehr. Reihenweise hatten in den vergangenen Jahren kleine Brauereien aufgeben müssen und waren von den großen übernommen worden. Genau betrachtet hatte Füger mit der Gründung der Unionsbräu auch nicht anders gehandelt. Auch sie war aus mehreren kleineren Brauereien, unter anderem Gambrinus, hervorgegangen. Nun hatte ihn also ebenfalls das Schicksal des wirtschaftlichen Niedergangs ereilt. Doch was den Käufer betraf, hatte Eder sich geirrt. Über den dachte er nun nach, während er in Richtung seiner Wohnung marschierte. Was das Persönliche anging, war mit ihm sicher gut auszukommen. Er hatte sympathisch und offen gewirkt. Aber Schülein war nicht vom Fach, vom Brauwesen verstand er nichts. Daraus hatte er auch gar kein Hehl gemacht. Eder hatte versucht, ihm alle Brauvorgänge möglichst genau zu schildern, aber daran war der neue Eigentümer gar nicht interessiert. Er hatte ihn bereits nach kurzer Zeit unterbrochen und gebeten, ihm doch bitte alles mit nur ganz wenigen Worten und leicht verständlich zu erklären, ohne ins Detail zu gehen. Er habe nicht vor, das Brauwesen zu erlernen. Konnte man mit dieser Einstellung tatsächlich eine Brauerei führen? Eder war sich nicht sicher. Und dann sein Aufzug! Mit seinem ungewöhnlichen Schlapphut sah er mehr wie ein Künstler aus, ein Maler vielleicht, als ein seriöser Brauereibesitzer. Nein, die Situation blieb auch unter diesem neuen Besitzer mehr als ungewiss. Wenn er die Möglichkeit gehabt hätte, hätte Eder anderswo angefangen. Er hatte in den vergangenen Monaten sogar schon seine Fühler ausgestreckt und verschiedentlich nach einer neuen Beschäftigung angefragt. Leider ohne Erfolg. Die hochbezahlten Stellen für einen Braumeister waren selten. Kein Wunder. Mehr als 7000 Mark verdiente er, mehr als zehnmal so viel wie die einfachen Arbeiter. Das konnten sich nur die großen Unternehmen leisten und die hatten im Moment keinen weiteren Bedarf. Also musste er bis auf Weiteres wohl oder übel bei der Unionsbräu Schülein ausharren und hoffen, dass alles wenigstens noch eine Zeit lang gut ging.

Wenn Schülein sich schon nicht für den Brauvorgang an sich sonderlich interessiert gezeigt hatte, so schien er doch zumindest vom Kaufmännischen etwas zu verstehen. Die vorbereiteten Unterlagen hatte er jedenfalls sogleich an sich genommen, um sie noch einmal in Ruhe zu studieren. Das betraf die Aufstellung aller Angestellten sowie deren Löhne und Gehälter, außerdem Listen mit den eingekauften Mengen an Gerste, Hopfen und so weiter, die Aufstellung über die Produktion der letzten Jahre sowie über die Auslastung der Brauerei, die Jahresbilanzen und, und, und …

»Sie brauen das Bier, Eder«, hatte er mit einem Lächeln gesagt, »und ich sorge dafür, dass es an den Mann kommt.«

Schülein hatte ihm außerdem mitgeteilt, dass man den Hopfen ab sofort von einem gewissen Aischberg, Hopfenhändler aus Nürnberg, beziehen werde. Mit dem solle sich Eder in Verbindung setzen und alles Nötige besprechen. Ob das alles gut ging? Eder blieb nichts anderes übrig, als abzuwarten.

Josef wollte den ganzen Wust an Papieren übers Wochenende in Ruhe durcharbeiten. Noch war ihm sein neues Bureau auf dem Brauereigelände fremd, ja, er hatte überhaupt Mühe, sich zwischen den vielen Einrichtungen auf dem großen Grundstück zurechtzufinden. Er hatte sich zwar seinen Schreibtisch vom Promenadeplatz bringen lassen, aber richtig heimisch fühlte er sich in der neuen Umgebung noch nicht. Hier, in seinem häuslichen Arbeitszimmer, konnte er sich im Moment noch besser konzentrieren. Er hatte Eder gebeten, ihm auch alles Wissenswerte über die Entwicklung auf dem Münchner Biermarkt zusammenzustellen. Es war dem guten Mann anzusehen, wie schwer es ihm fiel, dieser ihm ungewohnten Aufgabe nachzukommen. Aber schließlich hatte er doch einige wertvolle Informationen zu Papier gebracht. Es stimmte, was Eder ihm erzählt hatte. Die Zahl der Münchner Brauereien hatte sich in den letzten Jahren deutlich reduziert. Waren es vor 20 Jahren noch gut 50 gewesen, so waren es jetzt gerade einmal um die 20. Ja, wenn er jetzt so darüber nachdachte, erinnerte er sich: Damals, als er als junger Mann neu nach München gekommen war, hatte es fast an jeder Ecke ein Wirtshaus mit einer eigenen Brauerei gegeben. Damals hatte er sich vorgenommen, jede einmal auszuprobieren. Er hatte es angesichts ihrer großen Anzahl nicht geschafft. Was war beispielsweise aus der kleinen Brauerei in der Sterneckerstraße geworden? Der Name fiel ihm nicht mehr ein, aber er erinnerte sich, dass er nach dem Besuch der Synagoge dort gern noch kurz auf ein Bier eingekehrt war. Oder die Singspielbrauerei? Gab's die noch? Den Thomasbräu? Den Zengerbräu, den Metzgerbräu oder die Ludwigsbrauerei? Oder die kleine Brauerei in der Maximilianstraße? Wie hatte die noch einmal geheißen? Ja, jetzt fiel es ihm wieder ein: Adlerbräu. Die hatte ein süffiges, gutes Bier gebraut. Trotzdem existierte sie schon seit ein paar Jahren nicht mehr. Genauso wenig wie die Praterbrauerei in der Thalkirchnerstraße.

Die Unionsbrauerei Schülein sollte jedenfalls nicht so schnell von der Bildfläche verschwinden, nahm sich Josef vor. Zumindest sollte sie nicht durch eine finanzielle Schieflage dazu gezwungen sein. Dafür wollte er sorgen. Dazu aber, das wurde ihm immer klarer, bedurfte es eines klugen und überlegten Vorgehens. Die Konkurrenz war hart in dieser Stadt des Bieres. Auch etwas anderes wurde ihm immer deutlicher bewusst: Mit dem Erwerb der Brauerei war er plötzlich in einem für ihn bisher unbekannten Ausmaß auch Brotherr: 25 Angestellte und Arbeiter waren in ihrer Existenz von ihm und seinen Entscheidungen abhängig. Auch deren Löhne und Gehälter mussten erwirtschaftet werden. Dazu kamen natürlich auch die Kosten für Hopfen, Gerste, Wasser, Brennmaterial, und, und, und …

Standpunkte

»Weißt du noch, welche Angst du hattest, ich könnte als armer Dorfgeher enden?«

Josef blickte seine Mutter schelmisch an. Wie üblich saß die ganze Familie nach dem Schabbes-Mahl noch gemütlich zusammen.

»In gewisser Weise könnte man sagen, dass sich deine Befürchtungen bewahrheitet haben«, fuhr er mit einem verschmitzten Lächeln fort. »Manchmal meine ich fast, ich bin tatsächlich ein Dorfgeher, wenn ich mit meinen Bierkutschern die Wirtshäuser abfahre und mich bei den Wirten sehen lasse. Drunten in der Au, in Giesing, ja, sogar an manchen Stellen in Haidhausen, wo noch die alten Herbergshäuser stehen, könnte man manchmal immer noch glauben, man wäre irgendwo auf dem Land. Gerade dort in den ärmeren Vierteln fühlen sich die Wirte geschmeichelt, wenn der Herr Brauereibesitzer persönlich bei ihnen vorbeischaut, um ihnen sein Bier zum Ausschank schmackhaft zu machen. Also wenn ich ein Dorfgeher geworden bin, Mutter, dann wenigstens kein armer. Im Gegenteil. Meine Methode zeigt Erfolge. Ein paar Wirte konnte ich so schon als zusätzliche Abnehmer gewinnen. Ich konzentriere mich beim Verkauf ganz auf München. Für ein Versandgeschäft wie es die Großen, Löwenbräu oder Sedlmayrs Spatenbräu, betreiben, ist unser Betrieb zu klein. Ich habe gehört, dass Sedlmayr in Berlin ein Brüderpaar Vogel unter Vertrag hat, die in ihren Gastwirtschaften exklusiv sein Spatenbier ausschenken. Der eine von ihnen, Ludwig, ist sogar Hoflieferant. Solche Verbindungen fehlen mir natürlich. Trotzdem bin ich zuversichtlich. Ich überlege, mehr in die Flaschenbierproduktion zu gehen. Da könnte langfristig gesehen vielleicht fast so viel umgesetzt werden wie beim Gassenausschank. Manche behaupten ja, ein Bier aus der Flasche sei kein richtiges Bier, ein gutes Bier müsse aus dem Fass kommen. Ich bin da anderer Meinung. Deshalb werde ich demnächst auf dem Gelände noch eine kleine Kistenfabrik für die Biertragerl einrichten. Und ich werde einen weiteren Bierkutscher einstellen. Vielleicht sogar zwei, wenn sich die Sache gut anlässt.«

»Ich sehe schon, bei dir ist mein Geld in guten Händen. Da hege ich keinen Zweifel. Du wirst das Unternehmen voranbringen, Josef. Aber jetzt genug vom Geschäft. Sagt, was haltet ihr von dieser ganzen Angelegenheit mit Herzl?«, fragte Julius in die Runde.

»Was genau meinst du denn damit?«

»Ich meine die gesamte Zionisten-Bewegung. Den Weltkongress in Basel. Die Entscheidung unseres Rabbinerverbands und der Kultusgemeinde, dass der Kongress nicht in München stattfinden soll. Was haltet ihr von all dem?«

»Offengestanden, Julius, ich habe mich mit dem Thema noch überhaupt nicht wirklich auseinandergesetzt. Ich hatte im vergangenen Jahr anderes um die Ohren, wie du dir vielleicht vorstellen kannst. Aber vielleicht kannst du mich hier und heute aufklären. Nach dem wenigen, was ich gelesen habe, scheint mir dieser Herzl eine schillernde Persönlichkeit zu sein.«

»Aber dass vergangene Woche der erste Weltkongress unter Herzls Leitung in Basel stattgefunden hat, das hast du doch wohl mitgekriegt, Josef?«

»Selbstverständlich habe ich das mitgekriegt. Ich lese schließlich Zeitung. Aber was Herzl eigentlich will, ist mir trotzdem nicht ganz klar.«

»Ganz einfach. Er hat es in seinem Basler Programm unmissverständlich formuliert. Er will mit seiner Bewegung langfristig dem Golus ein Ende setzen und eine rechtlich gesicherte Heimat in Palästina für diejenigen Juden schaffen, die sich nicht anderswo assimilieren können oder wollen. Einen eigenen Staat für uns Juden also. Was hältst du davon?«

»Ehrlich gesagt wenig bis nichts. Das erscheint mir als reine Fantasterei. Ich bin froh, dass sich der deutsche Rabbinerverband und auch Rabbi Werner dagegen ausgesprochen haben, die Veranstaltung in München stattfinden zu lassen. Unser Weg heißt Integration. Mit seiner Initiative untergräbt Herzl die Bemühungen von Generationen!

Und was heißt denn heutzutage noch Golus? Hast du vielleicht das Gefühl hier in der Fremde, im Exil zu leben? Ich sicher nicht. Ganz ehrlich: Ich bin hier zu Hause, in Bayern, in München. In Bayern bin ich geboren, hier lebe ich und hier gehöre ich hin. Was sollte ich denn irgendwo in der Wüste Palästinas, nur weil das vor Jahrtausenden die Heimat unserer Vorväter war?«

»Dieser Meinung sind Herzls Kritiker auch. Irgendeiner – ich weiß nicht mehr wer, seinen Namen habe ich vergessen – hat sich dahingehend geäußert, dass wir Juden in Palästina niemals eine so gesicherte Heimstätte haben würden wie hier in Europa. Und was sagst du dann zur Affäre Dreyfus? Die war nämlich, soviel ich weiß, der Auslöser für Herzls Bestrebungen.«

»Die ganze Sache ist einigermaßen rätselhaft für mich. Aus den wenigen Presseberichten hierzulande werde ich jedenfalls nicht recht schlau. Soweit ich sehe, fußen die Anschuldigungen gegen den armen Mann wohl hauptsächlich darauf, dass er Jude ist. Ihm deshalb mangelnden Patriotismus oder gar Hochverrat vorzuwerfen, ist ein Skandal. Das bestreite ich nicht. Aber das ist eine Sache Frankreichs, keine deutsche Angelegenheit. Ich sehe die Integration von uns Juden in die Gesellschaft trotz der Vorbehalte, die es bei einigen wohl immer noch gibt, insgesamt auf einem sehr guten Weg. Wir leben in einer Zeit des Fortschritts und ich bin mir sicher, dass spätestens in ein paar Jahren auch alle konfessionellen Vorurteile aus der Welt sein werden. Aus der Verurteilung des armen Dreyfus gar die Notwendigkeit zur Schaffung eines eigenen Judenstaats zu fordern, das halte ich fast für absurd.«

***

»Der Schülein kommt! Der Schülein kommt!«

Josef kannte diesen Ruf. Er wusste, was nun folgen würde, und hatte sich schon beim Verlassen seines Hauses dafür gerüstet. Auch die Harrerin in ihrem kleinen Laden, der kaum mehr als ein Bretterverschlag war, kannte ihn und stellte rasch ihre wenigen Schätze einladend zum Verkauf. Kaum war Josef in Haidhausen aus der Tram gestiegen, war er auch schon von einer ganzen Traube Kindern umringt. Da standen sie, die Kinder aus den umliegenden Mietskasernen, halb schüchtern, halb erwartungsfroh in ihren geflickten Hosen und zerschlissenen Kleidchen vor ihm, dem reichen Herrn.

»Grüß Gott, Herr Schülein!«, grüßte ihn zunächst ein besonders aufgeweckter Bub. Sehr oft war es der kleine Wallner, der Sohn eines seiner Bierfahrer und offensichtlich Anführer einer ganzen Kinderbande. »Grüß Gott!«, schallte es gleich danach aus vielen Kehlen. Das war das Signal. Das Ritual hatte begonnen. Die Augen der Buben und Mädchen leuchteten ihn voller Vorfreude an und sie wurden in ihrer Erwartung nicht enttäuscht. Wie erhofft blieb Josef stehen, schaute in die dreckverschmierten Gesichter, fragte auch in die Runde, ob sie alle brav gewesen waren, und öffnete dann endlich, endlich, seine Geldkatze. Die trug er an einem Riemen extra zu diesem Zweck bei sich. Jedes Kind bekam eine der heißersehnten Münzen, ein Fünferl oder gar ein Zehnerl. Ein unermesslicher Reichtum! Die Buben und Mädchen rund um die Unionsbrauerei liebten ihn dafür. Die alte Harrerin wahrscheinlich auch. Denn in ihrem Laden wurden die erbeuteten Schätze umgehend gegen Süßigkeiten eingetauscht, je nach Geschmack gegen Malz- oder Karamellbonbons, Zuckerstangen oder Lutscher. Ein Tag, an dem man dem Herrn Schülein begegnete, war für die Kinder regelmäßig ein Glückstag.

Ida blickte von ihrer Lektüre hoch zu ihrem Mann. Der saß vertieft in irgendwelche Unterlagen in seinem Lieblingssessel, murmelte von Zeit zu Zeit Unverständliches und machte sich Notizen. Manchmal beneidete sie ihn ein wenig, wenn sie sah, mit welcher Freude, ja Hingabe er sich seiner Arbeit widmete. Ständig hatte er neue Ideen, wie er dies und das noch verbessern könnte. Ganz offensichtlich mit Erfolg. Seit er die Brauerei vor gut zwei Jahren übernommen hatte, hatte sich vieles zum Besseren gewendet. Die Unionsbrauerei schrieb wieder schwarze Zahlen, der Bierausstoß hatte sich nahezu verdoppelt. Sie wusste bestens Bescheid. Schließlich war die Firma neben den Kindern das meistbehandelte Gesprächsthema zwischen den beiden Eheleuten. Josef liebte es, Dinge anzustoßen, etwas zu bewegen und er liebte es fast ebenso, Ida davon zu berichten. Seine Idee etwa, vermehrt in die Flaschenbierproduktion zu investieren, hatte sich im wahrsten Sinne des Wortes als goldrichtig erwiesen. Überhaupt schien ihr Josef mit der Brauerei mehr in seinem Element, als er es als Bankier je gewesen war. Geschäftskontakte mit Wirten herzustellen fiel ihm leicht und auch seinen Arbeitern und Angestellten gegenüber fand er offenbar die passenden Worte. Die Leute arbeiteten gern in der Unionsbrauerei. Eine Zeit lang beobachtete sie ihren Josef, wie er da konzentriert über irgendwelche Unterlagen gebeugt dasaß.

»Wolltest du nicht schon vor ungefähr einer halben Stunde eine Flasche Wein für uns aufmachen?«, unterbrach sie ihn schließlich in seiner Betätigung. »Die Gläser stehen längst bereit.«

»Oh, entschuldige. Das hatte ich jetzt ganz vergessen. Ich dachte, du bist noch in deine Lektüre vertieft. Da wollte ich dich nicht stören und mir stattdessen meine

Papiere noch einmal vornehmen. Aber du kennst mich ja. Ich habe darüber schlicht und einfach wieder einmal die Zeit vergessen. Und du«, fuhr er fort, während er ihnen beiden die Gläser füllte, »was hast du gelesen?«

»Ein ziemlich ergreifendes Buch. *Feierabend* lautet der Titel. Aber so gemütlich, wie man es vermuten könnte, geht es darin nicht zu. Im Gegenteil. Die Geschichte handelt von einem armen Mörtelweib und ihrem ledigen Kind. Sehr weit bin ich noch nicht damit gekommen, aber es ist ergreifend, wie das Elend, dieser Leute dargestellt wird. Es ist übrigens von einer Frau geschrieben. Hier, siehst du: Anna Croissant-Rust heißt sie.«

»Nie gehört.«

»Ich vorher auch noch nicht. Der Buchhändler hat es mir empfohlen. Du könntest es auch einmal lesen.«

»Würde ich bestimmt, wenn ich Zeit hätte. Aber du weißt ja, wie es ist. Mir fehlt einfach die Muße, um ein Buch zu lesen. Ich bin schon froh, wenn ich ab und zu eine Ausgabe des *Simplicissimus* schaffe. Der gefällt mir. Er hat immer sehr gute, witzige Artikel und treffende Karikaturen. Was das Elend anbetrifft, von dem du sprichst beziehungsweise von dem die Dame schreibt. Na, davon brauche ich nicht zu lesen. Das sehe ich jeden Tag, wenn ich nach Haidhausen rausfahre. Die Armut stinkt dort manchmal buchstäblich zum Himmel. Die Mietskasernen sind schlecht gebaut und überbelegt und von den wirklichen Elendsquartieren möchte ich gar nicht erst reden. Ich helfe, wo ich kann. Das weißt du. Letzten Monat habe ich erst wieder 30 arme Firmlinge aus der St. Johannis-Gemeinde einkleiden und bewirten lassen. Das ist freilich nur ein Tropfen auf den heißen Stein. Aber was soll ich machen? Einer unserer Arbeiter hat sich das Bein gebrochen. Dem zahle ich den Lohn weiter. Dem kleinen Kerl, der mich unlängst am Max-Weber-Platz angesprochen hat und mir in aller Unschuld erzählt hat, seine Mutter sagt, er bräuchte eine neue Hose, habe ich eben eine gekauft. Ich tue, was ich kann. Aber die allgemeinen Verhältnisse kann ich leider auch nicht ändern. Da braucht es mehr als das Engagement Einzelner. Wie eine allgemeine Lösung des sozialen Problems aussehen könnte, weiß ich leider nicht. Glaub mir, darüber haben sich schon Klügere als ich es bin den Kopf zerbrochen. Aber man muss schnell eine Lösung finden. Sonst fürchte ich, dass sich solche Wahnsinnstaten wie unlängst die Ermordung der unglücklichen Sisi häufen. Ich weiß nicht, was sich dieser Luigi

Lucheni dabei gedacht hat. Das Attentat auf die Kaiserin hat kein einziges Problem gelöst. Im Gegenteil, Gewalt macht alles immer noch schlimmer.«

»Mag sein. Aber Menschen, die verzweifelt sind, greifen eben bisweilen auch zum Äußersten. So jemand hasst dann angeblich die Aristokratie und sucht sein Heil in der Anarchie wie dieser Attentäter. Aber wenn du mich fragst, dann sind es eigentlich die Verhältnisse, die er hasst, nicht die Kaiserin als Person. Die hat er ja gar nicht gekannt. Er hasst die Armut, in der zu leben er gezwungen ist. Aber du hast recht, wir beide werden die herrschenden Bedingungen nicht ändern. Beenden wir also dieses unerquickliche Thema. Erzähl mir lieber, was dich vorhin so in Beschlag genommen hat, dass du darüber den Wein vergessen hast.«

»Ach, eigentlich nichts bestimmtes oder besser gesagt noch nichts Konkretes. Ich überlege einfach, wie es gelingen könnte, die Wirte längerfristig an unsere Brauerei zu binden und überhaupt noch mehr von ihnen für unser Bier zu gewinnen. Aber es ist noch nicht spruchreif.«

Zuwächse

Jahrhundertwende!

Ludwig Eder schlenderte gemütlich seiner neuen Wohnung in Bogenhausen zu. Sein Weg führte ihn von der Kellerstraße über den Wiener Platz und vorbei an der neu erbauten, extravaganten Villa des Malerfürsten Franz Stuck. Das letzte Stück flanierte er entlang des Isarhochufers. Das ehemalige Dorf war erst seit wenigen Jahren eingemeindet. Das einstige Zentrum um die kleine St. Georgskirche konnte man noch deutlich erkennen, drumherum aber befand sich alles in Veränderung. Wo bis vor kurzem noch Wiesen und Felder waren, wurde jetzt gebaut. Die Stadt weitete sich aus. Seit gut einem Jahr wohnte Eder nun in der Möhlstraße. Der Weg von seiner Arbeitsstelle in der Äußeren Wiener Straße nach Hause betrug nur gut zwei Kilometer. Doch dazwischen erstreckten sich Welten. In Bogenhausen errichteten erfolgreiche Unternehmer auf weitläufigen Grundstücken ihre prächtigen Villen, namhafte Künstler wie der Bildhauer Hildebrand hatten sich dort niedergelassen. In ihrer Nachbarschaft wohnten hohe Beamte oder leitende Angestellte. Keine Spur von den erdrückenden Platzverhältnissen und der Armut der Arbeiter und Tagelöhner, wie sie überall in Haidhausen herrschten, von Gestrandeten, die versuchten ihr Elend im Alkohol zu ertränken, von verwahrlosten Kindern und überforderten Müttern. In Bogenhausen hatte man Platz zum Atmen, Platz sich zu entfalten und sein Leben zu genießen. Eder freute sich. Heute Abend würde er diesen letzten Tag des Jahres, ja des Jahrhunderts, gemeinsam mit seiner Frau in den »Blumensälen« ausklingen lassen. Ein fulminantes Programm war angekündigt, eines, das keine Wünsche offenließ, ein bunter, abwechslungsreicher Reigen aus Gesangsdarbietungen, Tanzeinlagen und kurzen Stücken. Es war gar nicht leicht gewesen, an die begehrten Karten zu kommen, aber Eder hatte Logenplätze ergattert. Schülein hatte ihm und allen Angestellten zur Feier des bevorstehenden Ereignisses einen halben Tag ohne Lohnabzug freigegeben und auch die Arbeiter waren nicht leer ausgegangen. Die hatten jeder sieben Liter Bierzuschlag extra bekommen. Längst hatte Eder sich an den unkonventionellen Künstlerhut seines Chefs gewöhnt und auch an seine oftmals ungewöhnlichen, aber erfolgreichen Geschäftsideen. Seit Schülein die Brauerei übernommen hatte, ging es steil bergauf. Inzwischen nutzten sie sogar zusätzlich wieder die Anlagen in der Äußeren Wiener Straße zum Brauen. Zu Fügers Zeiten waren sie jahrelang brach gelegen. Schülein aber hatte den renommierten Architekten Ludwig Kracher mit der Modernisierung des Hauptgebäudes, der Errichtung eines neuen Lagers und weiterer Arbeiten betraut. Das Geschäft florierte. Aischberg belieferte sie seit Jahren zuverlässig mit erstklassigem Hopfen. Das machte sich natürlich in der Qualität des Bieres bemerkbar. Aber es war nicht allein die Bierqualität, der der Erfolg zu verdanken war. Schülein hatte seine Ankündigung, das Bier an den Mann zu bringen, mehr als wahr gemacht. In den vergangenen fünf Jahren hatte sich der Bierausstoß verzehnfacht. Über 100 Arbeiter und Angestellte beschäftigte die Brauerei mittlerweile. Unter den Münchner Brauereien war sie an die achte Stelle aufgerückt. Das musste dem Schülein erst einmal einer nachmachen! Seine Idee mit den Volkssängern beispielsweise war hervorragend gewesen. Das ließ sich nicht leugnen. Als er ihm davon erzählt hatte, war Eder anfangs skeptisch gewesen. Es stand ihm natürlich nicht zu, Kritik zu üben, und so hatte er höflich geschwiegen. Aber der Herr Direktor musste an seinem Gesichtsausdruck abgelesen haben, wie wenig er von den neuen Plänen hielt.

»Jetzt schauen Sie nicht so skeptisch, Eder«, hatte er damals in der für ihn typischen, jovialen, jedoch niemals herablassenden Art gesagt. »Ich halte es für eine gute Idee, den Wirten, die künftig unser Bier beziehen wollen, als Dreingabe für eine gewisse Zeit die Gage für einen oder mehrere Volkssänger zu zahlen. Natürlich kostet das erst mal, das weiß ich. Ich weiß auch, dass Sie der Meinung sind, die Qualität unseres Bieres müsste für sich sprechen. Das tut sie auch. Trotzdem kann ein kleines Zuckerl bei der Entscheidungshilfe nicht schaden, glauben Sie mir. Ich weiß natürlich auch, dass das von den Kosten einmal ganz abgesehen kein leichtes Unterfangen wird. Die Zensur ist streng, die Polizeikontrollen ebenfalls. Trotzdem ist es ein offenes Geheimnis, dass kein Münchner Wirtshaus auf diese Vergnüglichkeiten verzichten kann. Auch wenn es der Obrigkeit nicht passt, die Leute lassen sich ihr bisschen Vergnügen nicht nehmen. Sie lieben die derben Späße und lustigen Geschichten vom Karl und Lucke und die von den g'scherten Bauerntölpeln vom Land. Da können die feinen Herrschaften noch so sehr die Nase rümpfen.

Das Leben dieser Menschen ist hart genug. Da wollen sie wenigstens im Wirtshaus etwas zum Lachen.«

Schüleins Einfall hatte ihnen damals tatsächlich etliche neue Abnehmer gebracht. Jetzt hatte er also wieder eine neue Idee. Er wollte Postkarten drucken lassen, mit denen jeder ganz unkompliziert die gewünschte Menge an Flaschenbier bestellen und an die angegebene Adresse liefern lassen konnte.

Nicht alle seine Methoden stießen auf ungeteilte Zustimmung. Im Gegenteil, in diesem Jahr hatte der Chef harte Auseinandersetzungen mit dem Münchner *Brauereibesitzerverein* führen müssen. Man hatte ihm vorgeworfen, er habe durch Unterbieten der Preise und Gewährung von Sonderkonditionen mehrere unabhängige Wirte an sich gerissen. Ob daran etwas Wahres war, konnte Eder nicht wirklich beurteilen. Vielleicht fürchtete man im *Brauereibesitzerverein* auch einfach nur die ungewohnt tüchtige Konkurrenz. Grund genug hatten sie. Die Unionsbrauerei wuchs immer mehr. Für das neue Jahr hatte der Herr Direktor nicht nur den Bau eines neuen Sudhauses an der Äußeren Wiener Straße beschlossen, sondern gleichzeitig auch ein neues Maschinenhaus sowie einen Anbau an das bereits bestehende. Und als ob das nicht schon genug wäre, wollte er gleich auch noch ein neues Mälzereigebäude errichten lassen. Der Mann war nicht zu bremsen!

Jahrhundertwende!

Natürlich hatte auch der *Simplicissimus* in seiner letzten Ausgabe sich diesem großen Ereignis auf dem Titelblatt und mit einem längeren Gedicht gewidmet. Es begann mit den Versen

»So lang' das alte Jahrhundert war
Nun ist es endlich zu Ende
Und auf der Zukunft Brandaltar
Erglühen die Sehnsuchtsbrände«

Aufbruchsstimmung überall. Josef hätte den Beginn der neuen Ära gerne ausgelassen mit Musik und Tanz gefeiert. Überall in der Stadt hingen Plakate, auf denen Oertel das Programm für seine Silvestervorstellung im »Volksgarten« bewarb. Der war freilich nicht der Einzige, auch in »Kils Colosseum« gab es eine groß angekündigte Silvestergala. Eder hatte ihm beiläufig erzählt, er werde den Silvesterabend mit seiner Frau in den »Blumensälen« verbringen und Josef hatte ihn ein klein wenig darum beneidet. So etwas hätte er sich für Ida und sich auch vorstellen können. Aber die Familienpflichten gingen vor. Es kam nicht in Frage, Julius mit Nette an diesem besonderen Tag allein zu lassen. Seit ein paar Monaten bewohnten Mutter und Sohn wieder eine gemeinsame, gerade neu erbaute Wohnung in der Mathildenstraße. Josef war froh gewesen, dass sein Bruder Julius sich dazu entschlossen hatte, ihre Mutter zu sich zu nehmen. Sie war zwar noch rüstig, aber die regelmäßigen Besuche, die sie Mali und ihrer Familie früher abgestattet hatte, waren ihr mittlerweile doch zu anstrengend. Kein Wunder, in ein paar Wochen wurde sie 75. Die Zeiten, in denen Josefs Kinder schnell hinüber zur Oma gelaufen waren und sich von ihr Geschichten erzählen ließen, waren längst vorbei. Julius war ein angehender Abiturient, Mimi schon fast im heiratsfähigen Alter … Sogar das Nesthäkchen Kurt hatte mittlerweile schon seinen zehnten Geburtstag gefeiert.

Das Band zwischen Nette und Julius, ihrem jüngsten Sohn, war immer besonders eng gewesen. Erstaunlicherweise hatte sie es nach einigen zaghaften Versuchen auch aufgegeben, ihn zum Heiraten zu ermuntern, und so gestaltete sich ihr Zusammenleben harmonisch. Für diesen besonderen Silvesterabend hatte Julius sich allerdings einen freien Abend ausbedungen. Nette an diesem Abend alleine zu lassen, kam für Ida und Josef nicht infrage. Genauso wenig aber war ihr zuzumuten, sie an diesem speziellen Tag zu irgendwelchen Lustbarkeiten mitzunehmen. Wenn sie es auch nicht aussprach und sich Mühe gab, es nicht zu zeigen, so wusste Josef doch genau, dass auch acht Jahre nach Jakobs Tod der Silvesterabend immer noch von der Trauer um ihn geprägt war. So würden sie also gemeinsam mit Gustav, Amalie und deren Sohn Max den Abend zu Hause im Kreis der Familie verbringen und um Mitternacht nicht nur auf das neue Jahrhundert, sondern gleich auch auf Idas Geburtstag anstoßen. Es würde gleichzeitig auch die letzte Silvesterfeier überhaupt in der alten Wohnung sein. Im April würden sie dann nach fast 20 Jahren in ihrem Domizil Am Einlass in die Widenmayerstraße umziehen. Josef hatte diese Entscheidung lange hinausgezögert. Sein Traum war nach wie vor ein eigenes Haus. Die finanziellen Mittel dazu hatte er längst, doch bislang hatte er das für seine Pläne passende Grundstück noch nicht gefunden. Zugegeben, er hatte bislang auch wenig Zeit dafür investiert. Die Firma und ihre Belange gingen vor. Aber Ida drängte und sie hatte ja recht. Sie brauchten eine größere Wohnung in einer repräsentativeren Lage. Also hatte er sich wohl oder übel zu diesem Zwischenschritt entschließen müssen.

Auf die rauschende Silvesternacht folgte in der Stadt bei vielen schon bald Katzenjammer. Das neue Jahrhundert, das alle so herbeigesehnt hatten, fing nicht besonders gut an. Eine heftige Grippewelle hielt München im Griff. Die Ärzte kamen mit den Krankenbesuchen kaum nach. Ja, es waren sogar schon erste Todesfälle zu beklagen gewesen und es wurden im Verlauf des Januars immer mehr. Kurz vor ihrem Geburtstag bekam Nette plötzlich hohes Fieber. Alle Bemühungen, es zu senken, halfen nichts. Kurze Zeit später diagnostizierte Dr. Fraenkel auch noch eine Lungenentzündung. Alle wussten, es gab keine Hoffnung mehr.

»Sie war die einzige Person, die ich kannte, die sich ihr ganzes Leben lang streng an die Speisevorschriften gehalten hat«, erzählte Mali nach der Beerdigung unter Tränen. »Immer wenn Mamme zu Besuch kam, war ich schon Tage zuvor damit beschäftigt, die Küche komplett umzuräumen und sämtliches Geschirr nach milchig und fleischig zu trennen. Wie oft habe ich innerlich darüber geschimpft und wie gerne würde ich das jetzt tun, wenn ich sie nur noch bei mir haben könnte. Sie fehlt mir so! Für mich ist es, als wäre mit ihr eine Ära zu Ende gegangen. Mit ihr ist auch die Sprache unserer Kindheit für immer verschwunden. All die Wörter, die sie noch von früher her gebrauchte, wenn wir unter uns waren, und die heute keiner mehr kennt. Erinnert ihr euch, wie sie uns als Kinder oft streng gefragt hat ›Ist das der Emmes?‹, wenn sie wissen wollte, ob wir die Wahrheit sagen. Wie sie uns Mamser schimpfte, wenn wir nicht gefolgt haben oder zärtlich Kibbedche genannt hat, wenn wir brav waren. Bei ganz besonderen Gelegenheiten hat sie auch ›mein Pejsel‹ zu mir gesagt. Dann war ich immer ganz besonders stolz und kam mir wirklich wie ein sehr schönes Kind vor. Ich sehe sie noch vor mir, wie sie abends über ihren Rechnungsbüchern saß und sagte, dass sie jetzt Cheschben machen werde oder in den seltenen Momenten, wo sie sich einmal ein paar Minuten Ruhe und eine Tasse Kaffee, ihren geliebten Schocklemajem, gegönnt hat. All das ist jetzt mit ihr verschwunden.«

Julius hatte seiner Schwester sichtlich erstaunt zugehört. »Ehrlich gesagt, kann ich mich nicht erinnern, dass Mutter auch nur einen dieser Begriffe jemals gebraucht hätte. Das muss alles vor meiner Geburt in ihrer Thalmässinger Zeit gewesen sein. Für mich klingt das alles wie aus einer anderen Welt. Aber dass mit ihrem Tod etwas unwiderruflich vorbei ist, empfinde ich wie du, Mali. Sie war das Zentrum unserer ganzen Familie, auf eine unaufdringliche Art immer da. Ich habe das wahrscheinlich stärker gespürt als ihr anderen, weil ich ja keine Frau und keine Kinder habe. Das Zusammenleben mit ihr war angenehm. Wir haben es beide genossen. Ich weiß gar nicht, wie ich es jetzt ohne sie in der Mathildenstraße aushalten soll. Die Wohnung erscheint mir mit einem Mal so groß und vor allem so leer. In manchen Stunden habe ich das Gefühl, ich spüre ihre Abwesenheit stärker als früher ihre Gegenwart.«

Josef verstand sehr gut, was Julius meinte, und auch Malis Ausführungen stimmten. Mit Nette war tatsächlich eine Zeit zu Ende gegangen. Es war, als sei erst mit ihrem Tod das alte Jahrhundert endgültig vorbei.

Die Gewohnheit, sich einmal im Monat zum gemeinsamen Schabbes-Essen zu treffen, behielten Josef, Gustav und Julius aber auch nach dem Tod ihrer Mutter bei. Ohne dass man es ausdrücklich so besprochen hatte, wurde nun die neue Wohnung in der Widenmayerstraße zum regelmäßigen Treffpunkt.

»Ich habe es mir lange überlegt und nun steht mein Entschluss fest«, kündigte Julius während eines gemeinsamen Essens an. »Nach Mutters Tod hält mich im Grunde nichts mehr hier. Ich möchte auf Reisen gehen. Paris interessiert mich. Demnächst ist dort die Weltausstellung und gleichzeitig finden Sportwettkämpfe statt, die neuen Olympischen Spiele. Das finde ich beides spannend. Überhaupt Frankreich … Dort gibt es auch eine ganze Menge hervorragender Künstler. Die malen in einem völlig neuen Stil. Einer scheint mir besonders interessant, ein gewisser van Gogh. Den Namen kannte ich bislang noch gar nicht. Ich habe erst vor einigen Wochen etwas über ihn gelesen.«

»Wie lange willst du denn bleiben?«, erkundigte sich Josef.

»Ganz ehrlich: Ich weiß es nicht. Sicher ein paar Monate, vielleicht ein ganzes Jahr, vielleicht sogar noch länger. Man wird sehen.«

»Wirklich, Onkel Julius, ich beneide dich«, platzte es förmlich aus Mimi heraus. »Frankreich, ja, überhaupt reisen … Freiheit! Am liebsten würde ich mitkommen.«

Josef runzelte bei diesen Worten seiner ältesten Tochter irritiert die Stirn und Ida warf ihr einen strengen Blick zu.

»Also wirklich, Mimi! Jetzt fang bitte nicht schon wieder mit diesem Thema an. Das haben wir doch schon rauf und runter besprochen.«

Mimi hatte bereits als kleines Kind eine ausgeprägte Willensstärke bewiesen. Wo ihre jüngere Schwester ihre Ziele mit dem ihr angeborenen Charme erreichte, hatte sie sich ihre Stellung unter den Brüdern oft hart erkämpfen müssen. Diesen Charakterzug hatte sie beibehalten. Auch jetzt dachte sie gar nicht daran, sich von den Ermahnungen ihrer Mutter bremsen zu lassen.

»Was heißt denn hier ›besprochen‹? Ich bringe das Thema immer wieder aufs Tablett. Das ist alles. ›Besprechen‹ würde ich das nicht nennen. Wirklich, Papa, du solltest einmal das Buch lesen, von dem ich dir schon so oft erzählt habe. Dann würdest du vielleicht verstehen, worum es mir geht. Die Reuter kann das so viel besser in Worte fassen als ich. Aber ich weiß schon, was du jetzt sagen willst: Du hast zum Bücherlesen keine Zeit.«

Josef verkniff sich die Bemerkung, dass es seine liebe Tochter sich nur deshalb leisten konnte, derartige Bücher zu lesen, weil sie aufgrund ihrer privilegierten Stellung als Tochter eines wohlhabenden Vaters eben gerade nicht mühsam ihr Brot selbst verdienen und dank Dienstboten auch nicht im Haushalt schuften musste.

»Du meinst dieses: *Aus guter Familie*«, entgegnete er stattdessen.

»Genau das.«

»Siehst du, ich habe mir den Titel gemerkt. Das ist doch schon einmal was.«

Der spöttische Unterton dieser Bemerkung erboste Mimi allerdings noch mehr.

»Ja, ja, ich weiß schon. Ihr beide seid der Meinung, es reicht für eine junge Frau wie mich, wenn sie ein bisschen nett plaudern und Klavier spielen kann und ansonsten vor allem weiß, wie man Mayonnaise rührt, an der Seite ihres Mannes repräsentiert und einen Haushalt führt.«

»Also Mimi, jetzt übertreibst du aber! Du tust ja gerade so, als hielten wir dich im Haus gefangen. Ich verstehe wirklich nicht, was du immer willst.«

»Und ich verstehe dich nicht, Papa. Du bist doch sonst allen Neuerungen gegenüber so aufgeschlossen. Wenn in London, Paris, Budapest oder sonst wo eine neue Metro-Strecke eröffnet wird, gerätst du ins Schwärmen und deine Brauerei ist selbstverständlich auf dem neuesten technischen Stand. Aber von Frauenrechten willst du nichts wissen! Meine Brüder dürfen studieren – und ich? Was ist mit mir?«

»Jetzt bist du ungerecht, Mimi! Selbst wenn deine Mutter und ich dich auf ein

Gymnasium hätten schicken wollen, du weißt so gut wie ich, dass Mädchen dort überhaupt nicht zugelassen sind. Wir haben getan, was wir konnten. Du hast eine sehr gute Schule besucht und Englisch und Französisch gelernt. Was willst du denn noch mehr?«

»Ich bin sicher, es ist nur eine Frage der Zeit, dann wird es auch hier bei uns in München Mädchengymnasien geben. In Baden dürfen Frauen jetzt sogar die Universität besuchen, in Berlin und Zürich auch, soviel ich weiß.«

»Ich gebe zu, dass ich vom Studieren für Frauen wenig halte. Du wirst sehen, in ein, zwei Jahren lernst du einen netten Mann kennen, verliebst dich und willst von dieser ganzen Frauenbewegung nichts mehr wissen. Da bin ich mir sicher.«

»Pah«, schnaubte Mimi verächtlich. »Ich sage dir, da täuschst du dich gründlich, Papa. Und falls ich überhaupt jemals heiraten sollte, dann höchstens einen Mann, der mir meine Freiheit lässt und der mit mir auf Reisen geht. München ist schön, aber ich möchte mehr von der Welt sehen! Onkel Julius macht das ganz richtig. Wenn ich könnte, würde ich es genauso machen. Und was die Berufstätigkeit angeht: Ich möchte ein Leben, wie es zum Beispiel die Brachvogel führt.«

»Du meinst Karoline, die Tochter der alten Hellmanns? Wie nennt sie sich jetzt gleich noch? Es ist irgendein verrückter Name, den ich noch nie gehört habe.«

»Carry. So nennt sie sich und genau die meine ich. Die hat Kinder und ist trotzdem als Schriftstellerin tätig und hat damit großen Erfolg.«

»Du möchtest Schriftstellerin werden?«, fragte Ida erstaunt.

»Nein, das meine ich nicht. Ich habe sie nur als Beispiel angeführt. Inzwischen gibt es glücklicherweise mehr Frauen, die nach ihren eigenen Vorstellungen leben, auch wenn sie verheiratet sind. Ich meine einfach, dass ich so wie diese Frauen nach meinen eigenen Vorstellungen leben möchte. Ich möchte tun, was mich interessiert, und nicht nur Kinder bekommen, einem großen Haushalt vorstehen und an der Seite meines Mannes Empfänge geben und repräsentieren.«

Josef entgegnete nichts auf diese Worte. Aber in ihm kochte es. Er kannte jedoch den Hitzkopf und das Temperament seiner Tochter. In diesem Punkt war sie ihm nur allzu ähnlich und er wusste, wenn er sie jetzt zurechtwies, würde sie nur noch sturer auf ihrer Meinung beharren. Da war es klüger, die Zähne zusammenzubeißen, um einen größeren Skandal zu vermeiden. Endlich hatte sie ihrem Herzen ausreichend Luft gemacht. Damit war die leidige Diskussion zumindest für dieses

Mal beendet. Auch Julius, dessen Ankündigungen Anlass für die Diskussion gewesen waren, hatte sich wohlweislich mit Äußerungen zurückgehalten. In diese Familienangelegenheit wollte er sich wahrhaftig nicht einmischen.

Ida war schon zu Bett gegangen und Josef beschloss, wieder einmal einen Nachtspaziergang zu machen. Er war noch nicht müde und die Bewegung würde ihm guttun. Seine Frau nannte ihn oft scherzhaft eine Nachteule. Es stimmte, er kam mit recht wenig Schlaf aus. Sechs Stunden reichten ihm. Lieber als eine lange Nachtruhe war ihm ein kurzes Nickerchen nach dem Mittagessen. 20 Minuten, nicht länger, und er fühlte sich wunderbar erfrischt. Er hatte es sich zur Gewohnheit gemacht, spätabends noch Dinge zu erledigen, für die er etwas mehr Muße brauchte und für die er im Trubel des Tagesgeschäfts keine Zeit gefunden hatte. Manchmal, wenn er anstehende Entscheidungen genauer überdenken musste, verband er das mit einem Nachtspaziergang. Während des Gehens kamen ihm oft die besten Ideen, hatte er festgestellt.

Es war eine schöne Mainacht. Die Luft war noch recht kühl, doch Josef fand sie angenehm. In den meisten Wohnungen war es bereits dunkel, die Leute waren wohl schon zu Bett gegangen. Aber die neue elektrische Straßenbeleuchtung spendete helles Licht. Kein Vergleich war das zu den ehemals trüben Gaslaternen! Die frische Nachtluft tat ihm gut und er genoss die nächtliche Stille. Irgendwo in der Ferne hörte er leises Hufgetrappel. Das war wohl eine Droschke, die vielleicht einen späten Gast nach einem Opern- oder Theaterbesuch nach Hause fuhr. Ansonsten war außer seinen eigenen Schritten kein Laut zu vernehmen. Er fühlte sich wohl in dieser Gegend. Das alte Lehel hatte sich zu einem angesehenen Wohnviertel gemausert. Von ihrer Wohnung aus hatte man einen schönen Blick auf die Isar und das gegenüberliegende Hochufer. Zum Englischen Garten war es nur ein Katzensprung und auch die Nachbarschaft war angenehm. Ida hatte recht gehabt, er hätte den Umzug nicht so lange hinauszögern sollen.

Eigentlich hatte Josef an diesem Abend noch einige Unterlagen durcharbeiten wollen. Aber die unerfreuliche Diskussion mit Mimi war ihm nicht aus dem Kopf gegangen. Im Gegenteil, sie beschäftigte ihn weiter und er war so aufgebracht, dass er sich einfach nicht konzentrieren konnte. So hatte er sich zu diesem Spaziergang entschlossen. In der Hoffnung, dadurch auf andere Gedanken zu kommen, lief er jetzt, immer noch verärgert, in Richtung des Englischen Gartens. Da war irgendeine Äußerung gefallen, ein Satz, dessen genaue Formulierung ihm zwar nicht mehr einfallen wollte, der ihn aber gegen seinen Willen beschäftigte und aufwühlte. Vielleicht würde es ihm gelingen, seine Gedanken zu ordnen, während er sich die Beine vertrat.

Es war beileibe nicht das erste Mal, dass Mimi das Thema ›Frauenrechte‹ auf den Tisch gebracht hatte. Anfangs waren ihm die von ihr geäußerten Ideen absurd vorgekommen. Aber andererseits konnte er nicht leugnen, dass es hier und da Veränderungen gab. Ungewöhnliches geschah. Wenn er nur daran dachte, welche Empörung, ja welchen Skandal es hervorgerufen hatte, als die Frau des Juristen Dr. Schaefer damals auf einem Fahrrad die Maximilianstraße entlanggeradelt war! Sie waren mit den Schaefers bekannt und so hatte Josef nichts dagegen einzuwenden gehabt, als ihn Anni Schaefer gefragt hatte, ob sie mit ihrem neuen Damenfahrrad von Opel in seinen Bierkellern das Fahren üben dürfe. Sie wollte die Prüfung für die Fahrreife ablegen und die Velociped-Karte erhalten. Josef hatte diesen Gedanken amüsant gefunden und nichts gegen die Nutzung seiner Keller einzuwenden gehabt. Er hatte allerdings nicht vorausgesehen, welchen Wirbel der Vorfall in der Presse verursachen würde. Von einem Faustschlag ins Gesicht des öffentlichen Sittlichkeitsgefühls oder so ähnlich war damals die Rede gewesen. Josef erinnerte sich noch sehr lebhaft. Er hatte über diese ungeheure Entrüstung gelacht. Aber hätte er auch darüber lachen können, wenn damals nicht Anni Schaefer, sondern seine Ida durch die Stadt geradelt wäre? Wohl eher nicht. Keine zehn Jahre war das her. Und heute? Heute sah man überall in der Stadt Frauen auf Rädern. Niemand störte sich mehr daran oder zumindest wurde diese Kritik nicht öffentlich geäußert. Vielleicht waren ja radfahrende Frauen wirklich nur der Anfang. Mimi behauptete das jedenfalls zu seinem Ärger stur und unbeirrbar. Sie sagte eine Zukunft voraus, in der Frauen ganz selbstverständlich studieren durften, Berufe ergriffen, die ihnen heute noch verschlossen waren, und ein Leben nach ihren eigenen Vorstellungen, unabhängig von Vätern und Ehemännern führten. Josef konnte sich das beim besten Willen nicht vorstellen. Doch andererseits: Wer hätte vor einigen Jahren gedacht, dass man mittels eines Apparats mit jemandem sprechen konnte, der kilometerweit entfernt war, wer hätte geglaubt, in welcher Geschwindigkeit man weite Entfernungen zurücklegen konnte oder dass man die Nacht dank der Entdeckung der Elektrizität taghell erleuchten konnte? Otto Lilienthal vermochte sich mittels seiner Erfindung in die Lüfte zu erheben und hatte Josef nicht unlängst erst gelesen, dass ein gewisser Professor Röntgen eine Apparatur entwickelt hatte, mit der man sogar ins Innere des Körpers blicken konnte? Ständig gab es neue Entdeckungen, Erfindungen, die das bisher Gewohnte außer Kraft setzten und das Leben der Menschen veränderten. Ja, sie lebten tatsächlich in einer neuen Zeit! Aber konnte diese neue Zeit tatsächlich auch so etwas Elementares wie das von der Natur festgesetzte Verhältnis zwischen den Geschlechtern verändern? Der Gedanke beunruhigte ihn. Neue Zeit hin oder her, jetzt war es jedenfalls Zeit, nach Hause zurückzugehen und sich in der vertrauten Umgebung seiner Wohnung neben seiner schlafenden Ida zur Ruhe zu begeben.

Etwa ein Jahr nach seiner Übersiedelung in die Widenmayerstraße fand Josef endlich, wonach er jahrelang gesucht hatte: mehrere benachbarte Grundstücke in der neu erschlossenen Richard-Wagner-Straße, einer ruhigen Straße in gepflegter Atmosphäre in der Maxvorstadt. Den Kauf brauchte er sich nicht lange zu überlegen. Der Gedanke, in unmittelbarer Nachbarschaft des Malerfürsten Lenbach zu residieren, gefiel ihm. Vielleicht würde er sich ja sogar einmal von ihm porträtieren lassen. Zu seinem 50. vielleicht, wenn der Alte da noch lebte und noch in der Lage war zu malen. Der Jüngste war er schließlich nicht mehr. Lenbach auf der einen Seite als Nachbarn und die weibliche Abteilung der Kunstgewerbeschule auf der anderen – nicht schlecht. »Das wird vor allem unserer Mimi gefallen und ihr den Umzug versüßen«, hatte er zu Ida gesagt. »Dort wird sie dann jeden Tag junge Frauen sehen, die ihren Traum von einer unabhängigen Lebensform verwirklichen.«

Ida stand dem Bauvorhaben ihres Mannes eher skeptisch gegenüber. »Bis das Haus fertig ist, ziehen die ersten unserer Kinder wahrscheinlich aus. Höchstens zehn Jahre und wir sitzen allein in den vielen Zimmern.«

Aber Josef ließ diesen Einwand nicht gelten. Sie hatte zwar recht, Julius würde sicher nicht mehr mit ihnen umziehen. Er wollte nach dem Abitur ein Jurastudium in Berlin beginnen. Auch die anderen würden nach und nach flügge werden. Aber das Haus war so etwas wie sein Lebenstraum. Den wollte er sich erfüllen. Wenn er sich einmal etwas in den Kopf gesetzt hatte, setzte er es meist auch in die Tat um. Mit dem Bau beauftragte er Professor Leonard Romeis.

»Wenn ich mir Ihre bisherigen Arbeiten so anschaue, glaube ich, dass Sie am besten verstehen, was mir vorschwebt, lieber Romeis. Diese neue Bauweise, wie man sie jetzt immer öfter sieht, gefällt mir nicht.«

»Sie meinen so eine Schauderhaftigkeit, wie sie die Fassade des neuen Ateliers Elvira aufweist? Diese überladene Ornamentik und dazu die Farbgestaltung, grasgrün und violett – grauenhaft … Das ist der sogenannte Jugendstil.«

»Mag sein, dass man das so nennt. Ich kenne mich da nicht aus. Na ja, Mut haben sie, die Damen Augspurg und Goudstikker. Das muss man ihnen lassen«, brummte Josef. »Trotzdem. Ich finde diese geschwungenen Linien an den Fassaden und die seltsamen großflächigen Ornamente befremdlich. Da bleibe ich doch lieber beim Altbewährten, wenn Sie verstehen, was ich meine. Natürlich nur, was die Fassadengestaltung betrifft, dass es innen mit allem modernen Komfort ausgestattet sein soll, brauche ich ja sicher nicht eigens zu betonen.«

»Ich verstehe vollkommen und ich stimme Ihnen auch vollkommen zu, verehrter Herr Schülein. Wie habe ich es unlängst in einer Zeitschrift gelesen: ›*Jugendstil heißen sie jeden Topf, auf dem eine schauerlich stilisierte Lilie oder ein Frauenzimmer mit verrückter Frisur oder eine Orchidee abgebildet ist.*‹ Das trifft es ganz gut, finden Sie nicht?«

Die Wahl von Romeis erwies sich als Glücksgriff. Bauherr und Architekt waren tatsächlich auf einer Wellenlänge. ›Neugotisch‹ nannte Romeis den Stil des Hauses. Der Begriff sagte Josef nichts. Aber bereits an der Zeichnung erkannte er, dass Romeis damit genau seinen Geschmack getroffen hatte. Sooft er Zeit fand, fuhr Josef in die Maxvorstadt, um den Baufortschritt zu begutachten. Wie das Haus so in die Höhe wuchs, wie Giebel und Erker Gestalt annahmen, faszinierte ihn. Vier Stockwerke sollte es hoch werden. Zwölf Zimmer und fünf Kammern sollte es umfassen. Die Küche, Mägdezimmer, eine Kammer für den Kutscher sowie eine Remise waren im Souterrain untergebracht. So historisch das Haus von außen wirkte, so modern war es innen. Selbstverständlich verfügte es über fließendes Wasser und auch über einen Elektrizitäts- und einen Gasanschluss. Dank der Ofenheizung würde man es in allen Räumen gemütlich warm haben. Geschnitzte Holzbalkendecken und Eichenparkett würden für Wohnkomfort und Eleganz sorgen. Josef ließ es an nichts fehlen. Auf den Zwischengeschossen wurden Badezimmer und Toiletten mit Wasserspülung eingebaut.

Die Einrichtungsfrage überließ er Ida. Er hatte dafür einfach keine Zeit und sie hatte ohnehin den besseren Blick in solchen Dingen. Sie würde schon wissen, was wohin passte.

»Nimm am besten Mimi mit. Ich könnte mir vorstellen, dass ihr die Einrichtung eines Hauses Freude macht. Sie interessiert sich ja für Kunst und Gestaltung. Was vor ihrem kritischen Auge besteht, ist es wohl wert, dass man es kauft. Auf diese Weise ist sie wenigstens beschäftigt. Und wer weiß, vielleicht kommt sie dabei endlich auf den Geschmack, legt ihre Flausen ab und entschließt sich dazu zu heiraten. Alt genug wäre sie schließlich. Wenn sie noch länger zögert, endet sie noch als alte Jungfer. Aber bislang war ja kein Bewerber gut genug für unser Fräulein Tochter. Sie will einen ganz besonderen Mann.«

Endlich war es so weit. Gemeinsam mit ihren beiden langjährigen Dienstmädchen Kathi und Hanni bezog die Familie Schülein das neue Haus. Die Galerie Heinemann, wo Ida einige Gemälde und Kunstgegenstände erworben hatte, beglückwünschte mit einem prächtigen Blumenbouquet zum neuen Heim.

»Na, da warst du offensichtlich eine gute Kundin«, bemerkte Josef beim Anblick des unerwarteten Geschenks.

Noch erstaunter als über das Einzugspräsent war Josef allerdings, als Theobald Heinemann einige Wochen später bat, am kommenden Sonntag seine Aufwartung machen zu dürfen. Nach einigen belanglosen Förmlichkeiten kam der unerwartete Gast sehr schnell auf sein eigentliches Anliegen zu sprechen: Er hielt offiziell um Mimis Hand an. Josef war für einen Moment sprachlos. Damit hatte er wahrhaftig nicht gerechnet! Ein Blick auf Ida sagte ihm, dass es seiner Frau genauso ging. Auch für sie kam der Antrag offensichtlich überraschend. Nicht so für Mimi, die bereits wenige Minuten nach der Ankunft des Gastes unter einem nichtigen Vorwand in den Salon gekommen war. Die zärtlichen Blicke, die sie Theobald Heinemann zuwarf, sprachen eine mehr als deutliche Sprache. Dabei hätte der Mann, was das Alter betraf, fast ihr Vater sein können. Doch der Unterschied an Jahren störte Mimi offenbar nicht.

»Entweder der oder keiner«, erklärte sie trotzig, nachdem Heinemann gegangen war. »Er trägt mich auf Händen und unterstützt meine ›Extravaganzen‹, wie ihr es nennt. Er versteht mich. Und außerdem werde ich mit ihm die Welt sehen.«

Das stimmte. Die Galerie Heinemann stellte nicht nur in ihren luxuriösen Verkaufsräumen am Maximiliansplatz aus, sondern veranstaltete unter Theobalds Leitung auch jedes Jahr von Dezember bis Mai eine Kunstausstellung im Palais des Beaux Arts in Nizza, wie der künftige Schwiegersohn ihnen erläuterte. Mimi würde die Wintermonate also künftig überwiegend am mondänsten Badeort der französischen Riviera verbringen. Sie würde ihren Mann auch zu Ausstellungen in London, Wien, Basel, Hamburg, Dresden und in viele andere Städte mehr begleiten.

Die Hochzeit wurde für den Mai des kommenden Jahres angesetzt.

Wenige Wochen nach Mimis offizieller Verlobung mit Theobald Heinemann fand Josef bei seiner Heimkehr Ida im Salon sitzend und in Fotografien vertieft. Er hatte ihr bereits am Morgen angekündigt, dass er sich heute mit Gustav, Julius, seinem Schwager Joseph Aischberg und dem jungen Rechtsanwalt Siegel, auf den er große Stücke hielt, im Hotel »Bayerischer Hof« zu einer geschäftlichen Unterredung treffen werde.

»Na so was, du bist noch auf? Du hast doch hoffentlich nicht auf mich gewartet. Ich habe dir ja gesagt, dass es spät werden könnte und dass du ruhig schon zu Bett gehen kannst. Aber ich freue mich natürlich, dich noch wach anzutreffen. Dann können wir noch ein bisschen plaudern. Was trinkst du da? Süßen Madeira? Nein, das ist nichts für mich, ich nehme lieber ein Glas Wein.«

»Schön, dass du da bist. Ich hatte dich noch gar nicht zurückerwartet. Ehrlich gesagt, habe ich einfach die Zeit vergessen. Julius hat heute Nachmittag vor eurer gemeinsamen Besprechung noch einige Fotografien vorbeigebracht. Er hat sich nun endgültig entschlossen, die Wohnung in der Mathildenstraße aufzugeben. Auch drei Jahre nach dem Tod eurer Mutter erinnert ihn dort einfach alles an sie. Daran haben offensichtlich auch seine langen Reisen nichts geändert. Jetzt löst er die Wohnung auf und sucht sich eine neue Bleibe. Beim Durchforsten von Nettes Sachen hat er diese Fotografien gefunden und sie mir gebracht. Hier, schau: unsere fünf Ältesten. Elsa ist noch ein Wickelkind und Kurt war noch gar nicht geboren. Niedlich, die Mädchen in ihren Sonntagskleidchen und die Buben im Matrosenanzug. Oder hier: alle fünf in Tiroler Tracht. Goldig. Findest du nicht? Ich kann mich erinnern, als wäre es gestern gewesen, und jetzt studiert Julius bereits und unsere Mimi ist verlobt, wird Ehefrau und vielleicht selbst bald Mutter. Die Aufnahmen waren ein Geburtstagsgeschenk für die Oma. Weißt du noch? Ich bin mit den Kindern dafür extra ins Atelier Elvira gefahren. Johanna hatte mir das damals empfohlen. Das war noch im ersten Atelier der Damen, in der Von-der-Tann-Straße. Die Augspurg und die Goudstikker waren noch neu in München und Kinderaufnahmen waren damals ihre Spezialität. Jetzt lassen sich sogar die Königsfamilie und die gesamte Künstlerprominenz dort ablichten. Unglaublich, wie die beiden das geschafft haben. Noch dazu als Frauen! Schon seltsam, wie die Zeit vergeht und wie sich so vieles ändert«, fuhr Ida mit einem versonnenen Blick auf die Bilder fort: »Damals konnte ich es an manchen Tagen kaum erwarten, dass die fünf endlich größer werden, sodass sie aus dem Gröbsten raus sind. An manchen Tagen war ich fast am Ende meiner Kräfte und wusste kaum, wie ich das alles bewältigen soll. Kaum jemals eine freie Minute. Ohne die Hilfe deiner Mutter wäre es wohl auch nicht gegangen. Ganz schlimm war es, als Fritz und Elsa zur gleichen Zeit Keuchhusten hatten. Zur Sorge um sie kamen wochenlang schlaflose Nächte. Ich war oft so müde, dass mir die Augen sogar im Stehen zugefallen sind. Aber so anstrengend die Zeit damals auch war, heute gibt es Augenblicke, wo ich sie mir zurückwünsche. Mir graust vor dem Moment, an dem sie alle ihrer Wege gehen und unser Haus leer wird. Da, schau: unser Kurt als Säugling auf dem Eisbärenfell. Nur noch acht Jahre, dann ist auch unser Nesthäkchen flügge und wir beide sitzen allein in diesem großen Haus.«

»Jetzt mach dir doch keine unnützen Gedanken! Du wirst sehen, kaum sind die Kinder weg, kommen die Enkel. Ich habe das Haus auch ganz bewusst so bauen lassen, dass man es bequem in zwei repräsentative Wohnungen umwandeln kann. Eines von unseren Kindern kann also mit Familie hier einziehen. Und dann sind da noch die zwei Nachbargrundstücke, die ich ebenfalls gekauft habe. Du siehst, die Familie kann also zusammenbleiben.«

»Niemand würde sich mehr darüber freuen als ich, das kannst du mir glauben. Trotzdem habe ich manchmal das Gefühl, dass die beste Zeit meines Lebens schon vorbei ist. Ich weiß, dass du Jahr für Jahr mehr Geld machst. Materiell ging es uns noch nie schlecht und seit einiger Zeit geht es uns sogar noch viel besser. Es fehlt uns an nichts. Aber … Ich weiß nicht recht, wie ich es ausdrücken soll … Ich habe manchmal das Gefühl, keine rechte Aufgabe mehr zu haben. Ich bin noch keine

45 und fühle mich uralt. In letzter Zeit muss ich oft an deine Mutter denken. Bewundert habe ich sie ja immer, aber früher habe ich mich oft gefragt, warum sie sich denn nicht schon früher aus dem Bankgeschäft, dieser Männerwelt, zurückgezogen hat. Mittlerweile glaube ich, sie besser zu verstehen. Auf diese Weise hatte sie, ähnlich wie ihr Männer, auch noch eine Aufgabe, als die Kinder bereits aus dem Haus waren. Ehrlich gesagt beneide ich euch Männer manchmal. Du jedenfalls scheinst noch lange nicht am Ende mit deinen Plänen und Vorhaben.«

»Aber Ida, was redest du denn da? Du klingst ja fast schon wie Mimi.«

»Findest du? Das lag nicht in meiner Absicht. Vielleicht hat unsere Tochter dann doch nicht so ganz unrecht mit ihren Ansichten. Aber lassen wir das Thema. Das führt zu nichts. Erzähl mir lieber von eurem Treffen. Julius konnte oder wollte mir nicht sagen, worum es ging.«

»Er wusste es in der Tat selbst nicht. Er konnte dir also nichts sagen. Langweiliger Geschäftskram. Aber wenn du es genau wissen willst: Ich habe vorgeschlagen, die Unionsbrauerei in eine Aktiengesellschaft umzuwandeln. So wie es beispielsweise Löwenbräu schon seit Jahren ist. Das ist zwar mit einigen Auflagen verbunden, aber ich verspreche mir dadurch mehr Handlungsspielraum. Julius und ich würden als Vorstände fungieren, Gustav und Joseph könnten dem Aufsichtsrat angehören. Wir würden weiterhin die ganz überwiegende Mehrheit der Aktien halten, könnten bei Bedarf aber weitere Geldgeber hinzuziehen.«

Es brauchte noch einige Anläufe und Josef musste seine gesamte Überredungskunst aufbieten, aber schließlich hatte er es doch geschafft. Alle Teilhaber der Unionsbrauerei Schülein stimmten der Umwandlung in eine Aktiengesellschaft zu. Rechtsanwalt Siegel konnte endlich die notwendigen Schritte in die Wege leiten. Gegen Herbst waren die Vorbereitungen zur Umwandlung abgeschlossen. Bis zum Eintrag ins Handelsregister werde es zwar noch ein paar Monate dauern, erklärte ihm Siegel, aber das sei eine reine Formsache. Im Vorgriff auf das Ereignis ließ Josef am Sudhaus ein großes Flachrelief aus Stein anbringen. Es zeigte zwei stehende Löwen, die einen Bierschöpfer flankierten, aus dem drei stilisierte Gerstenähren ragten. Darüber war die Inschrift *Unionsbrauerei Schülein & Cie* zu lesen. Schade, dass Moritz Guggenheimer das nicht mehr erlebte, ging es Josef bei der feierlichen Enthüllung durch den Kopf. Die Schüleins hatten ihm gerade in ihren Anfangsjahren in München viel zu verdanken gehabt und indirekt war wohl sogar die Idee mit der Aktiengesellschaft seinem Vorbild geschuldet. Schließlich hatte Guggenheimer gemeinsam mit seinem Neffen und einigen anderen Männern in der Münchner Brauereienlandschaft Neuland betreten, indem sie den Löwenbräu in eine Aktiengesellschaft umgewandelt hatten. Bis zu seinem Tod war er dort Aufsichtsratsvorsitzender gewesen und hatte Josefs Aktivitäten in der Unionsbrauerei mit großem Interesse verfolgt. Im Juli vergangenen Jahres, nur gut zwei Jahre nach Nettes Tod, war er im Alter von 77 einer Lungenentzündung erlegen.

Zu Josefs Enttäuschung ließ sich sein lange gehegter Wunsch, sich anlässlich seines bevorstehenden 50. Geburtstags von Franz von Lenbach, dem legendären Malerfürsten, in dessen Nachbarschaft er nun wohnte, porträtieren zu lassen, nicht realisieren. Lenbach hatte im Jahr zuvor einen Schlaganfall erlitten, von dem er sich nicht mehr erholt hatte. Sein angehender Schwiegersohn tröstete ihn. Lenbach sei längst nicht mehr so en vogue wie noch vor einigen Jahren. Schließlich entwickle sich auch die Malerei weiter und bringe neue Stilrichtungen hervor. In den letzten Jahren hätten einige in der Münchner Kunstszene maßgebliche Persönlichkeiten sich vehement gegen Lenbach ausgesprochen. Lenbach, bei aller künstlerischen Qualität, wirke inzwischen ein wenig altmodisch. Seine Zeit sei definitiv vorbei. Theobald empfahl Josef stattdessen den Künstler Leo Samberger. Bei dem ließen sich inzwischen viele Münchner Persönlichkeiten in Bildern verewigen, behauptete er. Heinemann hatte recht. Samberger war ganz offensichtlich gefragt. Für das kommende Jahr habe er leider gar keine freien Termine mehr, erklärte er auf Anfrage. Josef blieb trotzdem bei seinem Vorhaben. Dann würde das Bild eben erst ein wenig später fertig werden. Zum Porträtsitzen hätte er im kommenden Jahr ohnehin kaum Zeit. Neben seinen Alltagsgeschäften in der Brauereileitung und der Feier zu seinem runden Geburtstag standen noch zwei weitere Großereignisse an: Mimis Hochzeit im Juni und Kurts Bar-Mizwa im Dezember. Die Vorbereitungen zu all den Feierlichkeiten ruhten freilich auf Idas Schultern und sie genoss sie sichtlich.

Selbst für Josef, der sich immer freute, wenn sich etwas rührte, ja für den Abwechslung geradezu ein Lebenselixier war, schien das Jahr mit diesen Ereignissen gut ausgefüllt zu sein. Doch dann landete im Spätsommer völlig unerwartet ein Angebot auf seinem Schreibtisch, mit dem er überhaupt nicht gerechnet hatte.

»Die Kindlbrauerei willst du übernehmen? Liest du denn keine Zeitung? Die arbeiten seit Jahren defizitär. Das pfeifen die Spatzen von den Dächern. Nicht umsonst schreiben die Zeitungen vom ›Schmerzenskindl‹. Die Braukapazität ist nur zu einem kleinen Teil ausgelastet und die Aktionäre haben seit Ewigkeiten, wenn überhaupt, dann nur einen äußerst geringen Gewinn erzielt, geradezu lächerlich. Und die willst du tatsächlich übernehmen?«

»Jetzt vertrau mir doch, Julius. Ich kenne die Zahlen so gut wie du. Ich habe sie ja hier vor mir liegen. Ich weiß, die Braukapazität von 300 000 Hektolitern ist gerade einmal zu einem Viertel ausgeschöpft. Der ›Kindlkeller‹ mit gut 5000 Sitzplätzen scheint völlig überdimensioniert und erwirtschaftet noch nicht einmal die Baukosten, von Gewinn ganz zu schweigen. Ich weiß auch, dass wir nicht die Ersten sind, die ein Übernahmeangebot erhalten. Die Bayerische Vereinsbank hat ihr ›Schmerzenskindl‹ schon vor Monaten dem Löwenbräu angeboten, doch dessen Vorstand hat abgelehnt.«

»Völlig zurecht, wenn du mich fragst. Die Herren können schließlich rechnen.«

»Da bin ich mir überhaupt nicht so sicher. Im Gegenteil. Wenn du mich fragst, werden sie sich beim Löwenbräu in ein paar Jahren in den Arsch beißen, dass sie nicht zugegriffen haben. Unsere Kasse ist gut gefüllt. Im vergangenen Jahr hatten wir einen Bruttogewinn von 900 000 Mark, wie du weißt. Das Geld muss arbeiten und ich sehe in der Kindlbrauerei eine gewaltige Möglichkeit. Die hat im Gegensatz zur unseren auch außerhalb Münchens einen hohen Bekanntheitsgrad. Endlich hätten wir damit die Möglichkeit, mit einem bereits gut eingeführten Namen unser Geschäftsfeld über die Stadt hinaus zu erweitern, so wie es die anderen großen Brauereien schon seit Jahren tun.«

Ehrenmal

Die Fahrt nach Thalmässing hatte länger gedauert, als Josef gedacht hatte. In der Annahme, zügig durchfahren zu können, hatte er sich zunächst noch ausgiebig in seine Geschäftsunterlagen vertieft. Zu seiner Verärgerung waren dann auf den Landstraßen etliche Pferdegespanne unterwegs gewesen, die ein Vorankommen fast unmöglich gemacht und seinen Zeitplan ziemlich durcheinandergebracht hatten. In den seltenen Augenblicken aber, wo er ungehindert vorankam, genoss er die rasche Fahrt mit dem Automobil. Das war schon etwas anderes als das langsame Gezuckel in einer Kutsche! Es war ein herrlicher Tag Ende September. Die Bäume färbten sich bereits bunt, aber es war noch angenehm mild und sonnig. Ein idealer Tag, um auf die Wiesn zu gehen, das legendäre Münchner Oktoberfest, schoss es ihm durch den Kopf. Aber er hatte heute andere Pläne. Die Wiesn musste warten.

Als er sein Ziel endlich erreicht hatte, war gerade noch Zeit gewesen, ein paar freundliche Worte mit dem Bürgermeister zu wechseln. Der schien hoch erfreut, den hohen Gast noch rechtzeitig begrüßen zu können. Josefs Spende hatte schließlich nicht wenig zur Errichtung des Kriegerdenkmals beigetragen, das heute feierlich eingeweiht werden sollte.

Während Pfitzingers Festrede nutzte Josef die Gelegenheit, seine Augen ein wenig herumschweifen zu lassen. Auch in seinem Geburtsort war die Zeit nicht stehengeblieben, stellte er fest. Rosenfeld junior hatte Haus und Laden erweitert. Von dem Gebäude, das Josef als Kind gekannt hatte, war inzwischen nicht mehr viel erkennbar. Ähnlich verhielt es sich mit den Häusern ringsum. Viele waren neu erbaut oder zumindest erweitert und aufgestockt worden. Der Ort, den er einst gekannt hatte, hatte im Verlauf der Jahrzehnte sein Gesicht verändert. Er war ihm fremd geworden. Ebenso wie mit den Häusern verhielt es sich auch mit den Menschen, stellte Josef erstaunt fest. In der versammelten Menge fand er kaum mehr ein vertrautes Gesicht. Doch dann fiel sein Blick auf jemanden, den er kannte. Er konnte es kaum abwarten, bis der Bürgermeister seine Rede endlich beendet hatte.

Kaum war das letzte Wort verklungen, bahnte er sich seinen Weg durch die Festgäste.

»Moshe, bist du das? Meine Güte, wie lange ist das her, dass wir uns das letzte Mal gesehen haben? Mehr als unser halbes Leben!«

Da stand er tatsächlich vor ihm, Moshe Hommel, Josefs Freund aus Kindertagen! Bei einer zufälligen Begegnung irgendwo auf der Straße hätte er ihn wahrscheinlich gar nicht erkannt. Kein Wunder, schließlich waren Jahrzehnte seit ihrer letzten Begegnung verstrichen. Aus dem schlaksigen jungen Kerl war ein behäbiger, beleibter Mann in den sogenannten besten Jahren geworden. Trotzdem empfand Josef sofort ein Gefühl der Vertrautheit, dem die Tatsache, dass sie sich jahrzehntelang nicht mehr gesehen hatten, keinen Abbruch tat. Moshe war sein bester Freund gewesen und ein Teil seines Lebens geworden.

»Moshe – den Namen habe ich ja seit Ewigkeiten nicht mehr gehört! Kein Mensch trägt noch die alten Namen. Ich habe mich in Moritz umbenannt. Max wäre mir lieber gewesen, aber so heißt ja schon mein Bruder. Ja, ich bin es tatsächlich. Wie ich mich freue, dich zu sehen!«

»Und ich mich erst! Ehrlich gesagt habe ich dich hier gar nicht erwartet. Du wohnst doch in Ansbach, soviel ich weiß. Das hat mir zumindest dein Bruder vor Jahren einmal bei einer zufälligen Begegnung erzählt.«

»Stimmt. Aber an so einem besonderen Tag zieht es mich natürlich genauso zurück in die alte Heimat wie dich. Ich habe gehofft, dich heute hier zu treffen. Was sagst du zum Denkmal? Gefällt es dir? Ich finde, der Marktplatz hat dadurch sehr gewonnen. Er wirkt jetzt viel repräsentativer, beinahe städtisch. Häußlein hat gute Arbeit geleistet. Mein Bruder hat mir erzählt, dass du dich mit einem maßgeblichen Betrag daran beteiligt hast.«

»Nicht der Rede wert. Ich will das nicht an die große Glocke hängen und ich war ja auch bei weitem nicht der einzige Geldgeber. Das waren schon einige. Aber sag mal, hast du vielleicht noch etwas Zeit? Dann könnten wir ein wenig in meinem Automobil herumfahren und plaudern. Ich müsste vorher nur noch für ein paar Minuten auf den Empfang im Rathaus und Bürgermeister Pfitzinger und den übrigen Honoratioren meine Aufwartung machen. Ganz kann ich mich nicht davor drücken. Aber ich stehle mich so schnell wie möglich davon und behaupte, ich hätte noch eine anderweitige wichtige Verpflichtung – und das ist ja nicht einmal gelogen«, schmunzelte Josef.

Moritz Hommel war sofort einverstanden. Allein schon die Aussicht, mit einem Automobil zu fahren, hätte ihn in den Vorschlag einwilligen lassen. So eine Gelegenheit würde sich ihm sicher so schnell nicht wieder bieten. Noch wichtiger aber war ihm das Zusammensein mit seinem alten Freund. Sie hatten sich bestimmt viel zu erzählen. Josef bat ihn, über den Ortsausgang hinaus in Richtung Greding zu gehen. Er werde ihn dann schnell einholen.

Als er nach wenigen Minuten vom Empfang kam, fand er sein Automobil immer noch von einer Horde Kinder umringt, die es andächtig bewunderten. Josef hatte sie schon während der Einweihungsfeierlichkeiten bemerkt. Zwei von ihnen hatten ein kurzes Gedicht aufgesagt und unter der strengen Aufsicht ihres Lehrers hatten sie auch während der Rede des Bürgermeisters dabeistehen müssen. Doch sobald sie konnten, hatten sie sich in Richtung seines Automobils davongestohlen. An der Begeisterung für den Fortschritt und alles Neue hatte sich also auch im 20. Jahrhundert nichts geändert, stellte er amüsiert fest. Wie gut erinnerte er sich noch an den Tag, als Tate ihn und seine Geschwister nach Pleinfeld mitgenommen hatte, um ihnen die neue Eisenbahn zu zeigen. Sein Bruder Julius war zu der Zeit noch gar nicht geboren gewesen. Was damals die Eisenbahn gewesen war, das war heute das Automobil: das Symbol einer neuen Zeit.

Er zückte seine Geldkatze und beschenkte jedes der Kinder mit 15 Pfennigen: »Zur Feier des Tages und weil ihr bei der Eröffnung so brav wart«, erklärte er der staunenden Bande. »Aber jetzt macht Platz und lasst mich weiterfahren.«

Moshe, respektive Moritz, wie er sich jetzt nannte, war schnell eingeholt.

»Hier bin ich also, wie versprochen. Los, steig ein! Na, was sagst du zu meinem Wagen? Ein Mercedes-Simplex mit 32 PS. Das ist die Abkürzung für ›Pferdestärken‹, wie du vielleicht weißt. Der Verkäufer hat mir seinerzeit alles genau erklärt. Der Wagen hat einen Vierzylindermotor und bringt es auf 60 Stundenkilometer. Er hat natürlich ein kleines Vermögen gekostet, 20000 Goldmark, um genau zu sein. Aber zu meinem 50. habe ich mir diesen Luxus gegönnt. Das ist jetzt auch schon wieder über drei Jahre her. Mein Gott, die Zeit vergeht!«

»Ich habe die Entwicklung der Automobile bisher nur in der Zeitung verfolgt. Eine spannende Sache. Aber wenn ich ehrlich bin, haben mir die Zahlen, die da zu lesen standen, bisher recht wenig gesagt. Wirklich vorstellen konnte ich mir darunter jedenfalls nichts. Es ist das erste Mal, dass ich tatsächlich in einem solchen Automobil fahre.«

»Dann genieß es! Ida, meine Frau, und ich fahren öfter hinaus an den Starnberger See. Wir lieben es, so dahinzubrausen, wenn uns der Fahrtwind ins Gesicht bläst und die Landschaft an uns vorbeizieht. Meine Ida hat dann zwar immer Angst um ihre Frisur, aber Spaß macht es ihr trotzdem. In Seenähe gibt es ein sehr schönes Hotel, wo wir gerne auf der Terrasse sitzen und Kaffee und Aussicht genießen. »Kaiserin Elisabeth« heißt es jetzt. Früher war es das Hotel »Strauch«. Aber nach dem Tod der Kaiserin haben sie es ihr zu Ehren umbenannt. Sie war dort nämlich oft zu Gast. Aber jetzt erzähl! Wie geht es dir? Du bist bei der Bahn? Das weiß ich von deinem Bruder. Dann hast du also deinen Jugendtraum wahrgemacht.«

»Naja. Ganz so würde ich das nicht sehen. Aber es stimmt, ich bin jetzt stellvertretender Stationsvorsteher in Ansbach. Aber von einem Leben, wie es Bethel Strousberg geführt hat, bevor er pleite gegangen ist und wie ich es mir für mich in meiner Jugend erträumt habe, bin ich meilenweit entfernt. Reich bin ich nicht geworden und Ansbach ist auch nicht Berlin. Es ist eine mehr oder weniger unbedeutende Provinzstadt und beileibe nicht die große Welt. Aber man kann dort gut leben und ich bin zufrieden. Viel gibt es von mir nicht zu berichten. Ich habe drei gesunde Kinder, eine brave Frau und einen auskömmlichen Beruf. Was will man mehr? Richard, mein Ältester, hat gerade sein Medizinstudium beendet. Paul, unser Mittlerer, ist Bankbeamter bei der Sparkasse und Therese, unsere Jüngste, möchte gerne Lehrerin werden. Aber ob das möglich ist, steht noch in den Sternen. Du siehst, alles mehr oder weniger durchschnittlich und keineswegs spektakulär. Kein Vergleich mit dir, einem respektablen Brauereibesitzer! Ich habe deinen Werdegang, so gut es ging, aus der Ferne mitverfolgt.«

»Brauereibesitzer bin ich, das stimmt und das Geschäft läuft gut. Da kann ich nicht klagen. Aber mein Leben ist bestimmt nicht so strahlend, wie du dir das vielleicht vorstellst. Da gab es durchaus neben den Höhen auch viele Tiefen. Und wer Erfolg hat, hat immer auch Neider. Da bin ich leider keine Ausnahme. Im vorletzten Jahr war ich beispielsweise gezwungen, einen recht unschönen Prozess zu führen.«

»Worum ging es denn, wenn ich fragen darf?«

»Wie gesagt, eine unschöne Sache. Die Angelegenheit ging damals sogar durch die Münchner Presse. In der *Bier-Chronik* wurde die Qualität unseres Bieres ausgesprochen schlecht bewertet. Dieser Hauser, der Redakteur, bezeichnete es als die letzte Brühe, als »Dividendenwasser«, und das, obwohl wir dafür bei der Weltausstellung in Lüttich den Großen Preis erhalten haben! Die Anschuldigungen erwiesen sich auch als haltlos. Aber wegen der schlechten Presse ist mir ein wichtiger Vertrag in Elsass-Lothringen geplatzt und nicht nur das. Du weißt, wie das ist: Irgendwas bleibt bei den Leuten immer hängen. Und wenn's nur das gewesen wäre – gegen die Vorwürfe konnte ich mich gerichtlich zur Wehr setzen. Mein Ältester, Julius, hat übrigens die Brauerei damals anwaltlich vertreten. Er hat eine Anwaltskanzlei eröffnet und trägt sich im Moment mit dem Gedanken, zusätzlich noch ein Studium in Chemie dranzuhängen. Ein tüchtiger Bursche, das muss ich sagen. Was mich damals im Vorfeld des Prozesses wirklich gewurmt, ja verletzt hat, war dieser eindeutig judenfeindliche Ton des ganzen Presseartikels. Manchmal habe ich das Gefühl, wir Juden können tun, was wir wollen. Wir können uns integrieren, ja sogar taufen lassen und konvertieren, wir können jede nur mögliche Anstrengung vollbringen. Das zählt am Ende alles nicht. Wenn den Neidern nichts anderes mehr einfällt, dann werfen sie uns einfach vor, dass wir Juden sind und konstruieren eine jüdische Weltverschwörung. Ich bin ja beileibe nicht der Einzige, dem so etwas widerfahren ist. Guggenheimer, ein Freund meines Vaters, der unserer Familie nach dessen Tod in vielfacher Weise geholfen hat, trat bereits vor vielen Jahren wegen solch dummer und ungerechter judenfeindlicher Anschuldigungen von seinem Stadtverordnetenmandat zurück.«

»Idioten gibt es immer. Da kann man leider nichts machen. Dummheit und Gemeinheit sterben wohl nie aus. Trotzdem glaube ich, dass am Ende immer Vernunft und Gerechtigkeit siegen. Denk doch nur an den Fall Dreyfus. Es ist schlimm, was der arme Mann unschuldig erleiden musste, gar keine Frage. Aber am Ende ist die Sache doch gut ausgegangen und er wurde nicht nur rehabilitiert und in allen Ehren wieder in die Armee aufgenommen, sondern sogar befördert.«

Josef schwieg eine Weile.

»Vielleicht hast du recht«, entgegnete er nachdenklich. »Vielleicht sind es häufig sogar gerade die Schwierigkeiten, die uns weiterbringen. Ich habe mich jedenfalls durch Widerstände nie aufhalten lassen, sie haben mich im Gegenteil angespornt.«

»Vielleicht ist gerade das ja auch das Geheimnis deines Erfolgs. Was meinst du?«

»Mag sein, ja. Genau sagen kann man das nie. Bestimmt war auch viel Glück dabei.«

Sie schwiegen beide.

»Und was machen deine Kinder?«, nahm Moritz den Gesprächsfaden schließlich wieder auf. »Dein Ältester ist Jurist und angehender Chemiker und die anderen?«

»Du wirst es kaum glauben, aber Hermann und Fritz studieren ebenfalls Jura. Hermann erst in München und jetzt in Erlangen und Fritz will es ihm nachtun. Ich hoffe natürlich, dass sie mit ihrem Wissen bei mir ins Geschäft einsteigen. Nur mein Jüngster, Kurt, will zumindest bislang nichts vom Studieren wissen. Das ist mir auch recht. Falls er es sich nicht doch noch anders überlegt, will er nach dem Abitur erst einmal nach England und sich im dortigen Brauereiwesen umsehen. Danach möchte er eine Ausbildung zum Braumeister oder aber zum Kaufmann absolvieren. Beides wäre gut. Es kann schließlich nicht schaden, auch jemanden mit praktischem Sachverstand in der Firma zu haben. Sein Cousin, der Sohn meiner Schwester Mali, ist übrigens derzeit auch in England. So ist das heutzutage. Die jungen Leute haben Möglichkeiten, von denen wir nicht einmal geträumt haben. Stell dir vor, inzwischen haben wir sogar einen Künstler in der Familie. Julius Wolfgang, Jakobs Sohn, hat nach seinem Jurastudium noch ein Studium der Malerei an der Hochschule für Bildende Künste in München absolviert. Ich verstehe davon ja nicht allzu viel, aber meine Mimi, die sich sehr gut in Kunstfragen auskennt, meint, er habe Talent. Sie ist überzeugt, dass aus ihm in einigen Jahren ein gefragter Künstler werden wird.«

»Und deine Töchter?«

»Oh, alles bestens. Unsere Mimi, von der ich gerade gesprochen habe, ist mit einem sehr bekannten Münchner Kunsthändler und Galeristen verheiratet, Theobald Heinemann heißt er. Sie haben mittlerweile schon zwei Söhne: Fritz und Hermann. Der Kleine ist jetzt drei Monate alt, sein älterer Bruder zwei Jahre. Du kannst dir vorstellen, wie wir uns freuen. Ida ist ganz vernarrt in ihre Enkel. Ehrlich gesagt waren meine Frau und ich anfangs etwas skeptisch, was diese Ehe betraf. Theobald ist wesentlich älter als unsere Mimi. Sie könnte fast seine Tochter sein. Aber es war eine wirkliche Liebesheirat und die beiden sind sehr glücklich miteinander. Unsere Elsa hat im Frühjahr geheiratet, einen Arzt, ein äußerst sympathischer und auch tüchtiger Mann. Haas stammt ursprünglich aus dem Saarland, hat aber in München studiert. Zu unserer Freude bauen die beiden gerade in unserer unmittelbaren Nachbarschaft. Alfred will in dem Haus neben der Familienwohnung auch seine Privatklinik unterbringen.

Schau doch nur, wie schön es hier ist!«, rief Josef unvermittelt aus. »Wir sind ja oft im Voralpenland unterwegs, am Starnberger See, am Tegernsee oder auch am Chiemsee. Wir waren wiederholt in der Sommerfrische im Salzkammergut und in Kärnten, wir haben ein paar Mal die beeindruckende Schweizer Bergwelt besucht und letztes Jahr sind wir anlässlich unserer Silbernen Hochzeit über Elsass-Lothringen nach Paris gereist. Das war ein lange gehegter Traum von mir. Ich wollte endlich einmal den Eiffelturm mit eigenen Augen sehen. Alles wunderschöne Gegenden, grandiose Landschaften, keine Frage. Aber keine von ihnen hat sich mir so ins Herz eingebrannt wie diese hier, die Gegend, wo ich meine Kindheit und Jugend verbracht habe. Hier kenne ich jeden Winkel, alles ist mir auch nach Jahrzehnten noch vertraut. Weißt du noch, wie wir früher stundenlang herumgestreift sind? Ich erinnere mich noch gut, wie ich die Strecke, die wir jetzt fahren, damals mit Rosenfeld auf meiner ersten Fahrt nach Ingolstadt zurückgelegt habe. Dunkel war es, eiskalt war es. Ich fror erbärmlich und war furchtbar aufgeregt. Vater war ja krank und konnte nicht mit. So hat er mich damals geschickt. Da wussten wir freilich noch nicht, wie ernst es mit ihm stand. Kurze Zeit später ist er dann ja gestorben.«

Moritz nickte bedächtig.

»Erinnerst du dich noch an den langen Abendspaziergang kurz nach meiner Bar-Mizwa und an die Unterhaltung, die wir damals führten?«, fragte er.

Josef blickte verständnislos. »Nein, daran kann ich mich nicht erinnern. Mir verschwimmen all unsere Streifzüge mehr oder weniger zu einem einzigen.«

»Ich erinnere mich so deutlich, als wäre es gestern gewesen. Ich bekam damals zu Hause ziemlichen Ärger, weil wir so lange weggeblieben waren und uns noch dazu außerhalb des Ortes rumgetrieben hatten. Aber das ist nicht das Entscheidende. Wir haben von unseren Zukunftsplänen oder nein, eher von unseren Lebensträumen, gesprochen. Vielleicht sollte ich besser sagen, ich habe von den meinen gesprochen, denn du hattest eigentlich gar keine. Jedenfalls keine, die ich als Lebensträume erkannt hätte. Ich träumte davon, hinaus in die weite Welt zu kommen und irgendwo in einer großen Stadt ein reicher und geachteter Mann zu werden. So ähnlich wie Strousberg vor seinem Bankrott. Ich habe meinen Bruder beneidet, der studieren durfte. Hätte man mir damals gesagt, dass ich einmal als braver Bahnbeamter in einer nicht besonders großen Provinzstadt wie Ansbach leben würde, wäre ich empört gewesen. ›Ich doch nicht! Für mich hält das Leben doch etwas Besseres bereit‹, hätte ich jedem entgegengeschleudert, der mir das prophezeit hätte. Du dagegen warst mit deinem Leben hier in Thalmässing und als künftiger Betreiber eines kleinen Ladens offenbar ganz zufrieden. Dich zog es nicht fort. An diesem Abend hast du mir unter dem Siegel der Verschwiegenheit anvertraut, dass sich deine Eltern mit dem Gedanken tragen, nach München zu übersiedeln. Aber du warst davon ganz und gar nicht angetan. Du wärst gerne hiergeblieben. Und nun schau uns an, uns beide, Jahrzehnte später. Ist es nicht seltsam, welche Wege das Leben geht? Du, der das eigentlich nie angestrebt hatte, bist jetzt ein höchst erfolgreicher Unternehmer.«

Josef dachte über die Worte seines Freundes nach. »Ja, seltsam, in der Tat, wie das Leben so spielt«, entgegnete er schließlich. »Es ist schon so, wie du sagst. Auch wenn ich mich an dieses Gespräch nicht mehr erinnere. Aber ich hatte damals tatsächlich keine besonderen Lebensträume und weg von hier wollte ich auch nicht unbedingt.« Er schwieg eine Weile. »Sag, kannst du dich noch an den Andreas Ellinger erinnern?«, fuhr er schließlich fort.

»Du meinst den Viehhändler, der dann im Krieg gegen Frankreich gefallen ist? Ich kann mich kaum mehr an ihn erinnern. Er war ja ein paar Jahre älter als wir und in der Jugend machen drei oder vier Jahre Altersunterschied doch sehr viel aus, aber wie kommst du denn jetzt auf den?«

»Ist das so weit hergeholt? Immerhin haben wir heute das Denkmal eingeweiht, auf dem auch sein Name steht. Aber das meine ich jetzt nicht. Ich komme nur darauf, weil du von der Vergangenheit sprichst. Da habe ich nämlich auch eine Szene ganz deutlich vor Augen. Damals, als die jungen Männer in den Krieg zogen. Du warst nicht dabei. Du warst damals schon in Nürnberg. Aber ich sehe den Andreas noch vor mir, wie er stolz verkündet, er wolle jetzt im fernen Frankreich seinen Patriotismus beweisen. Ihn habe ich damals tatsächlich beneidet. Wie gerne hätte auch ich Heldentaten vollbracht! Aber leider war ich damals zu jung. Im Nachhinein betrachtet war das natürlich ein Glück. Sonst stünde jetzt womöglich auch mein Name auf dem neu errichteten Denkmal. Der arme Ellinger hat seinen Patriotismus jedenfalls mit dem Leben bezahlt. Über 25 Jahre ist das jetzt her, quasi unser halbes Leben. Damals wusste ich das nicht, aber rückblickend sehe ich, dass die jungen Kerle von damals eigentlich noch ihr ganzes Leben vor sich hatten. Es heißt ja immer, es sei ehrenvoll, fürs Vaterland zu sterben. Das mag schon sein. Aber tot ist tot. Das klingt jetzt wenig patriotisch und ich sage es auch nur zu dir. Doch offen gestanden bin ich heute froh, dass ich damals nicht dabei war. Auf militärische Heldentaten kann ich inzwischen gut verzichten. Aber lassen wir dieses Thema. Ja, es stimmt. Das Leben oder das Schicksal, oder wie immer du das nennen magst, hat es wirklich gut mit mir gemeint. Trotzdem bin ich überzeugt, dass ich auch hier in Thalmässing oder der Umgegend glücklich geworden wäre. Wahrscheinlich hätte ich das Stadtleben nie vermisst. München ist eine fantastische Stadt, gar kein Zweifel. Es bietet alles, was man sich nur erträumen kann. Wunderbare Theater, Konzertsäle, Lokale, natürlich auch die legendären Biergärten, Museen … Hast du, nebenbei erwähnt, schon von dem neuen, großartigen Vorhaben Oskar von Millers gehört? Der Mann hegt Pläne für ein ganz neues Museum. Ein Deutsches Museum von Meisterwerken der Naturwissenschaft und Technik soll es sein. Aber nicht nationalistisch verengt. Im Gegenteil. Von Miller will dort wichtige Exponate aus allen Ländern ausstellen. Er sammelt seit einigen Jahren schon Gelder dafür. Inzwischen hat er bereits eine stattliche Summe zusammen. Vergangenen November konnte bereits die Grundsteinlegung für das neue Haus erfolgen. Ich habe mich natürlich ebenfalls mit einer größeren Summe beteiligt. Ehrensache. Sogar seine Majestät Kaiser Wilhelm war bei den Feierlichkeiten anwesend, Prinzregent Luitpold selbstverständlich auch und auch sonst mehr oder weniger alle von Rang und Namen.

Aber ich komme schon wieder vom eigentlichen Thema ab. Ja, München bietet alles, was man sich nur träumen kann. Ich lebe gerne dort. Wenn schon Stadt, dann München. Es gibt keine schönere. Davon bin ich felsenfest überzeugt. Aber unter uns: Ich glaube, im Grunde meines Herzens bin ich trotz allem ein Landmensch geblieben. Am liebsten bin ich immer noch in der freien Natur. Ehrlich gesagt, liebäugle ich bisweilen mit dem Gedanken, mich irgendwann im Alter einmal mit meiner Ida aufs Land zurückzuziehen. Aber noch ist es nicht so weit. Noch stehe ich ja mitten im Leben. Weißt du was? Komm doch einmal nach München! Besuch die Neue Pinakothek! Sie ist wirklich sehenswert. Du wirst staunen. Und danach gehen wir gemeinsam auf ein Bier in den ›Kindlkeller‹. Seit ich den Laden übernommen habe, läuft er.«

München leuchtet

Endlich hatte Samberger das lange ersehnte Porträt fertiggestellt. Der Künstler hatte gute Arbeit geleistet, wie Josef fand. Er hatte ihn ausdrücklich ermuntert, ihn nicht zu gesetzt und distinguiert darzustellen, und der Maler hatte sich an diese Vorgabe gehalten. Josefs Porträt zeigte nun nicht den würdigen, ehrbaren Geschäftsmann in gewichtiger Pose, wie es allgemein üblich war. Vielmehr war vor einem leicht ockerfarbenen Hintergrund ein Mann zu sehen, der einen schwarzen Schlapphut trug, wie er auch einem Künstler gut zu Gesicht gestanden hätte. Die ungewöhnlich lange, leicht gewellte Haarpracht und der buschige Schnurr- und Kinnbart verliehen dem Dargestellten einen leicht bohemienhaften Ausdruck. Die Hände hatte er lässig in den Taschen seines schwarzen Anzugs vergraben. So blickte Josef, eine Zigarre im Mund, nun seinerseits nachdenklich auf den Betrachter.

Im Gegensatz zu ihrem Mann war Ida mit der Darstellung nicht so ganz zufrieden. Wenn es nach ihr gegangen wäre, hätte in Josefs Direktoriumszimmer ruhig die Darstellung eines seriösen Geschäftsmannes hängen dürfen. Der war er ja schließlich auch. Aber sie kannte ihren Josef inzwischen lange genug, um zu wissen, dass sie mit diesem Ansinnen bei ihm auf Granit gebissen hätte. Selbst bei offiziellen Anlässen neigte er dazu, ein allzu feierliches Pathos durch Scherze zu vereiteln. So sehr sie ihn dafür manchmal auch kritisierte, da war nichts zu machen. Wie etwa bei den Fotografien anlässlich ihrer Silbernen Hochzeit im vergangenen Jahr. Ida hatte sich eine Aufnahme gewünscht, die dem Anlass angemessen war. Sie beide in angemessenem Ambiente, Ida vielleicht auf einem Stuhl sitzend und ihr Gatte neben ihr stehend, die Hand leicht auf ihre Schulter gelegt. So etwas in der Art, wie es eben üblich war. Ihr Josef aber hatte darauf bestanden, dass sie sich in einer Kutschenattrappe mit vorgespanntem Pferdchen ablichten ließen. Da saß er schelmisch lächelnd entspannt auf dem Kutschbock, während sie selbst, die Zügel in der Hand, doch eher skeptisch in die Kamera blickte. *Über 25 Jahre verheiratet!*, hatte er auf der Rückseite der Karte verkünden lassen und damit gleichzeitig noch allen Empfängern frohe Ostern gewünscht. So war er. Sie selbst war in ständiger Furcht, dass er es mit seiner Unernsthaftigkeit doch einmal übertreiben und über die Stränge schlagen könnte. Doch diese Furcht hatte sich zumindest in den allermeisten Fällen bislang als unbegründet erwiesen.

***

»Was machst du da, Ida?«

»Ich schneide einen Artikel aus der heutigen Zeitung aus, den ich meinem Brief an Mimi beilegen möchte.«

»Aha. Und welchen?«

»Den über den jungen Feuchtwanger. Mimi wird sich sicher freuen, wenn sie im fernen Nizza ein bisschen Klatsch und Tratsch aus der Faschingssaison und unseren Münchner Künstlerkreisen zu lesen bekommt.«

»Ausgerechnet der Lion. Nach allem, was man so hört, ist sein Vater von den literarischen Ambitionen seines Sohnes alles andere als begeistert. Er würde ihn lieber im Familienunternehmen sehen oder wenigstens in einer soliden Anstellung. Kann ich gut verstehen, ginge mir an seiner Stelle nicht anders. Ich bin froh, dass sich der Skandal im »Löwenbräukeller« ereignet hat und nicht in unserem Haus. So etwas kann lange nachwirken. Mich würde auch interessieren, wer jetzt für den Schaden aufkommt. Davon steht, soviel ich weiß, nichts im Artikel.«

»Nein. Nur, dass die Handwerker ihre Löhne und unbezahlten Rechnungen eingefordert haben und deshalb die Dekoration noch während des Balls heruntergerissen haben, dass die Gäste infolgedessen ihr Eintrittsgeld zurückwollten und, dass die Sache ein gerichtliches Nachspiel haben wird.«

Tatsächlich war der sogenannte Phoebus-Skandal noch für einige Wochen Stadtgespräch. Doch sehr bald schon wurde die öffentliche Aufmerksamkeit von anderen, neueren Dingen angezogen. Bereits im April konnte Ida ihrer Tochter in einem Brief nach Nizza von einer neuen Attraktion berichten. Erstmals war Graf Zeppelin mit seinem Luftschiff auf dem Oberwiesenfeld gelandet. Josef hatte es sich natürlich nicht nehmen lassen, dem Ereignis beizuwohnen.

»Was meinst du, Ida«, hatte er sie gefragt, »wäre es nicht fantastisch, einmal in so einem Luftschiff mitzufliegen?«

Seine Frau aber sah ihn nur entsetzt an. »Selbst wenn es möglich wäre, würden mich keine zehn Pferde in dieses Ungetüm bringen, mein Lieber! Nicht für alles Geld der Welt würde ich in so ein Ding einsteigen. Ich bleibe auf dem Boden!«

Ihrem Brief an Mimi legte sie eine Ansichtskarte von dem Ereignis bei. Josef hatte drei davon gekauft. Eine hatte er seinem Freund Moritz Hommel nach Ansbach geschickt und darauf auch seine Einladung an den Jugendfreund erneuert. Die andere musste Ida auf seine Bitte hin als Erinnerung ins Familienalbum einstecken.

Kaum eine Woche, in der es in München nicht irgendetwas Neues zu bestaunen gab. Theater- und Opernpremieren, Ausstellungseröffnungen und Konzerte buhlten um die Gunst des Publikums. Die Schüleins bevorzugten vor allem das noch recht neue Prinzregententheater und das Theater am Gärtnerplatz, wo man vor allem Operetten zur Aufführung brachte. In diesem Jahr nahm Ida von all den Vergnüglichkeiten allerdings weniger als gewöhnlich wahr. Ihre Sorge galt in den kommenden Monaten vor allem ihrer Tochter Mimi und deren bevorstehender dritten Entbindung. Zu ihrer Erleichterung verlief alles glatt und im Sommer kam der kleine Paul Julius gesund und wohlbehalten zur Welt.

Ein Ereignis durfte freilich kein Mitglied der Familie Schülein seit Jahren versäumen: den Besuch des Oktoberfests. Josef hatte dieses Münchner Volksfest von jeher geliebt. Einer oder, wenn möglich, auch mehrere Besuche auf der Wiesn gehörten für ihn, wie für die allermeisten Bewohner der Stadt, unverrückbar und unverzichtbar zum Jahresablauf. Nun, als Brauereibesitzer, war er dieser Münchner Institution nicht nur privat, sondern auch geschäftlich aufs engste verbunden. Keine der namhaften Münchner Brauereien hätte es sich nehmen lassen, ihr Bier in einem der Festzelte auf der Theresienwiese auszuschenken. Die Unionsbrauerei Schülein und der Kindlbräu waren da keine Ausnahme.

›Auf der Wiesn hält euer Vater Hof‹, hatte Ida während eines Essens im Kreis der Familie einmal scherzhaft bemerkt. Wie in den allermeisten Scherzen steckte auch in diesem ein Körnchen Wahrheit. Es stimmte: Josef genoss seine Auftritte dort.

Wie bei jedem offiziellen Auftritt gehörte auch für den Besuch des Oktoberfests die passende Kleidung als unverzichtbarer Bestandteil dazu. Als Ausstatter für Dirndl und Trachtenanzüge kam für jede Münchnerin und jeden Münchner eigentlich nur ein Geschäft infrage: Wallach in der Residenzstraße. Josef hegte ehrliche Bewunderung für den Geschäftssinn der Betreiber. Die beiden Brüder Moritz und Julius, aus Bielefeld zugereist, hatten es innerhalb weniger Jahre geschafft, zu königlichen Hoflieferanten ernannt zu werden und ihre Kollektionen bayerischer Trachten an den europäischen Hochadel und das Großbürgertum zu verkaufen.

Das Oktoberfest des Jahres 1910 sollte etwas ganz Besonderes werden. Darin war sich das Festkomitee einig. Schließlich beging man das 100-jährige Jubiläum des inzwischen schon legendären Festes. Deshalb sollten erstmals nicht nur die Wirte, sondern auch die Brauereien selbst in einem feierlichen Auftritt mit Prunkgespannen Einzug auf der Wiesn halten. Josef war von dieser Idee begeistert.

Das bevorstehende Jubiläum war für ihn auch Anlass, endlich eine Sache in Angriff zu nehmen, die ihm schon lange am Herzen lag. Der Kindlbräu brauchte endlich ein ansprechenderes Markenzeichen! Bislang diente das berühmte Münchner Kindl als Motiv auf Plakaten, Flaschenetiketten und Bierseideln. Das war zwar nett und schön, ja, auch stimmig, denn die Brauerei verdankte dem Kindl schließlich ihren Namen. Trotzdem wirkte das Motiv ein wenig zu bieder und langweilig, wie er fand. Josef wollte etwas Frischeres, Frecheres, Originelleres. Etwas, das ins Auge fiel und das sich die Leute auch merkten. Nur was? Dazu war ihm bislang nichts eingefallen. So hatte er das Vorhaben also immer wieder beiseitegeschoben. Damit sollte jetzt Schluss sein. Was er suchte, war ein Motiv, das Lebenslust ausdrückte, aber auch Gemütlichkeit. Ein Stück München sollte es enthalten und selbstredend die Verbindung zum Bier. Er grübelte lange. Nichts gefiel ihm. Dann sah er das Bild. Wie Schuppen fiel es ihm von den Augen. Natürlich, das war es! Jahrelang hatte er es immer wieder vor Augen gehabt und nicht begriffen, welcher Schatz da vor ihm lag. Kaulbachs Bild der schönen Kellnerin Coletta, einst Biermadl im »Sterneckerbräu«. Der Künstler hatte das Mädchen als Schützenliesl mit einer Schützenscheibe anstelle des Huts auf ihrem Kopf auf einem rollenden Fass balancieren lassen. Das verlieh dem Bild Dynamik. Colettas weite, schwingende Röcke waren durch ihre Bewegung übers Knie gerutscht und zeigten mehr Bein als unter gewöhnlichen Umständen schicklich war. Ihr Mieder war weit geöffnet und ließ ein üppiges Dekolleté erkennen. Neun schäumende Bierkrüge hielt die junge Frau in ihren Händen. Das war es: das wahre Münchner Kindl! Frivol und lebenslustig, wie man es nur in München sein konnte. Das schöne Biermadl sollte sein Kindlbier zukünftig bewerben. Josef ließ sie als Schutzmarke eintragen und auf Postkarten und Plakate drucken.

Wie die Zeit verging! Als junger Mann hatte er über diesen Ausruf der Alten oft innerlich den Kopf geschüttelt. Was die nur immer für ein ewiges Gejammer hatten! Doch ungefähr seit seinem 50. Geburtstag stellte er zu seiner maßlosen Verwunderung fest, dass auch nach seinem eigenen Empfinden die Zeit zunehmend dahinzurasen schien. Kaum hatte man das Neujahrsfest und das Versöhnungsfest Jom Kippur gefeiert, stand auch schon Chanukka vor der Tür und kaum, dass dieses vorbei war, feierte man schon Silvester.

In diesem Jahr wollte die ganze Familie Ida zu Ehren den letzten Tag des Jahres auf dem Silvesterball im Hotel »Bayerischer Hof« begehen und dort in Idas 50. Geburtstag hineinfeiern. Am Nachmittag des Neujahrstages sollte die Feier dann zu Hause bei Kaffee und Kuchen fortgesetzt werden.

Der Ballsaal des »Bayerischen Hofs« war festlich erleuchtet. Die Luft war schwer vom Duft der üppigen Blumenarrangements, die sich mit den Parfüms der Damen mischten. Auf den Tischen funkelten silberne Eiskühler und die Kristallgläser, vom Schmuck der Damen gar nicht zu reden. Das Hotel am Promenadeplatz wurde seinem legendären Ruf auch an diesem Silvesterabend wieder gerecht. Alles war geschmackvoll und luxuriös, der Service einfach perfekt. Hermann Volkhardt, der Besitzer, hatte die Schüleins bereits am Eingang per Handschlag begrüßt und ein paar freundliche Worte gewechselt, später würde er sicher noch auf einen kurzen Plausch an ihren Tisch kommen.

»Endlich wieder tanzen! Ob wir's überhaupt noch können, wir beide?«

»Ich bitte dich, Ida! So etwas verlernt man doch nicht.«

Josef hatte recht. Er war immer ein leidenschaftlicher Tänzer gewesen und sie beide hatten auf dem Parkett stets so gut harmoniert, wie im echten Leben. Daran hatte sich nichts geändert. Ida genoss es sichtlich, sich unter seiner Führung im Rhythmus der Walzerklänge zu wiegen. Sie waren immer noch ein schönes Paar; allerdings nicht mehr ganz so ausdauernd wie in jungen Jahren, wo sie keine Tanzrunde ausgelassen hatten, wenn sich schon einmal eine der seltenen Gelegenheiten dazu geboten hatte. Nun aber kehrten sie nach zwei schnellen Walzern ein wenig atemlos an ihren Tisch zurück, genossen ein Glas vom eisgekühlten Champagner und blickten in die Schar der anwesenden Gäste.

»Schau, da drüben sitzen die Sedlmayrs. Vielleicht kommt ja auch von Miller noch dazu. Wundern würde es mich nicht. Sie sind ja schließlich verwandt. Ich werde einmal kurz hinübergehen und ein paar Worte wechseln. Vielleicht erfahre ich dann auch, wie es mit von Millers Museumsvorhaben steht. Du entschuldigst mich bitte für einen Augenblick. Ich bin gleich wieder da.«

Ida hatte gegen diesen Vorschlag nichts einzuwenden. Nach der Walzerrunde ruhte sie gerne ein wenig aus und sah währenddessen den Jüngeren beim Tanzen zu. Mit unverhohlenem Mutterstolz betrachtete Ida ihre drei ältesten Söhne, die, ohne eine Runde auszulassen, mit wechselnden Partnerinnen übers Parkett wirbelten. Ob wohl eine ihrer künftigen Schwiegertöchter dabei war? Keine Frage, ihre Söhne waren nicht nur gefragte Tanzpartner, sondern gehörten auch als mögliche Heiratskandidaten sicher zu den begehrtesten Junggesellen der Stadt. Lediglich Kurt kam als Ehemann noch nicht in Frage, schließlich war ihr Nachzügler gerade erst 19 geworden. Hermann und Fritz aber hatten beide in diesem Jahr ihr Jurastudium mit einer erfolgreichen Promotion abgeschlossen. Sie konnten in absehbarer Zeit ebenso eine Familie ernähren wie Julius, der seit Jahren eine erfolgreiche Kanzlei betrieb. Sowohl Hermann als auch Fritz hatten sich in ihren Doktorarbeiten mit juristischen Fragen des Brauereiwesens auseinandergesetzt und Hermann wollte zur Freude seines Vaters sogar mit Beginn des neuen Jahres in die Schüleinsche Brauerei einsteigen. Von all ihren Söhnen war er seinem Vater Josef am ähnlichsten. Die beiden würden gut zusammenarbeiten, dessen war sie sich sicher. In ein paar Jahren würden dann sicher auch Fritz und noch ein wenig später auch Kurt, ihr Jüngster, in die väterliche Firma eintreten. Aber das hatte noch Zeit. Die beiden sollten sich auf Josefs Wunsch hin erst noch ein wenig anderwärts umsehen und andere Unternehmen kennenlernen. Alles lief bestens! Glücklich nippte Ida an ihrem Champagner. Nie hätte sie sich in ihrer Jugend eine derart strahlende Zukunft träumen lassen.

Der Eintritt Hermanns in die Firma erwies sich tatsächlich als Glücksfall. Vater und Sohn harmonierten nicht nur, sie ergänzten sich nahezu perfekt. Was Hermann an Erfahrung fehlte, machte er durch einen frischen, unverstellten Blick auf die Dinge und neuen Schwung wett. Ebenso wie Josef verstand er es mit seinem offenen und freundlichen Wesen, die Menschen für sich einzunehmen und für seine Ideen zu begeistern. Auch Julius verfolgte die berufliche Entwicklung seines Neffen mit großem Interesse. Er bildete zwar formal gemeinsam mit seinem Bruder Josef den Vorstand der Aktiengesellschaft, doch war es ein offenes Geheimnis, dass de facto einzig Josef die Geschicke der Firma lenkte. Mit Hermanns Eintritt wurden die Karten neu gemischt. Das war schnell klar. Sein Neffe würde sich nicht lange mit einer untergeordneten Position zufriedengeben. Er hatte sich mit beachtlicher Schnelligkeit in die vielen Themen und Sachgebiete eingearbeitet, er konnte und wollte mehr Verantwortung übernehmen.

Der Entschluss fiel Julius nicht schwer, im Gegenteil. Je länger er darüber nachdachte, desto mehr hatte er das Gefühl, sich von einer Bürde zu befreien, die seit Jahren latent auf seinen Schultern gelastet hatte. Er unterbreitete seinem Bruder den Vorschlag, aus dem Vorstand auszuscheiden und an seiner Stelle Hermann als neuen Vorstandsvorsitzenden an Josefs Seite zu ernennen.

»Ich weiß, du hörst es nicht gerne, Josef. Aber in zwei Jahren wirst du 60. Unsere Mutter hat sich in diesem Alter aus dem Geschäft zurückgezogen und es an euch drei übergeben. Ich will damit nicht sagen, dass du ihrem Beispiel folgen sollst. Du könntest ohne Arbeit nicht existieren, das weiß ich. Du brauchst Betriebsamkeit um dich. Das ist dein Lebenselixier. Trotzdem meine ich, dass es an der Zeit wäre, einen Jüngeren mit ins Boot zu holen. Was ist, wenn du plötzlich unvorhergesehen durch eine Krankheit ausfällst? Wer soll dann die Brauerei leiten? Ich kann das nicht und will es nicht. Hermann wäre der geeignete Mann dafür.«

»Und du? Was willst du dann tun?«

»Oh, da mach dir keine Sorgen. Ich weiß schon etwas mit meiner Zeit anzufangen.«

Es dauerte geraume Zeit, bis Josef dem Vorschlag seines Bruders etwas abgewinnen konnte. Nicht weil er an Hermanns Fähigkeiten zweifelte und auch nicht, weil er seinem Sohn diesen Aufstieg missgönnt hätte. Aber seinen Sohn als gleichberechtigtes Vorstandsmitglied an seiner Seite zu sehen, vermittelte ihm ein sonderbares Gefühl. Mit Julius als Partner hatte Josef mehr oder weniger das alleinige Sagen gehabt. Sein Bruder hatte sich nie ernsthaft in die Geschäftsführung eingemischt. Das würde sich mit Hermann ändern. Sie beide waren aus demselben

Holz geschnitzt, dessen war sich Josef bewusst. Hermann würde gestalten wollen. Er würde eigene Ideen haben und umsetzen wollen und er machte Josef indirekt bewusst, dass er längst kein junger Mann mehr war, ganz im Gegenteil. Auch wenn er längst noch nicht zum alten Eisen gehörte, auch wenn er noch jede Menge Tatkraft in sich spürte, es war nicht zu leugnen, eine neue Generation war nachgewachsen. Sie würde in absehbarer Zeit endgültig die Geschicke leiten und er musste abdanken. Erstmals wurde sich Josef seiner eigenen Endlichkeit bewusst. Was blieb ihm denn, wenn er seine Firma nicht mehr hatte? Welche weiteren Perspektiven hatte er? Er hatte seine Arbeit immer geliebt. Julius hatte recht: Sie war tatsächlich sein Lebenselixier. Welches Leben aber könnte es in einigen Jahren für ihn jenseits der Arbeit geben?

Julius schien das Ausscheiden aus dem Vorstand in der Tat nichts auszumachen.

»Ich freue mich aufs Reisen«, erklärte er. »Als Erstes werde ich die Gelegenheit nutzen, Kurt in England zu besuchen und die Londoner Museen und Galerien besichtigen. Und dann erfülle ich mir einen langgehegten Traum: Über den Atlantik nach New York.«

Keine zehn Pferde hätten Josef auf einen Ozeandampfer gebracht! Eingeschränkt auf den engen Raum, zum Nichtstun verdammt und obendrein noch der Macht des Wassers ausgesetzt. Josef verstand beim besten Willen nicht, wie sich jemand nur wenige Monate nach dem schrecklichen Unglück der Titanic freiwillig auf eine so gefahrvolle Reise begeben mochte. Das Schiff hatte als unsinkbar gegolten. Trotzdem hatten mehr als 1500 Menschen die Reise mit ihrem Leben bezahlen müssen. Aber sein Bruder ließ sich nicht von seinem Vorhaben abschrecken. Reisen und Kunst hatten ihn schon immer begeistert. Jetzt wollte er sie zu seinem Lebensinhalt machen und schien sich darauf sogar zu freuen.

Auch Ida hatte ihren Weg gefunden und ihren Alltag nach der Erziehung der eigenen Kinder neu gestaltet. Sie hatte gelitten, als ihre Kinder nach und nach das Haus verließen. Eine Zeit lang war sie sich überflüssig vorgekommen und hatte über mangelnde Beschäftigung geklagt. Inzwischen genoss sie ihre Rolle als Großmutter. Zu den drei Enkelsöhnen war nun auch ein kleines Mädchen hinzugekommen, Lotti, Elsas Tochter. Mittlerweile hatte sie auch berechtigte Hoffnung auf weiteren Nachwuchs, denn Julius wollte im nächsten Jahr seine Verlobte Minni Laura Kahn, die Tochter eines Wiesbadener Arztes, heiraten.

Ida stand den jungen Müttern mit ihrer Erfahrung, mit Rat und Tat zur Seite, sie las den älteren Kindern Geschichten vor oder genoss Spaziergänge mit ihnen im Englischen Garten oder im unlängst eröffneten Tierpark Hellabrunn. Mit ihrer künftigen Schwiegertochter verstand sie sich gut und da das junge Ehepaar in München leben wollte und Minnis Eltern im weit entfernten Wiesbaden lebten, durfte sie sich berechtigte Hoffnungen darauf machen, ihre künftigen Enkel auch oft um sich zu haben.

Keine Frage, Josef liebte seine Enkel ebenfalls. Auch er genoss Sonntagsausflüge mit ihnen und freute sich über ihren Besuch. Trotzdem konnte er sich ein Leben, das ausschließlich auf die Familie hin orientiert war, für sich nicht vorstellen. Jetzt nicht und auch nicht in ein paar Jahren. Aber vielleicht sollte er sich an den Gedanken gewöhnen, irgendwann ein wenig kürzerzutreten. Irgendwann, nicht jetzt gleich. Er hatte noch jede Menge Zeit.

Nichts währet ewiglich. Dieser Gedanke, der Josef seit Monaten latent beschäftigte, wurde ihm gegen Ende des Jahres noch einmal überdeutlich vor Augen geführt. Nach 26 Jahren Regentschaft verstarb Prinzregent Luitpold im Alter von 91 Jahren. Nicht nur die Stadt, ganz Bayern trauerte. Obwohl als Prinz äußerst beliebt, vermochte sein Nachfolger Ludwig die Herrscherwürde nicht überzeugend auszufüllen. Ihm fehlte einfach die Ausstrahlung Luitpolds. Die Rolle des Monarchen und Landesvaters lag ihm nicht. Seine Leidenschaft blieb auch nach der Thronbesteigung die Landwirtschaft, sodass die Leute ihn abfällig als ›Millibauern‹ bezeichneten.

Eine Ära war zu Ende.

1914

Ida grübelte lange. Was schenkte man einem Mann, der schon alles hatte, zum 60. Geburtstag? Seit Wochen zerbrach sie sich schon den Kopf darüber. Sie hatte einige Einfälle gehabt. Aber keiner davon schien ihr bei näherer Betrachtung passend. Ein Grammofon wäre vielleicht geeignet gewesen, aber das hatte ihr lieber Mann vor einigen Monaten ganz stolz schon höchstpersönlich nach Hause gebracht. So war diese Geschenkmöglichkeit hinfällig geworden. Eine Zeit lang hatte sie überlegt, ihm ein Gemälde von Julius Wolfgang zu schenken. Josef beobachtete den künstlerischen Werdegang seines Neffen mit großem Interesse. Der hatte tatsächlich den Mut gehabt, statt eines Brotberufs als Jurist, eine Laufbahn als Maler zu ergreifen. Nicht ohne Erfolg, wie es schien. Seit einigen Jahren waren seine Landschaftsgemälde offensichtlich nicht nur in München, sondern auch international gefragt. Insbesondere die Münchner Stadtlandschaften verkauften sich gut, wie Ida von Mimi wusste. Die Galerie Heinemann hatte ihm im vorletzten Jahr eine sehr erfolgreiche Ausstellung gewidmet. Ida war sich ziemlich sicher, dass ihre Tochter einen nicht unerheblichen Einfluss dabei gehabt hatte. Auch in anderen Galerien waren seine Werke regelmäßig ausgestellt und die Zeitungen berichteten häufig darüber. Ob Julius Wolfgang bei allem Erfolg von seinen Einnahmen standesgemäß hätte leben können, wusste Ida nicht. Aber diese Frage stellte sich wohl ohnehin nicht, denn ihr Neffe hatte vor zwei Jahren eine sehr reiche Frau geheiratet. Er hatte Suzanne in Paris kennengelernt, wo die beiden dieselbe Malschule besucht hatten. Seit einem Jahr nun wohnte das junge Ehepaar in München, in einer schönen, geräumigen Wohnung in der Trautenbachstraße.

Eine Münchner Stadtlandschaft wäre vielleicht ein passendes Geschenk gewesen. Doch Ida zögerte. Zum einen war sie sich nicht sicher, ob nicht auch Mimi und Theobald bereits auf diesen Gedanken verfallen waren, zum anderen wusste sie auch nicht recht, wo man ein weiteres Gemälde noch wirkungsvoll hätte aufhängen können. So geräumig ihr Haus auch war, mittlerweile war jeder Raum bis ins Kleinste ausgestaltet. So war sie also von dieser Möglichkeit wieder abgerückt, freilich ohne eine brauchbare Alternative gefunden zu haben. Gar nicht so einfach, nein, überhaupt nicht einfach, sogar ganz im Gegenteil überaus schwierig. Etwas persönliches sollte es sein und gleichzeitig etwas, woran ihr Josef wirklich Freude hätte. Bei all seinem Reichtum war ihr Mann im Grunde seines Herzens der einfache, mit sich und der Welt zufriedene Mensch geblieben, der er gewesen war, als sie sich vor mehr als 30 Jahren kennengelernt hatten. Das machte ihn zwar liebenswert, die Sache mit dem Geburtstagsgeschenk aber nicht einfacher.

Dann hatte sie doch endlich eine Idee gehabt. Ein Besuch mit der gesamten Familie im Hotel »Frankfurter Hof« in der Schillerstraße, wo der Komiker Karl Valentin mit seiner Partnerin Liesl Karlstadt regelmäßig auf der Volkssängerbühne auftrat. Josef hatte die Karriere des langen, dürren Mannes mit der auffälligen Physiognomie verfolgt, seit er ihn zum ersten Mal bei einem Auftritt gesehen hatte. Ida erinnerte sich noch gut, sie war an diesem Abend eher zufällig dabei gewesen. Das mochte jetzt an die fünf Jahre her sein. Damals war Valentin noch ein nahezu unbekannter Künstler gewesen, der als einer von vielen im »Kindlkeller« mit einer Instrumentalnummer auftrat. Er trug Couplets vor, die er dem Publikum als ›großen Blödsinn‹ angekündigt hatte. Seine groteske Art hatte Josef schon damals auf den Mann aufmerksam werden lassen und er hatte einige Zeit sogar überlegt, ihn regelmäßig für den »Kindlkeller« zu engagieren. Daraus war dann aber doch nichts geworden. Seit ein paar Jahren hatte Valentin nun den Durchbruch als einer der beliebtesten Komiker der Stadt geschafft. Er war der ›Blödsinnskönig‹. Unterstützt wurde er mittlerweile von seiner kongenialen Partnerin, einer eher kleinen und stämmigen Frau. Schon rein optisch nahm sich das gegensätzliche Duo komisch aus. Mit Sprachakrobatik und einer verqueren Logik verhedderte sich Valentin bei seinen Auftritten zur Freude seines Publikums heillos in abstrusen Welterklärungen. Seine Missgeschicke auf der Bühne brachten das Publikum zum Lachen. Die Vorstellungen waren regelmäßig ausverkauft und Karten dementsprechend schwer zu bekommen.

Ein Abend mit der ganzen Familie bei bester Unterhaltung, das würde ihrem Josef sicher gefallen. Kurt würde zu Vaters Geburtstag seinen Aufenthalt in England für drei Wochen unterbrechen. Das hatte er bereits geschrieben. Fast zwei

Jahre war er jetzt schon dort. Es gefiel ihm gut und inzwischen beherrschte er auch die Sprache nahezu perfekt. Bis Juli oder August wollte er noch bleiben und anschließend irgendwo in Deutschland eine Ausbildung zum Brauer absolvieren.

Josef sah seinem vermeintlichen Jubeltag mit gemischten Gefühlen entgegen. Am liebsten hätte er den Tag überhaupt nicht gefeiert; oder wenn, dann nur privat im Kreis der Familie irgendwo draußen auf dem Land. Das »Kaiserin Elisabeth« in Feldafing, also das ehemalige Hotel »Strauch«, wo er vor drei Jahrzehnten seinen 30. Geburtstag gefeiert hatte, hätte ihm gefallen. Am See entlang flanieren, mit den Enkeln Kiesel übers Wasser springen lassen, den Blick auf die umgebende Hügellandschaft und die dahinterliegende Bergkette schweifen lassen und anschließend auf der Terrasse des Hotels Köstlichkeiten genießen, das wäre nach seinem Geschmack gewesen. Eine Spritztour im Automobil mit Ida an seiner Seite hätte ihm auch gefallen. Sich einfach treiben lassen und spontan dahinfahren, wohin einen Lust und Laune oder der Zufall führten. Seine Frau hatte ihn jedoch völlig zurecht mit sanfter Bestimmtheit gemahnt, dass derlei für einen Mann in seiner Position und zu diesem Anlass nicht statthaft war. Er wusste es ja auch selbst, schließlich war er oft genug bei Geschäftspartnern oder Bekannten zu ähnlichen Anlässen eingeladen. Da galt es, sich zu revanchieren und bei passender Gelegenheit eine Gegeneinladung auszusprechen. Das musste natürlich in einem der renommierten Münchner Hotels passieren und nicht irgendwo draußen auf dem Land. Nein, um eine offizielle Geburtstagsfeier würde er nicht herumkommen. Er würde sich in Schale werfen, Hände schütteln, Glückwünsche entgegennehmen und obendrein eine launige Rede halten müssen. Der Bayerische Hof wäre der passende Rahmen dafür.

Aber es war nicht nur die offizielle Feier, die ihm im Magen lag. Es war auch die Zahl an Jahren, die ihm zu schaffen machte. 60. Wie nannte man das gemeinhin so schön: ein stattliches Alter. Aber so fühlte er sich nicht! Im Gegenteil. Er fühlte sich vital und lebenslustig wie eh und je. Vielleicht nicht gerade so, dass er noch Bäume ausreißen wollte. Das dann eher nicht. Er hatte es inzwischen ganz gern, wenn die Dinge ihren geregelten Gang gingen. Das musste er zugeben. Insofern war er auch froh, dass er sich dazu durchgerungen hatte, Hermann in den Vorstand geholt zu haben. Julius hatte mit seiner Einschätzung völlig richtig gelegen, wie Josef inzwischen wusste. Hermann brachte den notwendigen Schwung und die Portion frischen Wind mit, ohne die wohl keine Firma langfristig bestehen konnte.

Auch wenn es in seiner Umgebung immer mehr Männer gab, die sich in eine Existenz als Privatier zurückzogen, ans Aufhören dachte Josef noch lange nicht. Aber vielleicht sollte er zumindest künftig etwas kürzertreten. Nicht nur Julius hatte mit dem Nichtstun offensichtlich wenig Probleme. ›Aber ich tue doch etwas!‹, hatte er Josef einmal erstaunt geantwortet, als der ihn fragte, wie er mit dem Nichtstun zurechtkäme. In der Tat, Julius wusste sich zu beschäftigen. Seit seinem Rückzug aus dem Vorstand reiste er nicht nur viel mehr, so wie er sich das vorgenommen hatte, er hatte auch das Malen für sich entdeckt. Freilich ohne künstlerischen Anspruch, wie er betonte. Aber es machte ihm Spaß. Was für Julius das Malen war, war für Joseph Aischberg die Musik. Stundenlang musizierten sein Schwager und Mali oftmals gemeinsam. Joseph hatte sich schon vor Jahren aus dem Hopfenhandel zurückgezogen. Der Anlass war freilich tragisch gewesen: Sein Sohn Julius, der älteste der drei Cousins mit diesem Namen, war während eines Englandaufenthalts an einem Asthmaanfall gestorben. Er war nur 25 Jahre alt geworden. Das Unglück hatte damals die ganze Familie erschüttert. Wieso musste das Schicksal ausgerechnet bei Mali und Joseph, die doch bereits drei Kinder verloren hatten, noch einmal so grausam zuschlagen? Ohne einen Nachfolger für das Geschäft hatte Joseph eine weitere Tätigkeit als sinnlos betrachtet und sich fast vollständig ins Privatleben zurückgezogen. Nur seinen Posten im Aufsichtsrat der Unionsbrauerei bekleidete er weiterhin.

Gustav schien ebenfalls kein besonderes Bedürfnis nach beruflicher Aktivität mehr zu haben. Er saß wie Joseph noch im Aufsichtsrat der Brauerei und offiziell bestand auch die Bank Schülein & Söhne noch weiter. Gustav hatte sie nach Josefs Ausscheiden weitergeführt, wie es seinem Wesen entsprach, als solide und unauffällige Privatbank. Er war weder darauf aus, Werbung für das Institut zu machen, noch es zu weiterem Wachstum zu führen. Seit Gustavs Sohn Max sich aber für ein Medizinstudium entschlossen hatte, unterließ Gustav alle weiteren Aktivitäten. Die Bank nahm keine Neukunden mehr an und vergab auch keine neuen Kredite. De facto befand sie sich mehr oder weniger in einer langsamen Liquidationsphase und Gustav hatte sich nahezu vollständig ins Privatleben zurückgezogen.

So weit wollte Josef keinesfalls gehen. Es bestand ja auch kein Grund dazu.

Schließlich hatte er Söhne, die seine Unternehmungen fortsetzen würden – nur bitte noch nicht gleich. Noch stand er ja selbst mitten im Leben. Letztes Jahr hatte er beispielsweise erst eine neue Fasshalle bauen lassen, weil die alte zu klein geworden war. Er hatte noch jede Menge Pläne! Einen Vorsatz fasste er dennoch: Er würde in diesem Jahr gemeinsam mit Ida vier Wochen Urlaub machen und auf Reisen gehen. Venedig vielleicht und eine Woche drüben auf dem Lido. Dort würde sich zu der Zeit auch Mimi mit ihrer Familie aufhalten. Eine Woche Strandurlaub wäre auch für ihn erträglich. Dann ein Abstecher nach Triest. Die Hafenstadt an der Adria, Österreichs Zugang zu den Weltmeeren, reizte ihn schon lange. Auch wenn er selbst nie freiwillig einen Fuß an Bord eines Schiffes setzen würde, die Betriebsamkeit eines Hafens, das Kommen und Gehen, der Austausch von Waren und das internationale Flair interessierten ihn sehr. Wenn er ehrlich war, sogar mehr als manches Museum und manche Kunstgalerie.

Der August war erfahrungsgemäß ein ruhiger Monat in der Brauerei und große Entscheidungen standen in nächster Zukunft auch nicht an. Da konnte Hermann die Leitung für ein paar Wochen ohne Bedenken alleine übernehmen.

Der vorletzte Tag im Juni, ein Sonntag, war ein herrlicher Sommertag. Ida und Josef nutzten ihn, wie so oft, für eine Spritztour im Automobil hinaus an den Tegernsee. Josef hatte sich bereits vor Jahren angewöhnt, sich zusätzlich zum Sabbat auch den Sonntag arbeitsfrei zu halten. Geschäftsverkehr gab es an diesem Tag ohnehin keinen. So gerne er tätig war, so sehr genoss er es auch, eine Woche mit nur fünf Arbeitstagen zu haben. Die freie Zeit war sein persönlicher Luxus. »Freu dich!«, sagte er oft zu Ida. »Zwei arbeitsfreie Tage – das ist wahrscheinlich der einzige Luxus, den ich, den wir, als Juden den Gojim voraushaben.«

Der Tag verlief unbeschwert und heiter. Josef liebte es nach wie vor, im Automobil dahinzubrausen, den Fahrtwind im Gesicht. Sie fuhren meist am frühen Vormittag los, wenn die Straßen noch leer waren, weil da die meisten noch dem Gottesdienst beiwohnten. Das bayerische Voralpenland zeigte sich von seiner schönsten Seite, sanfte Hügel und saftige Wiesen, auf denen die Kühe friedlich grasten. Eine Idylle, an deren Anblick Ida und er sich immer wieder erfreuten. Die Landstraßen waren auf weite Strecken zu beiden Seiten von hohen Laubbäumen gesäumt, in deren Schatten es sich angenehm fuhr. Wie üblich kehrten sie im Bräustüberl am See ein. Sie hatten ihr Kommen telefonisch angekündigt und man hatte ihnen ihren Stammplatz auf der Terrasse mit herrlichem Seeblick reserviert. Den Nachmittag nutzen sie zu einer Fahrt im motorbetriebenen Boot hinüber zur anderen Seeseite, wo sie zu Kaffee und Kuchen einkehrten und einen gemütlichen Spaziergang unternahmen, bevor sie sich mit dem Boot wieder auf den Rückweg machten. Der Ablauf dieser Sonntage am Tegernsee glich einem vertrauten Ritual, von dem sie nur äußerst selten abwichen. Erst nach Einbruch der Dämmerung kamen sie schließlich wieder daheim an.

»Der Rinderbraten war wieder einmal köstlich«, ließ Josef abends bei einem Glas Burgunder den Tag noch einmal Revue passieren. »Ich weiß, ich wiederhole mich, aber ich mag das Land. Man hat dort einfach mehr Luft zum Atmen, finde ich. Vielleicht sollten wir doch in Erwägung ziehen, uns einen Alterssitz irgendwo draußen zuzulegen. Irgendwo, wo es ruhig und schön ist. Noch nicht jetzt gleich, aber vielleicht in ein paar Jahren irgendwann. Was meinst du?«

***

Der Erzherzog-Thronfolger und seine Gemahlin ermordet!

Die Nachricht auf der Titelseite der *Münchner Neuesten Nachrichten* traf Josef tags darauf beim Frühstück wie ein Blitz aus heiterem Himmel. Es waren weniger die möglichen politischen Folgen, die ihm als erstes bei dieser Meldung durch den Kopf gingen. Vielmehr war es die Hinfälligkeit des Lebens an sich, die ihn erschütterte. Von einem Moment auf den anderen konnte alles vorbei sein. Keiner war davor gefeit. Die unglückliche Kaiserin Sisi ebenso wenig wie nun der Erzherzog Franz Ferdinand und seine Frau. Im April hatte Franz Ferdinand als Vertreter des Kaisers Franz Joseph gerade noch München besucht. Die *Neuesten Nachrichten* hatten damals ausführlich berichtet. Unter den Klängen der Hymne *Gott erhalte Franz, den Kaiser*, war der österreichische Hofzug in die Bahnhofshalle eingefahren und auch sonst wurden dem hohen Besuch alle möglichen Ehrungen zuteil. München hatte sich herausgeputzt, sodass jedem Stadtbewohner die Bedeutung der kaiserlichen Gäste klar vor Augen trat. Vom Bahnhofsgebäude bis zur Schützenstraße, am Karlstor und am Max-Joseph-Platz waren damals Masten mit Fahnen in österreichischen und Münchner Farben aufgestellt gewesen. Das Rathaus, aber auch viele Privathäuser, waren mit Girlanden geschmückt gewesen,

Flaggen wehten von den öffentlichen Gebäuden. Keine drei Monate war das her und doch war es plötzlich Geschichte. Unwiederbringlich und unwiderruflich vorbei.

Gavrilo Princip, ein bosnischer Student, hatte dem Zeitungsbericht zufolge einen oder besser gesagt mehrere Anschläge auf das Thronfolgerpaar in der Stadt Sarajevo verübt. Der Erste war gegen elf Uhr vormittags erfolgt. Während Josef und Ida die sonntägliche Ruhe des idyllischen Voralpenlands genossen, hatte jemand eine Bombe auf den Autokonvoi des Erzherzogpaares geworfen und dabei mehrere Personen verletzt. Franz Ferdinand und seine Gemahlin waren da allerdings noch unverletzt geblieben. Den Warnungen des Polizeichefs zum Trotz setzte das Paar die Fahrt fort, wie die Zeitung berichtete. *»Da er es für seine Pflicht hielt, keine Mutlosigkeit an den Tag zu legen«,* hieß es. Einige Stunden später feuerte der Student dann auf das Ehepaar und diese Schüsse waren tödlich. Josef überlegte, was wohl er und Ida in diesem Moment gemacht hatten. Wahrscheinlich waren sie ahnungslos und friedlich über den Tegernsee getuckert, während im fernen Bosnien eine Tat begangen wurde, deren Folgen für Österreich und Bosnien selbst noch nicht absehbar waren.

Auch über die Überführung des Thronfolgerpaares und die anschließende Beisetzung in Wien wurde einige Tage später ausführlich berichtet. Die Nachricht, dass der deutsche Kaiser Wilhelm nicht zum Leichenbegängnis nach Wien komme, habe schmerzliche Überraschung ausgelöst, war zu lesen. Wie nicht anders zu erwarten, war der tragische Vorfall in der ganzen Stadt das Tagesgespräch schlechthin. Damals, nach der Ermordung der armen Kaiserin Sisi war es nicht anders gewesen.

Nach der Beerdigung Franz Ferdinands und seiner Gemahlin ließ das öffentliche Interesse allmählich nach. Sowohl die Zeitungen als auch die Menschen wandten ihre Aufmerksamkeit zunehmend wieder anderen Themen zu, wie etwa einem besonders grausigen Raubmord in Wien. Neben der Brutalität der Tat, waren es auch die ungewöhnlichen Namen der Beteiligten, Fasching und Schmerz, die das Interesse der Leserschaft an diesem Fall weckten. Ein Sack mit einem Frauentorso war aus der Donau gefischt worden. Kopf, Arme und Beine fehlten. Die Identität der Toten wurde dennoch schnell festgestellt. Es war die Leiche einer alten Bettlerin namens Schmerz. Auch ihr Mörder wurde bald gefasst. Der Friedhofsaufseher

Fasching hatte bereits ein Geständnis abgelegt. Die Polizei vermutete einen Raubmord. Meldungen wie diese waren alljährlich ein sicheres Indiz dafür, dass für die Presse die sogenannte Saure-Gurken-Zeit unmittelbar bevorstand. Minister und Parlament waren in den Sommerferien und die Journalisten sahen sich gezwungen, ihre Zeitung irgendwie mit Neuigkeiten vollzubekommen.

Doch Josef hatte sich ebenso, wie viele andere, in seiner Einschätzung getäuscht. Ungefähr ein Monat nach dem Attentat in Sarajevo, als man – zumindest außerhalb des Habsburger Reichs – schon wieder zur Tagesordnung übergegangen war, rückte eine neue Meldung den Vorfall noch einmal ins öffentliche Bewusstsein. Österreich hatte Serbien ein Ultimatum gestellt. Die *Neuesten Nachrichten* brachten den gesamten Text auf ihrer Titelseite. Wien warf Belgrad vor, nicht entschieden gegen die großserbische Bewegung vorgegangen zu sein und damit gegen frühere vertragliche Verpflichtungen verstoßen zu haben. Es gebe Beweise, dass die Ermordung des österreichischen Thronfolgers Franz Ferdinand in Serbien ausgeheckt worden war. Unter diesen Umständen sei es nicht möglich, weiter Langmut zu bewahren.

In den darauffolgenden Tagen überschlugen sich die Ereignisse. Fast stündlich gab es neue Meldungen, Gerüchte machten die Runde. Die Börsen, stets Seismografen des Weltgeschehens, vermeldeten schwere Kurseinbrüche. In Berlin ebenso wie in Wien, Paris, London oder New York. Erstmals machte ein Wort die Runde: Krieg. In der ganzen Stadt lag eine eigenartige Spannung in der Luft, vergleichbar nur der angespannten Atmosphäre vor einem drohenden Gewitter. Obwohl das Leben scheinbar seinen gewohnten Gang ging, hing eine lastende Ungewissheit über allem, ein banges Warten, ein Fiebern, wie es nun weitergehen würde.

Zwei Tage später lautete die offizielle Meldung: »*Serbien wählt Krieg*«. Sie verbreitete sich wie ein Lauffeuer. Auf den Straßen vernahm man Hochrufe auf Österreich. Immer wieder hörte man Gruppen das *Deutschlandlied* oder die *Wacht am Rhein* singen. Eine lang angestaute Anspannung machte sich endlich Luft. Lediglich im »Kindlkeller«, den der *Sozialdemokratische Verein* schon seit geraumer Zeit regelmäßig für Versammlungen nutzte, hörte man angeblich kritische Stimmen. Ein gewisser Kurt Eisner, ein Journalist und Schriftsteller, habe sich dort vehement gegen einen möglichen Krieg ausgesprochen, kam es Josef zu Ohren.

Plötzlich überschlugen sich die Ereignisse. Als enger Bündnispartner Serbiens begann Russland mobil zu machen. Tags darauf erfolgte die Generalmobilmachung Österreich-Ungarns. Wie würde Kaiser Wilhelm reagieren? Würde er sich an Österreichs Seite stellen? Die Antwort ließ nicht lange auf sich warten. Am 31. Juli verhängte der deutsche Kaiser infolge der andauernden und bedrohlichen Rüstungen Russlands den Kriegszustand. Einen Tag später erfolgte auch im Deutschen Reich die Generalmobilmachung. München war in hellem Aufruhr. Kein Wunder, schließlich besaß die Stadt die zweitgrößte Garnison im ganzen Reich. Auf allen Bahnhöfen herrschte Trubel. München wurde zur Drehscheibe für die Truppenverladung. Nahezu im Minutentakt trafen aus allen Richtungen des Landes immer neue Einberufene ein. Überall auf den Straßen sah man Abschiedsparaden. Die Menschen jubelten den Soldaten zu.

»Erstens kommt es anders und zweitens, als man denkt. Man hat es ja seit Tagen geahnt. Trotzdem. Diesen Tag habe ich mir ursprünglich anders vorgestellt. Eigentlich wollten wir heute in unseren lange geplanten Sommerurlaub abreisen. Am Abend hätten wir schon in Meran sein wollen. Dann über den Gardasee nach Venedig und schließlich Triest. Wenn uns die Ereignisse nicht einen Strich durch die Rechnung gemacht hätten. Aus unseren Plänen wird jetzt erst einmal nichts. Die Dinge haben sich gründlich geändert. Es hilft alles nichts, wir müssen unseren Urlaub verschieben, Ida.«

»Das sehe ich auch. Jetzt gibt es wahrhaftig wichtigeres als unser Privatvergnügen. Wer denkt in Zeiten wie diesen schon an Ferien? Das käme mir ja wie Vaterlandsverrat vor. Die Reise werden wir im nächsten Jahr nachholen. Der Konflikt soll ja allenfalls ein paar Monate dauern. Der 1870er-Krieg damals war ja auch schnell vorbei und unsere siegreichen Truppen bald wieder daheim. Warum sollte es diesmal anders sein? Zu Weihnachten, heißt es überall, sind unsere Soldaten schon wieder zu Hause.«

»Hoffen wir, dass du recht hast. Ich sage das nicht nur als Patriot, sondern auch als Unternehmer. Wer soll schließlich die Arbeit machen, wenn die Männer an der Front sind? Schon heute fehlen mir bereits zehn Arbeiter in der Brauerei, weil sie sich freiwillig gemeldet haben oder eingezogen wurden. Und dabei wird es sicher nicht bleiben. Ich bin ja gespannt, wer von meinen Männern in den kommenden Tagen noch alles seinen Einberufungsbescheid bekommt. Ich fürchte, wir werden die Auswirkungen des Krieges sogar noch im nächsten Jahr spüren. Schließlich ist die Hopfenernte noch überhaupt nicht eingebracht.«

Die Euphorie über den Kriegsbeginn hielt sich auch in den kommenden Tagen, ja sie wurde fast noch verstärkt, als Kaiser Wilhelm nach Russland auch Frankreich den Krieg erklärte. Vor der Feldherrnhalle sammelte sich eine riesige, jubelnde Menschenmenge. Die Männer schwenkten vor Freude ihre Hüte in die Luft. Überall wehten Fahnen. In der Synagoge und in den Kirchen wurden Gottesdienste gefeiert, der Rabbi und die Priester sowie Gläubige aller Konfessionen erbaten Gottes Beistand für den bevorstehenden Waffengang. Die Menschen versammelten sich in den Straßen. Siegesgewiss und voll Freude verabschiedete die Volksmenge ihre Soldaten. Die wiederum fuhren lachend und winkend in Richtung Front. Auf einigen Bahnwaggons stand mit Kreide geschrieben: *Auf zum Preisschießen nach Paris!*

Vier Tage nach der Kriegserklärung an Russland erklärte Großbritannien dem Deutschen Reich den Krieg. Am selben Tag wurde Kurt als Soldat ins Königlich-Bayerische Feldartillerie-Regiment Prinzregent Luitpold einberufen. Als Teil der Divisionsartillerie der 1. Infanteriedivision bei der 6. Armee, begab er sich unter dem Kommando von Oberst Arnold Müller auf den Feldzug gegen Westen.

»Nach Frankreich also. Es wird sicher nicht so angenehm wie mein Aufenthalt zu Friedenszeiten in England. Ein Krieg ist schließlich kein Spaziergang. Aber macht euch keine Sorgen. In ein paar Wochen werden wir sicher in Paris sein und dann schicke ich euch als siegreicher Held eine Ansichtskarte von dort. Und mit etwas Glück bin ich, sind wir alle, zu Chanukka oder spätestens zum Weihnachtsfest wieder zu Hause.«

»Hoffen wir es. Hauptsache, du kommst gesund wieder. Schreib, so oft du kannst, damit wir wissen, wie es dir geht«, sagte Ida, die mit den Tränen kämpfte, als sie ihren jüngsten Sohn zum Abschied umarmte.

»Ja, hoffen wir, dass du bald wiederkommst«, pflichtete Josef ihr mit belegter Stimme bei. »Pass auf dich auf! Wir warten auf dich und denke immer daran: Wir brauchen deinen kaufmännischen Sachverstand in der Brauerei.«

Am selben Tag wie Kurt musste in Nürnberg auch Bernhard Bing, der Mann seiner Cousine Lilli, einrücken. Als Unteroffizier in der Artillerie zog auch er in den Feldzug gegen Westen, wie Mali Josef tags darauf am Telefon berichtete. Kurts Vetter Max, Gustavs Sohn, wurde zwar ins Ersatzbataillon des 2. Infanterie-Regiments einberufen, jedoch nicht an die Front geschickt. Als Arzt war er bereits nach wenigen Wochen bis auf Weiteres beurlaubt worden, ohne jemals einen Abmarschbefehl erhalten zu haben. Er werde in der Heimat dringender gebraucht, hieß es.

Drei Wochen nach Kriegsbeginn erkämpften die bayerischen Truppen den ersten deutschen Sieg. Aus Kurts Brief an die Eltern war der Stolz auf diese Leistung deutlich herauszulesen:

»Gestern haben wir Geschichte geschrieben. Zehntausend Franzosen gefangengenommen und über fünfzig Geschütze erobert! Es war eine erbitterte Schlacht, aber das bayerische Heer hat am Ende gesiegt. Die Franzosen sind auf die Linie Nancy-Lunéville zurückgeworfen!«

***

»Eine Frau oder vielleicht auch Fräulein Dr. Augspurg wünscht Sie zu sprechen«, meldete der Bürobote sichtlich irritiert und überreichte Josef die Visitenkarte der Dame.

»Anita Augspurg?« Josef, aus seiner Tätigkeit gerissen, schien mit dem Namen zunächst überhaupt nichts anfangen zu können. Ratlos betrachtete er die dargebotene Karte. Dann endlich schien ihm ein Licht aufzugehen. »Ah, *die* Augspurg. Aber was will die denn von mir? Wir kennen uns überhaupt nicht persönlich. Na, gut, sie wird's mir schon verraten. Ich lasse also bitten.«

»Danke, dass Sie sich die Zeit nehmen, mich zu empfangen, Herr Direktor. Das ist wirklich sehr freundlich von Ihnen, zumal wir bislang noch nie das Vergnügen eines gegenseitigen Kennenlernens hatten. Es kommt sicher auch nicht oft vor, dass eine Ihnen unbekannte Dame Sie in Ihrem Bureau aufsucht. Glauben Sie mir, ich würde es auch nicht wagen, wenn die Angelegenheit nicht wirklich wichtig wäre. Schließlich sind sie ein vielbeschäftigter Mann.«

Anita Augspurg. Da saß sie also leibhaftig vor ihm. Josef konnte es noch kaum glauben. Ein seltsamer Anblick, diese Frau mit der komischen Kurzhaarfrisur. Jahrelang hatte sie dem *Münchner Verein für Fraueninteressen* vorgestanden, ihr Name war immer wieder in der Presse zu lesen. Auch wenn er in vielen Dingen nicht allzu viel von ihren Ansichten hielt, Mut hatte sie. Das musste man ihr lassen. Sie kam auch ohne weitere Umschweife auf ihr Anliegen und den Grund ihres Besuchs zu sprechen:

»Sie wissen, dass der Krieg bereits jetzt, nur wenige Wochen nach seinem Beginn, zur Notlage breiter Bevölkerungsschichten geführt hat. In vielen Familien fehlt der Ernährer. Zwar hat Oberbürgermeister Dr. von Borscht angekündigt, dass die Fürsorge für die Familienangehörigen von Kriegsteilnehmern durch einen städtischen Wohlfahrtsausschuss in Zusammenarbeit mit caritativen Vereinen und Einrichtungen geregelt werden würde, doch passiert ist bisher kaum etwas. Deshalb haben meine Freundin Fräulein Heymann und ich beschlossen, einen öffentlichen Appell zu starten, um die Not der Familien zu lindern.«

»Und warum kommen Sie zu mir?«

»Nun, ich will ganz ehrlich sein, Herr Schülein. Ich befürchte, ein Appell, den allein Fräulein Heymann und ich veröffentlichen, würde in Zeiten wie diesen noch weniger nützen als sonst. Ich habe aus meiner kritischen Haltung gegenüber kriegerischen Auseinandersetzungen nie ein Hehl gemacht. Ich halte es schlichtweg für Wahnsinn, Streitfälle auf militärischem Wege regeln zu wollen und Völkermassen gegeneinander zu hetzen. Noch bis vor Kurzem habe ich meine Stimme gegen den Krieg erhoben. Doch inzwischen stehe ich mit meiner pazifistischen Haltung selbst innerhalb der Frauenbewegung ziemlich isoliert da. Allein kämpfen Fräulein Heymann und ich auf verlorenem Posten. Wir brauchen die Unterstützung einer angesehenen Persönlichkeit.«

»Und da kommen Sie also zu mir.«

»Ihr Wort hat in der Stadt Gewicht. Man kennt Sie als sozial sehr engagierten Unternehmer. Und nach allem, was ich über Sie gehört habe, sollen Sie außerdem ein Mann sein, der auch den Mut hat, unkonventionell zu agieren, wenn es die Situation erfordert.«

Josef fragte sich im Stillen, an wie vielen Türen sie mit ihrer Bitte wohl schon angeklopft hatte, bevor sie zu ihm gekommen war. Doch würde sie ihm diese Frage sicher nicht beantworten. Dumm war sie schließlich nicht. Wenn er auch ihre sonstigen Ansichten nicht teilte, so hatte sie doch in einem recht: Viele Familien litten inzwischen ziemliche Not, weil der Ernährer fehlte.

»*Schafft Arbeit den arbeitslosen Frauen!*«, forderte er also in einem gemeinsamen Appell mit den beiden Feministinnen. Wer auch immer es sich leisten könne, sollte bedürftige Frauen beschäftigen. Er bezweifelte, dass der Aufruf viel bewirken würde. Allenfalls konnte er ein Tropfen auf dem heißen Stein sein. Aber wie sonst sollte man dem Elend begegnen?

Der Sommer ging in den Herbst über. Die ursprüngliche Euphorie war abgeflaut. Nach den Siegesmeldungen der ersten Wochen hatte die deutsche Armee Rückschläge hinnehmen müssen. Es gab Tote und Verwundete zu beklagen. Selbst in seiner unmittelbaren Nachbarschaft sah sich Josef bald mit Schwerverwundeten konfrontiert. Denn die chirurgische Privatklinik seines Schwiegersohns Alfred Haas, die dieser seit einigen Jahren in seinem Wohnhaus betrieb, diente ab Herbst als Lazarett. 45 Verwundete konnten dort versorgt werden. Doch die Plätze reichten bei Weitem nicht aus.

In den Kasernen und auf dem Truppenübungsplatz Oberwiesenfeld herrschte seit Wochen reger Betrieb. Dort wurden Kriegsfreiwillige im Schnelldurchlauf in acht Wochen ausgebildet. In Gruppen hielten sie Marschübungen, exerzierten mit dem Gewehr und bildeten Schützenlinien. An den Fronten, insbesondere in Frankreich, wurde Nachschub gebraucht. Im Verlauf der Monate bekam das Warten auf den Briefträger nun für viele eine ganz neue Dimension. Jeden Tag aufs Neue schwebte man bei seiner Ankunft zwischen Hoffen und Bangen. Brachte er etwas? Was brachte er? Ein lang ersehntes Lebenszeichen von der Front oder die schreckliche Todesnachricht? Der Feldzug gegen Westen, der so erfolgreich begonnen hatte, geriet zunehmend mehr ins Stocken.

Kriegsjahre

Fehlt nur noch der Name für das neue Werk. Ich habe mir *Cenovis* überlegt. Was hältst du davon?«

Josef blickte seinen ältesten Sohn verständnislos an.

»*Cenovis* – den Namen habe ich aus dem Lateinischen hergeleitet, nämlich von *cena*, Nahrung, *ovum*, Ei und *vis*, Kraft. Das wäre dann also so etwas wie eiweißreiche Kraftnahrung. Genau das, was wir produzieren wollen. Verstehst du, Vater?«

Schon einige Jahre vor Kriegsbeginn hatte Julius sich neben seiner Anwaltstätigkeit bereits Gedanken darüber gemacht, wie man Bierhefe oder Abfallprodukte des Brauprozesses für die Lebensmittelerzeugung einsetzen könnte. Das Thema lag ihm am Herzen, seit er der sogenannten Reformbewegung nahestand. Was diese Reformer eigentlich wollten, war Josef nie so recht klar geworden. Er tat das Ganze als Spinnerei ab. Mimi trug beispielsweise seit einigen Jahren sogenannte Reformkleider, Kleider ohne Korsett, die Josef wie Säcke vorkamen. In seinen Augen besaßen sie weder Stil noch Eleganz. Doch seine Tochter, und auch seine Schwiegertochter Minni, beharrten darauf. Sie vermittelten ein Gefühl von Freiheit, erklärten sie beharrlich. Seinen Sohn Julius interessierten dagegen an der Reformbewegung vor allem Fragen der Ernährung. Wenig Fleisch, dafür mehr Rohkost und Vollkornprodukte, war seine Devise. Nun drängte er darauf, ein Werk zur Hefeverwertung zu errichten. Mittelfristig wollte er dort alles Mögliche produzieren: Neben Bierhefeprodukten auch weitere Nahrungsmittel, wie zum Beispiel Haferflocken, Schokolade und Backpulver. Die Hefe sei reich an wertvollen Mineralien wie Kalium oder Calcium, behauptete er. Josef verstand davon nichts. Unter normalen Umständen hätte er den Vorschlag seines Sohnes überhaupt nicht ernst genommen. Er hielt nichts von diesem neumodischen Ernährungshokuspokus, der seit einigen Jahren kursierte. Er erinnerte sich noch gut: Im vergangenen März hatte Julius bei einem Familienessen begeistert von einem Vortrag berichtet, den ein gewisser Ehret im Richard-Wagner-Saal des »Bayerischen Hofs« gehalten hatte und den Julius gemeinsam mit seiner Frau Minni, als einer von vielen Zuhörern, besucht hatte. Dieser Ehret hatte über die Vorteile des Fastens referiert und propagierte eine Ernährung, die nahezu ausschließlich aus Obst bestand. Angeblich führte er praktisch alle Krankheiten auf einen überfüllten Magen zurück. Josef erinnerte sich deshalb so genau, weil dieses Ereignis gerade in die Tage fiel, in denen Ida voll und ganz mit den Vorbereitungen zu seinem 60. Geburtstag beschäftigt war und ihn immer wieder um Rat bei der Gestaltung der Menüfolge bat. Ob er diese Suppe lieber habe oder doch lieber jene, welchen Braten, Beilagen, Dessert …

War es möglich, dass das noch kein Jahr zurücklag? Wenn er jetzt daran zurückdachte, kam es ihm vor, als ob das alles in einem ganz anderen, fernen Leben stattgefunden hätte. Seit Kriegsbeginn war nichts mehr wie zuvor. Allenfalls den Tod seines Vaters in seiner Jugend hatte er ähnlich einschneidend empfunden. Auch damals war nichts mehr gewesen wie zuvor. Doch hatte das traurige Ereignis damals lediglich seine eigene Familie betroffen. Der Krieg jedoch betraf das ganze Land.

Josef hatte sich damals nicht zu den begeisterten Ausführungen seines Sohnes geäußert. Er hasste Diskussionen bei Tisch und hatte im Lauf der Jahre gelernt, sie nach Möglichkeit zu vermeiden. So hatte er also seine Meinung über diesen Ehret und dessen Gesundheitsratschläge wohlweislich für sich behalten. Insgeheim vermutete er ohnehin, dass die eigentlich treibende Kraft für dieses Interesse an Gesundheitsfragen seine Schwiegertochter war. Die zu verärgern, lag nun schon gar nicht in seiner Absicht. Schließlich wusste er aus der Vergangenheit, wie belastend sich so ein gestörtes Verhältnis auf die gesamte Familie auswirken konnte. Die Erlebnisse mit seiner Schwägerin Johanna, Jakobs Frau, hatten gereicht. Nette hatte viele Jahre unter dem Entzug ihrer Enkel Julius Wolfgang und Hedwig gelitten. Etwas Ähnliches wollte er für sich und Ida in Bezug auf den kleinen Hans keinesfalls riskieren. Im Januar des letzten Jahres, also noch zu Friedenszeiten, war er geboren worden und Ida war in ihr jüngstes Enkelkind ganz vernarrt.

Die Verfechter dieser Fastenideologie konnten mit den derzeitigen Verhältnissen eigentlich mehr als zufrieden sein, schoss es Josef mit Verbitterung durch den Kopf. Die Umstände hatten sich gründlich geändert und eine angeblich ungesunde Völlerei war für die allermeisten Menschen längst kein Problem mehr. Im Gegenteil, die Versorgung wurde immer schwieriger, obwohl die Stadt sich bemüht hatte, rechtzeitig mit Kriegsbeginn Vorräte an Lebensmitteln einzukaufen.

Die beschafften Mengen waren zunächst so gewaltig, dass die zur Einlagerung in der Großmarkthalle zur Verfügung stehenden Räume bei Weitem nicht ausreichten. Man brauchte deshalb weitere Lagerräume. Auf der Theresienhöhe wurden Lebensmittel kurzerhand in die Ausstellungsgebäude eingelagert, die Direktion der Löwenbrauerei hatte der Stadt sämtliche Baulichkeiten der ehemaligen St. Benno-Brauerei an der Nymphenburgerstraße kostenlos überlassen und er selbst hatte seine ausgedehnten Malztennen in der Kindlbrauerei bereitgestellt und war dafür in der Presse lobend erwähnt worden. Doch je länger sich der Krieg hinzog, desto schwieriger wurde die Versorgungslage, aller Vorsorge zum Trotz. Die Vorräte waren längst aufgebraucht.

»Wenn du meinst, mit diesen Hefeprodukten irgendetwas zur Verbesserung der Lage beitragen zu können, dann versuche es. Meinen Segen hast du. In diesen schlimmen Zeiten klammert man sich an jeden Strohhalm und mittlerweile sind viele ja schon glücklich, wenn sie überhaupt etwas zu beißen bekommen und einigermaßen satt werden. Wie das Zeug schmeckt, das fragen sie oft gar nicht mehr. Stundenlang stehen die Leute inzwischen um Brot, Kartoffeln, Milch oder sonst etwas an und können froh sein, wenn sie überhaupt etwas bekommen. Du kannst für dein Cenovis-Werk Teile der Brauereigebäude an der Rosenheimer Straße nutzen. Da ist erst einmal Platz genug. Schwieriger dürfte es schon sein, Arbeiter zu finden. Du siehst es ja in der Brauerei. Die meisten unserer Männer sind inzwischen an der Front. Übrig sind vor allem Alte – und Frauen. Wenn wir die nicht hätten, würde die ganze Produktion zusammenbrechen.«

Ein grauer, trostloser Winter schleppte sich dahin. Von einem schnellen Ende des Krieges war längst nicht mehr die Rede. Die ursprüngliche Euphorie war Resignation, ja Verzweiflung gewichen. Längst bestimmte das Kriegsgeschehen auch den Alltag der Zivilbevölkerung. Anfang Februar ließ das Stellvertretende Generalkommando verkünden, dass Faschingstreiben und Starkbierausschank, wie sie in Friedenszeiten üblich seien, nicht in Kriegszeiten passten. Faschingsfeiern jeder Art wurden ebenso untersagt wie der Verkauf von Karnevalsartikeln. Kurz darauf erließ das Innenministerium einen Aufruf, in dem es alle Bürger aufforderte, in ihrem Haushalt nach Metallen und Metallabfällen zu suchen. Kupfer, Messing, Nickel, Zinn, Blei, Aluminium, Stanniol, Flaschenkapseln, Tuben, auch Eisen und

Metallabfälle aller Art, alles ist uns erwünscht und findet unter Mitwirkung von Sachverständigen entsprechende Verwertung, hieß es.

Es war nicht der erste Aufruf dieser Art. Ständig wurde für die Versorgung der Soldaten gesammelt. Stoffreste ebenso wie Altpapier, Lederreste, Tabak und Zigaretten. Es herrschte Mangel an allem und alles konnte irgendwie verwendet werden. Mittlerweile war sogar eine Sendung von Verbandswatte, -binden und Kleidung des amerikanischen Roten Kreuzes an das *Vereinslazarett* in München eine Jubelnachricht in der Presse wert. Aber nicht nur an der Front herrschte Mangel. Auch in der Stadt wurde die Versorgungslage fast täglich schlimmer. Im April wurde erstmals sogar das Brot rationiert. Kauf und Verkauf waren künftig nur noch mit Brotkarten möglich, die zugeteilten Mengen waren aufs Gramm genau festgelegt.

»Schau, heute bist du in der Zeitung, Ida«, brummte Josef zufrieden am Frühstückstisch:

»Als bald nach Kriegsbeginn die Notlage vieler armer Kriegerfamilien sich bemerkbar machte, richtete Frau Kommerzienrat Schülein im Schwanensaal der Münchner Kindlbrauerei eine Speiseanstalt für arme Kinder und Mütter ein, in der seither täglich rund vierhundert Speiseportionen ausgegeben werden, sodass heute die hunderttausendste Portion verabreicht wurde.«

Auch wenn der Anlass traurig genug ist, diese lobende Erwähnung hast du dir wahrhaftig verdient. Allzu viel Platz haben sie dir ja ohnehin nicht eingeräumt. Diese paar Zeilen sind schon das Mindeste, was sich gehört.«

Ida wurde sichtlich verlegen. Eine solche öffentliche Aufmerksamkeit war ihr unangenehm. Sie war es nicht gewohnt, im Rampenlicht zu stehen. Das war immer nur die Sache ihres Mannes gewesen. Ihr Engagement schien ihr selbstverständlich. Wie sonst sollte sie denn der Not um sich herum begegnen? Sie war froh, wenigstens ein bisschen helfen zu können. Außerdem hielt sie die Arbeit zumindest für ein paar Stunden am Tag davon ab, sich vor Sorgen um Kurt aufzureiben. Wegen der immer wieder verhängten Postsperren gab es oft wochenlang kein Lebenszeichen von ihm. Umso dankbarer war sie für jeden Brief, den sie erhielt, mochte er auch noch so kurz sein. Zumindest war er am Leben. Wie es ihrem Sohn ging, konnte

Ida allenfalls erahnen. Die Briefe enthielten längst keine Jubelbotschaften mehr, sondern allenfalls die traurige Nachricht, dass wieder ein Kamerad gefallen oder schwer verwundet war. Sooft er könne, schrieb Kurt, besuche er die Gottesdienste von Leo Baerwald, der nun Feldrabbiner bei der 6. Armee war. *»Er ist mir ein kleines Stück Heimat hier«*, schrieb Kurt.

Nach der Schlacht von Ypern war für kurze Zeit die Hoffnung aufgeflammt, es könne endlich wieder Bewegung in den festgefahrenen Stellungskrieg kommen. Aber dem war nicht so. Auf beiden Seiten der Front hatten sich die Truppen inzwischen in Schützengräben verschanzt und dort blieben sie, ohne auch nur einen Fußbreit Boden zu gewinnen, wie es schien. Schlimmer noch: Vor den Giftgasangriffen boten die Gräben keinen Schutz. Tausende starben in den folgenden Monaten und der Krieg ging in sein nächstes Jahr.

Der Himmel leuchtete immer noch in diesem einzigartigen Blau, die Isar rauschte wie eh und je, die Stadtbäche durchflossen München nach wie vor und im Englischen Garten färbte sich das Laub an den mächtigen Bäumen allmählich bunt. Trotzdem erkannte Josef die Stadt mit jedem Kriegsmonat, der ins Land ging, weniger. München, die Stadt der Eleganz und der Lebensfreude, diese Stadt mit ihrer einzigartigen Mischung von Leichtigkeit und bodenständiger Gemütlichkeit, die Stadt der Kultur und des Genießens, veränderte ihr Gesicht geradezu erschreckend. Die Farbigkeit des Lebens war einem tristen Grau gewichen. Modisch gekleidete Damen sah man nur noch selten auf den Straßen flanieren. Stattdessen prägten Briefträgerinnen oder Schaffnerinnen das Stadtbild. Viele von ihnen wirkten abgehetzt, waren bleich und hatten dunkle Ringe unter den Augen. Kein Wunder. Schließlich mussten sie zusätzlich zu ihrer neuen Arbeit oft noch stundenlang um Lebensmittel anstehen und Kinder und Haushalt versorgen. Noch seltener als elegante Damen aber sah man dieser Tage junge Männer auf den Straßen. In Massen fand man sie allenfalls an den Bahnhöfen, wenn sie als Rekruten, die gerade eben notdürftig ausgebildet waren, an die Front geschickt wurden. Längst begleiteten sie keine Jubelrufe mehr. Viel eher flossen bei Müttern, ja sogar bei manchen Vätern, bei Ehefrauen, Kindern und Verlobten zum Abschied Tränen. Wer wusste denn, ob es nicht ein Abschied für immer war? Kriegsversehrte humpelten auf Krücken durch die Straßen, junge Männer, denen man die Jugend geraubt hatte und die vorzeitig gealtert waren. Trotz aller Siegeszuversicht, die Kaiser Wilhelm und das bayerische Königshaus verlautbaren ließen, lag auf vielen Gesichtern inzwischen Verzweiflung. Die Lücken, die die Männer in den Betrieben und im alltäglichen Leben hinterließen, waren beträchtlich. Es war an den Frauen, sie zu füllen. Josef konnte ein Lied davon singen. Ohne Arbeiterinnen wäre der Betrieb in der Brauerei überhaupt nicht aufrechtzuhalten gewesen. Selbst mit Hilfe der Frauen war es schon schwer genug. Solange er denken konnte, hatte er immer gerne gearbeitet, hatte sich auch unter schwierigen Bedingungen nicht entmutigen lassen. Er war Probleme beherzt angegangen und hatte nach Lösungen gesucht. Jammern lag ihm nicht, aufgeben ebenso wenig. Doch nun fühlte er eine zunehmende Müdigkeit in sich. Immer öfter träumte er von einem geruhsamen Leben irgendwo auf dem Land, weit weg von dem Elend um ihn herum. Aber er konnte Hermann in diesen schwierigen Zeiten nicht im Stich lassen.

Das Jahr neigte sich dem Ende entgegen. Kurt bekam ›Weihnachtsurlaub‹ von der Front, obwohl die Schüleins natürlich nicht Weihnachten feierten. Aber das war egal, hauptsache er kam heim. Anstelle des Christfestes beging man Julius' Geburtstag, der ja auf den 24. Dezember fiel, im Kreise der Familie.

»Ich kann mir gut vorstellen, dass ihr Heldentaten von mir hören wollt, aber damit kann ich leider nicht dienen. Das liegt nicht daran, dass ich mich drücken würde. Im Gegenteil, meine Vorgesetzten sind sehr zufrieden mit mir. Aber alle unsere Versuche, Boden zu gewinnen, sind mehr oder weniger vergeblich. Die meiste Zeit liegen wir verbarrikadiert in unseren Schützengräben. Man hört das Dröhnen der Geschosse, sieht immer mal wieder feindliche Flugzeuge, wie sie ihre Bomben abwerfen oder sich mit unseren Fliegern Gefechte liefern.

Aber lasst uns lieber von etwas erfreulicherem sprechen. Im Herbst war ich mit einigen Kameraden in Lille in der Oper. Ihr wisst schon, Kronprinz Rupprecht hat sie im März für uns deutsche Soldaten eingeweiht. Ihr könnt euch nicht vorstellen, was so ein Abend bedeutet, welche unerhörte Wohltat es ist, nach all dem Schrecklichen, dem man an der Front Tag für Tag begegnet, endlich einmal wieder Musik zu hören, die Sängerinnen und Sänger in ihren Kostümen zu erleben, die Atmosphäre zu genießen und für ein paar Stunden abschalten zu können.«

Den Jahreswechsel begoss man im Hause Schülein mit französischem Champagner. Er stammte noch aus Friedenszeiten.

»Auf das Jahr 1916! Möge es uns den Sieg und Frieden bringen!«, brachte Kurt als Trinkspruch aus und diesem Wunsch schlossen sich alle aus tiefstem Herzen an. So sehr sich Ida und Josef in den folgenden Tagen auch bemühten, genauere Informationen über sein Leben an der Front waren Kurt nicht zu entlocken. Doch er beruhigte seine Eltern in Bezug auf seine eigene Sicherheit. Aufgrund seiner Englischkenntnisse wurde er immer wieder für Übersetzungstätigkeiten herangezogen und war somit nicht an vorderster Front. Am 2. Januar hieß es für ihn wieder Abschied nehmen. Sein Urlaub war zu Ende.

Im Februar begannen deutsche Truppen die Festung von Verdun im Nordosten Frankreichs anzugreifen. Nach fünf Tagen und unter heftigsten Kämpfen gelang es ihnen schließlich, die vorgelagerte Festung Douaumont einzunehmen. Extrablätter verkündeten den grandiosen Sieg, vielerorts wurden Kirchenglocken geläutet. War das die lang ersehnte Wende, der erste Schritt zu Sieg und Frieden?

Die Hoffnung wurde nur allzu schnell wieder zunichtegemacht. Der Krieg ging weiter und der Name Verdun wurde bald jedem zum Schreckensbegriff. Er stand für ebenso verzweifelte wie vergebliche Kämpfe, in denen die Soldaten wie die Fliegen starben. Im Juni war die Schlacht trotz Monaten erbitterter und verzweifelter Anstrengungen immer noch nicht gewonnen. Auch wenn Kurt nicht in der Gegend von Verdun, sondern knapp 300 Kilometer weiter nördlich in der Gegend von Douai stationiert war, verging doch kein Tag, an dem Josef und Ida nicht voll Sorge an ihn dachten. Dieser Krieg war ein Himmelfahrtskommando. Unzählige hatten ihn bereits mit dem Leben bezahlt und es würden wohl noch zahllose folgen. Auch wenn sie bislang niemand laut aussprach, dämmerte diese schreckliche Wahrheit inzwischen einigen.

In seinen Briefen versuchte Kurt die Familie daheim, soweit es möglich war, zu beruhigen. Im Hauptquartier, wo er sich inzwischen die meiste Zeit aufhielt, sei es relativ ruhig. Er werde zunehmend für Übersetzungen und in der Verwaltung eingesetzt. Inzwischen hatte er für seine Tüchtigkeit sogar das Eiserne Kreuz Zweiter Klasse erhalten. Die Auszeichnung erfüllte ihn mit Stolz. Doch die Sorgen bei Ida und Josef blieben.

Ida hatte im »Kindlkeller« mittlerweile schon die 200 000. Essensration an Bedürftige ausgeteilt und war dafür mit einem ausführlicheren Artikel, als im vergangenen Jahr, in der Presse geehrt worden. Inzwischen kamen täglich über

500 Menschen, an manchen Tagen, insbesondere wenn es kalt war, waren es gar 600 oder 700. Das ursprüngliche Personal reichte dafür schon längst nicht mehr aus. Josef hatte zu Idas Unterstützung mehr Leute einstellen müssen. All ihre Bemühungen waren freilich nur ein Tropfen auf den heißen Stein. Sie konnten die allgemeine Not allenfalls ein wenig lindern. Wegen der katastrophalen Versorgungslage hatte es auf dem Marienplatz sogar schon Proteste gegeben. Verzweifelte Frauen, die auf dem Markt nichts mehr bekommen hatten, verlangten vor dem Rathaus lautstark nach Brotkarten. Die Menge wuchs immer mehr an, auch junge Burschen und alte Männer gesellten sich dazu. Vereinzelt waren angeblich sogar Steine geflogen. Die Schutzmannschaft hatte den Platz schließlich mithilfe des Militärs räumen lassen. Auf dem Land wurde die Bevölkerung aufgerufen, Brennnesseln zu sammeln. Ihre Fasern dienten als Ersatz für Baumwolle, die kaum mehr zu bekommen war. Überall, bei Bauern und in Handwerksbetrieben, gab es regelmäßig Kontrollen, ob sie ihre Bestände an Nahrungsmitteln oder Rohstoffen auch korrekt angegeben hatten. Zuwiderhandlungen wurden streng geahndet. Allen Strafandrohungen zum Trotz blühte der Schwarzhandel und mehr noch Hamsterfahrten aufs Land, wo die Bauern immer Mittel und Wege wussten, Lebensmittel an den amtlichen Kontrollen vorbeizuschleusen und für teures Geld zu verkaufen.

Im Frühjahr waren die Schulkinder auf dem Land bereits offiziell vom Unterricht beurlaubt worden, um Maikäfer zu sammeln, die an Schweine und Hühner verfüttert wurden. Nun, im Herbst, wurden sie zur Kartoffel- und Rübenernte oder zum Sammeln von Bucheckern herangezogen. Auch in der Stadt fiel der Unterricht häufig aus. Anstatt die Schulbank zu drücken, sollten Schülerinnen und Schüler als Dienst am Vaterland lieber an diversen Sammelaktionen teilnehmen. In der Brauerei wurde die Lage ebenfalls immer schwieriger. Im Juni hatte das stellvertretende Generalkommando des I. Bayerischen Armeekorps eine Anordnung erlassen, um die Versorgung der Feldtruppen mit Bier sicherzustellen. Sie betraf alle Münchner Brauereien. 140 Wagen Fassbier zu je rund 70 Hektoliter und 60 Wagen Flaschenbier mit je 5500 Flaschen wurden wöchentlich beschlagnahmt. Auf Unterlassung stand eine Gefängnisstrafe bis zu einem Jahr. Am meisten Sorge aber bereitete Josef der zunehmende Mangel an Heizmaterial. Um Bier zu brauen, brauchte man nun einmal hohe Temperaturen. Doch die dringend benötigte Kohle wurde zusehends knapp. Als ob die Lage nicht schon verzweifelt genug gewesen wäre, hatten französische und englische Truppen im Juli auch noch damit begonnen, die deutschen Stellungen an der Somme anzugreifen.

»Ich mache mir Sorge um unseren Kohlenachschub. Mit dem, was wir noch haben, kommen wir nicht mehr weit und wenn der Engpass weiter andauert, sind wir geliefert. Wir müssen dringend über Alternativen nachdenken. Ich weiß nicht, wie sich die offiziellen Stellen das weiter vorstellen. Da sollen wir Bier brauen, das als Versorgung an der Front benötigt wird, aber es herrscht Mangel an allem.«

Josefs Sorge war berechtigt. Auch Hermann zerbrach sich schon lange den Kopf darüber, wie es weitergehen sollte.

Die Lösung für das drohende Problem kam durch einen glücklichen Zufall. Ein Makler bot Josef die kleine Schlossbrauerei Kaltenberg zum Kauf an. Das Unternehmen war in den schwierigen Kriegsjahren in Schieflage geraten und nahezu bankrott. Nun suchten die Besitzer, die Brüder von Willibald, händeringend nach einem Käufer für das gesamte, nicht unbeträchtliche Anwesen. Das war nicht leicht. Kaum jemand war in der Lage oder willens in diesen unsicheren Zeiten im großen Stil zu investieren. Denn die Brüder wollten nicht nur die kleine Brauerei, sondern insbesondere das Schloss, das eine Unsumme im Unterhalt verschlang, sowie das dazugehörende große Gut nebst Torfstich und Schafzucht im Emminger Moos veräußern.

»An einer Brauerei außerhalb Münchens bin ich eigentlich nicht interessiert«, wehrte Josef den Vorschlag des Maklers zunächst ab.

»Anschauen kostet nichts«, meinte er jedoch im anschließenden Gespräch mit Hermann. »Vielleicht kann man mit den von Willibalds ja doch noch reden und sie lassen sich auf einen Teilverkauf des Anwesens ein. Das Gut und vor allem der dazugehörige Torfstich wären für uns ja durchaus von Interesse. Damit hätten wir zumindest einen Ausweg aus dem drohenden Kohlemangel und nach dem Krieg sehen wir weiter.«

Er beschloss, die Besichtigung mit einem Tagesausflug gemeinsam mit Ida zu verbinden. Wie lange hatten sie so etwas schon nicht mehr gemacht! Ida tat ein Tapetenwechsel sicher auch einmal gut. Für die Essensausgabe im Kindlkeller würde sie schon eine geeignete Vertretung finden. An einem Mittwoch, Anfang September, machten sie sich auf die Fahrt Richtung Geltendorf. Es war ein herrlicher Spätsommertag, angenehm mild und sonnig. Der Himmel war so leuchtend blau wie auf einem Gemälde und am Horizont konnte man die Alpenkette sehen. Eigentlich ein idealer Tag für eine Wanderung in den Bergen, schoss es Josef durch den Kopf. Sein Bruder Julius ging häufig wandern. Tagelang war er oft unterwegs. Er kehrte in einfachen Dorfwirtshäusern ein und übernachtete bei Bauern. Die Fahrt dauerte eine gute Stunde und Josef genoss jede Minute davon.

»Das hätten wir schon längst einmal wieder machen sollen«, seufzte er. »Schau, wie friedlich es hier ist. Die Landschaft liegt da wie eh und je. Die weiß nichts von diesem unseligen Krieg. Da sind nur Hügel, Felder, Wälder, Bäche, Flüsse und der idyllische Ammersee. Uns in der Stadt dagegen raubt dieser unselige Krieg noch allen Lebensmut. Er frisst uns noch ganz auf.«

Beim Anblick der Schlossanlage hatte Josef Mühe, sich seine Begeisterung nicht anmerken zu lassen. Der gesamte Gebäudekomplex war imposant. Vor allem der markante Südwestturm mit dem Torbau war beeindruckend. Er stach Josef als erstes ins Auge. Der Makler pries das Objekt an, indem er auf seine lange Geschichte hinwies und dessen Historie herunterbetete, während er sie überall in der vierflügeligen Anlage herumführte. Seit dem 13. Jahrhundert sei Kaltenberg urkundlich belegt, führte er aus. Aus dieser Zeit stammte auch der Burggraben, der die Anlage umgab und über den man über eine Zugbrücke ins Schloss gelangte. Die Brauerei war jüngeren Datums. Sie stammte aus den 70er-Jahren des letzten Jahrhunderts und war von ihren Besitzern immer wieder umgebaut und erweitert worden.

»Im Moment liegt der Bierausstoß zwar nur noch bei 4000 Hektolitern jährlich. Aber Sie wissen ja selbst, wie die Zeiten sind, Herr Schülein. Das Malz ist kontingentiert. Das verhindert eine höhere Produktion. Aber das wird alles wieder besser, wenn der Krieg erst vorbei ist.«

»Alles recht und schön, lieber Herr Schmidhammer. Aber wie ich bereits sagte, bin ich am Kauf des Schlosses und der Brauerei nicht interessiert. Über einen Teilverkauf können wir reden. Sie wissen, das Gut und der Torfstich …«

Doch darauf ließ sich Schmidhammer auch jetzt nicht ein. Er bedaure, aber die Besitzer bestünden auf einem Verkauf des gesamten Anwesens, ein Teilverkauf käme für sie nicht infrage. Unverrichteter Dinge fuhren die Schüleins zurück nach München.

»Warum kaufst du nicht einfach die gesamte Anlage?«, unterbrach Ida unvermittelt das Schweigen. »Ich sehe doch, wie sehr dir Kaltenberg imponiert. Hast du nicht immer von einem Alterssitz auf dem Land geträumt? Etwas Repräsentativeres als dieses Schloss bekommst du nie mehr. Die Lage ist herrlich und was die Brauerei betrifft, nun, ich denke, da hat Schmidhammer recht. Wenn der Krieg erst vorbei ist, lässt sich sicher etwas daraus machen. Ich weiß, der Kaufpreis ist kein Pappenstiel. Aber ein Nachlass lässt sich da vielleicht doch noch aushandeln. Schmidhammer hat ja sogar angedeutet, dass die von Willibalds da durchaus noch mit sich reden lassen würden.«

Josef glaubte, nicht recht zu hören! Erstaunt schaute er seine Ida von der Seite an. War das tatsächlich seine Frau, die Frau, mit der er seit Jahrzehnten lebte, die gerade diese Äußerung getan hatte? So etwas war während ihrer ganzen Ehe noch nicht vorgekommen! Noch nie, nicht in den allerschwersten Stunden, hatte Ida sich in seine Geschäftsführung eingemischt! Sie hatte ihm zugehört, wenn er von seinen Überlegungen und Plänen erzählte, mehr aber auch nicht. Und nun riet sie ihm plötzlich zu einer gewaltigen Investition!

»Ich muss schon sagen, du verblüffst mich, Ida. Seit wann interessierst du dich fürs Geschäft?«

»Interessiert habe ich mich dafür schon immer. Schließlich hing und hängt ja unsere Existenz davon ab. Aber ich gebe zu, ich habe mir früher nicht zugetraut, mich in Geschäftsdingen zu äußern. Das war und ist deine Angelegenheit. Ich hatte ja auch keine Ahnung.«

»Und woher kommt dann plötzlich dieser Mut?«

Ida überlegte lange. »Ich weiß auch nicht. Vielleicht liegt es daran, dass ich in den letzten Jahren durch die Armenspeisung gezwungen war, mich auch mit Fragen auseinanderzusetzen, die jenseits der Familie und unserer privaten Haushaltsführung lagen. Seit zwei Jahren beschäftige ich mich jeden Tag mit dem Problem, wie ich ein paar 100 Leute satt bekomme. Ich musste Personal einstellen, Aufgaben verteilen und mich um unzählige kleine und größere Dinge kümmern. Es ist nicht leicht, da jeden Tag für einen reibungslosen Ablauf zu sorgen. Das darfst du mir glauben. Aber trotz aller Schwierigkeiten habe ich es bis jetzt gut gemeistert. Darauf bin ich schon ein bisschen stolz. Ich habe etwas geschafft, was ich mir nie zugetraut hätte. Vielleicht macht sich das auch ein wenig in meinem sonstigen Verhalten bemerkbar.«

»Das mag durchaus sein. Ja, wenn ich ehrlich bin, muss ich sagen, dass du dich in letzter Zeit verändert hast. Ich könnte nicht genau sagen, inwiefern. Aber du wirkst anders als früher.«

»Ich glaube, der Krieg verändert uns alle.«

Josef entgegnete nichts darauf. Aber in den folgenden Tagen dachte er gründlich über Idas Vorschlag nach. Je länger er nachdachte, desto mehr gab er ihr recht. Er würde noch einmal mit Schmidhammer reden. Bei der Kaufsumme mussten ihm die von Willibalds aber unbedingt noch etwas entgegenkommen. Dann würde er Hermann und dem gesamten Vorstand den Kauf von Schloss, Brauerei und Gut Kaltenberg mitsamt Torfstich und Ländereien unterbreiten.

Man einigte sich schließlich auf einen Kaufpreis von knapp 850 000 Mark. Das war sicher keine unerhebliche Summe, doch Ida hatte recht, wenn sie sagte, sie hätten dadurch keinen ungünstigen Kauf gemacht.

Durchhalten!, hieß die Devise. Nur nicht unterkriegen lassen! So schwer das auch war. Das eigentliche Leben, so schien es Josef, wurde auf später verschoben. »Wenn der Krieg vorbei ist …«, sagte so mancher, bekam dabei einen verträumten Gesichtsausdruck und leuchtende Augen und zeichnete nach Möglichkeit Kriegsanleihen. Der Krieg verschlang Unsummen. Die Kosten wurden vorerst durch Kredite finanziert. Nach dem Sieg sollten die Gegner, also Russland, Frankreich und England und ihre Verbündeten, durch Reparationszahlungen dafür aufkommen. Aber wann war das Gemetzel vorbei? Nichts deutete auf ein schnelles Ende.

Was hätte er nicht für eine Breze, dick bestrichen mit Butter, gegeben oder eine Zigarre! Seit Jahrzehnten war eine gute kubanische Corona zum Schabbes oder auch sonst nach einem guten Essen für Josef eine liebgewordene Gewohnheit. Er liebte ihr leicht süßes Aroma, den Duft, den sie verbreitete. Doch die Vorräte, die er früher regelmäßig von der Rauchwarenhandlung Zechbauer bezogen hatte, waren längst aufgebraucht und Nachschub war nur schwer zu bekommen. Was sich jetzt Zigarre schimpfte, war ein ungenießbares Kraut, das einem die Laune noch mehr verderben konnte. Auch echter Bohnenkaffee war selbst für teures Geld kaum noch erhältlich. Der Kaffeeersatz aus allen möglichen Abfallprodukten wie Obstkernen, Eicheln, Walnusskernen, Maiskörnern oder Haferspelzen war nahezu ungenießbar und hatte allenfalls noch die Farbe mit echtem Kaffee gemein. Josef hatte sich nie viel aus Kuchen und Torten gemacht. Doch nun erinnerte er sich wehmütig an die üppigen Kuchenbuffets im »Café Luitpold« oder beim »Tambosi« im Hofgarten, wahren Wunderwerken aus Butter, Zucker, Eiern und Sahne. Er träumte von einer Tasse richtigem Kaffee und dachte mit Wehmut an die Lebenslust und Unbeschwertheit vergangener Tage. Allenfalls Kriegskochbücher hatten in diesen Zeiten Hochkonjunktur. Alles, was man irgendwie entbehren konnte, ging an die Front.

Allen Einschränkungen zum Trotz versuchte man soweit es irgendwie ging, das Leben in gewohnter Weise weiterzuführen und am Gewohnten festzuhalten. Auch in diesen schlimmen Zeiten wurden Jubiläen, Jahrestage und Geburtstage gefeiert. Im März gedachte die Gemeinde in einem feierlichen Gottesdienst der Einweihung der Synagoge vor 25 Jahren. Rabbi Werner hielt den Festgottesdienst. Er fand sicher schöne Worte, doch Josef hörte ihm kaum zu. Seine Gedanken schweiften immer wieder ab. Erinnerungen wurden lebendig. Wie anders war alles gewesen, damals bei der Einweihung! Jakob und Mutter hatten noch gelebt, er, und seine Brüder waren aufstrebende Bankiers gewesen, an eine Brauerei hatte damals keiner von ihnen gedacht. Und vor allem: Es war eine heitere Zeit gewesen, eine Zeit voller Zuversicht und Optimismus. Damals schien es nur eine Richtung zu geben: aufwärts. Und jetzt? Jetzt war alles anders, die Vergangenheit unwiederbringlich dahin und die Gegenwart grau und trostlos. Allerdings hätte er sich damals auch nicht träumen lassen, jemals Schlossbesitzer zu sein. Der Gedanke an Kaltenberg tröstete ihn oft in diesen schlimmen Zeiten. Die imposante Anlage und alles, was dazu gehörte, erfreuten ihn, sooft er daran dachte und mehr noch, wenn er Zeit fand, tatsächlich hinauszufahren. Mit Kaltenberg hatte er noch einiges vor! Das und seine Familie, vor allem die Enkel mit ihrem kindlichen Optimismus, ihrer Spontanität und ihrer trotz allem ungetrübten Lebensfreude brachten auch ihm seinen Lebensmut immer wieder zurück.

Auch in diesen schlimmen Zeiten verlobten sich Paare und heirateten, wurden Kinder geboren. Das Leben ging weiter. Josef und Ida wurden noch einmal Großeltern, Elsa bekam einen Sohn. Er erhielt die Namen Gerhard Julius.

»Der soll später einmal keinen Krieg erleben müssen.« Elsa drückte nach der Beschneidungsfeier ihren Neugeborenen fest an sich. Sie kannte das Leid, das der Krieg verursachte, aus eigener Anschauung zur Genüge. Nahezu wöchentlich wurden neue Verwundete zu ihnen ins Lazarett gebracht. Viel zu oft hielt auch der Leichenwagen davor und holte die ab, denen ihr Mann Alfred nicht mehr hatte helfen können. Elsa hatte in den vergangenen Jahren viele Stunden mit Krankenbesuchen verbracht, hatte versucht, schrecklich verwundeten und entstellten Menschen Trost zu spenden. Sie hatte Männer gesehen, denen Bomben Gliedmaßen abgerissen oder so zerfetzt hatten, dass sie amputiert werden mussten; verzweifelte Männer, denen Hände, Arme oder Beine fehlten. Sie würden ein Leben lang darunter zu leiden haben. Vielen von ihnen stand eine Existenz in Armut bevor. Auch wenn es ihr selbst schwerfiel, hatte Elsa versucht, ihnen allen Umständen zum Trotz Lebensmut zuzusprechen. Sie hatte schreckliche Geschichten zu hören bekommen, die ihr manchmal trotz aller Erschöpfung sogar den Schlaf raubten. Es gab Gerüchte von Lazaretten, in denen Soldaten ihr Leben fristeten, denen Bomben das halbe Gesicht so entstellt hatten, dass sie kaum mehr als menschliche Wesen zu erkennen waren. Angeblich hielt man sie versteckt, weil ihr schrecklicher Anblick der Gesellschaft nicht zuzumuten war. Elsa wusste nicht, ob das wahr war. Aber was sie tagtäglich sah, war schrecklich genug. Nein, ihr kleiner Gerhard und seine Schwester sollten so etwas nicht erleben müssen!

Hermann hatte sich bereits 1915 verlobt. Ursprünglich hatte er seine Louise, eine bildschöne junge Frau, schon im Jahr darauf heiraten wollen. Zunächst hatten sie gehofft, der Krieg könne im Verlauf des Jahres beendet sein. Doch dann hatten sie die dramatischen Ereignisse im Kampf um Verdun, der sich noch bis in den Dezember hingezogen, und eine unvorstellbare Zahl an Toten und Verletzten gefordert hatte, und der schreckliche Hungerwinter bewogen, die Heirat zu verschieben. Die zurückliegenden Monate waren schrecklich gewesen, ein Albtraum, aus dem es scheinbar kein Erwachen gab. Der vergangene Winter hatte nicht nur strenge Kälte, sondern vor allem einen noch nie da gewesenen und bis dahin auch unvorstellbaren Mangel an Lebensmitteln gebracht. Einzig die Zahl der Volksküchen nahm stetig zu. Inzwischen unterhielt die Stadt 30 von ihnen. Auch seine Mutter versorgte im Kindlkeller weiterhin täglich viele 100 bedürftige Personen. Doch trotz aller Anstrengungen saßen viele Menschen frierend in ungeheizten Wohnungen und hungerten. Die Atmosphäre war in der ganzen Stadt so bedrückend gewesen, dass Hermann und Louise ihr Vorhaben noch einmal verschoben. Ein Ende des Krieges war zwar immer noch nicht abzusehen, doch nun wollten die beiden Verlobten nicht mehr länger warten. Im Mai wollten sie endlich heiraten. Vielleicht war der Krieg bis dahin ja sogar vorbei. Sicher war das keineswegs. Er konnte sich durchaus noch länger hinziehen. Aber hoffen durfte man ja. Ein rauschendes Fest würde es nicht werden. Das war in Zeiten wie diesen nicht möglich. Fast jeden Tag gab es weitere Einschränkungen. Infolge des Kohlemangels wurden sogar die städtischen Badeanstalten zeitweilig geschlossen, sodass viele die dortigen Wannen- und Brausebäder nicht mehr nutzen konnten und sich irgendwie in ihren Wohnungen behelfen mussten. Der Kohlemangel hätte auch die Brauerei empfindlich getroffen, wenn sie nicht vorgesorgt hätten. Sein Vater hatte recht gehabt. Der Torfstich in Emming erwies sich als Segen. Sogar der Unterricht an allen höheren Schulen der Stadt war wochenlang ausgesetzt gewesen, um das knappe Heizmaterial zu sparen – sehr zum Ärger seiner Schwester Mimi, die großen Wert auf eine ordentliche Bildung ihrer Söhne legte. Mimi hatte das mondäne Leben immer geliebt. Der internationale Flair während der Kunstausstellungen in Nizza hatte ihr imponiert. Sie hatte ihren Mann so oft und so lange sie konnte, dorthin begleitet. Mit Ausbruch des Krieges war das alles mit einem Schlag vorbei gewesen und Mimi litt sehr unter der aufgezwungenen Freudlosigkeit. Der Galerie ging es wirtschaftlich schlecht. Es fehlten nicht nur die internationalen Kunden, in Kriegszeiten hatte auch im Deutschen Reich kaum jemand Interesse an Kunst. Die Leute hatten wahrhaftig andere Sorgen. Viele der jungen Künstler waren zudem an der Front, oder – noch schlimmer – bereits gefallen. Ja, die Zeiten waren schlecht. Das würde man auch bei der geplanten Hochzeitsfeier zu spüren bekommen. Seine Verlobte Louise hatte Sorgen, den Stoff zu finden, den sie sich für ihr Brautkleid wünschte. Ein cremefarbener, fast weißer Seidenmoiré sollte es sein. Der war bislang weder in Stuttgart, wo ihre Eltern wohnten, noch hier in München erhältlich gewesen. Nun hatte sie Hermann gebeten, seine Beziehungen spielen zu lassen. Er versuchte sein Bestes, aber versprechen konnte er es ihr auch nicht. Louise liebte elegante, ein wenig extravagante Kleidung. Hermann imponierte ihr weltgewandtes Auftreten. Sie war eine Grande Dame im wahrsten Sinne des Wortes und verstand zu repräsentieren. Sie beide hätten sich wahrhaftig ein größeres Fest gewünscht, doch das war in diesen Zeiten nicht möglich. Man würde im engsten Familienkreis und in bescheidenem Rahmen zu Hause feiern müssen. Aber dank des Kaltenberger Gutshofs würden die Köchinnen doch ein vernünftiges Hochzeitsmahl zaubern können. Vielleicht würde Kurt für diesen Anlass sogar noch einmal Heimaturlaub bekommen. Besonders nahe standen sich die beiden Brüder zwar nicht, doch Familie blieb Familie und zumindest Kurts Einsatz an der Front nötigte Hermann tiefen Respekt ab. Das dritte Jahr stand sein jüngster Bruder bereits im Feld. Ein Spaziergang war das sicher nicht. Die anfänglichen Hoffnungen auf einen leichten, schnellen Sieg hatten sich gründlich zerschlagen.

Er, Julius und Fritz waren immer eifersüchtig auf das Nesthäkchen gewesen. Immer wieder hatte es in ihrer Kinderzeit deshalb Ärger mit den Eltern gegeben. Selbst im Erwachsenenalter hatte sich die Eifersucht auf den jüngsten Bruder nicht wirklich gelegt. Vor allem seine Mutter litt unter den latenten Spannungen. Dessen war sich Hermann durchaus bewusst. Wenn Kurt heil aus dem Krieg zurückkam, wollte er sich um ein besseres Verhältnis zu ihm bemühen. Das nahm sich Hermann fest vor.

Wenige Wochen vor dem geplanten Hochzeitstermin schrieb Kurt, dass nun auch sein Regiment in der Nähe der Stadt Arras in eine heftige Schlacht verwickelt sei. Einige seiner Kameraden waren bereits gefallen oder in Kriegsgefangenschaft geraten. Wie stets versuchte er auch diesmal die Gefahr, der er ausgesetzt war, herunterzuspielen. Aber Ida und Josef verstanden inzwischen sehr gut, in den Briefen ihres Sohnes, auch zwischen den Zeilen zu lesen. Die Familie bangte mehr denn je um sein Leben. An Fronturlaub war unter diesen Umständen nicht zu denken. Und es kam noch schlimmer. Am 6. April traten die Vereinigten Staaten von Amerika, die bis dahin stets betont hatten, sich aus dem Konflikt heraushalten zu wollen, aufseiten der Entente in den Krieg ein. Damit war die feindliche Übermacht an der Westfront scheinbar erdrückend. Umso mehr klammerte man sich an Friedenshoffnungen im Osten. Der *Simplicissimus* schmückte im April das Titelbild einer Ausgabe mit dem russischen Bären, der durch ein Meer von Blut watend die Augen sehnsüchtig empor zur Friedenstaube richtete. »*Wenn ich der Friedenstaube nachfolge, werde ich bald festen Boden unter den Füßen haben*«, war die Illustration untertitelt. Ganz aus der Luft gegriffen war diese Hoffnung nicht. Im Februar war Zar Nikolaus gestürzt worden. An seiner statt regierten nun übergangsweise ein Parlament sowie Arbeiter- und Soldatenräte. Für den Herbst war die Wahl einer verfassunggebenden Versammlung geplant. Sie sollte endgültig über die künftige Staatsform Russlands entscheiden. Das russische Volk sei kriegsmüde, hieß es. Es sehne sich nach Frieden.

So oft er konnte, fuhr Josef nach Kaltenberg hinaus. Die ländliche Ruhe tat ihm gut. Am liebsten hielt er sich auf dem Gut auf. Die Kühe grasten friedlich auf ihren Weiden, die Hühner liefen gackernd und mit ihren Schnäbeln pickend umher. Die Luft roch würzig und man hörte das Zwitschern der Vögel. Wie schon bei seiner ersten Fahrt hatte er immer noch das Gefühl, der Krieg sei hier weiter weg. Josef machte bereits Pläne für den Ausbau der Schlossbrauerei. Die Bierproduktion konnte er zwar vorerst nicht erhöhen, aber zumindest konnte er damit beginnen, den Lagerkeller zu erweitern. Es war nicht leicht, an Baumaterial zu gelangen und auch an tüchtigen Arbeitern herrschte Mangel. Doch Schwierigkeiten hatten ihn noch nie abgeschreckt und irgendwann mussten ja wieder bessere Zeiten kommen!

Das Generalkommando machte ihm allerdings vorerst einen weiteren Strich durch die Rechnung.

»Magermilch, Magerquark, Kunsthonig und jetzt also auch noch ein staatlich verordnetes Dünnbier, das sich Einheitsbier schimpft, zu einem staatlich festgelegten Preis. Eine Schande ist das! Was kommt als nächstes? Wie viele Entbehrungen sollen die Menschen denn noch auf sich nehmen? Da ist es kein Wunder, wenn es immer wieder zu Betrügereien kommt, wenn Leute Lebensmittelkarten fälschen, heimlich schlachten oder sich sonst etwas einfallen lassen, um irgendwie an Essen zu kommen. Das ist keine Übergangswirtschaft, das ist eine Untergangswirtschaft!«, schimpfte er bei einer Sitzung des Aufsichtsrats und bestand darauf, diese Äußerung auch ins Protokoll aufzunehmen. Die Lage verbesserte das freilich auch nicht. Ein weiterer Kriegswinter stand bevor.

Die eisige Kälte hielt die Stadt im Griff. Die Isar war so stark zugefroren wie seit Jahren nicht mehr. Die Wasserkraftwerke konnten so gut wie keinen Strom mehr erzeugen, sodass der Stromverbrauch in der ganzen Stadt eingeschränkt werden musste. Nicht nur Josef war mit seiner Geduld am Ende. Allen Durchhalteparolen zum Trotz waren die Menschen kriegsmüde. Die jahrelangen Entbehrungen, die zahllosen Toten und Verwundeten und der zermürbende Stellungskrieg ließen bei vielen aus der ursprünglichen Verzweiflung eine wachsende Wut werden. Man konnte es spüren: In der Stadt gärte es. Hunger und Kälte brachten die Menschen mehr und mehr in Aufruhr. Immer wieder kam es zu Arbeitsniederlegungen. Erst vereinzelt, dann in wachsender Zahl protestierten die Arbeiter. Der Journalist und Schriftsteller Kurt Eisner hielt vor den aufgebrachten Männern und Frauen in der Schwabinger Brauerei eine flammende Rede, die auch an die Arbeiter der feindlichen Länder gerichtet war. Gemeinsam und länderübergreifend, so Eisners Forderung, sollte die arbeitende Bevölkerung endlich den Weltfrieden erzwingen. Das Publikum applaudierte, doch der Redner wurde wegen versuchten Landesverrates verhaftet. Der Krieg ging weiter.

»Friede mit Russland!« Extrablätter und Aushänge verkündeten die lang ersehnte Nachricht. Die Menschen jubelten. Beflaggung an den öffentlichen Gebäuden und feierliches, lang andauerndes Kirchengeläut verkündeten die frohe Nachricht auch an den folgenden Tagen. Das Kultusministerium ließ aus Anlass des Friedensschlusses an allen Schulen den Unterricht ausfallen. Stattdessen sollten Schulfeiern stattfinden, in denen der Jugend die Bedeutung dieses denkwürdigen Ereignisses nahegebracht wurde. Ein Hoffnungsschimmer! Nachdem die Kämpfe an der Ostfront endlich beendet waren, sah die Oberste Heeresleitung gute Chancen, den Krieg im Westen doch noch zu gewinnen. Das Frühjahr brachte tatsächlich endlich wieder militärische Erfolge. Kurts Briefe klangen deutlich hoffnungsfroher als noch im Winter. Er sei zum Wachtmeister befördert worden, vermeldete er voller Stolz nach Hause. Aber nicht nur das: Sein Regiment, ja die gesamte Armee, habe einen Durchbruch erzielen können. Man habe Gelände gewonnen und viele britische Soldaten seien in deutsche Gefangenschaft geraten. Die Opfer und Entbehrungen der zurückliegenden Jahre schienen nicht umsonst gewesen zu sein. Ida hatte Tränen in den Augen, als sie den Brief las.

»Zum Wachtmeister befördert – das ist schön. Aber die Hauptsache ist, dass er lebt und gesund ist und dass der Krieg endlich ein Ende findet. Ein ›glückliches‹ Ende kann man wohl nicht sagen. Dazu waren die Opfer auf allen Seiten viel zu hoch. Aber vielleicht ist uns nach all den Strapazen jetzt doch endlich der Sieg vergönnt.«

Diese Hoffnung erwies sich allerdings als Trugschluss. Die Kämpfe hatten ihren Tribut gefordert, die deutschen Truppen waren erschöpft. Sie waren am Ende ihrer Kräfte und Nachschub nicht verfügbar. An der Front grassierte die Spanische Grippe. Die Soldaten nannten sie ›Flandern-Fieber‹. Aber der Name trog. Die Epidemie wütete auch in den deutschen Städten. Reihenweise erkrankten die ohnehin schon zu wenigen Arbeitskräfte. In den Lazaretten fehlten Schwestern und Ärzte. Sogar der Straßenbahnbetrieb musste eingeschränkt werden. Bis Ende Oktober zählte man allein in München 389 Grippe-Tote.

Welt im Umbruch

W*affenstillstand in Kraft*«, verkündeten die *Neuesten Nachrichten* endlich am 11. November 1918. Seit Tagen hatten alle dieser Nachricht entgegengefiebert, hatten sie herbeigesehnt, erhofft, erfleht – und ja, auch erkämpft. Etwas Unvorstellbares hatte sich ereignet. Wie in einem überhitzten Dampfkessel hatte sich der unerträgliche Druck schließlich Luft gemacht. Die jahrelangen Durchhalteparolen verfingen nicht mehr. Das am Boden liegende Volk hatte sich schließlich erhoben. Selbst der Dümmste hatte im Verlauf des Jahres widerwillig erkennen müssen, dass der Krieg verloren war. Wiederholt hatten die deutschen Truppen tapfer verschiedene Offensiven gestartet, doch sie hatten buchstäblich auf verlorenem Posten gekämpft. Nach dem Kriegseintritt der Amerikaner war die Entente übermächtig gewesen. Obwohl schon lange niemand mehr glaubte, dass es noch schlimmer kommen könne, war gegen Ende hin die Versorgungslage zunehmend katastrophaler geworden. Im Juli war es wieder zu Demonstrationen verzweifelter Frauen gekommen. Vor dem Lebensmittelamt in der Thalkirchnerstraße hatten sich einige 100 versammelt und mehr Brot und Kartoffeln gefordert. Die aufgebrachten Frauen waren anschließend zum Rathaus gezogen und hatten ihre Forderungen dort lautstark wiederholt. Der Druck war so stark, dass Bürgermeister Dr. Küfner sich schließlich sogar an das Innenministerium gewendet und sich für Sonderzuweisungen stark gemacht hatte. Viel erreichen konnte aber auch er nicht. So kam es bereits wenige Wochen später zu weiteren Demonstrationen. Über die Versorgungslage an der Front erfuhr man zwar nichts Genaueres, aber jeder, der Augen im Kopf hatte, konnte es sich an fünf Fingern abzählen, dass bestimmt auch dort die Lage alles andere als gut war. Wie sonst sollte man sich erklären, dass die Schulkinder mitten im Sommer sogar Laub im Englischen Garten, in den Gasteig-Anlagen und im Nymphenburger Schlossgarten sammeln mussten, das als Ersatz für Hartfutter für die Militärpferde an der Front verarbeitet wurde? Wer sollte, wer konnte denn in so einer Situation noch ernsthaft an den Sieg glauben?

Doch jeder Vernunft zum Trotz hatte die deutsche Seekriegsleitung noch Ende Oktober einen weiteren aussichtslosen Angriff auf die britische Flotte geplant. Das hatte das Fass schließlich zum überlaufen gebracht. Ungeheuerliches geschah: Die Mannschaft verweigerte den Befehl! Die Männer waren kriegsmüde. Sie weigerten sich, zur Verteidigung eines längst besiegten Vaterlandes in den sinnlosen, sicheren Tod zu ziehen. Wie zahllose andere verfolgte Josef das Geschehen ungläubig in der Presse. Das Geschwader wurde nach Kiel zurückbeordert. Die Aufrührer wurden verhaftet. Ruhe und Ordnung waren dadurch aber noch längst nicht wiederhergestellt, ganz im Gegenteil. Laut Zeitungsberichten kam es in der norddeutschen Stadt zu heftigen Protestaktionen gegen die Verhaftungen. Zunehmend mehr Arbeiter schlossen sich den Aktionen an. Die Nachricht verbreitete sich wie ein Lauffeuer und löste eine wahre Kettenreaktion im ganzen Reich aus. Nur vier Tage später, am 7. November, marschierten auch in München Zehntausende zur Theresienwiese, um dort für den Frieden und die Neuordnung der innerdeutschen Verhältnisse zu demonstrieren. Auch Arbeiter des Unionsbräu waren dabei. Josef nahm an den Kundgebungen zwar nicht selbst teil, doch sehnte auch er das Ende des Krieges herbei. Mit dem Wahnsinn musste Schluss sein! Verschiedene Redner forderten einen Waffenstillstand, die Abdankung des Kaisers und den Thronverzicht des Kronprinzen.

Was anschließend genau geschah, konnte Josef nie herausbekommen. So sehr er sich auch darum bemühte, wen er auch fragte, niemand wusste wirklich zu sagen, wie sich die Ereignisse dann zugetragen hatten. Fest stand nur, dass sich die versammelte Menge nach der Kundgebung zum großen Teil bereits aufgelöst hatte und friedlich auseinandergegangen war. Einige 100 Soldaten, so hieß es, waren aber noch auf der Theresienwiese geblieben. Ob aus Zufall oder Kalkül, wusste niemand zu sagen. Es blieb auch unklar, ob Eisner bei ihnen geblieben oder zunächst weggegangen und später wieder gekommen war. Fest stand nur, dass es Eisner war, der die wachsende Gruppe schließlich dazu aufgefordert hatte, den Worten auch Taten folgen zu lassen. Plötzlich war von Revolution die Rede. Man wollte die kasernierten Soldaten befreien. Tatsächlich wurde unter Eisners Führung zunächst eine in der Kaserne an der Kazmairstraße zurückgehaltene Kraftwagenkolonne befreit, anschließend eine Landsturmkompanie in der Guldeinschule, schließlich noch weitere Truppenteile in den verschiedenen Kasernen. Auf Kundgebungen vor der Residenz und auf dem Marienplatz wurde erneut die Abdankung des Königs gefordert. Wie wenige Tage zuvor in Kiel, entwickelten nun auch in München die Geschehnisse ihre eigene Dynamik. Im »Mathäserbräu« bildete sich ein Arbeiter- und Soldatenrat, bewaffnete Männer besetzten Hauptbahnhof und Telegrafenamt und auch verschiedene Zeitungsredaktionen. Angesichts der brisanten Lage verließ die königliche Familie fluchtartig die Stadt, wie man kurze Zeit später erfuhr.

Tags darauf war Bayern offiziell ein Freistaat. Was das genau bedeutete, konnte freilich keiner sagen. Eisner sei vom Arbeiter- und Soldatenrat zum Präsidenten gewählt worden, hieß es. Nur einen Tag später, am 9. November, verkündete Reichskanzler Max von Baden in Berlin die Abdankung Kaiser Wilhelms. Der hatte die Hauptstadt bereits Ende Oktober verlassen und hielt sich seitdem irgendwo in Belgien auf. Das bis dahin Unvorstellbare war geschehen. Die Monarchie war zu Ende.

Die Nachricht von der Abdankung des Kaisers versetzte die Stadt in noch fieberhaftere Unruhe. Die Welt war im Umbruch. Wie würde es jetzt weitergehen? Tagelang war es kaum möglich, den Überblick zu behalten, geschweige denn einen klaren Gedanken zu fassen. An geregelte Abläufe war in dieser Situation kaum zu denken. Josef und Hermann hatten Mühe, ihre aufgeregten Männer überhaupt zum Arbeiten anzuhalten. Trotzdem erschien Josef die gewohnte Arbeit in der Brauerei wie eine Insel der Sicherheit im sturmumtosten Meer. Weitere Ausschreitungen, vielleicht sogar die Plünderung von Geschäften waren nicht ausgeschlossen. Viele misstrauten Eisner, in dem sie einen vaterlandsverräterischen Aufwiegler sahen. Würde man nun auch in Deutschland ähnlich chaotische Zustände wie in Russland bekommen? Der Krieg war zwar zum Glück vorbei, aber die Verhältnisse blieben angespannt, ja mehr noch: Sie waren explosiv. Wer hatte das Sagen, wer war legitimiert zu regieren? Die Ansichten darüber gingen weit auseinander und es war nicht ausgeschlossen, dass nach dem verheerenden Gemetzel an der Front nun ein blutiger Bürgerkrieg folgen würde. Ungewissheit lag auch in anderer Hinsicht in der Luft. Wie würden die Siegermächte mit dem unterlegenen Gegner verfahren? Diese bange Frage stellte sich manch einer im Stillen und selbst die größten Optimisten sahen in diesem Punkt wenig Anlass zu Hoffnung. Die Reparationsforderungen würden immens sein. Deutschland lag am Boden.

Ruhe bewahren und beherzt und mit kühlem Kopf Tag für Tag das Notwendige tun. Es fiel Josef nicht leicht, sich an seine eigene Devise zu halten. Wie hatte seine

Mutter immer gesagt, wenn es besonders schlimm war: »Kommt Zeit, kommt Rat.« Doch derzeit schien guter Rat teuer. Josef war es gewohnt zu planen. Die aktuelle Situation ließ ihm jedoch ebenso wenig Planungsspielraum wie die zurückliegenden Kriegsjahre. Trotzdem zwang er sich, weiterzumachen und gemeinsam mit Hermann der ganzen Belegschaft Mut zuzusprechen. Egal, wie es weitergehen würde, Bier würde schließlich immer getrunken werden, tröstete er sich. Es half alles nichts. Er würde weiterhin Geduld aufbringen müssen. Auch wenn das nicht seine Stärke war. Irgendwann musste es ja schließlich wieder aufwärts gehen!

Wenigstens kamen die Männer sukzessive von der Front heim. Anfang Dezember kehrten 400 Soldaten des 2. Infanterie-Regiments als erste mit wehenden weißblauen bayerischen Fahnen unter dem Jubel der Menge von der Westfront nach München zurück. Weitere folgten in den nächsten Wochen. Nun konnte es sicher nicht mehr lange dauern, bis auch Kurt endlich nach Hause kam.

»Höchste Zeit, dass dieses Machtvakuum ein Ende findet. Wenn das so weitergeht, haben wir bald einen Bürgerkrieg. Hast du die Zeitung gelesen?«

Josef war mit besorgter Miene zur wöchentlichen Lagebesprechung im Direktionszimmer erschienen. Die Frage erübrigte sich. Hermann war ein ebenso eifriger Leser der Nachrichten wie sein Vater.

»Du meinst die Unruhen in Berlin? Die sind in der Tat besorgniserregend. Nicht ausgeschlossen, dass es noch Tote gibt. Diese Radikalen sind brandgefährlich.«

Hermanns Befürchtung erwies sich als berechtigt. Nur wenige Tage später wurden Rosa Luxemburg und Karl Liebknecht, die Führer der neu gegründeten Kommunistischen Partei, ermordet. Sie waren nicht die Einzigen. Gerüchte machten die Runde, der Aufstand könne auch nach Bayern übergreifen. Es hieß, Spartakisten seien von Stuttgart aus auf der Fahrt nach München und planten einen Handstreich auf den Münchner Hauptbahnhof. Bei der Durchsuchung der Züge fand man allerdings nichts Verdächtiges. Angeblich waren 45 in einem Schnellzug nach München befindliche Spartakisten bereits in Ulm verhaftet worden. Die wachsenden politischen Spannungen verhießen nichts Gutes. Josef hoffte inständig auf die Wahlen zur Nationalversammlung und darauf, dass sich dabei die gemäßigten, bürgerlichen Kräfte durchsetzen würden. Eine ausgewogene Verfassung war wohl die einzig legitime Möglichkeit, einen drohenden Bürgerkrieg dauerhaft zu verhindern.

»Deine Hoffnung in Ehren«, entgegnete Ida. »Aber sicher bin ich mir da längst nicht. Wenn ich bedenke, was ich während der Essensausgaben täglich zu hören bekomme. Viele suchen in ihrer Trauer, Wut und Verzweiflung über den verlorenen Krieg einen Sündenbock. Bisher habe ich ja nahezu ausschließlich Frauen und Kinder verköstigt. Jetzt aber kommen täglich auch mehr Männer dazu. Die haben jahrelang in den Schützengräben ihr Leben für das Vaterland riskiert. Und wozu? Der Krieg ist verloren und die Männer stehen vor dem Nichts. Für die einen sind die Pazifisten oder die Kommunisten daran schuld, die anderen geben den Militaristen oder ich weiß nicht wem die Schuld an den desolaten Zuständen. Ich argumentiere dann immer so gut ich kann, und mahne zur Besonnenheit. Aber mit den Männern zu reden ist schwer. Die nehmen mich als Frau meist gar nicht ernst. Also ermuntere ich insbesondere die Frauen, erkläre ihnen, welcher Fortschritt es ist, dass auch wir Frauen jetzt erstmals wählen dürfen. Viele lassen sich auch überzeugen. Oder sie tun zumindest so, als würden sie mir zustimmen. Ich begegne im Kindlkeller natürlich nur den ganz Armen, denen, die immer noch auf öffentliche oder private Unterstützung angewiesen sind. Das verzerrt vielleicht mein Bild der Lage. Ich weiß auch nicht, wie die Menschen draußen auf dem Land denken. Aber ich gehe davon aus, dass sie eher gemäßigtere Ansichten vertreten und auch dementsprechend wählen. Sicher wissen werden wir es erst in ein paar Wochen. Hoffen wir das Beste. Die allgemeine Lage könnte weiß Gott besser sein. Trotzdem freue ich mich, dass auch wir Frauen jetzt das Wahlrecht haben. Schade übrigens, dass es die Augspurg wahrscheinlich nicht in den Landtag geschafft hat. Ich hätte es ihr gegönnt und sie hätte es wahrhaftig verdient. Eine tüchtige Frau, auch wenn ich längst nicht mit allen ihren Ideen und erst recht nicht mit ihrer Lebensführung übereinstimme. Aber ohne Frauen wie sie hätten wir das Wahlrecht sicher immer noch nicht. Weder für den Landtag noch für den Reichstag in Berlin. Wenn mir vor 30 oder 40 Jahren jemand gesagt hätte, dass auch wir Frauen einmal wählen dürften und uns auch zur Wahl stellen können, hätte ich ihn für einen Spinner gehalten und ausgelacht. Frauen wie die Augspurg und ihre Mitstreiterinnen habe ich lange Zeit für weltfremde Sonderlinge gehalten, die irgendwelchen Utopien nachhängen. Ich hätte nie geglaubt, dass sie sich mit ihren Forderungen durchsetzen – zumindest nicht in absehbarer Zukunft und noch zu meinen Lebzeiten. Aber mit dem Ende des Krieges sind wirklich neue Zeiten angebrochen. Hoffen wir, dass sie gut werden.«

***

Es war ein klirrend kalter Spätnachmittag im Januar. Den ganzen Tag heulte und blies schon ein eisiger Ostwind. Wer nicht unbedingt hinaus musste, mied das Freie und blieb in der Wohnung. Gemeinsam mit anderen Müttern, Vätern, Ehefrauen, Kindern und Verlobten standen Josef und Ida trotz der eisigen Kälte geduldig, aber sehnsüchtig wartend am Bahnsteig. Kurt und seine Kameraden waren annähernd die letzten, die von der Westfront zurückkamen. Ida konnte es kaum erwarten, ihren jüngsten Sohn endlich wieder in die Arme zu schließen. Mehr als vier lange Jahre, buchstäblich vom ersten bis zum letzten Tag des Krieges, hatte er dem Vaterland gedient. Gott sei Dank, dass er unverletzt geblieben war! Auch Josef dankte Gott im Stillen, dass sein Sohn noch lebte und wohlauf war. 30 seiner Arbeiter waren ›im Krieg geblieben‹, wie man das schrecklich sinnlose Sterben gemeinhin umschrieb. Über 100 seiner Männer waren verwundet heimgekehrt, viele davon als Kriegsinvaliden mit fehlenden Gliedmaßen. Auch Siegfried Rosenfeld aus Thalmässing, der eigentlich den Laden seines Vaters hätte übernehmen sollen, war in den letzten Kriegsmonaten noch gefallen. Josef hatte den jungen Mann nicht gekannt, aber er empfand tiefes Mitgefühl mit dessen Eltern.

Er hätte den Soldaten, der da aus dem Zug stieg und auf sie zukam, beinahe nicht wiedererkannt. Über zwei Jahre hatten sie sich nicht mehr gesehen. Aus dem unbeschwerten, siegessicheren jungen Mann war ein anderer geworden. Müde, grau und im wahrsten Sinne des Wortes abgekämpft wirkte er.

»Endlich daheim!«, sagte er mit brüchiger Stimme. Mehr brachte er einfach nicht heraus. Ida hakte sich bei ihm unter und half ihm über seine Verlegenheit hinweg, indem sie fürsorglich auf ihn einredete, während sie zum Wagen gingen.

»Ich dachte, du willst sicher erst einmal ein heißes Bad nehmen, wenn du heimkommst. Es ist alles vorbereitet. Dein Zimmer ist gut geheizt, dein Bett frisch bezogen und für heute Abend habe ich Grießnockerlsuppe und Tafelspitz kochen lassen. Das isst du doch immer am liebsten.«

Kurt nickte nur. Seine Augen glänzten fiebrig. Zu Hause nahm er tatsächlich erst einmal ein heißes Bad, wie Ida es ihm vorgeschlagen hatte.

»Vielleicht hilft das gegen meine Kopfschmerzen«, meinte er. Von der Suppe aß er einen Teller, vom Tafelspitz aber nur wenige Bissen und ohne erkennbaren Appetit. Die Bayrisch Creme, seine Lieblingsnachspeise, die Ida ebenfalls extra hatte zubereiten lassen, rührte er gar nicht an.

»Die hebe ich mir auf für morgen. Mein Hals tut weh und ich habe keinen rechten Geschmack. Appetit auch nicht. Da wäre es schade um die schöne Creme. Wenn es euch nichts ausmacht, würde ich mich gleich zurückziehen. Ich bin müde. Aber vielleicht kann mir Hanni nachher noch einen Tee bringen.«

Über Nacht verschlechterte sich Kurts Zustand. Ida telefonierte sofort nach dem jungen Dr. Fraenkel, der vor einigen Jahren die Praxis seines Vaters übernommen hatte und nun ihr Hausarzt war. Er versprach am Nachmittag oder spätestens morgen Vormittag zu kommen. Früher ginge es auf keinen Fall. Zu viele seiner Patienten bräuchten jetzt seine Hilfe. Viel tun könne er wahrscheinlich ohnehin nicht. Tags darauf erwies sich diese Einschätzung leider als richtig. Kurt hatte inzwischen hohes Fieber.

»Es ist, wie ich befürchtet habe. Er ist an der Spanischen Grippe erkrankt«, sagte Fraenkel nach einem kurzen Blick auf den Patienten. Ida wusste, was diese Diagnose bedeuten konnte. In den vergangenen Monaten waren allein in München über 500, meist junge Menschen, an dieser heimtückischen Krankheit gestorben. Sie war den Tränen nahe.

»Er wird doch nicht nach so langer Zeit aus dem Krieg heim gekommen sein, um dann hier an der Grippe zugrunde zu gehen!«

Dr. Fraenkel gab darauf nur eine ausweichende Antwort. Er empfahl kühle Umschläge, um die Temperatur zu senken. Außerdem sollte der Patient möglichst viel trinken und natürlich Bettruhe einhalten. Aber diese Ermahnung war eigentlich überflüssig, da Kurt sich ohnehin kaum auf den Beinen halten konnte und die meiste Zeit schlief. Die ersten Tage und Nächte wich Ida kaum von seinem Krankenlager. Nach zehn Tagen ging die Grippe in eine Lungenentzündung über. Jetzt quälte den Patienten auch noch ein heftiger Husten und er bekam kaum noch Luft. Tagelang bangte die Familie um Kurts Leben. Elsa, die inzwischen jahrelange Erfahrung in der Krankenpflege hatte, unterstützte ihre Mutter so gut sie konnte.

»Du wirst sehen, er schafft das. Die Schüleins sind zäh, glaub mir!«

Dr. Fraenkel kam jeden Tag vorbei, um nach seinem Patienten zu sehen. Viel tun konnte er vorerst allerdings auch nicht. Er empfahl Kurt, weiterhin viel Tee zu trinken und verordnete kräftigende Kost, insbesondere Hühnersuppe und Rindfleisch.

»Sie werden sehen, Frau Schülein, das wird unseren Kranken schnell wieder auf die Beine bringen. Wenn das Schlimmste überstanden ist, empfehle ich auf alle Fälle eine Kur zur vollständigen Genesung. Am besten in Baden-Baden. Glauben Sie mir, das mineralhaltige Thermalwasser wirkt Wunder. Dazu die gute Luft und Bewegung im weitläufigen Kurpark.«

Zarte Pflänzchen

Die langen, ungewissen Wochen während Kurts Krankheit hatte Ida entgegen ihrer sonstigen Gewohnheit keine Zeitungen gelesen. Nachrichten von den Friedensverhandlungen, die in Versaille abgehalten wurden, drangen nur von Ferne an sie heran. Die Konstitution der Nationalversammlung in Weimar und wenig später die Wahl Friedrich Eberts zum Reichspräsidenten nahm sie kaum wahr. Sie hatte einfach keine Zeit, sich mit Fragen der Politik zu beschäftigen. Die Sorge um ihren Sohn und die Organisation der Essensausgabe, die sie auch Monate nach Beendigung des Krieges noch aufrechterhielt, nahmen ihre ganze Aufmerksamkeit in Anspruch. Auch die abendlichen Gespräche mit Josef drehten sich nahezu ausschließlich um Kurts Befinden. Das war eigentlich überflüssig, denn Josef sah selbstverständlich selbst jeden Tag mehrmals nach seinem kranken Sohn und unterhielt sich mit ihm, wenn er denn wach war. Aber er wusste, dass Ida diese Unterhaltungen brauchte, um ihrem Kummer, ihren Sorgen und auch ihren Hoffnungen Raum zu geben.

»Allmählich geht es Kurt wieder besser. Das Schlimmste ist überstanden. Er sitzt jetzt manchmal nachmittags am Fenster und lässt sich von der Sonne wärmen. Lesen ist ihm zwar noch zu anstrengend, aber er hört gerne Grammophon. Das gefällt ihm. In sieben Wochen ist Pessach. Zum ersten Mal nach all den Kriegsjahren endlich wieder in Friedenszeiten. Ich kann dir gar nicht sagen, wie sehr ich mich darauf freue! Schade, dass Kurt auch diesmal nicht dabei sein kann. Er ist dann schon in Baden-Baden.«

»Die Kur geht vor. Ein Familienfest zu seinen Ehren holen wir nach, wenn er zurückkommt. Die Zeiten werden ja Gott sei Dank allmählich wieder besser. Morgen tritt der Landtag zu seiner konstituierenden Sitzung zusammen. Ein wichtiger Schritt in Richtung Normalität. Eisner wird als Ministerpräsident zurücktreten und einem vom Parlament gewählten Mann Platz machen. Die Mehrheitsverhältnisse sind zwar schwierig, leicht wird das also nicht werden. Aber es ist ein Hoffnungsschimmer.«

»Sie haben Eisner erschossen! Weißt du's schon?« Josefs Stimme war die Besorgnis, die das Attentat in ihm erweckte, sogar durchs Telefon deutlich anzuhören. Der Vorfall machte mit einem Schlag alle Hoffnungen auf eine baldige Verbesserung der Verhältnisse zunichte.

»Stell dir vor, man hat ihn auf dem Weg zur Sitzung des neuen Landtags ermordet. Ich habe es gerade erfahren!«

Ida war wie vom Donner gerührt. »Wer, wie?«, brachte sie mühsam heraus. »Wollte er nicht heute seinen Rücktritt bekannt geben?«

»Doch. Das macht die Tat ja umso unbegreiflicher. Es heißt, ein junger Mann, ein Student, hätte ihn erschossen. Eisner war angeblich sofort tot. Schüsse in Kopf und Rücken. Die Sitzung im Landtag soll vertagt worden sein. Kein Mensch weiß, wie es jetzt weitergeht. Ich habe die Arbeiter zum allergrößten Teil gerade nach Hause geschickt und komme, so schnell es geht, zu euch.«

Er ließ sich von Wallner chauffieren. Die Stadt wirkte gespenstisch. So schien es ihm zumindest. Hörte das denn nie auf? Die Konstitution des neu gewählten Landtags hätte ein Hoffnungsschimmer sein können. Doch der war wieder zunichte gemacht worden. Anstelle der erhofften Entspannung trat einmal mehr Unsicherheit.

Wieder überschlugen sich die Ereignisse. Der Attentäter, Anton Graf von Arco auf Valley, hatte mit der Tat angeblich seine nationale Gesinnung beweisen wollen. Er selbst war durch Schüsse von Eisners Leibwächter lebensgefährlich verletzt worden und überlebte nur dank der medizinischen Künste Dr. Sauerbruchs. Auf den Straßen herrschte Tumult. Wieder wusste keiner, wie es nun weitergehen würde. Das zarte Pflänzchen der Demokratie drohte zu verkümmern, noch bevor es Wurzeln geschlagen hatte.

Ende Februar wurde Eisner, der erste bayerische Ministerpräsident, zu Grabe getragen. Josef ließ es sich nicht nehmen, den Trauerzug zu begleiten.

»Jetzt gilt es, Flagge zu zeigen und ein Zeichen für die Demokratie zu setzen. Eisner das letzte Geleit zu geben, ist das Mindeste, was wir als Protest gegen diese feige Tat und zu seinen Ehren machen können, ja machen müssen«, erklärte er seinen Leuten und gab ihnen frei, damit auch sie Eisner die letzte Ehre erweisen konnten. Eine riesige Menschenmenge beteiligte sich am Trauerzug von der Theresienwiese zum Städtischen Krematorium auf dem Ostfriedhof.

Tags darauf wurde offiziell verfügt, dass ab sofort der Belagerungszustand herrsche. Versammlungen und Ansammlungen jeder Art wurden verboten. Ab sieben Uhr abends herrschte bis auf Weiteres eine generelle Ausgangssperre.

Der Winter ging allmählich in einen zögerlichen Frühling über. Im März konnte die konstituierende Sitzung des Landtags endlich stattfinden. Doch die politische Lage blieb auch nach der Wahl von Johannes Hoffmann zum bayerischen Ministerpräsidenten unübersichtlich. Nicht alle akzeptierten seine Minderheitsregierung. Viele sprachen ihr die Legitimation ab. Oft genug mündeten die Auseinandersetzungen in Schlägereien. Die Stimmung war mehr als angespannt, sie war explosiv. In der vornehmen Richard-Wagner-Straße war davon glücklicherweise wenig zu spüren, doch in Haidhausen kam es zu etlichen Tumulten. Josef ließ zu Idas Schutz und um heftige Auseinandersetzungen oder gar Schlägereien während der Essensausgabe zu vermeiden, drei kräftige und zuverlässige Männer aus der Brauerei in den »Kindlkeller« abstellen.

Ende März war Kurt so weit genesen, dass er die Fahrt nach Baden-Baden antreten konnte.

»Lass es dir gut gehen dort«, sagte seine Mutter zum Abschied. »Sicher wird auch diese schöne Stadt durch die Kriegsjahre einiges von ihrem Glanz eingebüßt haben. Es ist vielleicht nicht mehr ganz so mondän wie damals, als dein Vater und ich auf unserer Reise ins Elsass dort einmal für ein paar Tage logiert haben. Damals hatte die Stadt ein sehr internationales Flair und ich erinnere mich, dass viele russische Adelige dort waren. Das hat sich inzwischen wahrscheinlich geändert. Aber das gesunde Wasser und den Kurpark gibt es immer noch. Das ist das Wichtigste. Hauptsache, du kommst wieder zu Kräften.«

»Vielleicht hat sich die Lage hier wieder beruhigt, wenn du in ein paar Wochen zurückkommst«, ergänzte Josef. Im Moment deutete allerdings nichts darauf hin, dass sich seine Hoffnung so schnell erfüllen könnte. Die politische Stimmung schien sich vielmehr immer weiter zu radikalisieren. In Massenversammlungen im »Hofbräuhaus«, im »Löwenbräukeller« und auch im »Kindlkeller« forderten Soldaten des 1. Bayerischen Infanterie-Regiments die Bildung einer Räterepublik Bayern nach russischem Vorbild. Sie selbst wollten als erstes Regiment einer neuen Roten Armee fungieren. Alles war besser, als in Arbeitslosigkeit und Armut zu landen. Zwei Tage später wurde vom Zentralrat unter Ernst Niekisch und dem

Revolutionären Arbeiterrat in München tatsächlich die bayerische Räterepublik ausgerufen. Mehrere 100 Rotarmisten quartierten sich in der Kirchschule in unmittelbarer Nähe der Unionsbrauerei ein. Ministerpräsident Hoffmann wurde für abgesetzt erklärt. Er sah für den Moment keine andere Möglichkeit, als mit seinem Kabinett nach Bamberg auszuweichen.

»Wenn das so weitergeht, bekommen wir tatsächlich noch russische Verhältnisse. Wer weiß, vielleicht kommen diese Fanatiker sogar auf die Idee, die Betriebe zu enteignen. Zuzutrauen wäre es ihnen. Jetzt haben sie sogar den Stuck inhaftiert. Keine Ahnung, warum. Was hat denn dieser Maler mit der Politik zu tun? Es ist wahrscheinlich nur eine Frage der Zeit, bis sie auch bei uns in der Brauerei auftauchen.« Josef teilte Hermanns Befürchtungen.

»Wir müssen unbedingt aus diesem Teufelskreis aus Mangelversorgung, Arbeitslosigkeit und politischer Instabilität herauskommen! Die Frage ist, wann und wie. Mit der Räterepublik sicher nicht. Die Regierung Hoffmann und das Parlament müssten dem Spuk ein Ende machen. Von Bamberg aus wird das kaum gehen. Sie müssen sich hier in München die Macht zurückholen. Auch der Prozess gegen Arco-Valley könnte in diesem Zusammenhang ein wichtiges Symbol für eine funktionierende Justiz und einen wehrhaften Staat sein. Hoffen wir, dass er bald so weit genesen ist, dass man ihn vor Gericht stellen kann.«

Josef wäre gerne hinaus nach Kaltenberg gefahren. Jetzt, im beginnenden Frühjahr, musste es dort draußen herrlich sein. Er sehnte sich nach ländlicher Ruhe und hatte das Gefühl, auch dort einmal wieder nach dem Rechten sehen zu müssen. Vielleicht ließ sich mittlerweile ja sogar die eine oder andere kleinere Baumaßnahme realisieren. Doch er zögerte, München zu verlassen. Wer wusste denn, was in den kommenden Tagen noch alles passierte. Nein, es war vernünftiger, vor Ort zu bleiben. Zu seinem Erstaunen bot sich Fritz an, an seiner statt nach Kaltenberg zu fahren.

»Also wirklich, Josef, das verblüfft mich überhaupt nicht«, meinte Ida, als er ihr am Abend von diesem Angebot seines Sohnes erzählte. »Sei mir nicht böse, wenn ich das sage, aber so geschäftstüchtig du bist und so gut du auch sonst Zusammenhänge erkennst, in Bezug auf deine eigenen Kinder bist du bisweilen erstaunlich begriffsstutzig. Fritz wird froh sein, endlich einmal aus Hermanns Schatten treten zu können. Julius hat sich mit Cenovis und seiner Kanzlei unabhängig gemacht. Er geht geschäftlich seinen eigenen Weg. Aber Fritz spielt immer nur die zweite Geige. Er steht ständig in eurem Schatten. Das Sagen hat Hermann und du natürlich. Und wenn Kurt von der Kur zurückkommt und deinem Wunsch entsprechend ebenfalls in die Firma eintritt, wird es für Fritz sicher auch nicht leichter, seinen Platz zu behaupten. Da ist es doch kein Wunder, wenn er die Gelegenheit ergreift, sich endlich einmal zu beweisen und vielleicht einmal etwas nach eigenen Vorstellungen gestalten zu können. Der Ausbau der Kaltenberger Brauerei wäre da doch ideal.«

Die politischen Verhältnisse blieben weiterhin ungewiss. Immer wieder griffen auf Geheiß der nach Bamberg geflohenen Regierung Freikorpsverbände, die sogenannten Weißen Truppen, die Roten an.

»Lützows Truppen sind schon in Berg am Laim! Bald werden sie hier sein!« Die Nachricht verbreitete sich wie ein Lauffeuer in ganz Haidhausen. Hermann, der aus Sorge vor Unruhen über Nacht in der Brauerei geblieben war, informierte seinen Vater umgehend übers Telefon: »Die Leute jubeln von ihren Wohnungen aus den Weißen zu. Auf die Straße traut sich keiner, weil es immer wieder zu Schießereien kommt. Ich werde hierbleiben und so weit wie möglich für Ruhe sorgen. Aber Mutter soll unbedingt daheimbleiben, sag ihr das. Sie muss die Essensausgabe zumindest heute sein lassen. Da draußen ist es im Moment einfach zu gefährlich. Ich bin zwar froh, wenn das Regime der Roten beendet wird, aber die Mittel dazu gefallen mir nicht. Die Regierung spielt ein gefährliches Spiel, wenn sie sich mit diesen Freikorps einlässt. Viele von denen sind keine Demokraten, sondern vor allem nationalistische, monarchistische und antirevolutionäre Soldaten, die nur ihren Offizieren dienen, aber gewiss nicht der Demokratie.«

»Ich sehe das wie du. Die haben nur gelernt zu parieren. Sie sehnen sich nach klaren Verhältnissen und einer starken Hand. Mit der neuen Freiheit können sie nichts anfangen.«

Im Verlauf des Tages eroberten die von der Regierung entsandten Truppen weite Teile der Stadt. Straßenzüge wurden abgesperrt und alle Häuser systematisch nach Aufrührern und Waffen abgekämmt. Die Freikorpsleute machten buchstäblich kurzen Prozess: Bei der Flurschule wurden 40 Menschen standrechtlich erschossen, in der Balanstraße und auch anderswo nahmen sie vermeintliche Rotgardisten fest und schleppten sie vor ein Erschießungskommando. Der Bierfahrer Wallner berichtete, dass auch im Hof des Hofbräukellers mindestens neun Leute erschossen worden seien. Ein Freund habe es ihm erzählt. Der sei dort Hilfsarbeiter und habe alles heimlich mitangesehen. Angeblich stammten die Hingerichteten aus Perlach, einem nahegelegenen Dorf. Der dortige Pfarrer habe die Männer an Lützow verraten. Derartige Denunziationen machten in den folgenden Tagen überall die Runde. Ob sie berechtigt waren, ob die Leute tatsächlich das getan hatten, wessen man sie beschuldigte, wurde gar nicht mehr gefragt.

Als der Spuk endlich vorbei war, sprach man von mehreren 1000 Toten. Wie viele es tatsächlich waren, wusste niemand zu sagen. Kaum jemand fragte, ob die Exekutionen rechtmäßig waren. Hauptsache Ruhe. Hauptsache ein Hauch von Normalität und geregeltem Alltag. Schließlich wagte auch der *Simplicissimus* einen satirischen Blick auf die Vorkommnisse der zurückliegenden Wochen: *»Das war eine schöne Blamage!«*, beklagte sich dort eine Dame in einer Karikatur. *»Die Spitzen der Gesellschaft werden in Schutzhaft genommen und mein Mann ist nicht dabei!«*

Aus den geplanten sechs Wochen Kur in Baden-Baden waren inzwischen acht geworden. Kurt hatte seine Heimkehr telefonisch angekündigt. Doch zu Idas Erstaunen hatte er ihr, als sie das Gespräch annahm, mitgeteilt, dass er vorher noch einen Abstecher von ein, zwei Tagen nach Bopfingen und Oberdorf machen werde. Zum Sabbat aber werde er garantiert zu Hause in München sein. Endlich war die Gelegenheit gekommen, zu seinen Ehren das große Familienessen zu veranstalten, das Ida ursprünglich schon bei Kurts Heimkehr aus Frankreich hatte machen wollen.

»Eine wunderbare Idee, meine Liebe. Höchste Zeit, dass wir wieder zu einem normalen Leben mit all seinen Freuden zurückkehren. Und ich habe noch einen Vorschlag: Was hältst du davon, wenn wir für diesen Sonntag Karten für die Vorstellung des Circus Krone besorgen? Ich möchte mit unseren Enkeln hingehen – nur mit den großen, versteht sich. Vielleicht schließen sich ihre Eltern an. Das wäre auch schön. Schau, das Programm habe ich schon besorgt: Die Hegelmann-Truppe tritt mit ›fliegenden Menschen‹ auf, man zeigt Pferdedressuren und außerdem noch eine angeblich urkomische Dressur von Eisbären. Kann ich mir gar nicht vorstellen, dass die sich dressieren lassen. Eine Pracht-Berber-Löwengruppe kündigen sie auch noch an. Ich bin sicher, das gefällt den Kindern.«

Der lang ersehnte Tag des Familientreffens war da. Alle hatten ihr Kommen zugesagt. Ida war gerade dabei, die festlich gedeckte Tafel zu inspizieren. Sie wusste zwar, dass Kathi stets alles zu ihrer Zufriedenheit erledigte und sie hatten heute ja auch keinen offiziellen Empfang, sondern lediglich ein Essen im familiären Kreis, dennoch blieb sie ihrer Gewohnheit treu, einen letzten, prüfenden Blick auf die Vorbereitungen zu treffen. Sie war ganz in Gedanken vertieft, als Kurt ins Speisezimmer trat. Er war gestern relativ spät abends angekommen und hatte sich bald in sein Zimmer zurückgezogen, sodass sie noch kaum Gelegenheit gehabt hatten, miteinander zu plaudern.

»Ah gut. Ich dachte mir schon, dass ich dich hier finde, Mama. Hast du ein paar Minuten Zeit? Ich hätte dir etwas Wichtiges zu sagen: Ich werde heiraten. Im Herbst. Beim Essen nachher werde ich es offiziell bekannt geben, aber ich wollte, dass du es als Erste erfährst.«

»Ja, aber ...« Weiter kam Ida nicht. Ihr ging mit einem Mal so vieles durch den Kopf, dass sie keinen einzigen klaren Gedanken fassen konnte.

»Ja, das kommt jetzt für dich sicher überraschend. Für mich eigentlich auch«, sagte er mit einem strahlenden Lächeln.

Kurt hatte sich während seines Kuraufenthalts verliebt. Die junge Frau, Gertrud oder meist Trude genannt, stammte – welch seltsamer Zufall – aus Bopfingen und war die Tochter eines dort ansässigen Fabrikanten.

»Warte nur, bis du sie kennenlernst. Trude ist nicht nur bildhübsch, sondern auch sehr warmherzig und humorvoll. Du wirst sie mögen. In Baden-Baden sind wir stundenlang miteinander spazieren gegangen und haben uns vortrefflich unterhalten. Wie sagt man so schön: Wir sind ein Herz und eine Seele. Und da ist noch etwas ...«, sagte Kurt in Idas erstauntes Schweigen hinein. »Ich werde in die Firma meines künftigen Schwiegervaters Weil eintreten. Im Juni bereits. Es ist ein glücklicher Zufall. Trudes Vater sucht gerade einen Mann mit kaufmännischen Kenntnissen für seine Firma. Da bietet sich das doch an. Ich weiß, Papa geht fest davon aus, dass ich bei ihm einsteige. Aber ehrlich gesagt wollte ich das ohnehin nicht. Selbst wenn ich Trude nicht kennengelernt hätte, hätte ich mich wohl anderweitig nach einer Stellung umgesehen. Das ist so und Vater wird es akzeptieren müssen, ob es ihm passt oder nicht.«

Ida stand immer noch wortlos da.

»Vielleicht kennst du die Weils noch von früher her: Veit Weil, Leim-, Collagen- und Dégraswerke«, versuchte Kurt, seine Mutter zum Reden zu bewegen.

»Jetzt sag doch etwas«, drängte er.

»Ich weiß ehrlich gesagt nicht, was. Das kommt jetzt alles ein bisschen plötzlich und es ist viel auf einmal. Gib mir Zeit. Ob ich die Weils von früher her kenne, fragst du. Natürlich kenne ich sie. Erstens, weil in Bopfingen und Oberdorf sowieso jeder jeden gekannt hat und kennt und dann waren, oder besser gesagt sind, die Weils sogar entfernt mit uns verwandt. Frag mich jetzt nicht, wie genau. Ich glaube der alte Weil, also Veit, der Firmengründer, war ein Cousin oder so ähnlich von meinem Vater. Sein Sohn Carl wäre demnach ein Vetter zweiten Grades zu mir. Viel Kontakt hatten wir allerdings nicht miteinander. Veit war der erfolgreiche Fabrikant, sein Sohn der künftige Nachfolger. Die Veits wohnten in der Langen Straße, der besten Adresse Bopfingens, während wir die ärmlichen Verwandten aus Oberdorf waren.«

»Dass wir entfernt verwandt sind, hat mir Trudes Vater auch erläutert. Taktvollerweise hat er dabei aber verschwiegen, dass die Baers gesellschaftlich nicht auf gleicher Stufe mit ihm standen. Mit dem Namen Schülein wusste er sofort etwas anzufangen. Man hat in Bopfingen und Oberdorf deinen Werdegang respektive den wirtschaftlichen Erfolg von Vaters Unternehmungen offensichtlich aufmerksam verfolgt.«

Kurt hätte sich gerne noch länger mit seiner Mutter unterhalten, ihr genaueres über seine Braut und seine Zukunftspläne erzählt, doch Ida vertröstete ihn. Sie müsse diese überraschenden Neuigkeiten erst einmal begreifen, erklärte sie. Außerdem sei es nur noch eine halbe Stunde, bis die Tischgesellschaft eintreffe, und Kurt müsse sich noch umkleiden.

Trude und Kurt machten ihr Vorhaben wahr. Im September feierten sie ihre Hochzeit. Sie waren ein schönes Paar. Man konnte die Harmonie, die zwischen ihnen herrschte, auf den ersten Blick erkennen. Ida war anfangs wegen der kurzen Verlobungszeit skeptisch gewesen. ›Du kennst Trude ja noch kaum‹, hatte sie zu bedenken gegeben und zu mehr Geduld und einem späteren Hochzeitstermin geraten. Aber ähnlich wie sein Vater bei ihrer Hochzeit hatte auch Kurt davon nichts wissen wollen. Er vertraue auf seine Menschenkenntnis und sei sich seiner Sache sicher. Ida konnte seine Ungeduld sogar verstehen. Nach vier langen Jahren an der

Front war seine Sehnsucht, irgendwo anzukommen, nach Geborgenheit und einem sicheren Zuhause nur allzu nachvollziehbar.

»Endlich wieder ein Fest, wie es sich gehört.« Josef paffte höchst zufrieden an seiner Havanna. Seine neue Schwiegertochter war ihm von Anfang an sympathisch gewesen und im Verlauf der letzten Monate hatte er, wenn auch widerwillig, Kurts Entscheidung akzeptiert, nicht in die Brauerei einzusteigen und sich stattdessen ein eigenes Leben in Bopfingen aufzubauen. Hermann und Fritz schienen geradezu erleichtert über diese Entwicklung.

Allmählich nahm das Leben in gewohnten Bahnen wieder Fahrt auf. Man durfte hoffen. Die Heinemanns planten neue Ausstellungen in ihrer Galerie, Julius Wolfgang fasste gemeinsam mit seiner Frau Suzanne und der kleinen Tochter Katharina einen längeren Aufenthalt am Gardasee und in Venedig ins Auge. Die Kriegsjahre waren für die Familie hart gewesen. Julius Wolfgang hatte zwar nicht in den Krieg gemusst – wahrscheinlich hatte man wegen seiner französischen Ehefrau an seinem Patriotismus gezweifelt – aber seine Bilder fanden während des Krieges kaum Absatz. Monatelang hatte die kleine Familie im Voralpenland mühsam ihr Leben gefristet. Auch ›Onkel‹ Julius wollte wieder auf Reisen gehen. In den zurückliegenden Jahren hatte er sich nahezu vollständig in eine selbstgewählte Isolation zurückgezogen. Trost hatte er einzig in seiner umfangreichen Kunstsammlung und der Literatur gefunden.

An vielen Orten brach sich nun wieder die Lebensfreude Bahn. Der Kaffee von Dallmayr duftete so köstlich wie ehedem zuvor. Die Büfetts beim »Tambosi« im Hofgarten und im »Café Luitpold« bogen sich unter ihrer süßen Last von Kuchen, Torten und Strudeln. Das Schlemmerlokal »Böttner« in der Theatinerstraße, das die Behörden im letzten Kriegsjahr wegen Verfehlungen gegen die Vorschriften für Nahrungsmittelabgabe geschlossen hatten, hatte seinen Betrieb wieder aufgenommen und bewirtete wieder die feine Gesellschaft der Stadt. Den ganzen Sommer über hatten die Münchner unter schattenspendenden Bäumen in den Biergärten Bier, Brezen und Brotzeiten genossen. Am Chinesischen Turm wurde, wie vor dem Krieg, Blasmusik gespielt und auf dem Oktoberfest war wieder das altbekannte *Prosit der Gemütlichkeit* ertönt. Hans Gruß, der Betreiber des »Deutschen Theaters« wartete in der Faschingssaison mit Varieté-Vorstellungen in Starbesetzung auf. Zur Freude des Publikums waren dort international gefeierte

Künstler wie Charlie Rivel, Enrico Rastelli, Grock, Anna Pawlowa oder Josephine Baker zu sehen. In den teuren Logen ließ man sich wieder Champagner munden, auf den einfacheren Plätzen Wein oder Bier, während man den spektakulären Darbietungen zusah.

Da war sie endlich wieder, die Stadt, wie Josef sie kannte und liebte.

Der Löwe

So kann's nicht weitergehen!«

Unruhig lief Josef im Direktionszimmer auf und ab. Sein Optimismus der letzten Monate hatte sich nicht als zutreffend erwiesen, ganz im Gegenteil. Tatsächlich schien sich zunächst vieles zum Positiven zu verändern. Die Versorgungslage war für die meisten Menschen wieder einigermaßen gesichert, der Schwarzmarkt ging ebenso zurück wie die damit einhergehenden zahlreichen Prozesse an den sogenannten Wuchergerichten. Doch zeigten sich die politischen Verhältnisse schon sehr bald wieder als nicht so demokratisch und stabil wie erhofft. Der Prozess gegen den Arco-Valley, den Mörder Kurt Eisners, in den Josef so viele Erwartungen gesetzt hatte, weil er ihm eine große symbolische Bedeutung für eine wehrhafte Demokratie zuschrieb, war zu einer Farce geraten. Dabei hatte alles zunächst sehr gut ausgesehen. Arco-Valley war zum Tode verurteilt worden, wie er es verdient hatte. Das Urteil wurde allerdings nicht vollstreckt, sondern war schon kurz danach in lebenslange Festungshaft umgewandelt worden. Und selbst diese Festungshaft schien inzwischen nicht mehr allzu streng zu sein.

Im März hatten in Berlin rechtsradikale Kreise um Wolfgang Kapp und Walter von Lüttwitz gegen die Republik geputscht – zwar erfolglos, doch in Bayern waren die Auswirkungen deutlich zu spüren. Die ohnehin schwache Regierung Hoffmann war zum Rücktritt gezwungen worden. An Hoffmanns Stelle war der rechtskonservative Karrierebeamte Gustav von Kahr getreten. Der war in seinem tiefsten Inneren Monarchist und hielt von der jungen Demokratie herzlich wenig. Ruhe, Ordnung und Sicherheit, lautete seine Devise. Zur Durchsetzung dieser Ziele war ihm fast jedes Mittel recht. Josef konnte sich mit dem Politikstil dieses Mannes keineswegs anfreunden, ja er verachtete ihn. Doch selbst von Kahr und seine rückwärtsgewandte Politik wären erträglich gewesen, wenn es endlich zumindest mit der Wirtschaft wieder bergauf gegangen wäre. Aber die Arbeitslosigkeit war immer noch erschreckend hoch und eine Besserung nicht in Sicht. So sehr sich mancher Unternehmer auch mühte und strampelte, die Bedingungen waren schlicht und einfach ungünstig, ja unmöglich. Kaum ein Betrieb kam auf den sprichwörtlichen grünen Zweig. Die hohen Reparationszahlungen belasteten die ohnehin geschwächte Wirtschaft. Die Deutsche Mark verlor von Monat zu Monat mehr an Wert. Verglichen mit ihrer Kaufkraft zu Beginn des Krieges war die deutsche Währung mittlerweile nur noch ein Hundertstel davon wert. Doch während überall die Preise explodierten und die Inflation fast wöchentlich voranschritt, war der Bierpreis seit Monaten unverändert festgelegt. Die Gewinne der Brauerei schrumpften wie Schnee in der Sonne. Nicht einmal in den zurückliegenden harten Kriegsjahren hatte Hermann seinen Vater so besorgt gesehen. Gemeinsam waren sie für den bevorstehenden Jahresabschluss die Bilanzen der letzten Monate durchgegangen. Josefs Sorgen waren durchaus berechtigt und Hermann teilte sie: Die Zahlen waren erschreckend, geradezu alarmierend.

»Gegen oder mit dieser Geldpolitik haben wir keine Chance. Wenn das so weitergeht, sind wir in einem halben, spätestens aber in einem Jahr bankrott. Da hilft uns kein noch so gutes Wirtschaften, da helfen weder Werbung noch Qualität.«

»So mutlos kenne ich dich gar nicht.«

»Kein Wunder. Ich mich eigentlich auch nicht, zumindest nicht, was meine ganz persönliche Lage oder die unserer Firma angeht. Der Krieg war für uns alle schwer, keine Frage. Ich kann mich nur an eine Zeit in meinem ganzen Leben erinnern, in der ich, was das Geschäftliche betrifft, ähnlich verzweifelt war: damals, nach Jakobs Tod. Aber trotz aller Schwierigkeiten waren das andere Zeiten damals. Zum einen, vielleicht weil ich jung war und wohl auch noch mehr Kraft und Elan hatte, aber sicher auch, weil es damals in der ganzen Stadt immer noch Aufschwung gab. Doch nun befürchte ich, dass mein gesamtes Lebenswerk den Bach hinuntergeht.«

»Wir sind nicht die Einzigen, denen es im Moment schlecht geht. Dem Löwenbräu beispielsweise sind durch den Krieg die gesamten Exporte weggebrochen. Jetzt liegt ein großer Teil ihrer Produktionsanlagen brach, weil sie sich all die Jahre zu wenig um den heimischen Markt gekümmert haben. Was man so hört, halten die sich nur noch durch ihren großen Immobilienbesitz und die eingehenden Mieten so einigermaßen über Wasser.«

»Das ist für mich nur ein schwacher Trost. Dass es denen auch schlecht geht, hilft uns leider nicht aus der Misere.«

Die Sorgen raubten ihm den Schlaf, und wenn er doch endlich eingedöst war, verfolgten sie ihn noch in seinen Träumen. Im Halbschlaf sah er unvermittelt eine Szene ganz deutlich vor sich. Nein, das war kein Traum, das war eine Erinnerung: Er steht nach Vaters Tod im Hausgang seines Elternhauses in Thalmässing. Die Tür zur Stube ist nur angelehnt und er hört, wie die Nachbarinnen versuchen, seine Mutter zu trösten. Er versteht, begreift nicht alles, was sie sagen, doch so viel wird ihm klar: Sie raten Mutter, ihre Pläne aufzugeben und in Thalmässing zu bleiben. Die längst vergessen geglaubte Erinnerung treibt ihm Tränen in die Augen. Plötzlich ist er hellwach. Warum fällt ihm gerade diese Episode jetzt ein?

Gewöhnlich maß Josef seinen Träumen keinerlei Bedeutung bei. Die Erinnerung an sie war meist schon verschwunden, bevor er richtig wach war. Das ganze Gerede über die angebliche Bedeutung von Träumen, das in gewissen intellektuellen Kreisen zurzeit Mode war, stieß ihn ab. Nein, von den Theorien dieses Wiener Professors Sigmund Freud hielt er nichts. Im Gegenteil, sie waren ihm, soweit er davon mitbekommen hatte, höchst suspekt. Doch die Szene, an die er sich im Halbschlaf erinnert hatte, ging ihm nicht aus dem Kopf. An diesem Tag nicht und auch nicht am nächsten. Eine Erklärung, warum das so war, hatte er nicht. Das verwirrte ihn. Die Szene schien zu ihm zu sprechen. Aber er hatte nicht die leiseste Ahnung, was sie ihm sagen wollte.

Dann endlich fiel es ihm wie Schuppen von den Augen: Seine Mutter hatte gekämpft! In ihrer dunkelsten Stunde hatte sie nicht einfach aufgegeben, nein, sie war ein Wagnis eingegangen, eines, von dem ihr alle abgeraten hatten.

»Gekämpft, ja, Mutter hat gekämpft«, murmelte er leise vor sich hin. »Ich hab auch gekämpft, damals, nach Jakobs Tod, und dann später, als ich ins Brauereigewerbe eingestiegen bin …« Ja, er musste kämpfen! Aber wie? Was half ihm all sein wieder erwachter Kampfgeist, wenn er doch nicht die geringste Idee hatte, was er konkret tun sollte?

»Ich fahre nach Thalmässing, das Grab meines Vaters besuchen.« Mit dieser Mitteilung verabschiedete sich Josef von seiner erstaunten Familie. Er musste ein paar Tage für sich sein, zumindest einen freien Kopf bekommen, womöglich sogar eine Lösung finden. Den Zeitpunkt seiner Rückkehr ließ er offen. Er quartierte sich im Gasthaus Weglehner am Marktplatz ein. Sein nagelneuer Steyr II erweckte bei der örtlichen Jugend ebenso viel Interesse wie seinerzeit der Mercedes, damals vor dem Krieg, stellte Josef amüsiert fest. Manche Dinge änderten sich offenbar nie. Er stattete den Rosenfelds einen kurzen Höflichkeitsbesuch ab. Die meiste Zeit aber verbrachte er allein. Stundenlang durchwanderte er die Gegend seiner Kindheit und Jugend, die Wege, die er mit seinem Freund Moshe durchstreift hatte, nach Hagenich, Gebersdorf, Stetten und Alfershausen. In Stauf ließ er seinen Blick im klaren Licht des Altweibersommers von der Anhöhe ins Tal schweifen. Er kehrte in einfachen Dorfwirtschaften ein oder machte Rast an kleinen Bächen. Die vertraute Landschaft ließ ihn zur Ruhe kommen. Er dachte an nichts, zumindest an nichts ihm konkret fassbares, während er einen Fuß vor den anderen setzte. Stattdessen kehrten Erinnerungen zurück, wirr und ohne erkennbaren Zusammenhang: Seine Mutter, wie sie Tate Essen für seine Fahrten über Land eingepackt hatte, damit er nur ja ausschließlich koschere Speisen zu sich nehme. Salomon Löw, wie er in ihrer Stube Neuigkeiten von überall her erzählte. Endlose Unterrichtsstunden bei Lehrer Hommel, die Besuche der kleinen Synagoge zu den Sabbatgottesdiensten, seine Bar-Mizwa. Er erinnerte sich an Gustav, wie er in der Stube mit seinen Zinnsoldaten spielte, an Malis Traum, Klaviervirtuosin zu werden – und musste bei dieser Erinnerung lächeln. Überhaupt war alles ganz anders gekommen, als er und seine Geschwister es sich wohl jemals gedacht hatten.

›Flucht nach vorn, den Stier bei den Hörnern packen‹, murmelte er plötzlich nur halb bewusst vor sich hin, ohne zu wissen, was er mit diesen Worten eigentlich sagen wollte. Aber die Worte verfolgten ihn, passten sich seinem Schritt und seinem Rhythmus an, wurden über Stunden die Melodie seiner Wanderung, immer wieder unterbrochen durch Erinnerungen oder ein nur halb bewusstes Innehalten und Betrachten der Natur und der durchwanderten Landschaft, kehrten sie beharrlich zurück. An einem Tag wanderte er bis Greding. Im Gasthof »Zum Bayerischen« kehrte er ein. Überlebensgroß schmückte eine Gruppe siegreicher bayerischer Soldaten aus dem 1870er-Krieg die Hausfassade. Die Heimkehrer des jüngsten Krieges würden es sicher nie zum Schmuck auf eine Fassade schaffen, ging es Josef durch den Kopf. Niemand erinnerte sich gern an Verlierer. Wieder hörte er seine innere Stimme mahnen: ›Flucht nach vorne, den Stier bei den Hörnern packen!‹ Mehr aber auch nicht.

Tags darauf reiste er aus Thalmässing ab. Er konnte sich schließlich nicht endlos verkriechen. Fast eine Woche war er jetzt hier gewesen. Die Tage hatten ihm gutgetan. Er fühlte sich nicht nur ruhiger, beruhigter, sondern geradezu getröstet. Eine Lösung hatte er allerdings immer noch nicht.

»Und du meinst tatsächlich, dass das funktionieren könnte?« Die Skepsis war Hermann ins Gesicht geschrieben.

»Ganz ehrlich: Ich weiß es nicht. Ich sage ja, es ist eine verwegene, eine gewissermaßen tollkühne Idee. Vielleicht eine Schnapsidee, vielleicht aber auch die Lösung. Das wissen oder wüssten wir erst hinterher. Vorher kann das keiner sagen. Ich verstehe deine Skepsis und ich habe vollstes Verständnis, wenn du das Vorhaben ablehnst. Wir könnten auch verkaufen. Kein Problem. Wie heißt es so schön: Lieber den Spatz in der Hand als die Taube auf dem Dach. Und ganz klein wäre der Spatz, sprich der Verkaufserlös, ja wirklich nicht. Du und Fritz könnt jederzeit als Juristen eine Kanzlei eröffnen oder eure Kenntnisse in eine andere Firma einbringen. Vielleicht könntet ihr euch auch als Teilhaber bei Julius in die Cenovis-Werke oder anderswo einkaufen. Es gibt viele Möglichkeiten. Und was mich betrifft, nun, da brauche ich mir ja überhaupt keine Gedanken zu machen. In meinem Alter kann ich mich mit Fug und Recht ins Privatleben zurückziehen. Das haben andere meines Jahrgangs ja schon längst gemacht. Ich erwarte jetzt keine Antwort. Jede Entscheidung wäre verfrüht. Schlaf ein, zwei Nächte darüber, geh spazieren, radle oder geh schwimmen, was auch immer dir Freude macht und dich ablenkt. Besprich dich unbedingt auch mit deinen Brüdern. Denn das Vorhaben würde sicher nicht nur Mut und Unternehmertum, sondern auch jede Menge juristischen Sachverstand erfordern.«

Die Idee, die Josef wenige Tage nach seiner Rückkehr nach München urplötzlich in den Sinn gekommen war, war in der Tat verwegen: Die kleinere, in Schwierigkeiten steckende Unionsbrauerei wollte dem größeren, jedoch ebenfalls in Schwierigkeiten steckenden Löwenbräu ein Übernahme-, respektive Fusionsangebot machen.

»Ich habe mir in den letzten Tagen die Mühe gemacht, einmal sämtliche Sachwerte und Liegenschaften genauer aufzulisten. Die wollen und müssen ja schließlich wissen, mit wem sie es zu tun haben, wenn wir in Verhandlungen eintreten. Hier lies und dann sag mir, ob man das so stehen lassen kann oder ob noch etwas fehlt.«

Hermann nahm die umfangreiche Auflistung zur Hand: Die Immobilien der Unionsbrauerei umfassen das ganze Areal der Unions- und Münchner Kindlbrauerei im ungefähren Ausmaß von 14 Tagwerken mit allen darauf stehenden Gebäuden. Die Unionsbrauerei ist Eigentümerin von mehr als 30 Wirtschaftsanwesen sowie einigen Bauplätzen im Gesamtausmaße von ungefähr sechs Tagwerken. Außerdem besitzt sie ein großes Torfwerk in Deining und zwei weitere Torfwerke in Gemeinschaft mit einer hiesigen Brauerei. Sie verfügt über drei Doppelsudwerke, eine Tennen- und eine Trommelmälzerei, ausgedehnte Flaschenfüllerei- und Eisfabrikationseinrichtungen, fünf Dampfmaschinen mit rund 800 PS, ist vollständig für elektrischen Betrieb und im Übrigen, in beiden Abteilungen neuzeitlich eingerichtet. Umfangreiche Bestände an Lager- und Transportfässern und Gärbottichen, 34 Eisenbahnwagen, ein gut ausgestatteter Fuhrpark und die übrigen Einrichtungen bilden einen wertvollen Besitz.

Wie Josef es vorhergesehen hatte, folgten in den darauffolgenden Wochen juristisch komplizierte Verhandlungen. Insbesondere die Frage, wie ein Rückkauf Kaltenbergs durch Josef ermöglicht werden könne, erforderte eine spezielle Regelung. Josef hatte seinen Traum, die kleine Brauerei auszubauen, nicht aufgegeben. Gemeinsam mit Fritz wollte er ihn in den Jahren, die ihm noch geschenkt waren, verwirklichen. Während des zähen Ringens um komplizierte Detailfragen bewunderte er im Stillen das Geschick und die Fachkenntnisse seiner Söhne. Diese Paragrafenreiterei war notwendig, das wusste er. Nach seinem Geschmack aber war sie nicht. Ihm mangelte es schlicht an Geduld für diese stundenlangen Detailfragen. Gesetzestexte zu wälzen, hätte für ihn Folter bedeutet. Er wollte gestalten. Doch nach Wochen war es geschafft. Die letzten Fragen und Fusionsbedingungen waren zur Zufriedenheit aller geklärt. Nicht zuletzt auch die wichtige Frage, wer in dem neuen Konstrukt wie viel und wo zu bestimmen und zu sagen hatte. Damit war auch endlich für ihn selbst der Moment gekommen, sich zugunsten seines Sohnes in die zweite Reihe zurückzuziehen und das Ruder dem Jüngeren zu überlassen. Hermann rückte in den Vorstand des Löwenbräu auf, Josef begnügte sich mit einem Posten im Aufsichtsrat. Julius und Fritz, die die Fusionsverhandlungen maßgeblich mitgestaltet hatten, wollten in der neugebildeten Brauerei keine Posten übernehmen.

Natürlich feierte man das wichtige Ereignis auch im Familienkreis.

»Auf die Zukunft!«, gab Josef seinen Trinkspruch aus. »Viel Geld hat sie gekostet, die Löwenbrauerei, aber jetzt gehört sie uns!«

Die Familie war endgültig ganz oben angekommen. Was seine Mutter wohl dazu gesagt hätte, wenn sie das noch erlebt hätte? Hatte sein Vater sich das träumen lassen, damals in jener weit zurückliegenden Vergangenheit, als er seine ersten Geschäfte in München tätigte? Sicher nicht. Joel, Julius Schülein, Besitzer eines kleinen Landladens in Thalmässing, Mittelfranken. Ja, die Familie Schülein hatte einen weiten, erfolgreichen Weg zurückgelegt. Josef durfte stolz sein und sich zufrieden zurücklehnen.

Doch bei allem persönlichen Glück gaben die äußeren Umstände weiterhin wenig Anlass zu Optimismus. Im Juni wurde der USPD-Abgeordnete Karl Gareis unmittelbar vor seiner Wohnung in Schwabing erschossen. Ein Unbekannter feuerte aus der Dunkelheit heraus mehrere Schüsse auf ihn ab, als er gerade von einem Vortrag nach Hause kam. Einer davon traf den Landtagsabgeordneten in den Kopf und Gareis verstarb nach wenigen Stunden im Krankenhaus. Er hatte sich bereits seit geraumer Zeit vehement für die Auflösung der nationalistischen Einwohnerwehren engagiert und sich dadurch eine Menge Feinde geschaffen. Die drei sozialistischen Parteien riefen angesichts einer systematischen Hetze gegen die Arbeiterschaft in Bayern und Mordanschlägen auf führende Genossen zu einem dreitägigen Generalstreik auf. Die Fronten verhärteten sich immer mehr.

Josef hatte nun zwar mehr Muße für gemeinsame Ausflüge mit seiner Frau und für ruhige Tage auf Schloss Kaltenberg. Der insgesamt düsteren Atmosphäre aber konnten sie auch in der heitersten Landschaft nicht wirklich entfliehen. Immer öfter drehten sich ihre Gespräche um die allgemeine Lage.

»Der Krieg und die Seeblockade durch die Engländer sind vorbei und trotzdem habe ich das Gefühl, dieses Land taumelt von einer Katastrophe in die nächste. Jetzt raubt die Geldentwertung den Menschen jede Hoffnung. Wieder oder immer noch haben viele kaum das Nötigste. Gestern erst war wieder eine elend lange Schlange vor der Freibank um billiges Fleisch angestanden. Wen wundert's da, dass viele nicht an diesen Staat glauben und den Hetztiraden von Wirrköpfen auf den Leim gehen?«

»Du hast ja recht, Ida. Aber was will man machen? Hermann hat gerade die nicht unerhebliche Summe von 200 000 Mark für unsere notleidenden Mitbürger gespendet. An der gesamten Misere ändert das aber auch nichts oder doch nur wenig. Trotzdem klammere ich mich an den Gedanken, dass es demnächst besser wird. Es muss, es muss einfach, verstehst du?«

»Es muss besser werden. Ja, das sagen andere auch. Mehr noch: Sie versprechen das Blaue vom Himmel. Und das scheint viel verlockender als jede noch so große Geldspende. Das macht mir Sorgen.«

»Du meinst diesen Hitler, von dem man jetzt immer wieder hört?«

»Den und seine Anhänger. Er ist ja nicht allein. Glaub mir, Josef, die sind gefährlich.«

»Mach dir doch darüber keine Sorgen. Die können sich nie durchsetzen.«

Es war bereits Anfang Dezember, Chanukka stand vor der Tür, als Julius an einem Sonntagnachmittag zum Kaffee vorbeikam. Monatelang hatte er sich auf Reisen in der Schweiz aufgehalten, war gewandert, hatte Städte, Museen und Ausstellungen besucht und sogar selbst einige Bilder gemalt, wie er in seinen Briefen stolz berichtet hatte. Nun wollte er sich wieder einmal bei der Familie und Freunden sehen lassen. Tags zuvor hatte er bereits Gustav und dessen Frau besucht. Die beiden lebten nach Gustavs Rückzug aus dem Aufsichtsrat der Brauerei noch zurückgezogener als vorher.

»Ich weiß gar nicht, wie sie den lieben, langen Tag zubringen. Aber sie scheinen ganz zufrieden zu sein. Mir ist das ein Rätsel. Aber meinen Segen haben sie. Sollen sie leben, wie sie wollen, solange sie sich nur damit wohlfühlen. Aber ehrlich gesagt … So sehr ich mich freue, euch alle zu sehen, jedes Mal, wenn ich in letzter Zeit nach München zurückkomme, erscheint mir die Atmosphäre hier noch düsterer. Ich habe das Gefühl, es schnürt mir hier die Luft ab. Wie haltet ihr das aus? Oder bemerkt ihr diese Entwicklung gar nicht? Das wäre nicht verwunderlich, man gewöhnt sich ja an vieles, vielleicht sogar an alles. Aber wenn man so wie ich gewissermaßen von draußen kommt, dann nimmt man die Dinge anders wahr. In Zürich scheint das Leben unvergleichlich freier, unbeschwert von erlittenem Kriegselend und dem Mangel, der hier immer noch herrscht. Vor allem aber freier im Denken, scheint mir.«

Die Äußerung seines Bruders verärgerte Josef sichtbar. »Wir bemerken die ungute Atmosphäre durchaus. Wir sind schließlich nicht blind und taub. Und auch wenn du es vielleicht nicht glaubst, so versuchen doch viele hier – darunter übrigens auch meine Söhne und ich – mit aller Kraft, die Lage zu verbessern, indem wir Arbeitsplätze schaffen oder zumindest erhalten.«

Am liebsten hätte er noch eine bissige Bemerkung seinen Bruder und dessen fortwährende Reisen betreffend hinzugefügt. Doch die behielt er dann doch lieber für sich. Wer war Julius, der sich in keiner erkennbaren Weise bemühte, die derzeitige Situation Deutschlands durch sein Zutun zu verbessern, dass er sich solch ein Urteil erlaubte?

»Oh, das weiß ich. Ich wollte dir mit meinen Worten auch nicht zu nahetreten, Josef. Natürlich, die Wirtschaft muss wieder in Schwung kommen. Gar keine Frage. Das bestreitet überhaupt niemand. Aber ich bin mir nicht sicher, ob das allein des Rätsels Lösung ist. Ich glaube es ehrlich gesagt nicht. Die Entwicklung, die sich hier momentan vollzieht, scheint mir tiefer zu gehen. Ich weiß nicht, ob man ihr lediglich mit Arbeit und Auskommen für alle begegnen kann.«

»Das musst du uns aber jetzt schon genauer erklären.«

Ein Artikel Rechbergs beschäftige ihn seit einigen Tagen, erklärte Julius. Auf den Mann sei er bereits um die Jahrhundertwende aufmerksam geworden, weil er einige interessante Kunstwerke geschaffen hatte. Seitdem verfolgte er dessen Aktivität mit wachsendem Interesse. Seit einigen Jahren nun betätigte sich Rechberg auch als politischer Publizist. In dem besagten Artikel warnte er vor den Gefahren einer möglichen Hitler-Regierung in Bayern.

»Hitler wird die Versprechungen, die er so vollmundig gibt, nie einlösen können, schreibt Rechberg, und ich stimme ihm da völlig zu.«

»Aber ich bitte dich. Da braucht es doch keinen Rechberg, um das zu erkennen. Das ist doch jedem vernünftigen Menschen vollkommen klar. Der Mann ist ein Scharlatan und Spinner, sonst nichts. Den muss man doch nicht ernst nehmen.«

»Man kann ihn nicht ernst nehmen. Da stimme ich dir zu. Trotzdem glaube ich nicht, dass man die Angelegenheit so leicht abtun kann. Rechberg sieht in ihm eine ernstzunehmende Gefahr. Eine Regierung Hitler hätte seiner Meinung nach die gesamte Entente gegen sich, weil er sie in seinen Reden immer wieder reizt.«

»Mir macht da noch etwas ganz anderes Sorge«, warf Ida ein. »Etwas, was uns ganz persönlich betrifft: Hitlers Judenfeindlichkeit. Er und seine Anhänger stehen damit leider nicht allein. Ich habe unlängst ein Buch gelesen …«

»Lass mich raten: Wassermanns autobiografisch gefärbte Beschreibung der gegenwärtigen Zustände?«

»Genau. Du kennst es?«

»*Mein Weg als Deutscher und Jude* – natürlich! Es hat ja in den vergangenen Monaten für ziemliches Aufsehen und auch für manche Diskussion gesorgt. Wassermann bringt darin vieles auf den Punkt. Er beschreibt eine Entwicklung, die ich ebenfalls für besorgniserregend halte.«

»Mit Verlaub, ich glaube, er übertreibt«, schaltete sich nun auch Josef in die Diskussion ein. »Du weißt, ich lese nicht allzu viel. Aber dieses Buch habe ich gelesen, nachdem Julius Wolfgang und auch meine liebe Ida es mir so ans Herz gelegt haben. Aber im Gegensatz zu euch hat es mir ehrlich gesagt nicht gefallen. Es war mir, wenn ich so sagen darf, zu grüblerisch. Das liegt mir nicht. Ich bin ein Mann der Tat, wie ihr wisst. Vor allem aber glaube ich, dass Wassermann vieles zu negativ sieht. Ich bestreite nicht, dass es da oder dort Anfeindungen gibt. Aber wo ist das bitte nicht so? Erfolg ruft immer Neider auf den Plan. Das betrifft beileibe nicht nur uns Juden. Aber diese generelle Ablehnung, die Wassermann da suggeriert, kann ich so nicht sehen. Er selbst ist ja das beste Beispiel, um seine Aussage zu widerlegen. Ich kenne mich ja im Literaturbetrieb nicht aus. Aber wenn ich Ida richtig verstanden habe, ist er als Schriftsteller seit Jahren überaus erfolgreich. Nein, wenn ich unsere Generation so ansehe – von den Jüngeren gar nicht zu reden – dann haben wir einen Weg zurückgelegt, den sich unser Vater nicht einmal hätte träumen lassen. Mit *uns* meine ich dabei beileibe nicht ausschließlich unsere Familie, sondern uns Juden ganz allgemein. Unlängst hat das Komitee in Stockholm Einstein, einem deutschen Juden also, den Nobelpreis für seine Entdeckungen zugesprochen. Ich habe nicht genau verstanden, worin das Bahnbrechende seiner Theorie besteht, aber soviel ich weiß, ist der Nobelpreis die höchste wissenschaftliche Auszeichnung überhaupt. Und wenn ich mich selbst einmal als Beispiel anführen darf: Vor zwei Jahren wurde in Berg am Laim eine Straße nach mir benannt. Das ist ebenfalls eine Ehre, die nicht vielen zuteilwird. Nein, Wassermanns Buch hat mir nicht sonderlich gefallen. Aber einem Satz daraus stimme ich aus vollstem Herzen zu und den habe ich mir sogar gemerkt: *»Ich bin Deutscher und ich bin Jude, eines so sehr und so völlig wie das andere, keines ist vom anderen zu lösen.«* Genauso ist es. Jeder, der nur einen Funken Verstand hat, wird sehen, dass wir Juden nicht das Problem, sondern Teil der Lösung sind, wenn er auch nur einen Augenblick nachdenkt. Denn ohne die vielen Arbeitsplätze in sogenannten jüdischen Unternehmen, wäre die Arbeitslosigkeit hierzulande noch sehr, sehr viel höher. Das muss schließlich auch der Dümmste erkennen und deshalb bin ich mir sicher, dass die Anfeindungen, die manche derzeit beklagen, nur eine vorübergehende Erscheinung sind. Sie werden aufhören, sobald es wieder aufwärts geht.«

»Hoffen wir, dass du recht hast. Aber ich bin mir da nicht so sicher. Uns Juden als Sündenböcke für alle möglichen Miseren anzuprangern, hat leider eine jahrhundertelange Tradition. Ob zurecht oder unrecht hat da noch nie einer gefragt.«

»Die Verhältnisse haben sich aber doch gründlich geändert. Wir leben nicht mehr im Ghetto, wir sind nicht mehr die Ausgegrenzten und Außenseiter. Wir sind inzwischen ein geachteter Teil der Gesellschaft.«

»Ich kann mich nur wiederholen: Hoffen wir, dass du recht hast. Denn unsere Zeit wäre leider wieder einmal allzu reif für einen Sündenbock. Machen wir uns doch nichts vor: Wäre unser Staat ein Wirtschaftsunternehmen, wäre er längst pleite. Dafür hätten allein schon die Kosten für den verlorenen Krieg ausgereicht. Jetzt aber kommen die Reparationsforderungen hinzu, nicht zu vergessen die Kriegsanleihen, die unzählige Bürger gezeichnet haben und die auch zurückbezahlt werden müssen. Die Frage ist: womit? Wie hätte Mutter gesagt: Greif einmal einem Nackten in die Tasche … Nun, wir werden sehen. Den Winter über bleibe ich hier. Wir werden die Entwicklungen also gemeinsam verfolgen können. Aber ganz ehrlich: Am liebsten wäre ich schon wieder weg. Ich würde gerne einmal wieder nach Paris oder London. Aber ich fürchte, als Deutscher bin ich dort auch in den kommenden Jahren noch nicht gerne gesehen. Vielleicht also lieber Istanbul. Ich trage mich jedenfalls mit dem Gedanken, im Frühjahr mit dem Orientexpress dorthin zu reisen.«

Die folgenden Monate schienen die Skepsis seiner Frau und seines Bruders weiter zu bestätigen. Immer wieder kam es zu gewaltsamen Auseinandersetzungen. Bei einer davon wurde Professor Quidde, ein Friedensaktivist attackiert, während er über den Friedenskongress in Den Haag referierte. Die Hälfte, der bei der Versammlung Anwesenden waren, wie sich kurz darauf herausstellte, Anhänger der unlängst gegründeten NSDAP. Im Januar besetzten französische Truppen das

Ruhrgebiet. Frankreich wolle damit die Erfüllung der deutschen Reparationsverpflichtungen sichern, hieß es. Reichskanzler Cuno rief die Bevölkerung zum passiven Widerstand auf. In der Folge wurden im besetzten Gebiet Industrie, Verwaltung und Verkehr mit Generalstreiks lahmgelegt. Außerdem wurden an Frankreich und Belgien keine Reparationen mehr gezahlt. Wie auch in anderen Städten fanden in München zum Protest gegen die Besetzung durch die Franzosen große Kundgebungen statt. Öffentliche Gebäude hissten die Fahnen auf Halbmast. Man sang *Die Wacht am Rhein*.

Als ob durch die Besetzung ein verborgener Mechanismus in Gang gesetzt worden wäre, stiegen die Preise unvermittelt noch rasanter als zuvor schon. Im Januar hatte ein Liter Milch bereits die unvorstellbare Summe von 213 Mark gekostet. Im April lag der Preis dafür bei 730 Mark. Das ganze Land schien in einen Strudel geraten zu sein, aus dem es kein Entrinnen gab. Die Inflation nahm immer besorgniserregendere Formen an. Die Löhne und Gehälter konnten mit der galoppierenden Geldentwertung nicht ansatzweise Schritt halten.

»Das ist kein Geld mehr, das ist lediglich bedrucktes Papier«, hörte man allenthalben. Es stimmte. Anstatt mit Bauklötzen bauten Kinder im Sommer ihre Türme und Häuser mit Bündeln der wertlosen Banknoten, die inzwischen schubkarrenweise ausgegeben wurden. Im Oktober kostete eine Semmel schließlich 5 000 000 Mark. Auch das Heer der Arbeitslosen wuchs täglich. Ein Ende der Misere war nicht in Sicht. Schneller und immer schneller drehte sich das Inflationskarussell. Die Währung war im freien Fall. ›Das Geld verreckt, das Land geht den Bach hinunter und die Regierung schaut untätig zu‹, war die Meinung vieler. Mit jedem Tag, den die Währung weiter verfiel, wuchs die Zahl der Verzweifelten. Wo war die starke Hand, die lenkend eingriff, wo der starke Mann, der den Karren aus dem Dreck zog? Die Rufe nach ihm wurden immer lauter. Die Leute ersehnten nichts weniger als ein Wunder. Das ließ allerdings weiter auf sich warten. Stattdessen gerieten nun auch die ohnehin labilen politischen Verhältnisse noch weiter ins Wanken. Der Beschluss des neuen Reichskanzlers Stresemann, den passiven Widerstand gegen die Ruhrbesetzung abzubrechen, brachte im September in Bayern das Fass schließlich zum Überlaufen. Das sei ein Verrat deutscher Interessen, tobte die bayerische Regierung. Sie sei nicht länger gewillt, diesen Skandal einfach tatenlos hinzunehmen. Kurzerhand erklärte von Kahr den Ausnahmezustand und übernahm das Kommando von bayerischen Truppen der Reichswehr. Immer lauter hetzten manche nun gegen die ›Judenregierung in Berlin‹. Von einem Marsch auf die Hauptstadt war mancherorts die Rede. Man wollte es denen da droben mal zeigen.

Das alles wäre besorgniserregend genug gewesen. Noch mehr Unbehagen aber bereitete Josef der Eindruck, dass die Zahl derer, die den Schreihälsen unverhohlen recht gaben, deutlich gewachsen war. Würde man am Ende doch wieder den Juden die Schuld an der Misere geben? Im September hatten Unbekannte die Fenster der Synagoge eingeschlagen. War das lediglich die Tat eines einzelnen Fanatikers gewesen oder steckte doch mehr dahinter? Sollten sich die Befürchtungen, die Ida und Julius wiederholt geäußert hatten, am Ende doch bewahrheiten? Wie lange wollte man in Berlin dem Treiben hier in Bayern noch tatenlos zusehen?

Putsch! Über Wochen hatte das giftige Gebräu gegärt. Nun entlud es sich in einer Explosion. Hermann rief aufgeregt in der Richard-Wagner-Straße an und informierte seine noch ahnungslosen Eltern. Was genau im Moment passierte, wusste er auch nicht.

»Angeblich, versuchen diese Spinner ihre Drohung wahrzumachen, die Regierung zu stürzen und Kurs auf Berlin zu nehmen. Bleibt um Gottes Willen daheim! Dieser Hitler und seine Anhänger marschieren vom Bürgerbräukeller im Moment gerade in Richtung Innenstadt.«

Quälende Stunden der Ungewissheit. Josef rief alle seine Kinder an, telefonierte mit allen möglichen Bekannten. Julius hatte gehört, dass es bereits Schusswechsel gegeben haben sollte. Angeblich seien Personen verletzt worden. Aber Genaueres wusste er auch nicht zu sagen. Nachmittags um drei meldete sich Hermann mit der erlösenden Nachricht: »Die Aufwiegler sind am Odeonsplatz von der Polizei gestoppt worden. Es hat einige Tote gegeben. Aber der Spuk ist vorbei. Hitler ist geflohen.«

Tags darauf war in der Presse genauer zu erfahren, was sich tatsächlich ereignet hatte. Gemeinsam mit seinen Spießgesellen hatte Hitler am Abend des 8. November den Bürgerbräusaal gestürmt, wo eine Versammlung stattgefunden hatte, an der auch Regierungsmitglieder teilgenommen hatten. Mit Waffengewalt hatte er die anwesenden Minister verhaften lassen und ihnen die Zusage abgezwungen, bei einer Regierung unter seiner Führung mitzumachen. Es war nur einem glücklichen Zufall zu verdanken, dass Ellen Ammann, eine Abgeordnete der konservativen Bayerischen Volkspartei BVP, von den Umsturzplänen erfahren hatte. Sie hatte daraufhin unverzüglich so viele Mitglieder der Staatsregierung benachrichtigt, wie sie erreichen konnte. Darunter war glücklicherweise auch der stellvertretende Ministerpräsidenten Franz Matt. Er und die übrigen Regierungsmitglieder konnten nach Regensburg in Sicherheit gebracht werden. Zwei Tage nach dem missglückten Putschversuch wurde Hitler verhaftet. Der *Simplicissimus* goss seinen beißenden Spott über die gescheiterte Münchner Revolution aus. Unter dem Porträt des ›Münchners‹, einem feisten Grobian mit Hakenkreuzen in den Augen und Maßkrug in der Hand, stand zu lesen:

»Mei' Ruah möcht' i ham und a Revalution
A Ordnung muaß sei und a Judenpogrom
A Diktator g'hört hera und gleich davo'g'haut
Mir zoagen's Enk scho, wia ma Deutschland aufbaut!«

Judenpogrom. Das Wort schnürte Josef die Kehle zu. Es gelang ihm nicht, über diese Verse zu lachen. Sie entsprachen zu sehr einer bedrohlichen Wahrheit. Eine Woche nach Hitlers gescheiterter Revolution wurde die inflationäre Mark abgeschafft. An ihre Stelle trat die Rentenmark. Eine Semmel kostete nun wieder zwei und einen halben Pfennig. Der Albtraum war zu Ende. Die junge Republik schien ihre Geburtswehen endgültig hinter sich zu haben. Es war allerhöchste Zeit gewesen!

Im Februar des folgenden Jahres begann der Prozess wegen Hochverrats gegen Hitler, Ludendorff und weitere Rädelsführer. Wie viele andere auch verfolgten Josef und Ida ihn aufmerksam. Das Urteil fiel mit fünf Jahren Festungshaft für Hitler allerdings unerwartet gering aus. Nicht nur die Schüleins waren über das allzu milde Urteil enttäuscht.

»Bleibt zu hoffen, dass sich in diesen fünf Jahren die Dinge weiterhin zum Positiven entwickeln und das Vertrauen in den neuen Staat wächst. Noch einmal zehn solche Jahre wie die, die hinter uns liegen, möchte ich nicht erleben.« Dabei war sich Josef, als er diese Worte bei der traditionellen familiären Kaffeetafel aussprach, sehr wohl bewusst, dass es andere weit schlimmer als ihn und seine Familie getroffen hatte. Wer keinen Angehörigen im Krieg verloren hatte und wer bei guter

Gesundheit im Kreise seiner Liebsten und zahlreicher Freunde auch seinen 70. Geburtstag im vornehmen »Bayerischen Hof« feiern durfte, der hatte sicher nicht allzu viel Anlass zur Klage.

Frühling lag in der Luft. Josef roch ihn schon beim Aufwachen. Der Tag würde anstrengend werden. Gratulanten, die sich die Klinke in die Hand gaben, Glückwünsche von allen Seiten. Wahrscheinlich würde es schon kurz nach dem Frühstück damit losgehen. Das aber wollte er wenigstens noch in Ruhe genießen. Ida wartete bereits im Speisezimmer, als er eintrat. Sie lächelte ihn an und küsste ihn zärtlich. Ihre Zuneigung zueinander war in all den Jahrzehnten unverändert geblieben, schoss es ihm durch den Kopf. Nein, das stimmte nicht. Sie war sogar gewachsen, schien ihm. Aber er hatte jetzt keine Zeit, um darüber genauer nachzudenken. Denn Ida hielt ihm freudestrahlend die aufgeschlagenen *Münchner Neuesten Nachrichten* entgegen: »Hier, lies!« Doch anstatt ihm das Blatt zu geben, begann sie ihm vorzulesen:

›Kommerzienrat Schülein ist seit Jahrzehnten als einer der größten Wohltäter Münchens bekannt. Bis zum Ausbruch der Revolution stand er alljährlich Scharen von Kindern Firmpate, die er mit Geschenken bedachte und bewirtete. Für manchen begabten Knaben sorgte Schülein, dessen Firmlinge weit über 2000 betragen, auch noch für weiteres Fortkommen. Schülein hat auch als erster das Bedürfnis nach Schaffung von öffentlicher Speisung erkannt und in den schlimmsten Zeiten des Krieges aus eigenen Mitteln Speisungen geschaffen und bis zur Revolution durchgeführt. Weit über eine Million Mittagessen wurden in jenen Jahren an Bedürftige aller Stände und Stadtteile abgegeben.‹

Eine schöne Würdigung, findest du nicht?«

Wenige Tage nach Josefs Geburtstag wurde die Unionsbrauerei in der Äußeren Wiener Straße für immer geschlossen. Der Bierfahrer Wallner hatte es sich nicht nehmen lassen, beim Umzug zu helfen. Schon sein Vater hatte als Bierfahrer für den ›König von Haidhausen‹, wie Josef von der Belegschaft und der gesamten Nachbarschaft respektvoll genannt wurde, gearbeitet. Behutsam packte nun Wallner junior Fotografien von Josefs mächtigem Schreibtisch in eine Kiste.

»Wird Ihnen das Ganze hier nicht fehlen, Herr Schülein?«
Josef lächelte.
»Alles hat seine Zeit.«

Glossar

Addar: Februar

Bar-Mizwa: Bezeichnet die religiöse Mündigkeit. Jungen erreichen sie im Alter von 13 Jahren. Traditionell lernen die Jugendlichen auf diesen Tag hin den hebräischen Tora-Abschnitt und die → Haftara vorzutragen. Dieser »erste Tora-Aufruf« wird feierlich begangen und der Jugendliche wird an diesem Festtag in die Gemeinde aufgenommen, in der Regel am → Sabbat nach dem 13. Geburtstag.

Beys oylem: Friedhof

Brismile: Entfernung der Vorhaut des männlichen Gliedes (Zirkumzision) nach jüdischem Brauch.

Bobe: Großmutter

Chanukka: Lichterfest. Es ist ein acht Tage dauerndes, jährlich gefeiertes jüdisches Fest zum Gedenken an die Wiedereinweihung des zweiten Tempels in Jerusalem im Jahr 164 v. Chr.

Charojses: Mischung aus Apfel- bzw. auch Feigenstückchen und Datteln, Nüssen oder Mandeln, mit etwas Rotwein zusammengeknetet, mit Zimt oder Ingwer bestreut, als Symbol für den Lehm, aus dem die Israeliten in den Zeiten der Knechtschaft Ziegel herstellen mussten. Die Speise ist Bestandteil des tradionellen Sedertellers.

Cheschben: Rechnung, Kalkulation

Chewra Kadischa: Beerdigungsbruderschaft, die sich der rituellen Bestattung Verstorbener widmet.

Chuppa: Traubaldachin. Die Chuppa bedeutet das »Dach über dem Kopf« und besagt, dass hier ein Haus gegründet wird. Unter der Chuppa umkreist die Braut den Bräutigam siebenmal. Unter der Chuppa werden Segen über Wein und Lobpreisungen gesprochen. Die Brautleute trinken zusammen vom Wein, damit sie auch im künftigen Leben Freude und Leid miteinander teilen. Der Bräutigam steckt der Braut den Hochzeitsring auf, spricht eine traditionelle Formel und zerbricht anschließend ein Glas. Ein Brauch zur Erinnerung an den im Jahre 70 n. Chr. durch die Römer zerstörten Jerusalemer Tempel.

Chutzpe: Unverfrorenheit, Dreistigkeit

Emmes: Wahrheit

Ereztapuchim: Kartoffeln

Gojim: Nichtjuden

Golus: Exil

Haftara: Öffentliche Lesung aus den Prophetenbüchern an jüdischen Feiertagen und am → Sabbat.

Jichus: vornehme Abstammung

Jom Kippur: Versöhnungstag oder Versöhnungsfest. Der höchste jüdische Feiertag. Nach jüdischem Kalendersystem wird er am zehnten Tag des Monats Tischri, dem siebten Monat des jüdischen Kalenders, begangen. Im Gregorianischen Kalender fällt Jom Kippur von Jahr zu Jahr auf unterschiedliche Daten im September oder Oktober. Zusammen mit dem zehn Tage davor stattfindenden zweitägigen Neujahrsfest → Rosch Haschana bildet er die Hohen Feiertage des Judentums und den Höhepunkt und Abschluss der zehn Tage der Reue und Umkehr.

kappores: kaputt

Ketubba: Schriftlich niedergelegter jüdische Ehevertrag, der die Verpflichtung des Ehemanns gegenüber seiner Gattin definiert, ihr Unterstützung, Ernährung, gesundes Leben und Freude zu sichern. Im engeren Sinne sichert die Ketubba die Rechte der Frau, zu denen sich der Ehemann verpflichtet: 1. Unterhalt, 2. Bekleidung, 3. Geschlechtsverkehr. Die Ketubba regelt auch die finanzielle Absicherung der Frau im Falle einer Scheidung oder des Todes des Mannes.

Kibbedche: liebes Kind

Kiddusch: Segensspruch, der über einen Becher Wein gesprochen wird; mit ihm werden der → Sabbat und die jüdischen Feiertage eingeleitet.

Kochem: schlauer Mensch

koscher: Meint wörtlich »taugliche« Lebensmittel, die nach den jüdischen Speisegesetzen erlaubt sind.

Lokschen: Nudeln

machulle: bankrott

Mamser: böses Kind

Masel tov: Glückwunschformel (»viel Glück!«)
Massel und Broche: Glückwunschformel (»Glück und Segen«)
Matze(n): Ungesäuertes Brot, ein dünner Brotfladen, der während des → Pessach gegessen wird. Matze wird aus Wasser und einer der fünf Getreidearten Weizen, Roggen, Gerste, Hafer oder Dinkel ohne Triebmittel gefertigt und zur Erinnerung an den biblisch überlieferten Auszug der Israeliten aus Ägypten gegessen.
Menora: siebenarmiger Leuchter, eines der wichtigsten religiösen Symbole des Judentums
Mesusa: Schriftkapsel am Türpfosten, in der eine Pergamentrolle enthalten ist, auf der das Gebet »Schma Israel« geschrieben steht.
Mikwe: Tauchbad, dessen Wasser der Erlangung ritueller Reinheit dient. Eine Mikwe muss sieben Stufen haben, die hinunter ins Wasser führen, sowie ein Mindestfassungsvermögen von etwas mehr als 500 Litern. Das Wasser muss »lebendiges Wasser« sein. Im orthodoxen und konservativen Judentum ist der Besuch der Mikwe vorgeschrieben, wenn eine verheiratete Frau ihre Menstruation oder eine Entbindung hinter sich hat. Den ersten Besuch in der Mikwe absolviert die Frau als Braut, meistens am Vorabend des Hochzeitstages.
Mischpoke: Familie, Verwandtschaft
Mohel: Beschneider
Nedann: Mitgift, Aussteuer der Braut
Parnass: Gemeindevorsteher
Pejsel: schönes Kind
Pessach: Erinnert an den Auszug aus Ägypten (Exodus), also die Befreiung der Israeliten aus der Sklaverei, von der das 2. Buch Mose im Tanach erzählt. Es gehört zu den wichtigsten Festen des Judentums. Es ist ein Familienfest mit verschiedenen Riten, das mit dem → Sederabend am 14. Nisan eingeleitet wird und mit einem einwöchigen Verzehr von → Matzen einhergeht, weswegen es auch »Fest der ungesäuerten Brote« heißt.
Rosch Haschana: jüdischer Neujahrstag. Der Neujahrsgruß lautet: »schono tauwo u'messuko« (»in gutes und süßes Jahr«).
Sabbat (auch Schabbat, jiddisch Schabbes): Im Judentum der siebte Wochentag, ein Ruhetag, an dem keine Arbeit verrichtet werden soll. Seine Einhaltung ist eines der Zehn Gebote. Die traditionelle jüdische Sabbat-Feier beginnt am

Freitagabend zu Hause mit dem Sabbat-Segen (→ Kiddusch) und einem festlichen Sabbat-Essen.
Sandak: Pate. Er hält bei der jüdischen Beschneidungszeremonie den Jungen auf seinen Knien oder Schenkeln und hält ihn auf einem Kissen dem → Mohel zur Beschneidung entgegen.
Schiwa-Sitzen: Nach dem Begräbnis beginnt die Woche der tiefsten Trauer, das sogenannte Schiwa-Sitzen (hebr. »schiwa« = »sieben« [Tage]). Während dieser Tage sitzen die Trauernden auf niedrigen Hockern oder schuhlos auf dem Boden. Alle Spiegel und Bilder im Hause sind verhängt und die Versammelten verlassen das Haus nicht. Nachbarn und Bekannte kondolieren und stärken die Trauernden mit mitgebrachtem Essen.
Schlamassel: Unglück
Schmuser: Unterhändler (Heirats)vermittler
Schocklemajem: Kaffee
Sederabend: Zeremonielle Mahlzeit am Beginn des jüdischen → Pessach-Festes. An ihm wird im Kreis der Familie des Auszugs aus Ägypten gedacht und der Tisch wird mit Speisen von symbolischer Bedeutung gedeckt.
Sukka: Laubhütte, erstellt aus Ästen, Zweigen, Laub, Stroh und Ähnlichem. Religiöse Juden errichten jährlich eine Sukka für das siebentägige Laubhüttenfest, das vom 15. bis 21. Tischri, dem siebten Monat des jüdischen Kalenders, im September oder Oktober, zur Zeit der Ernte, gefeiert wird. Während dieser Woche wird, sofern es das Wetter erlaubt, in der Sukka gegessen, manchmal auch übernachtet.
Sukkot: Laubhüttenfest. Es wird im Herbst, fünf Tage nach dem Versöhnungstag, im September oder Oktober gefeiert und dauert sieben Tage.
Schwiger: Schwiegermutter
treife: unrein; Lebensmittel, die für den Verzehr nicht erlaubt sind.
Zimmes: Gericht aus der jüdischen Küche. In kleine Würfel oder Scheiben geschnittene Möhren werden auf niedriger Flamme oder im Ofen gegart und mit Honig und Gewürzen wie Muskat oder Zimt süß-pikant abgeschmeckt. Verbreitet ist die Zugabe von getrockneten Früchten wie Pflaumen oder Rosinen. Das Gericht wird vor allem zum jüdischen Neujahrsfest → Rosch Haschana serviert.

Kleine Auswahl verwendeter Literatur

Althaus, Hans Peter: Chuzpe, Schmus & Tacheles. Jiddische Wortgeschichten, München 2015.

Armbruster, Fritz: Julius Wolfgang Schülein, in: Geschichte und Kultur der Juden in Bayern. Lebensläufe, hg. von Manfred Treml und Wolf Weigand, Haus der Bayerischen Geschichte, 1988, S. 273–279.

Bauer, Richard, Brenner, Michael (Hg.): Jüdisches München vom Mittelalter bis zur Gegenwart, München 2006.

Behringer, Wolfgang: Löwenbräu. Von den Anfängen des Münchner Brauwesens bis zur Gegenwart, München 1991.

Cahnmann, Werner, J.: Die soziale Gliederung der Münchener jüdischen Gemeinde und ihre Wandlungen, in: Deutsche Juden. Ihre Geschichte und Soziologie, hg. von Judith Marcus und Zoltán Tarr, Münster 2005, S. 123–133.

Harlander, Lilian, Purin, Bernhard (Hg.): Bier ist der Wein dieses Landes. Jüdische Braugeschichten, München 2016.

Hofmann, Hans-Rainer: Lachoudisch sprechen. Sprache zwischen Gegenwart und Vergangenheit mit Wörterverzeichnis, Dinkelsbühl 1998.

Lütgemeier, Gertrud: Bernhard Hugo Bing und Lilli Bing, geb. Aischberg. Die Lebensgeschichte eines jüdischen Ehepaars aus Nürnberg, http://www.rijo.homepage.t-online.de/pdf_2/DE_NU_JU_bing_bernhard.pdf

Dies.: Julius Wolfgang Schülein (1881 - 1970): Ein jüdischer Maler aus München, http://www.rijo.homepage.t-online.de/pdf_2/DE_MU_JU_schuelein.pdf

Rotter, Alexander: Wasser und Strom für München. Vom Cholera-Nest zur leuchtenden Metropole, Weißenhorn 2018.

Sinclair, H. Peter: Von Siegel zu Sinclair. Eine jüdische Familiengeschichte unserer Zeit, http://www.rijo.homepage.t-online.de/pdf/DE_MU_JU_sinclair_peter.pdf

Wassermann, Jakob: Mein Weg als Deutscher und Jude (ersch. 1921), München 2005.

Wilhelm, Hermann: Haidhausen. Münchner Vorstadt im Lauf der Zeit, München 1991.

Ders.: Die Schüleins. Aufstieg, Enteignung, Flucht. Zur Geschichte einer jüdischen Brauereifamilie in München, München 2015.